海原书

季栋梁 著

北京出版集团
北京十月文艺出版社

目录

一

刘鸿儒是六岁上才有的官名。海原人把大名叫官名。没有官名的时候，就叫小名。刘鸿儒的小名叫欢庆。刘鸿儒六岁的那天早晨，他爹刘承信与往日一样眼睛一睁，两把套上了衣服，照例提着一泡尿往大门外的一个峁上跑。每日早晨起来，刘承信总要把第一泡尿送到院外的刺疙瘩峁上。也不单是送一泡尿，院里有后圈（厕所），有粪堆，都可以把一泡尿撒了；他这样送一泡尿是顺带着要瞭一个人；也不是要瞭一个人，而是要瞭一日的活计。刘承信瞭的人是五里墩的侯五。每日的这个时候侯五也会出现在他家崖顶的墩墩上。那墩墩叫烽火台，五里一个，说是古代打仗传信用的，有了战事在墩墩上弄一堆柴火点了。不让柴火起火焰，只让冒烟，下面柴干，上面柴湿。这个墩冒烟，那个墩看到了，也忙点火放烟，于是便一路的烟柱，消息便就这么传出去了。

因此，他们也知道冒起来那烟叫狼烟，也知道那个昏君周幽王和狐狸精褒姒烽火戏诸侯的故事。小时候他们经常在墩墩上玩狼烟，你在那墩墩上点火放烟，我在这墩墩上点火放烟，演绎战争气象，却没有想到大了都担上了光阴，在过日子中还能派上用场。因了那个墩墩，侯五家的村子就叫了侯家墩。刘承信家的村子倚着五更岭坐落。五更岭上也有一个烽火台。两个村子间一个墩的直线距离，也就五里。刘承信在干盐池盐湖做盐工，爬上大门外的刺疙瘩峁，就看得见盐湖，一片银白，就如一块晶莹的玉佩。看上去近，走起来却远，几道深沟大壑就把路拉长了，至少过了十里。侯五家离盐湖近，也在盐湖做盐工。没活的时候，刘承信回家来，有活的时候，侯五给他传话。站在墩墩上吼是听不见的，于是这传话的事便借用了放狼烟的手段，不过，是做了改动，点火放烟还得弄柴火，费事，他们就改成扬土传信。他们定好了规矩，侯五扬一把土，无活；扬两把土，有活；扬三把土，明天就来。刘承信回扬一把土，是知道了；回扬两把土，是干；回扬三把土，是明天就到。村子是坐落在五更岭半坡上的，刘承信要到岭顶的墩墩上去还有一段崎岖的路程，费劲，一出大门就有个高峁，母猪刺长得茂盛，叫刺疙瘩峁，就像个墩墩，爬上去瞭得见侯家墩。刘承信站在上面扬土，侯家墩一目了然。

因为这几天没活，刘承信才回家来了。传来消息说外面下了场大雪，封了路，商队怕是十天半月进不来。不过，事总有例外，或许有些商队已进入海原地界了，总不能掉头返回，在车马店待上几日，路稍微一开，就能上路了。商队做买卖哪有空跑路的。按说盐工的活一年四季消停不了，越冷越忙，产硝；越热越忙，出盐。但是，盐场掌柜赵大头怕大雪封湖，活逼得急，盐、硝积存得太多，仓库都没处堆放了，这才停了工。刘承信站在刺疙瘩峁上，没有看到侯家墩上扬起烟柱一样的土尘，心想看来外面的雪真是下大了。

正是十冬腊月天气，天空寡青寡青，就像青石板。大地呼出的气凝成了霜，山野银光璀璨，显得格外寂寥空旷。田地冻开一道道宽宽窄窄的裂缝，就像手心肆意游走的掌纹，裂缝间蓄着毛茸茸的冰刀霜剑。太冷了，吸一口气就像老白干一样辛辣，呼出来气就像麦草烧出来的浓浓白烟。站在峁上向东望去，南华山上的白雪阳光里像镜子一样晃眼，树却黑乌乌的，那是树过冬的颜色。本就清瘦的园河结了冰就更瘦了，像一条残损发白的鞋带，斗折蛇行，断断续续。

刘承信一解开裤子，寒气立刻灌满裤裆，就像冰水往里浇，身子就抖嗦个不停。还没有掏出家当来撒尿，灰袍先生从峁后走过来。

刘承信忙又系了裤带，说：“先生好。”

灰袍先生吸了两下鼻涕，说："承信，几个娃官名都还没起吧？"

刘承信说："没起么。"

灰袍先生说："给你每个娃送个官名吧。"

刘承信忙说："眼看就养下（生下）了，还想着等巧英养下了到您门上去一并求官名哩。"

话这么说着，刘承信心里却嘀咕，灰袍先生为啥要送他几个官名儿呢。灰袍先生平时可是吝啬得很，今儿咋就大方了？要说这灰袍先生本不是五更岭的人，一家人一直在县城里过活。后来，灰袍先生的爹吃上了大烟，家境日渐衰落，在县城过活不下去，灰袍先生就携家投奔妹夫而来。灰袍先生的妹夫是五更岭的财主老高。这财主老高抠得厉害，可妻哥撵到门上来了，又扯不破婆姨这一层脸面，便接济了灰袍先生一个院落，让妻哥办了个村学，自收自支。灰袍先生上有一父二母三个老人，下有四男两女六个子女，没有别的依托，所有的生活用度都得从私塾出。五更岭人家境贫寒的多，供娃念书的就少，灰袍先生一家人的日子也是捉襟见肘的，平日起名，逢节过事写对子，写信，写诉状，写契约，都是要收点意思的。钱、粮、鸡、鸡蛋、针线活都是收的。刘承信也能想得明白，灰袍先生白送几个娃官名，那是在揽生意，想让他送娃去上学。也能理解，学问再大也得吃喝么。要说从先生那里给娃求个有个寄托的官名，刘承信也是计划好了的，灰袍先生有规矩，只要送娃进他的学堂，是免费给取官名的。儿子们进学堂念书已经在他的计划之中，不然，儿子的官名该是早就起了。

灰袍先生说："不用上门求，四个娃的官名都给起下了。"

灰袍先生从袍子的侧口袋里掏出一张纸，展开来，说："儒、昌、瑞、祥，思谋了好几日，连你这未出生的娃名字一并给起了，今日正好路过，捎带着给你送来。"

刘承信笑笑说："只是巧英还没养下，不知是男还是女。"

长袍先生也笑笑说："看你这后世人脉旺，一生一个男的，一生一个男的，就按男娃起的，这不难，再送你一个女儿的名。"

皱眉敛目沉思一会儿，又在纸上写个"鸿书"，说："要是个女娃，就叫鸿书吧。"

刘承信又说："先生，我爷是逃难出门，家谱遗失了，我儿这辈还没有字号，您再给赐个字。"

灰袍先生呃了一声，绾起眉头，捋着长须，一会儿说："送你八代的字号：鸿翔鹏起，厚德载物。欢庆这辈就用鸿字吧。"

灰袍先生掏出一支毛笔，抹了笔帽，笔尖在嘴里抿抿，在纸片上写了"鸿翔鹏起，厚德载物"，又在"儒、昌、瑞、祥”每个字前加上个“鸿”字。天气太冷，灰袍先生写字的时候几滴清鼻涕没吸住落在纸上。

灰袍先生把纸片递到刘承信眼前，又教着刘承信把几个字念了几遍。刘承信接过纸片，就觉得眼前密密麻麻的，便说：“这些字笔画可够稠的。”

灰袍先生说：“他们念了书就知道这些字都是好意思了。”

刘承信说：“翻年就让欢庆去先生那里求学哩。”

灰袍先生把毛笔装进口袋，又吸了吸鼻涕。灰袍先生个头不高，又胖，又穿着宽绰的袍子，就像灰熊，走起来感觉是在挪，一挪一挪的。那袍子是布的，看上去硬撅撅的，不像绸缎那么柔软，宽面的前襟几道褶子像牛皮褶子一般僵硬。

刘承信激动地搓着手说：“太感谢先生了，天气太冷，请屋里暖和暖和。”

灰袍先生说：“不了，我去朱家营，张万春的儿子今儿过岁儿（一岁的生日），请我去给起官名、写对子。”

刘承信说：“改日我去答谢先生。”

灰袍先生走了，背影看上去更臃肿笨拙，但八字步不紧不慢，迈得板正，还摇头晃脑，口中有词。刘承信望着灰袍先生的背影笑笑，心里说这么冷的天，还摆啥架子，快跑起来。其实灰袍先生平日里不全是这副板正的面孔，也是挺惹笑的一个人。灰袍先生爱下棋，门前常摆个木头棋盘，下棋时爱说笑话，动车时灰袍先生会说在棋中这车念车（jū），可在生活中念车（chē），你要是赶着驴车去找妹来浪娘家，到了门前只能说请妹子下车（chē），不能说请妹子下车（jū）。

刘承信又看了一遍纸片上的字，念了两遍，心里别提多美气，一下子有了这么好的五个名字，今儿真是个好日子。他从裤子口袋里掏出牛皮夹子，把纸片小心翼翼折起来装进去。这牛皮夹子是他装工票用的，挑盐一担一张小票，拿工票兑钱。身上经常会给盐水浸上，盐水是最能腐蚀东西的。

天冷了人就恋被窝，即使屋里有尿罐，也怯下炕。一泡尿憋得时间太长，牙床子都憋胀得难受，给灰袍先生送名字这么大的好事一打搅，倒忘了憋胀，从事里醒过神来，一下子就坚持不住了。家当才掏出来，尿水就像滚水，冒着浓浓的白气喷射而出，土峁上立刻就冲出一个洞，就像屎趴牛打出来的。土峁上已有无数个小洞，粗的洞是他冲出来的，细的洞是三个儿子冲出来的。平时，三个碎屄捏着小牛牛也在这里尿尿，比赛打洞洞。

刘承信站在土峁上龇牙咧嘴正射得畅快，忽然，峁后蹿出个人来，是孙清河。他装个没看见，故意摆摆身子直冲孙清河射着，还哼着曲儿。孙清河干咳两声，他装个没听见。刘承信每天第一泡尿总是很长的，尿水哗哗的。孙清河也站下了，掏出家当冲着刘承信射起来。刘承信快尿完了，就冲着院子喊："欢庆，欢庆。"

欢庆跑出来，说："爹，做啥噻。"

刘承信说："尿尿。"

欢庆说："刚尿咧，没尿。"

刘承信说："没尿也尿。"

欢庆掏出鸡鸡尿尿，又喊冷缩了回去。

这时女人巧英偏着脖儿出来，刘承信忙喊："回去，回去。"

巧英说："我尿尿。"

刘承信说："尿尿到后圈尿去。"

巧英说："爹在后圈哩。"

孙清河就"嘎嘎嘎"地大笑起来。

孙清河撒完尿，打了两声口哨，唱起来：

一碗羊肉摇一摇，
白花了；
世上的好人摆一摆，
贼杀了。
咯呀咯噔摇，
哗里哗啦摇。

一碗浆水摇一摇，

咽下去；

心上的火气摆一摆，

败下了。

咯呀咯噔摇，

哗里哗啦摇。

孙清河边唱还边扭着屁股。

刘承信笑了，心里骂了声：烧包。便也跟着唱：

大豌豆开花摇摇摆，

没出穗；

咱两个名声摆摆摇，

死去了。

咯呀咯噔摇，

哗里哗啦摇。

大脚片子啊摇摇摆，

没处去；

四六棉毡上摆摆摇，

躺下了。

咯呀咯噔摇，

哗里哗啦摇。

孙清河把肩膀上的褡裢往起抖抖，唱着走了。

刘承信知道孙清河心里的快活。前天他看到孙清河和爹人挑驴驮去了五黄山黄家了礼（完礼）去了。老天爷照顾，连续两年给了个好收成，许多事就都有了着落，估摸今年正月里狗日的就该翻人身（娶媳妇）。孙清河现在是个屠夫了，杀猪宰羊也劁骟猪羊，年底正是生意旺期。屠夫的钱在脚上，你得一村一户地跑，跑到了才能挣到钱。

看着孙清河渐行渐远的背影，刘承信心里一阵难怅。要说他能去干盐池赵大头盐场挑盐，还是孙清河给指的活路，那时候他和孙清河还是好朋友。如今寻活的人多，想当盐工的人多得是，赵大头盐场不缺人。孙清河是盐工的工头，介绍刘承信去的时候交代：

“你不是会说仪程么，一见面先说几句好听的。”

又说：“人么，都喜听个好听的。”

刘承信说：“人家啥世面没见过，比咱能说的见得多了，咱鲁班门前抡大斧？得是。”

孙清河说：“他就是见过再大的世面，听过全天下能说会道的，到了咱这干盐池也只能干瞪眼。”

别看刘承信斗大的字识不了半升，却是社火队里的仪程官。要说仪程官历史那可是久了，有一个久远的传说，说是商朝时瘟疫大流行，百姓苦不堪言。当时长安城内有一姓敖的马夫，外出放马，来到一片青草地，忽然一阵风吹过，他的面前落下一把锦雉羽扇，上书“仪程”二字。后来他发现这把扇子能解瘟驱疫，一扇瘟疫就散了。于是他拿这把扇子边扇边走，口说吉言，瘟疫很快就被驱除了。自此每逢年节，他便组织一些人敲锣打鼓，为民间驱瘟除邪、消灾免祸。皇上得知此事，便封他为仪程官。传至民间，相沿成习。仪程官这样介绍自己：仪程官儿本姓敖，马棚下面倒过料；官位不大戴风帽，手摇羽扇把春报。社火乃是一条龙，一报平安二送瘟；春官本是一驾王，迎春接福报吉祥。

在一个社火队里，仪程官这个角色很重要，在社火转庄拜年、外出巡演、相互迎送中，仪程官都打头阵。因此，仪程官要才思敏捷，能见啥说啥，出口成章，倘若与别的社火队相遇，那便全靠仪程官的口才压制对方。刘承信虽然没进过一天学堂，但说起仪程来不输给那些识文断字的秀才。他的词儿来自于谣曲、花儿和戏文。他记性好，入耳不忘，平时也留意听记，闲下来就从谣曲、花儿和戏文里往出抠词儿组句子。

初见赵大头的面，刘承信先用说仪程进大户门的开场白给赵大头说了几句吉祥话儿：

屋顶上一对张口兽，

大门上狮子滚绣球；

房上撒的是琉璃瓦，

槽头上拴的大骡马；

前院栽的是摇钱树，

后院摆的是聚宝盆。

三句吉祥话当钱使，这世上谁不爱听好话呢。赵大头两个大眼袋就像扣上去两个酒盅，一笑眼睛眯成了一条缝儿，两只手狂拍大肚皮，说："哟呵呵，小伙这张嘴挺利索的，嗬，再说两句儿听听，说说苏好小姐。"

刘承信开口就说：

这位小姐不是人……

一句出口，他停下了，人们都觉得日怪了，他咋能这么说，就在大家为他捏了一把汗的当口，他又接了下句：

好像仙女下凡尘；

脸盘就像十五的月，

腰身就像秋日的葱。

苏好就“给给给”地笑了。

出门揽活，本就是个讨巧的事，吉祥话儿最是讨巧了，这刘承信会说。

苏好已是多少日子没有笑容了，这会儿笑得这么灿烂，赵大头大喜，头红得要往外喷血，捋着脖子上那颗大瘊子上长着的几根毛。刘承信又说：

赵掌柜就像杨宗保，

苏小姐就像穆桂英；

天上的鸟儿成双对，

天下的美人配英雄。

赵大头拍着桌子说：“再往那啥说说。”

刘承信不明白，问：“往那啥说说啥意思？”

赵大头说：“就是往骚情说说。”

苏好捶了赵大头一拳头说：“日厌。”

这“日厌”在海原话里是“讨厌”的意思。

刘承信把得住话风，这苏好是在撒娇，便又开口说道：

苏小姐好来实在好，

走路好像那水上漂。

…………

苏好打断说：“好了好了，别听他的，狗嘴里吐不出象牙。”

赵大头说：“还能说啥，能说戏么？”

刘承信就说了《怕老婆》里的一段戏文：“开口先说二爹娘，他们两个接鸳鸯，成伴侣，入了洞房，从此把我来温嚷（酝酿）。我妈开始肚子胀，一天一天不一样，爱吃醋，不吃酱，吃杏从不把人让，脸发黄，脚面胀，爱呕吐有新情况，两头尖，中间壮，腰变粗，肚子胖，跟个辘轴有些像。我爸嘴长爱胡讲，说我在里面占地方。十月刑满把我放，咱才生在大地上，九岁半我才进学堂，娃娃书念了几皮箱，三十岁，娶婆娘，媳妇长得很漂亮，就是脾气太倔强，把所有的家法给我上，村里乡党人人讲，都说我是软仨怕婆娘，怕婆娘……”

赵大头说：“再来一段，再来一段，过过瘾。”

刘承信脖子一抻，说：“一不吹牛二不喧，我家三辈做大官；我爷见过皇上的面，我婆跟娘娘吃过饭；我爸穿过是黄马褂，我妈穿的是绫罗缎；出门不走坐软轿，回来捶背是有丫鬟；吃饭端的是玉石碗，尿盆上镶的是五彩蓝；过年过节礼送满，绅五绅六都来舔；自从我爸钻了土，地方上的绅士趔得远；换了人，换了脸，翻过来给咱还打算盘……”

这都是老戏里的丑角子的词，刘承信一说，苏好坐不住了，站起来配合表演，赵大头大喜：“留下，留下。”

却说这赵大头本在固原城做皮毛生意，后来从游老板手里盘下了干盐池盐场，又说是在赌场上赢的，生意的重点就全放在了盐场。赵大头有三房太太，都好吃懒做，一个也不愿陪赵大头来这干盐池，赵大头又哪里耐得住寂寞，于是就带了苏好。赵大头称红颜知己。其实这苏好是一个未捧红的戏子，除了给赵大头唱戏唱曲儿解闷，还要陪赵大头睡觉。毕竟干盐池不是固原城，这苏好来后还没俩月，就耐不住干盐池的寂寞荒凉，日日叫嚷着要回固原城。赵大头再挽留苏好，已不仅仅是金银的事。对于赵大头来讲，留住了苏好，那便是留住了一个个销魂的夜晚。也不是留住了销魂的夜晚，而是留住了他的生意。如果苏好走了，他又如何待得下去。如何留住苏好，想方设法地，也请唱过戏说过书，可这戏不是天天唱的，书也不是天天听的。因此留住苏好便成了一件头疼的事。

刘承信被留下后，赵大头为讨好苏好，就点戏让他们练练。两个人的戏很受限制，何况刘承信又不是戏子，这唱戏七腔八调的可不像说仪程，因此两个人能排练的戏无外乎对白多搞笑的丑角戏。而丑角戏中丑角多半是男的，都是很下贱的角色，是靠着自轻自贱赢取别人的叫好声，刘承信心里不悦，又当着苏好的面，他更不愿意演丑角。可能有啥办法，他需要盐工这活计，而不演丑角戏，他就啥戏都唱不了，也就这丑角子说白他还能对付。

当然，活还得干，不过赵大头倒也仗义，让刘承信做了带工，派工诸事由他安排，这样重在操心，苦可以少下点，不用水里泥里的去拱。刘承信一天盐都没背就成了盐工头头。受人抬举，那你自己也得抬举自己，他明白赵大头这么做都是为了苏好，如果有一天苏好离开了盐场，他就屁都不是，因此，他并不高背着手走在堤坝上带工，而是跟其他人一起下苦。这更让赵大头喜欢，隔三岔五会赏给刘承信一缸子罐罐茶。赵大头的罐罐茶可不是一般的茶，茶是湖南的茯苓黑茶，比砖头还瓷实，枣是延安狗头枣，还有枸杞、桂圆、荔枝、葡萄、核桃仁、冰糖等，内容丰富，味道醇厚，提神醒脑。十天半月还会叫刘承信一起喝酒谝闲，来了商队，就让刘承信陪吃陪喝。

这原本是孙清河的待遇。之前孙清河受赵大头赏识，本是带工，现在却让刘承信抢去了风头，孙清河心里便是百般的不快，除了怨恨赵大头卸磨杀驴，多数的气便攒在刘承信身上，很不服气刘承信的指派，加上老盐工老拿“抬别人的磨扇夹了自己的手”的话说他，赵大头又把他当了一般人待，不留情面地吼嗓过他几回，就觉得窝囊极了。可是话又说回来，不要说赵大头不像以前那样把他当回事，就是赵大头把他看得比讨吃还低贱，他都受得了，因为离开盐场，再找盐工这样的活就很难了。盐场的活整爽，工钱也高，而且盐场的活把稳、保险，人只要吃饭就得吃盐，在盐场干永远不会失业。就掌柜的赵大头来说，待盐工也不错，不克扣盐工的血汗钱，还会发给盐工盐，说：“不能让我的盐工再掏钱买盐吃不是。”因此，没有咬牙切齿的理由，没有人会轻易离开盐场。

却说这天，孙清河本在盐湖里忙活，看到了盐场的西边水豁开一道口子，正在往外流，便提了锹过去堵口子。走向那口子时，他看到刘承信正跟苏好有说有笑的，气就不打一处来，到了口子跟前脑子有些乱，拄了锹站着，人就沉浸在了事里，忘记了自己是来做什么的。水就顺着口子哗哗哗地流着。

就在这时赵大头却走了过来。从赵大头往上撩袍解带的动作看他是来尿尿的。也奇怪，赵大头一般是不来这边的，而且尿尿他的房子旁边就有后圈（茅房），都是用了砖和灰的，还安了门，上了锁，里面还焚香，很干净的，从不让盐工们进去。可能是这天的风儿太柔和了，赵大头想让老二也吹吹这柔和的风儿。这天的风确实柔和，从芨芨草和箭蒿受活地被风曳着荡秋千就能看得出来。这干盐池的风歪的时候多，常常是把芨芨草和箭蒿摁在地上许久都不让抬起腰来，可今儿这风却是悠悠地荡拂着，草儿受活地荡来荡去。

赵大头掏出老二来，龇牙咧嘴地滋着尿，身子还一抖一抖的，一抬头就看见水从口子哗哗地往外泄着，孙清河却拄着锹呆呆地站在那里，这往外流水就是流盐就是流钱。赵大头大吼一声，骂声就像那泡尿喷射出来。

赵大头骂人，那话可是粗得了得，他能上日你几十辈子，下日你几十辈子，因此背后人都叫他大牲口。

赵大头正吼骂得起劲，孙清河把锹一扔，一声不吭回了箍窑里。赵大头提着袍子吼骂着撵到窑里，却见孙清河三下五除二打了铺盖卷背着就走了。赵大头诧异地看着孙清河，孙清河却不看赵大头，拨开赵大头走了。刘承信撵出去老远挽留孙清河，孙清河却绷着眼睛看了他许久，一句话不说，走了。刘承信又如何不知这其中个由，也只能怅然望着孙清河头也不回走了。

自此，两个人有了心病，就背对背站下了。可在一个庄子上住着，低头不见抬头见的，难免要碰面，一些事上还得打交道。五更岭人家家家户户都养母猪，每头母猪两年能卖五窝猪娃子，可喂一两头母猪，要再喂一头骚猪（公猪）专门打圈（配种），那就不划算了。刘承信的爹就在家养了一头公猪，给母猪配种也算是一份收益。有一回，孙清河的爹赶着母猪来配，骚猪太胖，交配时压断了母猪腰。孙清河的爹的意思就算了，说穿了这事没有办法找后账。可孙清河却不依不饶找上门来要刘承信赔猪，刘承信说猪干的你叫我赔？孙清河说我家母猪的腰是你家的骚猪压折的，我家交了钱，你当然要赔。刘承信说你家猪咋到我家圈里来的，是我们赶来的？怕压折腰不要往来送。结果两个人吼骂起来，最后还打了一捶（打了一架）。从那以后两个人是天上下刀子，地上拿剪子接，见了面就要弄出点响动来。一泡牛粪，两人的粪叉同时伸到跟前，到井上打水，两人的水桶同时往井里下。见了面咳嗽一声，都觉得给对方使劲，唾口唾沫，都觉得是唾自己，不免互相要辱没几句，经常磕磕绊绊的。仇怨是越结越深，仇气是越积越重。

刘承信抖抖家当装进裤裆，再瞭孙清河消失的地方，不免感叹，以前他们关系多好，原以为他们会成为一辈子的朋友，没想到这么快就结束了，心里无奈地说，这怨我么？

五更岭已经醒来了，牛歌羊唱，鸡鸣狗吠，此起彼伏，一缕缕乳白色的炊烟代表着一个家，等白烟转成青岚，村子便会覆盖在五谷的香气里。巧英在“高要要要要要”地叫狗，大概是欢乐屙下了，黑狗不知跑到哪里去了，刘承信大声叫：“高要要要要要，高要要要要要。”黑狗从大门外扑进来，闻到了屎味，直扑进窑里跳上炕去舔屎，舔出“吧唧吧唧”的声音。

儿子欢庆高提起一条腿，用一条腿蹦跳着，两只手举过头顶，边摇晃边唱：

园子里的绿韭菜，
摆摆摇；
货郎子哥哥快挑来，
摇摇摆。
咯呀咯噔摇，
哗里哗啦摇。
地摇了，
稀里哗啦塌散了。
哗啦哗啦摇，
咯呀咯噔摇。

丝线帘子摇一摇，
甩着呢；
尕尕脚儿摆一摆，

载着呢；

咯呀咯噔摇，

哗里哗啦摇。

地摇了，

稀里哗啦塌散了。

哗啦哗啦摇，

咯呀咯噔摇。

这《摇摇摆》有好几种唱法，到了娃娃嘴里，却是这样唱的。多数时候这谣曲是一群娃娃连跳带唱，看上去挺热闹的，可是欢喜才四岁，欢乐才两岁，欢庆不屑跟他们玩，就一个人在那里连跳带唱。

这歌谣刘承信也会唱，他笑着也哼了几声，心想谁弄出这么日怪的歌。

看着三个毛头儿子，刘承信心里美滋滋的，他咳嗽几声，清清嗓子，大叫一声：

“刘鸿儒！”

三个儿子瞪着眼睛看着他，他又大叫一声：

“刘鸿儒！”

欢庆问：“爹，你叫谁？”

刘承信说：“叫你啊。”

欢庆说："我叫欢庆啊。"

刘承信高声说："你们有官名了，欢庆叫刘鸿儒，欢喜叫刘鸿昌，欢乐叫刘鸿瑞。"

刘承信往窑里走，就听欢庆响亮地叫一声："刘鸿儒！"

又响亮地应一声："唉！"

再响亮地叫一声："刘鸿儒！"

又响亮地应一声："唉！"

之后又高声对两个弟弟说："你们叫我刘鸿儒，叫呀！"

二

刘鸿儒爷爷的一天，是从熬得像药汤一样的罐罐茶开始的。熬得最好的罐罐茶倒出来时是一根线。罐罐茶提神醒脑，喝上长精神。还有个好处，就是利痰清肺，吃了一天的烟，痰积了不少，几口茶下去，浓痰就咳出来了，气息通畅，舒坦得很。海原的老汉们每天早晨起来的第一件事，就是捣罐罐茶。年轻人也捣罐罐茶，可捣罐罐茶费工夫，年轻人的工夫费在了瞌睡上。捣罐罐茶烤枣是很重要的，枣要烤得微煳而不焦，散发出枣的香味为最好，这样枣味才更提茶香。捣罐罐茶要就馍馍或者锅盔，好点人家有油香、馃子、馓子、点心，否则罐罐茶会闹人。刘鸿儒的爷爷就的馍没有这么丰富，就是揉了茴香的死面饼子，耐嚼有味，日子宽松的时候会饼子里卷点油，或者鸡蛋。爹也就享这么点福。

刘承信闻到醇香的枣味儿，在正窑门前站站，回到自己的窑里来，将前两天喝过赵大头的罐罐茶后，咬咬牙在干盐池街上给爹买的湖南茯苓黑茶、延安狗头枣和二斤红糖提了进去，放在爹眼前的炕桌上。这他原本想过年时再给爹的。爹还在生气，看都没看他一眼。

三个毛头儿子围着火盆，盯着爷爷手里一根铁丝上叉着的枣儿，“咕儿——咕儿——”地咽着口水。每天他们都会从爷爷手里得到两个烤好的枣。味道留给人的记忆是刻骨的。很久以前他闻到烤枣的味儿，也是这般吞咽着口水，即使是他结婚之初，也还是要从爹手里夺几个烤枣吃的。刘承信在每个头上拍了一巴掌说：“三个馋猫，跟爷爷争嘴。”这话他其实是说给爹听的，有服软的意思，可爹依然沉着脸，没有搭腔。

几十年后，刘承信想起昨晚与爹的抬杠，噬脐莫及，恨不能一头撞死以赎罪过。要说爷父俩抬杠也不是一日两日，抬杠已成为爷父俩日常生活中都适应的一种交流方式了。刘承信弟兄五个，名字依次取了仁、义、礼、智、信。名字是刘承信的太爷取的，说起来的时候爹总会发出感叹说你们的太爷那是个厉害人啊，你看这名起的，这五个字学问大着哩。然后会讲起一个故事：说是祖爷去世后，人抬到坟地，正要下葬，忽然山野过来一人，给他们说戴铁帽子的过来再下葬。那人走后，一家人便笑那人疯癫，谁会戴铁帽子呢？

除非军士，而戴铁帽子的军士驻扎的地方远在几百里以外。后来，还是等了一阵，可是那天阴云厚铺，云脚低垂，倘若开了雷便是大忌讳，说起来人会说亡人让雷殛了。开始落雨星子了，就不敢再等下去，便下了葬。坟堆刚刚攒起，几个戴铁帽子的过来，却不是军士，而是一廖姓人家搬家，下雨了，他们头顶着铁锅避雨。爹讲完总会感慨，你祖爷要是埋对时辰，咱家就不是这样的气数了。

刘承信是老小。老小一家人娇惯。天下老，向着小，虽然老话说娃娃给个好心，不能给个好脸，可爹跟他说话不但不吊脸子，还爱逗笑。因此，刘承信跟爹说话从小不怵，敢对嘴，即使是闯祸惹恼了爹，往奶奶的怀里一钻，爹也就罢手了。四个哥哥断然没有这样的待遇，见了爹就像猫见了老鼠，更不要说对嘴了，倘若闯祸或惹恼了爹，爹是下得了手的，鞭杆、鞋底、土疙瘩，啥捞到手里就给一下，钻进爷爷奶奶怀里也躲不过爹的揍。爷父两个又都不是闷葫芦，坐到一起，话又都多，就多了一份热闹。有时候为了开心热闹，故意不往一路上说，你说东西，我说南北，你说屎趴牛滚粪球，我说老鹰叼小鸡，兵来将挡，水来土掩，听上去就像灰袍先生对学生娃教的对对子。啥叫对对子，按灰袍先生说的：天对地，雨对风；晨对午，夏对冬；犬对鸡，鸾对凤；大陆对长空，暮鼓对晨钟。对对子就是对着干，就是抬杠。

这么说着天长日久的也就说成了爷父间一种说话风格，听上去爷父俩说话就像是谝干传丢笑话。这倒也没啥，刘鸿儒的爷爷不是个呆板古旧之人，平日与人打交道就喜跟人抬杠，再说到了冬天这夜长拖拖的，围着火盆，捣着罐罐茶，抬杠最是轻松解闷打发长夜的好办法，有些正经家务事也就在这抬杠中说开了，一点也不沉重烦忧。

有时候是寻开心凑热闹故意不往一路上说，有时候却是真的说不到一路，毕竟是两代人，交往的人不同，遇过的事不同，见识就不同，想的也不同。尤其是刘承信结婚后，老汉把光阴交到儿子手里，爷父俩说不到一路的状况就越来越普遍了，抬杠就不像是丢笑话凑热闹，越来越不轻松了。老话说吃不穷喝不穷，谋算不到一世穷。过日子过的就是个谋算，然而，爷父俩却谋算不到一起。刘鸿儒的爷爷是个干脆的人，做事从不拖泥带水，五个儿子是成家一个另一个，这么做一是小灶日子好打算，另开了谁的光阴谁扒去，过起来也省心；二是拢在一起过也好，只是儿子们没啥，儿媳妇们难免会说闲话倒是非，等绾了疙瘩生出是非再分家，家就难分了，也坏了家风。刘承信结婚后，也就再没啥负担，刘鸿儒的爷爷便把光阴交给了儿子。可自从儿子当家做主，过日子的心思就不对他的心思。他务劳了大半辈子庄田，儿子的心思偏不在庄田上，走村串户打胡基，去南华山装木头，去盐场做盐工，就是不喜欢揽庄田的活计。尤其是进了盐场以来，从说话的口气和拉开的架势上看，是要走吆脚跑买卖的路。这他就不能不理会了。都看着吆脚跑买卖的风光，谁看到吆脚跑买卖的恓惶，跟他年纪相仿的做了脚户的也有不老少，光阴过好的有几人？漫漫长路上的辛酸悲凉自不必提说，多数人都是只在外面混了个自己，老人、婆娘、儿女在家里受的罪就别提了。这且不说，吆脚路上经常遭遇风暴混水突袭，狼虫虎豹围追，胡子军匪劫掠，有时连命都保不住。婆娘的二爹就是个脚户，后来音讯全无，连个尸首都不晓得丢在哪里了。脚户的生活就是一家人充满思念与担心的生活。他已经六十多了，是过来人，把世事看得透彻，觉得置点土地务劳庄稼那才是把稳正经的生活。因此，儿子掌家以来，他们的抬杠主要是围绕着路线斗争。围绕着路线斗争的抬杠自然就不开心热闹。要是以前，他也就硬拿了，租几亩地，把狗日的拴在土地上。可是，日子交到了儿子手里，这主事和不主事区别就大了，手里没了权，说话就没了分量。说的回数多了，儿子直接把抬杠变成了顶牛，几句话过后，眼睛绷得牛铃一样。娇惯出忤逆啊，他觉得憋气，人最大的累是心累，一度想搬过去跟大儿子去过，眼不见心不烦。大儿随他的心思，庄田做得哪个东家提起来，都是奓大拇指，到谁家揽活，都是长工头，上桌子吃饭的人。他年纪又不大，儿子租了地种他也搭得了手，或揽群羊放，不至于在家里吃闲饭。一日被儿子顶得腔板子疼，就把这心思跟老婆说叨念了，老婆盛不住话，没过一天就转给了儿媳，儿媳又转给了儿子。还没过一天，儿子就绷着豹子眼，跟他吼起来："天下的老随着小，我把你咋了？给你头上顶锅脚底下架火咧，你还让我在人前头走路不？你还让我在人前头说话不？"那吼声把他的耳屎都震得掉了出来。儿子说得在理，他自知理亏，不敢跟儿子接茬。儿子还咬住不松口："哼，亮一家黑一家，你做的啥事？"这话虽然是吼出来的，但他心里很是熨帖，想想也就罢了。可儿子自此却跟他有了隔阂，他的话更是听不进去，要么不跟他说话，要么一说话便顶牛。可是老话说父不死儿不大，听进去听不进去，该说还得说。

昨晚爷父俩抬杠话头是由一匹骡驹子引起的，说穿了还是路线斗争。赵喜的女儿给张堡的胡掌柜做了小，胡掌柜给了赵喜五十亩地。今年风调雨顺，种啥成啥，麦子长得掩人，糜穗长得触地，赵喜和儿子苦得受不了，打算雇长工。可赵喜只有两孔窑洞，老两口一孔，小两口一孔，要雇长工，就得给长工拾掇住的，给长工起灶，还得有牲口圈棚，这样就得箍三孔箍窑。赵喜找刘承信打胡基。这打胡基虽说"三锨，六脚，十二个柱窝"，听上去像是一句话的事，却不是谁都能打。一是胡基打得好坏，看的是四个拐拐（角角）。

四个拐拐杵子打不倒，全靠脚后跟的功夫，因此说“看婆娘看腰，看胡基看角”，没有拐拐的胡基砌墙不上眼，也不扎实。二是打胡基需有一个功夫，那就是要会码，胡基打出来得透干，这需要一两个月的时间，码得不好，胡基码子“轰隆”一声倒了，又成了一堆土，因此说“会打不会摞，不如炕上坐”。刘承信码的胡基遇风不倒，遇雨不垮。三是这打胡基是活里最苦的，一天光弯腰抬腰得几千下，许多人下不了这苦。海原人说的四大苦是这样说：打胡基淘窖，拔麦子上吊。胡基在海原人的生活中用途十分广泛，箍窑、砌墙、盘炕、泥炉灶、卷墓坑等等都得用。为啥不用砖头呢？砖头当然比胡基结实耐用，可除了富户员外，穷人家是用不起的。因此，打胡基也是刘承信的主要活路。

赵喜家要箍三孔箍窑，院墙自然也得重砌，算下来胡基得两万来块，说工钱的时候，赵喜家的草驴（母驴）在两个眼前晃来晃去。草驴的肚子已经很大了，走几步就停下缓缓。海原人喜欢使骡子，骡子不生养，用起来劲大力长。草驴用马配或者骒马（母马）用叫驴（公驴）配，生下的就是骡子。

刘承信看着怀身大肚的草驴，心里有了想法，就说：“你那驴不是怀着驹么，胡基不要工钱，换你驴肚子里这个骡驹儿。”

又说："你不吃亏。"

赵喜哼哧了半天心里把账算了几遍答应了。

刘承信说："但一天两顿饭你得管了。"

赵喜倒也大气，说："五十亩地哩，还少下你的吃的。"

又说："指头缝里漏掉的都够你的。"

刘承信笑了。他没计较这句话，人就是这么容易张狂。

赵喜又说："骡驹子下（生）哈（下）来要死了我可不担责。"

刘承信说："人穷了啥都缺，就是不缺力气，骡驹子下哈来要死了，也算我的，就当我白出了几身汗。"

刘承信高兴啊，回家美滋滋地把换骡驹子的事跟爹一说，爹却当头泼了一盆冷水："没置下地，置牲口有个屁用？那就是个造粪的东西。"

又说："有钱不买半年闲，这骡驹子下哈至少得伺候一年才能借上力。"

刘承信说："这骡驹子等于花了一只羊钱，买一头大骡子不得五六个羊钱？这账不会算？得是。"

又说："置啥地，等我把架子车造成，骡驹子也就大了，正借上力，咋能说半年闲？"

如果置骡驹子是为了种地，刘鸿儒的爷爷当然赞许儿子置骡驹子的举措，像他们这样的家境，置一头骡子那是件大事。可儿子心思不在种地上，置骡驹子不是为了种地，而是为了吆脚。有了骡子，有了架子车，他就先可以给人吆短脚了，比如跑固原、静远、中宁、中卫，甚至平凉、银川。有牲口有架子车的人吆喝到一起，就是一个运输队了，就可以揽长脚了。因此他当然不赞许，就说："家有千万，长毛的不算，这么大点东西脆得很。"

这话让刘承信心里不舒坦，这是啥话，咒我的骡驹子么。

骡驹子置哈（下），在赵喜家养到要隔奶了，刘承信把骡驹子拉回来，爹就像跟这骡驹子有仇似的，看都不正眼看一眼，不要说闲了拉出来抠上一抠，就是操心个吃喝冷热都不。牲口这东西抠一次等于喂一次料哩。刘承信知道爹是心疼牲口的，常挂在嘴边的一句话就是"老话说穷汉惯娃娃，富汉惯骡马"，在庄田里务劳了一辈子的人，驴骡就是你的伙计。他知道爹只是在跟他赌气，可有这么赌气的么？骡驹子都拉回来了，赌气还能赌回去？自从骡驹子拉到家里来，爹跟他抬杠彻底变味了，话语戗人得厉害，就像吃了炸药。刘承信是老小，一家人娇惯大的，自然是有脾气的，于是爷父俩说着说着就吼起来，吼完就散场了。刘承信回偏窑里生气，生过气就想明白人为啥要说家和万事兴，为啥要说天时不如地利，地利不如人和，"和"真是太重要了，"和"不到一起，就说不到一起，说不到一起一说就戗汤，一戗汤啥事就都戗了，只能是越来越不“和”了。不“和”就不“和”，刘承信懒得跟爹去争长短，他知道争也争不出个所以然，就赌气连爹的窑里也不去了。爷父俩别上劲了，不要说抬杠，连话都不说了，见了面都把脖子一扭，看了别处，就像有了深仇大恨。以前抬杠是为了寻开心，为了轻松，现在抬杠不开心了，不轻松了，抬杠还有啥意思，只能越抬越憋闷越堵得慌。

当然，刘承信也知道爹是为他着想，海原人有言：宁为讨吃，不为脚户。海原一带把吆脚者称为“脚户”，也叫“吆脚的”。海原人的驼队大多数用骡子，因此也叫“吆骡子”。刘承信又如何不知做脚户的艰辛。脚户的日子在路上，不管是烈日炎炎的暑夏，还是雪花漫舞的寒冬，茫茫戈壁，浩浩大漠，风餐露宿，披星戴月，一出门就是数月，还伴有生命危险，其艰辛是可想而知的。这从唱脚户的谣曲里就知道吆脚的艰辛：“赶车下夜拉骆驼，万般出在没奈何，行前都是彪形汉，归来已剩皮包骨。”来干盐池驮盐商队的脚户口里有句歇后语：“大里堡人家养娃娃（生小孩）——一阵子。”大里堡是土默川里的一个村庄，大多数男人都拉骆驼，出门、回家的日期都差不多，所以女人养娃娃多集中在“一阵子”。可是，没生在享福的命上你还怕受苦？只有享不了的福，没有下不了的苦，苦死总比穷死好。

干盐池是商队的终点，来干盐池的商队要在干盐池休整，至少住两三个晚上。来了商队，赵大头会指派刘承信去接待他们。这些走南闯北的商客是从骨子里看不起他们这些盐工的，在他们跟前摆爷的架势，目光和举动全是蔑视的，就像他们是多么尊贵、多么有身份，指使他们干这干那，粗声大气，如呵斥骡马。他们自己山高水长天南海北地谝着奇闻异事，分明是给他们卖派，却从不给他们插话的机会。刘承信从心里不待见他们，他也明白他们不是爷，就是爷的腿，一句话说到骨头里，就是个拉骆驼的，就是个吆脚的，就是个受苦人，却要在他们跟前装腔作势。人就是这么个东西，靠在别人身上，别人的势也就是自己的势了。

有一个人不这么装，见了他们笑眯眯的，说话也不颐指气使，刘承信给端水递茶，都会跟他说声谢。刘承信觉得什么人都能看在眼里的人才是做大事的人，才有爷的风范。此人叫李宗亮，归化城人。李宗亮十二岁就开始跑路了。李宗亮没有自己的驼队，但归化城所有的驼队都是他的驼队，因为只要他想领房子（驼队的掌舵者），那些商号都愿意请他领房子。他是归化城几个有名的“领房掌柜”。李宗亮很健谈，太原、西安、南京、北京、宣化、张家口、大同、丰镇、隆胜……乌里雅苏台、科布多、库伦、恰克图、尼布楚、伊尔库茨克、托博尔斯克、秋明、罗斯托夫、莫斯科……风土人情，特色特产，归化城是座“万驼之城”，每天几十万峰骆驼穿梭，那该是啥样的阵势？天下珍宝特产齐聚，天南海北客户云集，那该是个啥样的繁华？夜灯如昼，美女如云，富甲天下，李宗亮给了刘承信一个神奇而广阔的世界。刘承信忍耐不住，不好意思地问李宗亮，这归化城跟西安州城相比……还不等他说完，李宗亮“啧啧啧”地咂了半天舌头说兄弟呀，西安州城连归化的一个死拐拐（角角）子都不是。刘承信的舌头差点像吊死鬼吐出来半天收不回去。说起平坦美丽阔绰富饶的河套时，李宗亮“啧啧啧”地咂着舌头说：“在河套行走，那就是走在毯子上，绿茸茸的一望无际，庄稼密匝匝长得跟案板一样平整，撂根鞭杆都落不下去。”李宗亮拍着刘承信的肩膀说，“兄弟，你说你窝在沟子大的一坨干盐池，一辈子能见个啥世面，你知道这世界有多大？你知道俄罗斯女人长得啥样？塔吉克、俄罗斯女人有多风情万种？你知道电灯是咋回事？……你说你这么活一辈子有啥意思？”又说，“只要跑脚，整个世界都在你的脚下，各地千姿百态的女人就是你的驿站。”

对于从未走出过海城，就是海城一年都去不了几趟的刘承信来说，李宗亮携裹来一股神秘的风吹得他心旌荡漾。他的心野了，已经在路上了，做脚户的想法已经在他心里扎根了。

昨日，刘承信想在窑里盘个槽让骡驹子过冬，操心起来也方便。两个月的骡驹子就跟一只羊羔一样，又才断奶，正需要操心。家里两孔窑洞，刘承信就想把槽盘到爹和娘住的正窑里，也只能盘到正窑里，正窑大，盘个槽宽展，当然刘承信也图爹夜里瞌睡少，操心比他操心得好，别看爹还拗着一股劲，心里已经接受了骡驹子。更重要的是巧英眼看要生，槽盘到偏窑里不行，骡驹子不能整天整夜喂在窑，还要拉出去晒太阳放风，要饮水，这出出进进的，门就捂不严实，寒风就会往窑里灌，女人坐月子最怕的是受风，何况是寒风。而且说骡驹子也才断奶，会踩走月婆子的奶，这样娃就没奶吃，那可就是大事了。可他不愿意去跟爹说看爹的脸子，就跟娘说了，可娘给爹说了，爹却一直不吐话。昨日上午，刘承信一赌气，开始和泥，他要把槽盘到偏窑里。

其实呢，刘鸿儒的爷爷也明白盘槽是必需的，而且只能盘在正窑里。其实也不是他还在骡驹子身上拗着一股劲，骡驹子已经拉回来了，再拗着也没意思，可他心里不痛快，有啥话你不能直接跟我来说，却要让你娘来跟我说，你这是啥意思？他咽不下一口气。还不仅仅是心里不痛快，咽不下一口气，儿子不跟他抬杠了，日子就有些寡淡，也还不仅仅是日子寡淡了，不抬杠就是不跟他过心了，不跟他过心他有些话就没处说，说不了话，儿子只会在吆脚的路上越走越远。因此在正窑里盘槽，他不会给儿子去说，也不让老婆去给儿子说，他要儿子来给他说。可儿子像抬杠一样要把牲口槽盘到自己窑里，这分明是在将他的军。眼看儿子和泥真就要把驴槽盘到自己窑里，他撑不住了，歪老婆说：“还不拦你先人去，拧个脖子给谁扎势，做样子给谁看？”

驴槽是用胡基盘的，只抹了一层泥，到了天黑下来，泥皮已经潮干，骡驹子就能拴到槽上了。刘承信把骡驹子拉进窑里，添了夜草，依旧脖子拧着一股劲出门，心里却在笑。就在他迈出门槛的时候，爹说：“给你先人背上搭条口袋，都已经数九了，这么冷的天。”刘承信心里笑着说有本事你憋着呀。

刘承信给骡驹子身上捆了条口袋，脚后跟一对，蹬掉了鞋，一跃便上了爹的炕。他在火盆里添了柴，开始搗罐罐茶，这东西上瘾，冬天的晚上他就和爹头对头搗罐罐茶。还有许久不抬杠，他也想抬杠了，这夜长拖拖的，白日又没活，不抬杠做啥呢，何况他需要用抬杠表明自己的想法。罐罐茶熬上，他抓过烟口袋装了一锅烟，点了“吧嗒吧嗒”吃起来。可是，抬了几句话，话题没有什么过渡就又扯到了路线斗争上来了。

爹说：“满天的星星数不光，啥活都比吆脚强。”

刘承信说："白日里出的牛马力，黑夜间睡的牲口圈。"

爹说："三九天喝的是冰凌水，三伏天反把那皮袄穿。"

刘承信说："冬日短来夏天长，天天吃的菜拌糠。"

爹说："黑天半夜才进了店，鸡叫起身又放大站。"

刘承信说："正月里上工腊月满，一年到头没挣下钱。"

爹说："前面看是个黄沙滩，后面看是个鬼门关呀。"

刘承信说："芨芨秆筷子烂碴碴碗，苦死那个苦活没吃穿。"

爷父俩说的话是对曲儿，听上去是一个意思，其实不同，老子说的是《脚户调》，儿子说的是《长工谣》。这些词儿唱的也都是实情。

爹的套路刘承信是很熟的，用完歌词又会用"常言说"。

果然爹说："常言说一年学个买卖人，十年学不了个庄稼汉。"

又说："常言说千买卖、万买卖，不如在家翻土块。"

又说："常言说人走十年一条棍，坐地三年挪不动。"

又说："这全是老先人留下来的，也都是在日子里得到验证的。"

说起老道理爹是一套一套，刘承信佩服爹的精明，用这些老先人的话表达自己的想法，说起来既扎实到位，又不费脑子。

刘承信说："那还有说家有良田千顷，不如薄技在身，你咋不说？"

爹说："你那吆脚也算个技？那要算个技，长腿的都会。"

刘承信说："你咋就知道我只会吆脚？我会吆一辈子的脚？"

爹说："我知道，吆脚最后都会做买卖，可买卖是空爹着两手做的？哪个大财主不是靠先人打下的基业把事做起来的，再日能的人凭空连个风都抓不住。"

刘承信说："那些大财主的先人难道一生下就是有钱的，往上数，人富不过三代。"

老汉给儿子的话逼住了，找不上"常言说"以对，一时泛不上话，嚅嗫了半天说："置地种地那才是正道，把稳、平安。"

刘承信说："咱就说置地种地那才是正道，你说你种了大半辈子地，过了个啥日子？！你攒了大半辈子钱，置下了一分地？！"

又跟了一句："你要是做生意，说不定现在也是个财主员外，还用得着坐在这里跟我争短长。"

这话出口了，刘承信看到爹的手分明是颤抖了一下，他听到爹胸腔里发出的一声沉闷的长叹。刘承信自己也愣住了。平日里抬杠，他是讲分寸的，虽说抬杠不符合父子间的礼仪，就是在日子里说来道去，打打嘴仗，但自己毕竟是儿子，该忌讳的话要忌讳，该兜着的话要兜着。可今儿逞了口舌之利，图了自己痛快，话锋没收住，不该说的话没兜住，说冒了，说重了。这些话不但否定了爹大半辈子下的所有苦，而且分明就像是揭短，带着藐视奚落的意思。怎么能这样说爹呢？他们弟兄姊妹七个是吸风拉屁长大的么？他们弟兄五个的媳妇都是七仙女下凡来救苦救难的么？刘承信想解释几句，却又没有解释，因为这句话不好解释，而自己当时心浮气躁，不知脑子一热，大嘴一煽，又说出啥蠢话来，又想着天长日久的日子会把一切都解释明白透彻。可谁能想到，爹没了以后的日子。

三

刘承信从草摞上撕了点草，正用砍刀给骡驹子剁着，他剁得很细，草就像葱花。

欢庆进来，说："爹，我奶奶叫你。"

刘承信抹了一下儿子的头，叫声："刘鸿……"他把儿子新得的官名给忘了。

欢庆说："刘鸿儒！"

刘承信拍拍脑袋，大叫一声："刘鸿儒！"

欢庆高应一声："我叫刘鸿儒！"

刘承信抱起欢庆，高抛两下，抛出一阵快活的笑声。

正窑的右手掏了一个小窑，做了伙窑，里面安了一盘磨。

刘承信进了伙窑，娘正把一升玉米倒在磨顶，说："没糁子了。"

又说："想着把面口袋抖抖就够一顿了，可没抖够么。"

刘承信说："总早说呢么。"

娘说："早磨早吃光。"

又说："由嘴吃倒江山哩。"

爹能下苦，娘却会理家。男人是个筢，女人是个匣，筢子筢回来，还要匣子能匣住。以前租地种的时候，每年庄稼下来拉上场摞起来，娘压着不打，直到十冬腊月年近了才让打，说打得早了费粮食，摞在摞上想吃也吃不上。

看着娘在锅灶上忙活，刘承信说："让巧英做么，哪有媳妇子在家婆婆趴锅趴灶的。"

娘说："就是个嘴精，拿话哄娘哩。"

又说："肚大挺得连锅跟前都近不了，还做饭？"

刘承信抱了磨棍推磨，说："娘，以后不用再抱磨棍了，咱有骡驹子咧。"

随着磨的转动，玉米从磨眼灌入磨膛，在磨齿里"欻欻欻"的，一股甜丝丝的玉米味儿便扑出来，刘承信捏了一撮放进嘴里。娘拿了个馍递过来，刘承信心里热乎乎的，他都三个儿的人了，娘还把他当娃，在娘的心里儿子永远都是长不大的。他边啃着馍边推磨。馍虽是三茬面的，但因为掺杂了玉米糁子，馍就不那么黑了，有了一抹亮黄。

冬春时节，家里就吃两顿饭，日上三竿一顿，日落西山一顿。今日做得早，是因为大哥叫晌午过去吃饭。

做糁饭的玉米不能像磨麦子三五遍地磨，磨两遍就可以了。一升玉米却也把他磨了一身汗，娘把洋瓷缸子递给他说：“快喝一口。”

刘承信知道这是爹熬的头一缸子罐罐茶，嘿嘿一笑说：“娘，你把我爹的命要了。”

娘给给给地笑了，说：“我娃喝上做活扒光阴哩，他喝上就会跟人吹毛瞪眼。”

又说：“是他让给你端来的。”

锅里的水滚了，娘掠了一碗玉米糁子，一手端着碗往锅里慢慢地倾倒，一手用铁勺在锅里慢慢转圈搅动，一碗玉米糁子全下到锅里，抓一撮子碱面撒入糁子中，搅匀，盖上锅盖，等烧开了，再添一点冷水，两开之后，糁子就熟了。

娘虽然是六十奔七十的人了，却手脚利索，走起来步步生风。

巧英进来，把一摞子用草绳捆着的瓷碗解开，边洗边说：“娘，这碗光堂得都能照着人影影子。”

今年一年真是顺得很，不但风调雨顺，老天爷给了个好收成，盐湖的盐硝就出得快，活就干得多，比正常年景多了三分之一的收入，而且人无病疾，家无灾恙。前几日，刘承信去西安镇赶了个集，家里每个人都扯了一身新衣，又用赵大头每月给的盐去了陶瓷窑上换了二十个碗。家里吃饭是趴在炕与锅台之间的背墙上，从那一排泥碗里扒着吃。背墙有二尺高，一尺五宽，是土筑起来的。在墙上面旋出蓝边碗大小的碗状的坑，把胶泥像揉面一样揉得精细，里面和了猪毛、马尾，等潮干后，用香油像上油漆一样刷上几遍，这样既不起浮土，也不会裂口子。饭熟了舀到碗里，一家人一顺子趴着，扒得“呼噜——呼噜——”，说个不雅的话，背墙就像一个长槽。

刘承信背了背篼掮了锹出门去，娘问：“做啥去，饭快好了。”

刘承信说：“和两锹泥把背墙上那些坑坑泥了去。”

娘啧啧啧地说：“哎呀，看把你娃富的，你当这东西是铜的铁的，跌到地上碎成几牙咧，到了那些碎屃的手里，一天不打几个才怪哩，以后拿手捧着吃？”

又说：“背墙子上的泥碗吃了多少年了，也没见把谁饿死。”

又说：“要是端个瓷碗不舀饭就能吃饱，那咱就端着瓷碗吃么。”

要说背墙子上的碗自从做成，一直吃到现在了，当然省了。去年他给爹买了两个喝茶的瓷缸子，早都打得连渣渣子都不见了。可过日子也不能算得这么细，村上有好几家子都用上瓷碗了，他刘承信在五更岭日子过得也是在人前头走着哩，连个碗都用不上，岂不惹人笑话。五更岭人有个习惯，村上娶了新媳妇，都要叫到家里吃个认门饭。曹喜贵结婚，家里叫了新媳妇石榴来家里吃饭，让人家上炕趴在那里吃饭，他就臊得头都没抬起来，尽管曹喜贵家也还趴在背墙上吃饭。因此，刘承信说："大人用碗，娃娃用泥窝窝。"

娘说："看把你说得能的，你那些碎先人哭着叫着能行？还以为这碗里装着人参哩。"

刘承信说："那不是置了个闲物么。"

娘说："咋能是闲物？放着来客了吃饭用，平时还那泥窝窝里吃。"

刘承信不能不佩服娘对日子的摆布，对巧英说："跟娘好好学着点。"

巧英却偏着脖子说："学啥？"

刘承信一扬手说："学啥？我给你一个砍脖子。"

巧英拿着洋蜡问："这是啥，几个娃当是吃的，喊着叫着要吃。"

刘承信"噗"地笑了，说："你让他们吃么，不闹死狗日的才怪哩。"

巧英嘻嘻一笑说："我舔了一下啥味道都没有，就让他们一人舔了一口，才不喊叫了。"

又说："那到底是啥么？"

刘承信说："洋蜡。"

巧英说："洋蜡是干啥的？不能吃你买着做啥？"

刘承信说："洋蜡是点灯的。"

巧英"噢"了一声，扭身要进屋，刘承信说："拿它点灯咱可点不起。"

巧英说："那你买它做啥？"

刘承信说："烫裂子。"

巧英说："这能烫裂子？"

刘承信说："你看它像不像羊油猪油做下的？"

巧英说："像。"

刘承信说："这不得了。"

巧英说："我还心想去谁家寻一疙瘩羊油，把裂子烫烫，大人娃娃手脚满是裂子。"

又说："咋就买了一根，贵呢吧？"

刘承信说："一根就够一家人烫一冬的裂子哩。"

巧英说："你进来，我先给你烫。"

娘说："先吃饭。"

吃过饭，巧英从灶火里掏了火点着了灯，在灯上点着了洋蜡。

一到冬天，手背、脚背和脚后蛋儿到处绽开裂子，有一席篾子宽的，不时往出渗鲜血，不烫死裂子就是活的，见风遇水就继续裂。烫死裂子要羊油或猪油——将羊油猪油疙瘩在灯头上烤得化成滚烫的油水，一滴滴滴进裂缝里，裂子就给烫死了。可谁家又不是天天宰猪杀羊，平时哪里来羊油猪油。刘承信在干盐池街上见有人拿洋蜡烫裂子，一问洋蜡便宜，就买了一根，有了这洋蜡以后随时就都能烫了。

巧英的肚子就像扣着一口锅。巧英的头抵在他的怀里，刘承信闻到一股草花的味道。九个月另十天，不在今天就在明天。这么算巧英就在今明两天生养，他想巧英已是洗过身子了。

巧英捏着他的手说："我要滴了，你忍着点。"

刘承信说："把我当娃哩。"

巧英把化了的蜡水滴入裂缝中，一阵钻心的痛，刘承信紧紧地咬着牙。巧英捏着他的手在抖，他用另一只手捏捏巧英的脸蛋说："疼我又不疼你，你抖啥。"

巧英扬起脸看看他，脸蛋红扑扑的。他把巧英往怀里紧紧地箍箍。已经有三四个月没那啥了，他实在是太想了。

巧英不漂亮，还是个偏脖子，一颗头老往右偏，枕在肩膀上，看上去有气无力的，就像乏得连个头也搁不住似的。说实话，相亲的时候他没看上巧英。可看上看不上有啥意义呢，他还能娶什么样的女人呢？倘若不是巧英脖子偏，他也是娶不回来的。四个哥哥成家，接着又抬埋太太、爷爷、奶奶，家里已经力尽汗干，能给他拉扯个女人已经很不容易了。不过巧英很白，粉白粉白的，俗话说一白遮百丑。

“耍一下。”刘承信说。他的心里在笑。巧英把那活叫“耍”。

结婚的时候，巧英岁儿单，说是十七了，其实满年满月刚过十五。害羞得很，生了欢庆，还拉不展。等欢喜生下了，才活泛起来。晚上吹了灯，会钻进被窝来，说：“耍一下。”

他会故意说：“不耍。”

巧英说：“耍一下么。”

他依旧说：“不耍。”

巧英不会再说“耍一下”，而是让手像一条蛇一样在他身上游走，摸他捏他拧他拽他捋他。巧英是他耕熟的一块土地，身子软和得就像三犁三耕的土地，犁铧插进去顺溜，巧英会呻吟，会放荡。有时就像老牛爬坡，“啃啃啃”的，有时又像老牛下坡，“哦哦哦”的，会欢叫，还会两条胳膊两条腿箍他，就像蚂蟥叮在自己身上。巧英会扭动身子，会起伏腰身，让他就像是浮在水上，巧英会叫他哥，那一声一声的叫唤就是耍社火时一个又一个充满激情的鼓点，那是一种调动，是一种激发，这时候他也就忘记了巧英是个偏脖儿。她会跟他要舌头，会抓他的头发，会咬上一口两口，会抚他的背、搂他的腰，有时候指甲都掐进他的肉里去了。事结束了，巧英还要赖在被窝里枕着他的胳膊，因为脖子偏，头就杵在他的怀里，有时候就那么睡去了。

“耍一下。”他又说。

巧英拧了他一下，蜡水滴进裂子里，他疼得“哇呀”大叫一声。

巧英又把欢庆叫进来烫，欢庆怕疼，不愿意烫，要跑，却给巧英一把提住，欢庆就跺着脚哭，巧英呵斥说：“一看就是个没出息的货，这么点疼都受不了，长大了还能做个啥，你说还能做个啥。”

刘承信有些失笑，他都受不了那钻心的疼痛，欢庆才多大点人，说：“忍得了疼就能做大事啊。”

等手、脚上的裂子烫完，欢庆已经哭得只有进的气没有出的气了。

刘承信来到院里，娘又叫他进去试裤子。

裤子还是老样子的大裆裤，刘承信说：“裤腰都能装两个人，裤裆都快耷拉到地上，娘，费布不费布么，你裤腰往小里缭缭，把裤裆往起缭缭，多精干。”

娘说：“传下来就这么个样子。”

刘承信说：“样子就不能改了，裤腰裤裆缝这么大，费布不说还兜风。”

试完裤子出来，刘承信站在院里，眯着眼睛感受感受，一点风都没有，阳光就有些融融暖意。冬日无风便是好天气。刘承信进了窑洞，拉出了骡驹子，开始抠骡驹子。他抠得很细，连蹄腕儿胳肢窝儿也抠到了。骡驹子舒坦得躺得展展的，微眯着眼睛，就像一个装睡的娃娃。

爹披着皮袄提着羊铲出来，瞥了他一眼走了。爹给老马家放羊。

刘承信看着爹的背影怅然若失，娘又要他劈些硬柴火。硬柴火就是木头了。

他笑笑说：“劈硬柴做啥？猪头还在猪脖子上长着哩。”

娘说：“让你劈就劈嘛，怕不说话哑巴了。”

刘承信从自己的窑里掮出一根木头来。这是一棵榆树树干，树长着是树，放倒了就是木头。这根木头可不是要劈柴火，他要剥皮。榆树皮也是硬柴火。这棵榆树已阴了大半年，水汽散得差不多了，现在可以剥皮了。刚砍下来剥皮会裂口子，日晒了会裂，风吹了会裂，娇贵着哩。裂得口子大了，可就派不上大用场了。这棵树干他是有大用场的。

这是他从刘四的园子里砍来的。他跟刘四说价，刘四说：“就一根木头么，啥价不价的，放了补栽一棵，不几年又是一棵树。”

他说："一根木头也难人哩，亲兄弟还明算账哩。"

虽然刘四也姓刘，但却不是一个刘家，他不想占便宜，可刘四又不说价，就说："那好，我砍了，打胡基箍窑砌墙的，有活儿你喘一声。"

刘四笑着说："你这人，啥活儿不活儿的。"

掮了树走的时候，他又说："有活儿了给我喘一声。"

后来想来，这棵树是刘四给他留了一个念想。

他砍刘四这棵树是要做架子车的辕木。自家院里园里有十几棵树，长得都还不成形，这几年家里事不断，爷爷奶奶相继去世，用光了家里的木头和成形的树。剩下的就不成形了。虽然靠着天都山，但那山上的树他连动一根枝子都没权利，上山打柴还给人家撵哩。做架子车的辕木可是需要好木头。榆树木头瓷实，但发木慢，长到大腿粗，那得十来年。另一根辕木他也不愁。他已有了主意，过年要社火，到了天都山木材场给朱掌柜好好说上几段，定能讨回一根辕木。朱掌柜他熟，以前经常给装木头。他很嫉妒朱掌柜，那么大的一座山由他砍。他要有一个旮旯儿，做辆大马车都容易。可又想要是有一旮旯儿，他还做大马车干啥？自己都失笑了。

要说架子车虽然价钱大，要买一辆现在他也不困难，可问题是买了架子车立马就得买牲口，那就买不起了，这么一样一样置，不逼人，还省钱。倒不是挑盐苦太重，他的肩膀已经给压服了，肩膀上压出了肉疱，扁担放在肩膀上不用手扶也不落。他想置个架子车，再置头骡子，这样人、车、骡子一起，那可就挣得多了，顶得上他这样的三个劳力。重要的是他也就不会局限在挑盐上，可以跑些短脚。老张就有个驴拉架子车，给人跑了趟银川，管吃管住，把银川也逛了，还拿回了两个大洋。除此以外，还能捎带做点小买卖，老张就从瓷窑上买些大粗碗，到宁夏平原去换粮食，用带去的大粗碗换麦子，一老碗麦子一个粗碗，一趟带回一家人几个月的口粮。

小晌午，大哥刘承仁来了，让都过去吃。大哥走后，刘承信抬眼看看太阳，拿出沙毡做的垫背，拍掉上面的土尘。垫背的样式像马夹，但没有剜纽洞钉纽子。刘承信穿上，扯过一道细麻绳扎捆了，把水桶提起来背了。水桶在桶腰拴了两条三寸宽的皮绳，双肩一挎很稳，就像背篼。水桶是杏木做的，板子都用油浸过，像紫檀木一样红。以前去井上取水是挑的，后来他发现挑不及背。井在坡底的井沟。从水井到家里一直是上坡路，而且路也是个斜坡，连放桶歇缓的地方都没有。有时候一脚踩不稳，或腿一软打个滑，洒了水不说，桶“哐里哐啷”一直顺着坡滚到坡底，桶都摔散架了。一担水一口气不缓要挑回来，女人娃娃做不到，他又在外面干活，一走十天半月不回来一趟，挑水就成了大活，只能靠爹，爹六十多了，吃力得很。欢庆才六岁，就开始和娘抬水了。这么大的娃，下的苦太重挣得就不长了。背水就容易多了，巧英就能做。一桶嫌重了背半桶，多跑两趟。门口是打了窖的，窖里的水还有半窖，要留着天旱了没水的时候用。冬闲着，跑点路背水。天旱了井里水也少了，打一桶水费时间，方圆几个村的人都在这井上吃水，羊牲口都赶到井上来了，打水的人就排成了长龙，为打水骂架打捶，井场子就像战场。

刘承信背上桶，牵了骡驹子去井上饮。水兜子下到井里，井绳一圈一圈往下放，才放了一半，水兜子就落在了水上。他有些疑惑了，平日打水三丈长的兜绳基本下完了才能挨到水面。他趴在井沿上看看，水面看得清楚，还照得见自己的影子，以往往下看黑咕隆咚的，是看不到水面的。

老拐子赶着一群羊过来，说："水浅了是不？"

刘承信点点头。

老拐子说："日怪得很，我早上担水水就浅了。"

刘承信说："该是冬日天寒地冻的，人用水少了，井把水攒下了。"

老拐子说："哪年冬日不天寒地冻，从没出现过这情况。"

刘承信背着水回到家拴了骡驹子，添了草，出来去大哥家，巧英不去大哥那面吃饭，娘也不去。大哥硬叫，娘说指娃端过来。刘承信就明白了，巧英该是有动静了。远远地就听见大哥家铃声、镲声、锣声、阴阳的念经声已经响起来，便明白大哥今儿补土，难怪不逢节叫一家人吃饭，心里就笑了。到了一看老侯也在，老侯是公家人，管着这一片，心想老大倒是精明，会过日子，这一桌席是神也敬了，官也敬了，人也请了。大哥过日子跟爹是一个心思，就想种地置地，每年一门心思租地种。今年庄稼成了，自然收入不错，到了年底又驮又拉的，在他跟前就有些财大气粗。其实刘承信心里算过账，大哥的收入未必比得上他，只不过他是零星地往回拿，不是一总子往回拿。爹说种庄稼是铁饭碗，在他看来，则不尽然。不管天旱雨涝，盐都会长出来，而盐是人的另一种粮食，人只要吃饭就得吃盐。他们经常在盐场挖出尸骨，说是历代为争盐打仗留下的，干盐池、西安州都有管盐的官吏，可见盐多么重要。种地嘛，天旱了或一场雹灾，东家会跟你哭穷，克扣、迟付，跟东家淘气划不来，你的收入就会减，而且干半年闲半年。盐湖的活计冬硝夏盐，没有季节区分。明年上半年他把架子车造成，骡驹子也长大借上力了，他一个人就相当于三个人在挣钱，盐场上盐多得是，活也多得是。

吃过饭，“五弟，明年我们一起揽活吧。”老四用指甲抠着牙缝的肉丝说。

二哥说："就是，咱们弟兄五个包他几家的地，明年该还有个好收成。"

四个哥哥现在都租地种，都想着攒钱置地。

刘承信笑笑，对张阴阳说："明儿给我家谢土。"

张阴阳说："明儿不行，后儿、大后儿都有人定了，外后儿吧。"

回到家，飘起了雪花，雪花老大的，就像梨花的花瓣，悠悠扬扬的，旋转着落下来。欢庆、欢喜、欢乐大张着嘴满院子追着接雪花，追出一片笑声。这雪是谎雪，下不下，就像树上开的谎花，给人一个眼欢喜。真正能下下的雪，只有米粒大小，落在地上飒飒飒飒的。雪飘了一阵，罩白了原野就停了，太阳出来喜洋洋的，雪就不见了。

刘承信看到灰袍先生回来了，就问娘："家里鸡蛋多少？"

娘说："你问这做啥？"

刘承信说："灰袍先生给几个娃起了官名，我想把先生给谢一下。"

娘说："巧英眼看要坐月子，哪有多余的鸡蛋，等再攒些日子，过年时去给先生拜年吧。"

吃过饭，巧英肚子一拧一拧疼得越发厉害了。她的眉头绾成了个疙瘩在地上转磨磨。其实太阳从五更岭老豁豁口一露头就有了动静，她没有声张，说是知道的人多，疼的时间就长。按说不是头胎，已经生过三个娃，是熟胎，瓜熟蒂落的事，不该这么折腾人的。可是，偏偏就是艰难。肚子越来越疼，巧英在炕上跪下站起地胡跌绊，人已经精疲力竭，浑身让汗浸透了。刘承信又帮不上忙，替不了疼痛，不忍心看下去，便从窑里出来。

太阳掉进了西山口，不一会儿便落尽了，西山山影扑过来，叠加在五更岭上，天就黑下来。大黑狗今日格外不宁，在大门外不停地“汪汪汪”地咬，就像看到了什么。刘承信出了大门，四顾，穿过门前的路上没有人影，田野隐隐约约的也没啥动静。刘承信呵斥了黑狗两声，黑狗跑到远处，继续“汪汪汪”地咬着。忽然天地间一亮，像打闪，隐约还听到轰隆隆的雷声，刘承信惊了一下，大冬天怎么会闪电打雷，抬头看看，半个月亮朦朦胧胧地高挂在天空，心里说天也没阴呀。这时又看见东边天际有一缕红光，甚是艳丽，刘承信心里觉得奇怪。在大门沿上站了一阵，没见有啥动静，便“高要要要”唤大黑狗，黑狗便摇着尾巴扑过来。进了院子，黑狗又对着窑门“汪汪汪”咬起来，咬得刘承信头皮有些发麻。女人在生养了，狗却不宁，他追着狗去打，狗却一跳一蹦的，还是咬。他恼火了，从地上抓起一个土疙瘩砸向狗。土疙瘩砸在了狗头上，狗哼唧着蹿上了柴火垛继续咬，愈发地声震四野。

进窑门时，又听得鸡咕咕咕的，刘承信以为是哪只鸡露窝了，过去一看，天气这么冷，鸡却不进去，全围着草摞趴着，又觉得奇怪，鸡到日落西山便看不见就进窝了。他往进赶鸡却瞎子乱撞就是不进窝，只好一只一只捉进窝里，堵了鸡窝门。还听到“咕咕咕”的鸡叫声，循声找去，一只鸡竟然在院心的老杏树上。刘承信骂声：“日怪。”爬上树捉了鸡放回鸡窝。

回到正窑，顺手掩上门，上了炕，从爹手里拿过烟锅子靠在被摞上吃烟。狗又在窑门口咬，边咬还边抠门，爪子抠得门“吱吱吱”地响，刘承信想是天气太冷了，便跳下炕去打开门将狗放了进来。狗一进窑两只前爪搭在炕沿上，又朝炕上“汪汪汪”地咬了起来。爹呵斥说：“你个丧门星，胡咬啥？再胡咬剥了你的皮缝褥子。”狗像是听懂了，蹲在地上，却呜呜咽咽的，就像非常悲伤。

爹说：“按老人话说，鸡狗不宁，朝里有事哩。”

刘承信抽了一锅烟，将烟灰磕在炕沿上，又装了一锅子烟，将烟锅头扣在烟灰上咂着烟，递给爹，这时娘端着一盘供品过来说：“去净净手，在菩萨跟前上炷香，祷告祷告吧。”

刘承信便下了炕，舀水净手，接过香盘，出了窑洞，往院外岗子上的佛堂里来。

刘承信结婚那年，想在院里新挖一孔窑洞。本来是两孔窑洞的院子，再添一孔窑洞就窄小了，于是就扩了院，结果挖出个石菩萨。原本想着往庙里送，可是这菩萨像又高又大，不是十几个人能抬起来的，而去庙里翻山越岭不是易事，又觉得这是天意，便想设个佛堂供起来。可佛堂不能设在院里，就在院外岗子上借山取势建了个佛堂。其实也就是掏了半截小窑，将菩萨供在里面，又把院里几棵树放了，做了立柱和檩条，用树枝柴草压了棚顶，就有了一个厅廊。自有了这个佛堂，五更岭人便也来烧香叩拜，刘承信举下了心，等日子松宽点，就给菩萨张罗建一座庙。

刘承信上了三炷香，默默地祷告。已经有三个儿，上香祈祷时除了祈祷女人顺利生产外，还祈祷希望能养个女儿。儿子是势，开门立户，传宗接代，但也是账债，娶个女人就是一笔倾家荡产的债，生个女儿，以后光阴不好，可以给儿换回个媳妇，他也就有个歇缓的机会。他觉得最聪明的女人都是花生，一儿一女，一儿一女，娶一个嫁一个，将女儿的彩礼包儿媳妇的彩礼，这样以后的日子就不吃力了。

刘承信祷告完毕，磕头的时候，一回头见背后有个黑影，吓得一哆嗦，细看却是欢庆，说："瞎屄，站在背后不喘一声，把人魂都吓飞了。"说着一把拽过欢庆来，摁住磕了三个头。欢庆恋他，就像他的尾巴，干啥都撵在沟子后面。爷父两个往起站的时候，刘承信又感到眼前骤然一亮，问欢庆是不是要火了，欢庆说没有，话音刚落，又听到“轰轰隆隆”的声音，像天上滚过闷雷，接着就感到一阵眩晕，人就有些恍惚了。他以为自己头晕的病犯了。头晕病犯了就是这种恍惚的感觉。他有头晕病，但多数是在饿过头的情况下，可今儿刚吃过饭。香桌上的灯碗给打翻了，眼前漆黑一团。他叫了一声欢庆，听到欢庆闷闷地应了一声，就像很远很远。就在这时，又听“咔嚓嚓”一声，就像突然响起一个炸雷，接着就像被一双力大无比的手猛掀一把，他觉得自己飞了出去，老远老远。一阵恶心，他吐出一大口东西来，他挣扎着大叫一声“欢庆”，欢庆大喊了一声“爹”，他摸揣着一把将欢庆扯过来紧紧搂在怀里，他感到地在走，就像坐在船上，这时他猛然明白过来了，地摇（震）了。民国三年、四年，地都摇过，就这么个响动，这么个感觉。他一把把欢庆推到香案下面，自己也挤到香桌下面，哐里哐啷房棚就塌了下来。一锅烟的工夫，地不动了，他们被埋住了，香桌子就压在他们身上，他四下摸摸，不是香桌子和立柱、檩条撑出一个空间，他们就给活埋了。

在黑暗中，刘承信慌乱而无措。他张嘴大喊，可是喊不出多大声来，而且胸闷气短。他侧耳听着，听到的是庞大的訇訇声，就像这个世界给人掏空了，到处是洞，走风漏气，訇訇的声音游走其中。欢庆在哭，刘承信摸摸儿子。

刘承信想得弄出声响来，弄不出声响来，谁知道你被埋在这搭。他想起了铜香炉。他摸了半天，摸到铜香炉，却没啥敲，就解下裤带，用裤带铁襻子“叮叮当当”地敲起来。

四

刘承信爷父俩被孙清河从土里刨出来，已是第二日早晨了。昨日孙清河是去田家堡子周生孝家宰猪。孙清河离开盐场，先是给皮贩子老杨背皮子，老杨收购了皮子，他给背着，就是个脚力。背了一年，与老杨犯了心病。孙清河背皮子，并不是要背皮子挣那几个跑脚钱，而是想跟着老杨做皮货生意。做皮货生意不是简单的，一张皮子从收到卖，既需要看，又需要掂，还需要说，看是看毛色，掂是掂重量，说是说价钱，都是有窍道的。尤其是说价，海原人做买卖，不是在嘴上说价，而是两个人的手藏在衣裳襟子下面揣手指头，口里一个字不说，这样就避免第三个人知道他们的讨价还价，这样同一张皮子在这个人跟前卖得价钱很低，在另一个人跟前却可以卖高价。这叫“掏雀儿子”。可老杨收了皮子，不给他说这张皮子为啥比那张皮子价高，卖皮子就跟人到一边去“掏雀儿子”。跟了一年，一窍没得，连在袖筒里“掏雀儿子”捏指头都没学来。没跟出个名堂来，孙清河就又回去跟爹学劁猪骟猪宰猪，这倒也不难。孙清河的爹是多少年的屠夫了，兼劁猪骟猪。孙清河十一二岁便给爹打下手了，从宰烫开膛到抽肠倒肚，以及劁骟的要领也都给他讲过，对他来说这活是轻车熟路。海原回教多，汉民村庄相对少一些，但劁猪骟猪宰猪的也不少，他平日里除了串那些汉民村庄，逢集便经常到集上去杀猪，兼劁猪骟猪，生意也还是不错的。不逢集时，他串庄子，除了杀猪劁猪骟猪，也收皮毛。一是劁猪骟猪跟做皮毛生意都是走村串户的活，又不冲突；二是他觉得生在海原这片土地上，不做皮货生意那真是掐亏，有眼无珠。海原家家户户都有饲牛养羊的传统，这个市场可是很大的。因此，对于做皮毛买卖，孙清河依旧充满热情。虽说跟了老杨一年没得一窍，也学得了些皮货生意的行话，至少跟别人谈起皮子来别人不把你当外行看，别人不把你当外行看就不会日弄你。买卖有赚有赔，算算自倒腾皮子来，虽然没赚多少，可小本钱的买卖挣的就是个跑腿钱，因此也挺满意的。

前天，孙清河从集上回来，到了狼嵝岘和周生孝走到一搭里。周生孝是田家堡子的，赶集主要是卖菜籽，兼卖麻子、瓜子、葫芦籽、松子。两个人都主要靠集市讨生活，动不动就在路上遇上了。开始孙清河觉得结伴行挺好的，可是很快他就见不得周生孝，见不得周生孝倒不是他们生过口舌，有什么过节，或者生意上掺了行，而是孙清河发现周生孝是个抠毛，也不是嫌弃周生孝抠毛，都过得个紧巴日子，不抠细点日子过不下去。可是你抠毛没错，也得让人心里舒坦、待见，这周生孝总是嘴上堆着一堆麻子皮，就像驴沟子上的瘦虫，却从来没给过他一把麻子，人有大小，口没大小，一人动口，十人口酸，一把麻子就把你吃穷了？吃东西不让人，憋得沟门子疼，这是娃娃骂人的话，娃娃都懂这道理。不让人，就别当着人的面吃么。也不是为那一把麻子，自他继承了爹的手艺，这段路他和周生孝走了一年多了，周生孝连一张羊皮一斤羊毛的生意都没给他做，周生孝家里光阴是不错的，养着十几只羊哩。因此，孙清河不想和周生孝说话，遇上了就想早早走脱。可周生孝只要遇上都要和他啰唆。

“今儿个杀了几头猪？”周生孝说。

“三头。”

孙清河说完就想快快走，可周生孝又说话了：“咱们成亲戚了。”

孙清河说：“啥亲戚？”

周生孝说：“你媳妇是我舅的挑担的外甥女。”

孙清河心里说这能算啥亲戚，远到哪搭去了，几撂棒子撂不上的。

周生孝又说：“日子定啥时间了？”

孙清河说：“还没去阴阳那里请日子哩。”

孙清河拐上了一条岔路，周生孝说：“你这是要去哪？”

孙清河说：“黄羊凸，说句话。”

其实他不去黄羊凸，他是想绕条路走，荒野阔绰，咋走都是路。

分手后走了没几步，周生孝又叫住了孙清河说：“明天来我家。”

孙清河说：“做啥？”

周生孝说：“杀猪。”

孙清河听得这话，站下了说：“日白（撒谎）。”

周生孝说：“咱都是亲戚了，给你日啥白，真的。”

孙清河抠抠鼻眼说：“离小年还有一月哩，杀猪做啥？有事？”

周生孝说：“不到小年就不能杀猪咧，得是。”

孙清河就说：“那回去给婆姨说猪别喂食了，饱了肠子难倒，肚子难翻，明儿一早就把水烧好。”

周生孝远了，一股猛浪的风被崾岘一夹，威猛了几倍，孙清河背过身去，躬身躲了过去，乜了一眼周生孝，又乜了一眼周生孝，心里说：“日他妈，一搭里走了一年多了，总算给了个活做。”

却说昨日跟刘承信斗气后，孙清河放开脚步，日头一竿子高便到了田家堡子周生孝家，见周生孝正在看一只羊。周生孝抬头睨了他一眼，没说话，只是看羊。孙清河也去看那羊，觉得那羊低头纳闷的，连眼皮都抬不动了，鼻涕打着线，明白那羊是有病了。

孙清河蹴到周生孝身边说：“都啥时辰了，你看羊干啥，羊又不是你婆姨。”

周生孝说：“你管㞞我。”

孙清河说：“水烧好了没？”

周生孝说：“烧水做啥？”

孙清河说：“猪不杀了？”

周生孝说：“不杀了！”

孙清河说：“咋了？”

周生孝说：“没咋。”

孙清河说：“没咋？”

周生孝说：“没咋，就是不杀了。”

孙清河说：“白跑了？”

周生孝说：“白跑了。”

孙清河说：“二十几里路哩，就白跑了？”

周生孝说："就白跑了。"

孙清河就"霍"地站起来，围着周生孝转了几圈，说："白跑了费鞋哩。"

周生孝说："费鞋是你的事。"

孙清河说："你说费鞋是我的事？"

周生孝说："怕费鞋还做屠夫？"

孙清河又转起圈圈子，后来他盯着周生孝勾头扯出的长长的脖子，说："你日弄我？白跑了费鞋哩。"

周生孝头都不抬说："费鞋就费鞋，你给我说干啥？做屠夫还怕费鞋？怪屎的。"

孙清河盯着周生孝看了一会儿，周生孝没看孙清河，只是看羊，孙清河就又说："我看你是成心日弄我哩。"

周生孝说："成心日弄就成心日弄哩，咋？"还低着头看自己的羊。

孙清河站了一阵，就往回走，他心里说白跑了费鞋哩，娘说白跑路最费鞋。他看看自己脚上的鞋，就觉得比昨日破了许多，这都是白跑路的缘故，他从来不跑白路。跑白路费鞋，这连三岁的娃娃都晓得。

他想周生孝肯定是跟啥人生气了。一件事会因为一个人的心情而改变，一个人的心情会因为一件事而改变。今儿不劁明儿还得劁，今儿不宰明儿还得宰，檐前水滴的旧窝窝，迟早还不是他的活计？只是，他心气不畅，有些恼恨，一搭里走了一年多，还没给一件活做，却先把他日弄了一回。孙清河出门来坐在离周生孝家不远的阳坡坡上，说：“我就知道他狗日的没么好心，还不到腊月，不娶儿嫁女的，这日子杀猪?!”

“狗日的，一搭里走了一年，啥时给过老子活。”孙清河用刀子扎着地。

“路是白跑的？得是。”他这么说。

他看到了一头麻叫驴给拴在草坡上吃草，他认识这头驴，是周生孝家的，有时赶集，周生孝就骑着它。驴用一根三丈多长的麻绳拴在一个揳进地里的木橛上，麻绳是新的，阳光下晃眼哩。他抽出宰猪刀来了，想了想却又把刀插了回去。他拔出木橛来，解开麻绳，一圈一圈绕缠起来，直到麻叫驴跟前。不远处的草地上还拴着一头草驴，“昂昂昂”地叫着。抹麻叫驴的笼头时，麻叫驴冲他喷鼻。他说：“解放你哩，还拿鼻子喷我?”抹掉笼头在麻叫驴沟子上踢了一脚，说：“追你相好的去。”麻叫驴“昂——昂——”地叫着，撒着欢冲那草驴奔去了。

孙清河嘿嘿笑着，说：“狗日的，和人一样。”

又说：“狗日的，成不了好事，人家没走驹（发情），又不是人，啥时间想要都行哩，胡骚情，小心踢断了噢半截红肠。”

“咚，咚。”

果然麻叫驴的腔板子上就挨了两蹄子，就躲得远远的围着草驴“昂、昂”地叫着转圈圈。

“扑哧——”

孙清河笑了，笑得腰一躬一躬的。

“胡骚情。”

孙清河蹴在那里看麻叫驴胡骚情。麻叫驴不甘心，又围着草驴“昂——昂——”地叫着，刚爬上草驴的身，又挨了草驴几蹄子，再不敢骚情了，腰一弓，跳将起来，放了几个响屁，撒着欢子冲到旷野中去了。

孙清河说：“花头，你狗日的去追吧，闲了几个月的叫驴，有你娃费的事哩，不追几道岭才日怪哩。”

花头是周生孝的外号。

孙清河提着绳子掂掂，沉沉的。

“到底是新绳。”他说。

又说：“我可不是偷，白跑了费鞋哩，连三岁娃娃都知道。”

孙清河拍拍屁股往回走，边走边说：“啥时把绳还给你娃那要看你娃啥时给我一件活做。”

孙清河没有直接回村，而是串了几个村子，收了三张羊皮。孙清河便往回走，经过朱家营，听到锣鼓梆子声，知是要唱戏。看看天色将晚，便想回家，可却又给锣鼓梆子声勾住，便进了村子，见村里人都拥向一家院落，便知戏还没开，正锣鼓梆子热场子。孙清河跟着人来到了大门口，才辨清是张万春家，明白是张万春请的戏。孙清河本想掉头就走，可二胡板胡已经拉起来，戏瘾勾住了他，双腿就迈不开了，又想这么多人，混在人群中未必张万春就能认出来，便猫着腰随人群进了院子。

戏确实是张万春请的，给儿子请的岁儿（一岁的生日）戏。去年张万春得了儿子，今日正满一岁，加上这两年日子过得顺溜，张万春便请戏答谢诸路神仙。因为天气太冷，戏就放在自家大窑里唱。朱家营的土质好，窑都大。朱家营的窑大，没有朱家营人吹牛吹的大，朱家营人说一头牛在窑掌下了个牛犊子，等从窑掌抱出来，牛犊子已经四个牙了。

却是偏偏遇了个端端，一进院门就碰上张万春站在院里前襟长后襟短地招呼人。

看到孙清河，张万春拍着双手说："啧啧啧，孙大掌柜的也来看戏呀，咋也叫唤几声，我好备酒设宴招待么。"

"掌柜的""叫唤"，听这词用的，分明是辱没人的话，孙清河"呸"了两口，掉头就走了。

张万春说："孙大掌柜的，那不送了，以后到家里来先叫唤上一声，我好准备准备。”

按说唱大戏，多一人少一人能有啥？人多了给你添喜送福。张万春这么做就小气穷酸了。其实呢张万春也不是小气穷酸，而是他与孙清河不对卯。朱家营是个大村庄，孙清河常来劁猪骟猪宰猪，这张万春没意见。几十年了，朱家营的猪都是孙清河的爹劁骟宰的，连娃娃都认得宰猪的老孙。可是孙清河从他爹手里承接过来朱家营的这个地盘，到了朱家营不但劁猪骟猪宰猪，还兼做皮毛买卖。这张万春就不高兴了，他认为这是孙清河不懂规矩，抢了他的地盘，抢了他的生意，因为张万春就是个皮毛贩子。人说无张不成村，可张家在朱家营算是寒姓，如果张家是大姓，孙清河肯定就把爹经营了几十年的地盘丢失了。因为姓寒，张家在朱家营没有号召力，但是，毕竟张万春是朱家营人，又大着孙清河十来岁，而你孙清河又是个外乡人，因此就不像对朱家营朱家人一样忍让，平日里见了面张万春就没给过孙清河好脸子，说话也就占地方。孙清河性格倔强，也是看出张家在朱家营的地位，你不让来，我偏来，你不让我做，我偏做。两人就顶上劲了，拌嘴是经常性的，有一回言语冲撞还不过瘾，两人打了一捶，打得红头血脸的。

孙清河在张万春家院子里“呸”了两口就出门往回走。走到半路上，地就动了。路就像一根在风中甩晃的绳子，还不时弹跳，他就像是耍杂技，在绳子上跳舞。朱家营离村子十几里路，他跌跌撞撞走了一会儿，觉得该离村子不远了，然而，眼前的景象却是越走越陌生了，虽有半牙儿月亮，却朦朦胧胧，一切影影绰绰的，他感到无限的恐怖。忽然一股猛烈的抖动，他就塌到沟壑里，还好没被埋住，他爬起来上了一个高处站定，不敢走了。四下看看，蹲下来，等待天亮。地在颤抖，就像在打寒战。他看到不远的梁上有几团白影，眯起眼睛细看，像是狐狸，又像是黄鼠狼，它们像人一样站起来，在山梁上跳舞，他惊出一身冷汗，揉揉眼睛再看，是狐狸，会跳舞那必是狐狸精了。他听说黄鼠狼拜月，却没听说过狐狸跳舞。他只觉得头皮发麻，忙隐在一个塄坎后来，大气不敢喘，生怕被狐狸精发现。屏气去听，还听到狐狸吱吱呜呜的叫闹声，过了许久，再偷眼去看，狐狸精还在跳舞。因为恐怖和寒冷，他哆嗦成一团。

许久过去了，他隐约听到了鸡的打鸣声。这给他壮了胆，雄鸡一声天下白，一切邪恶的东西都会销声匿迹，归于阴暗。然而，这公鸡叫声隐约而沉闷，就像是来自地下，按说这阵儿的鸡叫声该是此起彼伏的。他恍惚了，难道他离村子还很远？

又过了一个多时辰，夜正在醒来，天色渐渐清明起来，展现在他眼前的完全是一个陌生的世界，到处尘雾蒙蒙，大地千疮百孔。从这几棵树他明白自己已在五更岭了，然而，山走了，五更岭顶在小龙山的怀里，不是给小龙山顶住，五更岭还不知要走多远。老沟谷给填平了，村庄给埋了，埋得啥都看不出来了。他爬上一个峁顶嗷嗷地大吼，回应他的只有狼的嗥声和狐狸的叫声。

天已大亮，孙清河揣摸着村子的大致方位，边走边喊。忽然他听到了“叮叮当当”的敲击声。这正是刘承信用裤带铁襻敲击铜香炉的声音。他开始在声音传出的地方刨。因为没有锹，他只能用手。好在冻得坚实的土地给摇酥了，刨起来容易多了。刘承信爷父俩被刨出来，闭着眼睛大口大口地喘了半天气，这才看清眼前站着的是孙清河，他愣了一下。孙清河嗷嗷大哭，说：“哥，没了，全没了，整个庄子都没了。”

两个人搂在一起号啕大哭。

欢庆傻了一样站在那里，刘承信一把将欢庆摁得跪下说：“还不给救命恩人磕头。”

欢庆磕了三个响头，“哇——”的一声哭了。

孙清河忙搀起来说：“你看，这身上啥都没有，给娃连个啥也给不了。”

刘承信说：“还给个啥？你给了他一条命呀。”

清晨，依旧是玫瑰色的清晨，老天爷啊闯了这么大的祸，还跟没事的人一样。新坍塌出的沟壑悬崖在褐黄的山野是灰白色的，就像残骸。大地上看不到往日的景象，鸟倒多了，一群一群地叫着、飞着，麻雀、鸽子、乌鸦、喜鹊、麦鸟……许多与人为邻的鸟，凄凉地叫着从头顶飞过，它们把窝巢筑在人家的窑壁上、树上，想必也是失去了亲人，失去了窝巢，才有这么凄凉的叫声。

他们号哭着，“扑哧、扑哧”地踩着像犁熟的土地，茫然无措地奔走呼号。地还在抖，还在往下塌落，“轰隆”“扑通”，扬起一阵阵土雾。他们走得惊心动魄。一个上午，他们奔走呼号，大地之上只有他们的声音，再一点回声都听不到。起风了，寒风凛冽而张狂，打到脸上就像锥刺，手背上立时裂出小口。被摇晃得松软的土随风飞扬，天地间悬浮着厚厚的尘埃，他们给一阵一阵狂猛的风吹得站都站不住。有许多避风的崖壁，他们不敢靠近。有几棵没有倒的树，落尽叶子的树枝上落着些寒鸟，毛奓得像个刺猬，叫声寒凉。他们走向树，惊起了树上的鸟儿们。在这摇晃成一锅粥的世界，树成了最安全的依靠。沟壑里塞满了风卷来的柴草，孙清河手里的麻绳派上了用场，他们搂了柴蒿在树下搭个草棚。风却残忍地跟人叼柴蒿，他们从树上折了几根粗一些的树枝，围着树身用绳子捆绑固定下来，将柴草塞在树枝间，就像鸟的窝巢。多亏孙清河收的三张羊皮，正好铺在柴草之上。虽然柴蒿不挡风，到处钻风，但他们总算有了临时的窝巢。

他们口干舌燥，饥饿难耐，刘承信想到了香堂里的供品，三个大蒸馍，还有几个苹果。他们到那里开始刨，终于刨出来，却成了土馒头，馒头和苹果都冻成了冰疙瘩，一啃一道青印。口干舌燥，每咽一口馍，就得把脖子抻出老长。觉得不饿了，又在山野奔走号呼，然而，回答他们的只有呜呜咽咽的风声。在东边一道悬崖下面，他们发现了麦捆子，不知谁家的麦摞还没打碾，被掀到悬崖下面，麦捆子一个一个的，有二十几捆子。他们把麦捆背到临时的窝巢摞在一起，接下来他们将靠揉食麦穗度日。

小晌午时分，天色暗弱，老天爷开始在天空布云了，云越布越厚，越压越低，太阳偏西，风敛了，雪下起来。雪粒就像谷粒，极其密，落在地上发出飒飒飒的声音，一时半会儿就落了一鞋靿子深，整个世界银装素裹，大地的新伤旧痕被捂了个严实。天地一统，梁壑一统，山谷一统，一切都被掩盖起来了，只有芨芨草、蒿秆、母猪刺从雪里参出来，劙破了绸缎一样的风，发出凄凉的呜呜声。老天爷就这么轻易地抹去了在这世上作的恶。老天爷看似给死去的人披孝，却要活下来的人的命啊。他们钻进临时的窝巢，雪很快就苫盖了蒿草，这倒好，雪填塞了蒿草间的空隙，就像和了泥把蒿草泥了一遍，风钻不进来了。尽管冷得他们直打哆嗦，他们还得捧雪解渴。

刘承信在树皮上深深刻下一道，以此记录日子。

一连几日，他们踏遍了这道山梁，没听到一声回应。世上无限伤心事，最难死别与生离。可这生离死别也太大了，他们已无泪可哭。地还不停摇，一日三五次地摇着，就像是要把摇酥了的土地又往实落里摇，他们的心给摇乏了，摇散了，摇㞞了，谁知道哪天咔嚓嚓轰隆隆就埋了。没火实在是受不了啊，火石、火镰、火草，三样生火的工具一样都没有。他们捡来两块石头，打得出火星，却引燃不起蒿草。

又几日过去，到了刘承信在树身上画成两个“正”字，已经是地摇了的第十日。这日又大震一次，“轰隆隆”的声音滚过，大地又被修理一次，几棵树被连根拔起，埋入地下，他们搭起的草棚子被埋没了。他们绝望了，一点指望都没了，十天捂都捂死了。没有办法了，再待下去，他们也会给埋了的。他们往下刨，想刨出那些麦捆，可刨了那么深，还是黄土。

他们要离开了，再不离开即使不被埋葬在这里，也会渴死饿死。三个人面朝五更岭跪下去，每人磕了九个头。刘承信和孙清河轮流背着欢庆踩着颤抖的大地，一步一回头地走向西安州城。

五

“背靠天都山，前临锁黄川。是固靖之咽喉，甘凉之襟带。”这便是古人形容的西安州。天都山是宋夏时期南华山与西华山的合称，依附着天都山的西安州因为地理位置重要，东汉时就已经很繁华了，史书中记载“城内寺庙七十二座，水井三百六十孔，足见其繁盛”。经隋、唐发展，丝绸之路由长安至泾州，西北进入平凉、固原，沿清水河谷至黑城，经苋麻河谷，过海原县城，至西安州，西安州成为丝绸之路上的一个重镇。宋时西安州成为西夏、宋、金等三国经常争夺的地方。宋太宗雍熙二年（985年），天都山一带被西夏占据，成为西夏攻宋的军事重地，西夏对宋的战争中包括著名的好水川战役等均是在这里发起的。1042年，西安州进入鼎盛时期，西夏开国皇帝李元昊在西安州修建避暑夏宫，七座豪华壮丽的大殿飞檐斗拱亭水相映，府库馆舍绵延数里，取名“南牟会”，元昊和没移氏在这里举行了盛大的婚礼。其后每年盛夏，元昊和没移氏都来这里避暑，尽情享乐。公元1081年，宋神宗五路伐夏攻占西安州，宫殿府库馆舍尽被宋将李宪焚毁，宋又重新筑城设防。元代，居住西安州的蒙古人主要是脱雷的后裔，即忽必烈的第七子西平王奥鲁赤及后裔。元天历元年（1328年）十二月，阿剌忒纳失里由西安王进封豫王，一直到元至正十八年（1358年）十月，阿剌忒纳失里才受诏命徙居白海。明代，西安州城成为明朝“九边镇”“固原镇”的防御重地，设西安州守御千户所，固原满俊起义被明朝政府围剿镇压之后，在城内增筑隔墙一道，分为南北二城。城东西长一千三百米，南北宽九百米，每边有二十个等距离马面，四面建角楼，开东西北三门，均绕以瓮城。西安州城街巷纵横，店铺、寺庙、军营、王爷府、普通民居井然有序，西安州当年的繁华不逊于海原城。在西安州，天南海北的奇珍异宝都是可以见到的。清设游击驻防。到了现在，西安州古城依旧繁华着，二百多户人家，店铺、庙宇、鼓楼、戏院、房屋、箍窑……

当他们一步一步走进西安州城时，愣住了。此时摆在眼前的西安州城如遭战火浩劫，一切都坍塌了，没有站着的东西，整座州城只剩下一个轮廓，街道就像给瞎瞎（鼢鼠）打了，到处拱起土包，雪为这一片片废墟盖上了孝布。这座仅次于海原城的繁华州城，在地震中遭受的重创其惨烈程度远超出了他们的想象，让他们目瞪口呆。

他们漫无目的在城里走着，号哭之声不绝于耳。有伏在尸体上号哭者，显然是今日的地摇又造成了新的伤亡，这是一个无法无天的惨烈事件。西安州地处一块小盆地，城里多为房屋和箍窑，倒塌后人被压埋于废墟之中，还能刨出尸首，还能伏尸哭泣，不像自己的亲人给埋葬得那么彻底，刘承信心里无限悲凉。街巷里人很少，偶尔碰上的人筒着手站在那里，脸上布着阴沉、忧郁、悲戚、麻木、呆滞之气。刘承信感到每个人都想哭诉，可谁都无处哭诉。

看到“李记药铺”的牌子戳在废墟上，刘承信才知道这片废墟就是“李记药铺”，曾经多么气派的高房大屋，如今成了一片废墟，两尊石狮子倒在地上。看看一堆瓦砾和椽子檩条，刘承信想难道白须如云的老大夫也不在人世了吗？爷爷奶奶在的时候，他经常去抓药，老大夫人好，每次会多送一服药给他。废墟上撂着一把锹，刘承信顺手提了。

碰上马家河湾的马阿訇，马阿訇拱着双手道个“色兰”。

“色兰”是回教打招呼问好的话。刘承信也拱着双手回了个“色兰”。五更岭的另一面是马家河湾，是个回族村庄。村庄间人们互相走动，回教的一些经话刘承信耳濡目染地知道一些，也记下一些，因为平时要用的：迎亲与婚礼要过“尔麦里”[①]，念“尼卡哈”（婚书），餐前宴后要做“杜哇”（祈祷），念“索尔”。日常用到的词还有：“口到”（尝），“拿散”（施舍），“无常”（去世），“教门”（虔诚），“大净”（全身沐浴），“小净”（礼拜前需洗脸、手、足及下部）。

“打完了，打光了。”马阿訇用袍袖搌搌落下的眼泪。

刘承信说：“我们叫天哩，贵教叫主哩，这是要收人啊。”

“西安州城中打死了七八成啊。”马阿訇失声了。

就在两个人说话的时候，地又剧烈地抖动了，就像一个人冻得打寒战。

一个人蓬头垢面号叫着从街这头跑向街那头，又从街那头跑向街这头，因为坑洼不平，跑得跟头流星。街巷晶莹的雪上那凌乱的脚印看来是他一个跑出来的。

“是鸿泰皮货行的周掌柜。”马阿訇说，“七八口人的家，只剩下周掌柜一个了，还是去了前庄子说话才留下了，生生把人逼疯了啊。”

周掌柜又疯跑回来了，刘承信细看，果真就是鸿泰皮货行的周掌柜，那可是西安州几大富户之一，平时高骡子大马的。

原想着来西安州躲难，谁知也是这样的惨烈，连个存身

① 尔麦里，是阿拉伯语“amal”的音译，本义指各种功修和善行，特指为纪念伊斯兰教先贤、哲人和某些苏菲门宦教主的主要宗教仪式。

的地方都没有。他们只能再往回走。走到半道，又想村子没了，回去也是没吃没喝，更无处躲避寒冷，就踅向南华山来了。南华山中有西夏王李元昊的避暑行宫，有灵光寺、二王子避难洞、御池、石窟，至少可以找个躲避风寒的地方，庙里有僧人，或许还会施舍点吃的，山上有水，可以解渴，还可以打猎。

到了南华山，只见庙宇坍塌，一片狼藉，方才知道这神佛之地，亦未能幸免。庙宇未曾坍塌的也是裂痕犹如蛛网，随时都有再次坍塌的危险，好在依山体上凿出的石窟没有坍塌，只是佛像损毁得厉害。刘承信希望找到一孔新开凿还没供奉佛像的石窟。正在找寻，听到一个石窟有人声，走进去一看，却是曹喜贵和石榴两口子。

曹喜贵和石榴去年结婚，石榴在西安城“和顺食府”做下厨，曹喜贵在杂货铺当伙计。那日两个人正在戏堂里嗑着瓜子看戏，地震了，先是倒了一面墙，人都往外扑，石榴被挤倒了，曹喜贵一把扯起来拉着往外跑，这时整个房顶坍塌下来，一根松木檩条直砸下来，曹喜贵一把推开石榴，自己被砸在下面，砸折了腰和腿。在西安州待了几日，没吃没喝，连个避寒的去处也没了，石榴就背着曹喜贵一步一步往五更岭走，路上遇到人说山走了，村子让山埋了，什么都没留下，两人想了半晌，只有这山中大庙是个去处，石榴便背着曹喜贵上了南华山。

刘承信看看石窟，才凿成还未布置佛像。

在石窟中安顿下来，刘承信和孙清河开始在倒塌的僧房里找寻，僧房里应该有僧供。南华山灵光寺香火很盛，是有僧人的。刘承信顺手带来的一把锹派上了用场。他们清理出了两具和尚的尸体，欢庆“哇”一声哭了，钻进爹的怀里，孙清河吓得大叫一声往外就跑，刘承信倒有一份镇静，他双手合十念了个“阿弥陀佛”，冲孙清河说：“你跑啥？”刘承信让石榴领走了欢庆。

刘承信和孙清河将和尚抬到后院，想挖个坑埋了，可地冻得跟石头一样，锹剁下去一个青茬。刘承信让孙清河去沟壑里搂野蒿来烧化土地，自己清理僧房。正清理着，听得背后“欻啦欻啦”，刘承信头皮发麻，猛然转头，却是石榴。他说：“你、你去，别吓着了。”石榴却不言语，只是在他背后默默地往外腾挪东西。

僧房里大有收获，翻出了被褥、僧衣，翻出了半口袋米、一口袋面、一袋盐、一口袋土豆、一小袋扁豆，翻出了锅、盆、瓦罐，盆、瓦罐烂了几牙，锅倒新着，还有两个石茶缸，两块砖茶。翻出了火镰、皇历。刘承信连念几句“阿弥陀佛”，心里实落了。

刘承信对石榴说：“把被褥抱去给喜贵兄弟铺上吧，他那伤口在柴草堆里啥时才能长好。”

刘承信拿了火镰去了后山，将一堆野蒿点着，化开了一片土地，挖了两个坑，将和尚葬埋，又从庙里搜寻了香表，简单地祭祀了。

柴火垛子很大。去了观音湫凿了个冰眼，用锅和残盆烂罐盛了水，点了火烧开水。整个石窟立刻热和起来了。

半口袋米一袋面几个人放开吃是吃不了几天的，刘承信对石榴说：

“弟妹，你给咱们把着点，人饿死不是吃不饱饿死的，而是断了顿饿死的。”

石榴没有答话。刘承信又说：“喜贵你给做好点，我们几个能拉个命就行，地还这么摇着，这日子谁知道过到哪一天。”

吃了一顿热气腾腾的土豆面，真是舒坦啊。曹喜贵说：“百十口人的村子就活下来咱们几个，大难不死啊，两位兄弟要不嫌弃我这个废人，咱们结拜成拈香兄弟吧。”

孙清河看看刘承信，刘承信说：“一个村子就活下来咱们三个，谁还嫌弃谁啊。”

于是刘承信和孙清河架着曹喜贵出来，三个面朝大庙跪下去，将香插在石缝中，咬破中指，滴血在水碗中，叩拜之后三人喝完了血水。

过了几日，天气晴好，曹喜贵对刘承信说："哥，看这天气，路该开了，你陪弟媳妇去趟肖家堡，估计怕也没啥人了，去一趟把心思给了了。"

又说："心里惦念着哩，夜夜哭哩。"

刘承信陪着石榴去了肖家堡。路没了，路上连个问路的人都没有，到处都是虚土，又给雪覆盖着，他们走得深一脚浅一脚的。肖家堡没了。石榴坐在山头上哭，刘承信也哭了。

从肖家堡回来，刘承信去了干盐池城。这条路是多么的熟悉啊，可是现在他陌生了。路全成了断头路，一个个断裂的碴口就像白面干粮被掰开，断崖白森森的，碴口最大的错了几丈，鼓包与裂缝形成了新的沟壑，走过马车驼队的路面就像发起的面，走上去就像是踩在棉花包子上，鼓起的土包一个接一个，就像是世界上所有的瞎瞎（鼢鼠）全集中在了这里，把这里打了个遍。崖壁还不时塌落，掀起一阵阵土雾。

说起这干盐池盐湖在汉唐时期是著名的河池，食盐销往周边的固原、西安、兰州等地，是盐茶贸易的主要物资，干盐池也因此成为盐茶马道上商品集散的驿站，脚户们经常驻足集结，进行贸易，集市昌盛。唐朝在海原地区设置"盐茶马交换所"。宋朝将茶叶作为一种政治资本用以控制西北各部，专门设置了盐茶马司进行管理，韩淲《涧泉日记》卷上记载：“西安州定戎寨盐池，本州月收七百余斤，计为钱一百四十万。”定戎寨盐池就是干盐池。宋夏之间百余年间在干盐池冲突不断，盐池的争夺是重要原因。干盐池城始筑于宋，城内宋夏时均设神祠、察院、仓场、鼓楼、公衙、庐舍等，无一不理。明朝复修，开东西二门并绕以瓮城，城内商贾众多，并驻有军队。明户部尚书杨鼎所撰《干盐池碑记》赞其城曰：“气象巍严，独胜边方诸城……”明朝设有负责管理盐仓的“仓官”，清朝设立了地方政府“盐茶厅”。

当刘承信看到干盐池城时，比看到西安州城更让他震惊，一条裂缝自城东南斜穿全城，整座城被撕裂了，房屋全部倒塌了，宽厚的城墙全垮下来，形成了一道道土岭，几截勉强站着的城墙，显得孤零零的，岌岌可危，时刻都有倒下来的可能。刘承信爬上一截残存的城墙上，放眼望去，四周打磨平整的田地里，石垒的地塄圪断裂错位，东一截西一截，歪七扭八就像撂在地里的一根根洋火棍儿。盐湖南边高高翘起，盐湖湖水向北流去。赵大头阔绰的住房和宽敞的盐库给夷为平地。靠着西城墙的盐工住的土房和箍窑都浸泡在水中。刘承信的眼睛模糊了，仿佛苏好从那湖水中浮出来。

对苏好他有一种难以言说的感情。苏好长得漂亮，脸盘腰身没一样长得有拨弹（挑剔），那就是个美人坯子，一颦一笑，一言一行，又给戏文滋润，实在是媚人得很。刘承信有自知之明，像苏好这样的女子，他是不能有非分之想的，见见面说说话他也就满足了。他知道他们之间有着多么遥远的距离，就像她是天上的飞鸟，而他只是地下的爬虫，但他不会阻止自己拥有这种感情，而且他会怂恿这种感情，但只是让它在自己的心里涌动。他一直以为苏好根本就看不起他。苏好的眉心有颗痣，不偏不倚，不大不小，圆丢丢的，仿佛是刻意专心点上去似的。起初刘承信以为是点上去的，是戏子化的装，许多戏子都有这毛病，戏散了场还不肯卸装。慢慢混熟了，刘承信知道是真的，但他故意坚持说那痣是点上去的，苏好就跟他打赌，让他去摸，他就去摸，还蘸了水去擦。苏好给给给地笑，说你个鬼头，分明知道我这痣是天生的。有一回他的锹把用劈了，手指头穿了个刺，他去找针，苏好说刺不是自己挑的，挑刺要有后娘心。说着拿出针来，一把捏住他的指头，将刺挑了出来，还吮去了他指头上的血。这让他心旌荡漾啊，自此刘承信心里装着苏好，也断定她也是穷苦出身。

从刘承信的内心来说，苏好这样水灵的女子，脑满肠肥的赵大头是配不上的。他们像抬猪过秤一样抬着称过赵大头，二百三十斤重，坐着就是个肉山。两个大眼袋就像扣上去的两个酒盅，左脸蛋上长着羊粪大的一个痦子，上面还长着几根毛，赵大头美其名曰财毛，弯弯扭扭长了老长，却不拔、剪。一绺仁丹胡稀稀落落的，都花白了，却不剃刮。稀疏的头发用头油拢在一起，却露出了明晃晃的头皮。面皮黝黑，没有光泽，看上去就像上面浮了一层草灰。他不像个老板，背半扇子猪，吆喝一声，那就是一个卖肉的屠夫；提一把板刀，往路中央一站，就是一个剪径的强盗。

刘承信觉得赵大头配不上苏好的另一个原因是赵大头太烂了，有了三个太太，还有苏好这样的女人，在外面还拈花惹草。来了重要客户，赵大头都要带着去眠花宿柳，从他们开玩笑的口气，赵大头一次要叫几个窑姐。赵大头不但逛窑子，还在外面有女人。这两年多，他见过来找赵大头的女人有好几个，从那说话的口气和交流的眉眼就能断定他们是啥关系，从那些女人洋溢的气味闻得出来都不是良家妇女。今年夏天来了一个穿旗袍的女人，媚眼乱飘，一步三摇，腰身软和得像春天的柳条，把盐工的眼眶都绷裂了。那女人进了赵大头的屋子，一天没见出来。

其实这赵大头没啥本事，就是个吃老子的货，从老子手里接过家业。

其实他爹也没啥本事，本就是街上拿命弄事的混混，全靠的是泼皮无赖不要命的看家本事，靠欺行霸市发的家。

可是谁让人家有钱呢。

苏好有一个“咪咪”，样子像一只鸟儿，头小尾大，颈部削出舌簧，两端钻眼穿线。弹奏时放在两唇之间，一只手扯动线绳，舌簧振动发出颤音，口中的气流使颤音发生变化，产生共鸣，发出神秘而美妙的乐声。有专门唱“咪咪”的歌：“三寸竹片片，两头扯线线，一头手中拿，消愁解麻缠。”苏好经常骑在老城墙上弹“咪咪”，弹拨出的全是些悲伤的曲子，婉转凄凉，刘承信就知道苏好心里也泼烦。

这苏好为啥要跟赵大头呢？戏子要红，得要人捧。戏子就这么个命运，可是为啥要找赵大头这么个东西来捧呢？难道固原城里就再没有老板了……

往事依稀，在眼前演戏一般，刘承信依稀听到了苏好在唱戏：

许翠莲来好羞惭，
悔不该门外做针线。
那相公进门有人见，
难免得在外说闲言。
说奴长来道奴短，
谁人与我辩屈冤……

他四下看看，声音分明就在耳边，却看不见人影，不免泪流满面。

他爬上西北边的一块高地上，看到湖心漂着一个尸体，他试探着想靠过去，可四周全是水，波光粼粼，那尸体在湖心打着旋。刘承信像一只失群的孤狼“嗷嗷”嚎叫几声，连个人渣渣都看不到。只有一冬的硬风没有雕尽的芦花，在风中摇曳着。

他喊：“赵掌柜——”

他喊：“侯五——”

他喊：“牛喜旺——”

他喊：“罗九成——”

他喊：“李满仓——”

…………

他喊：“苏好——”

回答他的只有风、波光、回声。

他喊：“陈喜蛋——”

他喊：“李五福——”

他喊：“牛前山——”

他喊：“周文化——”

他喊：“王根弟——”

…………

他喊：“苏好——”

回答他的依然只有风、波光、回声。

刘承信想半个月了，即使活下来的，怕也逃离这里了。他蹲在那截城墙上，揪了一把干苁草在嘴里嚼着，泪水落了下来，打在城墙上嘭嘭嘭作响。

他流了一阵泪，又流了一阵泪。

他听到有人说："没人了，不是走了就是死了。"

分明有人在给他说，可他站起来四顾而望，却看不到个人渣渣。

经过几天的端详，刘承信看出石榴是个会过日子的女人，她每天做饭的时候，会从搲出来的米面里抓出一把放回米面袋里。这让他想起娘，家里不论谁煮饭，搲米搲面都是娘掌握着，米面搲出来她总是要抓一把放回瓦盆里，说一句话是："一天省一把，三年买匹马。"然而，这样几天就能省出一顿饭来，长年累月下来，就很可观了。娘说别小看这一把，灾荒年能救命哩，人饿死不是因为吃不饱，而是因为断了顿。而对于一大家子人来说，从一顿饭的粮食里抓一把粮食出来，多加一马勺水虽然稀了点但也就过了。然而，一口袋米半袋面再怎么省，也经不住五张嘴的一日三顿，这五张嘴都正是能吃的年龄。何况这日子还不知道何时是个头，刘承信准备打猎了。刘承信跟着老猎手朱远打过两年猎。狐狸、狼和豹的皮很值钱，富贵人家需要，一张豹皮遇个好买主能顶你卖半年的苦力。后来，奶奶说日子不杀生害命能过，为啥要杀生害命呢？这些野东西老天爷造下它是跟人一样的，不是人的一口肉，不像鸡猪牛羊，老天爷造下它就是人的一口肉。他就收了心不再打猎了。是啊，奶奶说得对，日子不杀生害命能过，为啥要杀生害命呢？

周生孝的那根麻绳又派上了用场，不过，一根绳不够，刘承信和孙清河从山上折来一些野麻，用水闷过，剥皮，又拧两根麻绳，刘承信对石榴说："你每日梳头掉落的头发别扔。"

石榴不说话，只是翻着眼睛看他，刘承信说："做网扣套鸟，你看连个马尾巴都找不上么。"

石榴扭转身出去了，不一会儿，拿进来一把子头发，刘承信一看，她把头发剪了，刘承信说："你看你，这么好的头发咋就剪了嘿，可惜的，要不了这么多。"

石榴却已转身出去了。

麻绳搓成，刘承信用头发在上面拴一些活扣，布置在阳坡草地，鸟儿刨草籽草根时会给套住，越动弹扣越紧。有时也能套住兔子，但得身手利索，不然兔子会挣脱发扣。他们还削出一些尖棒，这是为了猎捕野兔、黄羊和野猪。狼和豹子他们不敢想。

南华山为六盘山余脉，山上飞禽走兽很多，麻雀、半鸡子、呱呱鸡、山鸡、鸽子、野兔、狐狸、黄羊、野猪、狼、獐、马鹿、豹子都有。第一天，他们就打回了十几只麻雀、四只半鸡子、两只呱呱鸡和一只长尾山鸡。山上野菜也多，苦苦菜、黄花菜、蕨菜、荠菜、芨芨菜，虽然干黄了，拿回来清水里泡泡，多煮一阵还是能吃的。还有党参、黄芪、刺五加，虽是药材，也可当菜吃，炖肉不但提味，还是大补。还有野花椒、山葱、鸡大腿（一种野蒜）。山杏、山桃的核儿他们也会捡一些回来，敲了做饭时往里调上几十颗，顶油吃。当然不敢放多了，多了中毒。山野是丰富的。打回来的鸽子和鸡就让石榴配了党参、黄芪炖上，给曹喜贵补身体。

有了皇历，日子就不混沌了，就有了节气。日子说慢也慢，慢得煎熬，说快也快，快得飞快。腊月到了。一入腊月，刘承信和孙清河日日进山打猎。南华山山形似莲花，又名莲花山，因山高气寒，春冬季总为冰雪覆盖，而秋季落雨成雪，因此有雪山之称。而到了冬天，南华山总为大雪覆盖。为防备大雪封山，他们得贮备食物。粮食越来越少，肉食将成为他们的主食。野物打回来，他们就烫了、拔毛、开膛、抽肠倒肚，收拾干净就挂在外面的树上冻着。看着挂了一树的肉疙瘩，他们感慨地想以往过年，肉食从没这么丰盛过。刘承信很想猎到一只野猪或者黄羊，这个年就消停了。猎野猪和黄羊，最好的办法是陷阱。可是地冻得很深，挖不了陷阱，他就有目标地布绳套，绳套猎野猪是有难度的，不过一日他们套住了一头野猪，木矛也插伤了野猪，但野猪还是咬断绳子，负伤跳崖逃走了。黄羊很机灵，蹄子落地很轻很快，因此不容易套住，但他们套住了一只狐狸，狐狸肉不能吃，皮可是值钱。但狐狸不是宰的，一宰皮就不值钱了，因为狐狸皮人家要筒子，就是把狐狸的肉骨脏腑全从嘴里掏出来。因此，狐狸要吊死。孙清河看到狐狸吓得直抖，刘承信就笑了，说："那你咋当屠户的。"

孙清河说："这东西不像猪羊，邪性，那眼睛会说话，我不敢看。"

刘承信费了半天的劲，把绳环套进狐狸脖子，拉到一棵树下，将绳子的另一端从树杈间甩过去，然后将狐狸扯起来，悬到半空，把绳子系死在树上。狐狸挣扎着就像在荡秋千。孙清河躲得远远的，连看都不往这边看。一时三刻狐狸就死了。刘承信放了下来，就开始褪狐狸皮。他先用石头把狐狸全身的骨头砸碎，掏空头，再掏骨肉脏腑。肉与皮之间有一层膜，并不难掏。

腊月是一年里最后一个月，这是一个感恩的月份，人们要祭祀"众神"与祖先，因此叫腊。腊八是欢庆丰收、感谢祖先和神灵以及驱逐瘟疫的节日，门神、户神、宅神、灶神、井神这些与人们日常生活息息相关的神灵都要祭祀。海原人的腊八饭主要用五谷和蔬菜，煮成黏饭，敬神祭祖，还要喂家畜腊八饭，倘若这天有讨吃到门上，那是给你送福气来了，一定要给他们吃腊八饭。腊八饭一定要在鸟雀醒来前吃毕，否则这一年庄稼会受到鸟雀的祸害。吃腊八饭要在碗底留一疙瘩，像麦摞一样，就叫麦摞，有两层意思，一是年年有余的意思，二是为鸟雀们留食粮，也是为自己积德。今年的腊八饭，石榴做得比往年要丰富，除了黄米、扁豆，还有杏仁、松子、肉疙瘩。曹喜贵说："从没吃过这么香的腊八饭。"欢庆吃了两碗，还要吃。刘承信拦住说："别吃了，没个够，小心撑死你狗日的。"石榴却又盛了一碗说："吃，吃了去外面跳去。"

过了腊八是小年，腊月二十三拉开了年序。二十三，糖瓜粘。腊月二十三是祭灶神，送灶神升天。关于腊月二十三，海原人有两个传说，一说是灶王爷本是天上一颗星宿，因为犯了过错，被玉皇大帝贬谪到了人间，当上了"东厨司命"，端坐在各家各户的厨灶中间，看着人们怎样生活、如何行事，把好事坏事都详细记录下来，到了腊月二十三日就回转天庭，向玉皇大帝禀报各家各户的善恶情况，腊月三十晚上返回人间，根据玉帝的旨意惩恶扬善。所以人们在腊月二十三日都要祭灶，把又黏又甜的糖瓜献给灶王爷，在甜灶王爷的嘴，让其"上天言好事，回宫降吉祥"。二说是人的身上都附有一个三尸神，经常给玉皇大帝打小报告，说人间的坏话。有一次报告说人间要谋反天庭。玉帝看后大怒，立即召见三尸神，命他把罪行写在说玉帝坏话的人家的墙上，再让蜘蛛结张大网，挂在屋檐下。玉帝又命王灵官除夕之夜下界，凡见到三尸神做了记号的人家，就满门抄斩。三尸神见阴谋将要得逞，自己可以独占美好的人间了，就飞快下凡，在每户人家的墙上都做了记号。灶王爷发现了三尸神的阴谋，告诉人们从送灶之日起，到除夕前家家打扫得干干净净。等王灵官大年夜奉旨下界察看时，发现家家户户都很干净，百姓安分守己，辛勤劳动，回去禀报玉帝。玉帝从王灵官和灶王爷嘴里得知三尸神冤枉好人，怒火万丈，将三尸神永押于牢。虽然差这少那的，但石榴还是整出了几样供品。虽然遭了这么大的难，但磕头祭拜他们与往时一样的虔敬。

腊月二十三过后，就天天都是集了，沥沥拉拉地办年货一直到大年二十九。虽然节气已失去意义，带来的只有悲戚哀伤，可年还得过。除了石榴身上还有几个钱，孙清河身上没钱，本来他装着几个钱，可收了三张皮子，还欠了人家的钱。刘承信身上没钱，因为他是在家里，身上没装钱。核桃、枣、橘子、柿饼、栗子、门神、挂千、金银箔、窗户眼、糖瓜、糖饼……这些都可以不买，但烧纸、香表总得买一些，年三十晚上要祭祖。二十七一大早，刘承信把山鸡、鸽子、呱呱鸡、兔子各提两只，又带了那只狐狸皮，带着欢庆和孙清河去海原城赶集。石榴把钱掏出来塞到刘承信手里，刘承信又塞回去。石榴又塞回来，刘承信说不用不用。石榴说："让你拿着就拿着。"口气很冲，刘承信愣了一下，心里说看上去文弱，脾气其实挺大的。

欢庆高兴得直跳蹦子，毕竟他只是个六岁的娃娃，已经从大灾难的悲伤中走出来。海原城是他第一次去，爷爷不止一次以"听话，爷爷带你到海原城下馆子去"哄骗过他，给他讲海原如何如何，对于他来说，海原城是美食的富饶的。

从山中出来，投到大路上，没走出多远，迎面走来一个人，双方都错过去了，又都站下来，那人说："海原城摇成了一铺摊了，还没这西安州的人多。"

于是他们就又踅了回来，欢庆失望极了，他多么想去趟老是听到却还从未去过的海原城啊。

西安州城一片荒废，零星的几个摊点卖着一些普通的年货，尤以卖香表纸钱的为多。价格贵出了几倍。他们挑来的山鸡、鸽子、麻雀、呱呱鸡、兔子……问都没有人问。寒风劲道，扬起的沙尘锥剟针刺一般，天地一片昏黄。这平日里抢手的野味一只都没卖出去。看看天色，他们只能以物易物，用拿来的野味换了些祭祖敬神要用的祭品，给欢庆换了点糖果，换回了两瓶酒，一包旱烟。吃亏得很，但能有啥办法呢。狐狸皮刘承信实在舍不得这么便宜出手，可最后还是换掉了。石榴给的钱刘承信没有花，曹喜贵那个样子，留下以备不时之需。在一个卖炮的摊前，欢庆站下不走了，刘承信摸摸儿子的头说："家里亡了人，三年内不能放炮，不能贴对联，不得穿红戴绿，不能开怀大笑。"

年三十晚上，除了敬神烧纸，重要的是祭祖。为菩萨建了佛堂，祖宗灵位也供在里面，每年年三十晚上，是要一一去擦拭、抚摩、叩拜的，那是一个繁琐而虔诚的过程。去年敬神祭祖历历在目，犹如昨日，刘承信啜泣着，跪在这荒山野岭之中，空对着星辰草木，默默地把祭祖的程序在心里走了一遍。

年好过，月难过，日子还比树叶多。几天年也过得很快。很快正月里最后一个节气——正月二十三到了。"正月二十三，家家户户燎臊疳！""燎疳"是年尾，"燎疳"之后年方才算过了。在别的地方的传说中，"疳"是一种顽固的病毒，只有用火烧燎，才能消灭。"燎疳"便寄托着燎去陈厄晦气、消灾避祸的意愿。海原人"燎疳"的传说则是因为人类犯了天条，玉皇大帝决定要收人，定于正月二十三这日夜晚将人全部烧死。太白金星偷下凡间给人传话，让正月二十三这晚家家户户门前放火，所有人在上面跳来跳去。玉皇大帝打开南天门一看，只见人给烧得乱跳，便以为人类已葬身火海了。人这才活了下来。

正月二十三，夜幕降临，家家户户在门前都点一堆火，自远而观，团团点点，真是万家灯火。如果住得集中，会几户甚至十几户人家把柴堆在一起，烈焰照彻天空，人们在火焰之上蹦跳，一片沸腾。除夕时贴上去的对联、门神扯下来，和当日院内清扫的杂物一并投入火中点燃，再用黄纸剪成二方连续或四方连续图案的纸人——“燎疳娃娃”悬挂于门楣之下。大人娃娃在火堆上跳来跳去，碎娃娃还不能跳火，则由大人抱着在火堆上跳，或者由大人两手分别握住娃娃的两手在火上甩一圈。刀、擀杖、马勺、筷子、马扎、小儿衣被……也拿出来燎，小一些的家畜或幼崽也抱着从火上跳过，以求牲畜兴旺。待火势弱小下来，再投入香表，家家取来挂在门楣之下的“燎疳娃娃”烧掉，投入二踢脚、鞭炮、盐粒，令噼啪作声。柴火燃成火籽，扬场一样用铁锨把火籽轻轻地扬起，这叫“扬五谷花”。火籽在半空中撒开，随风飞舞，丝丝缕缕像焰火一样绚烂。扬一锨火籽，叫一种庄稼的名字，依据火星的大小、茂盛，预测今年种啥庄稼会成收。落下来没有熄灭的火籽，娃娃们追撵着用脚踩灭，称为“踏老鼠”。

按规矩“燎疳”不能用麦秸、糜草、荞柴这类家柴火，是要去野地里打野柴。早晨起来，刘承信就叫孙清河一起上山打柴。

孙清河说：“哥，这疳还燎？”

刘承信说：“燎，咋能不燎。”

虽说节气已经立春，阳光明媚，风不起尘，但寒冷未减。

打着柴刘承信就想起去年“燎疳”，仿佛昨天一样。去年的今天也是这么好的天气，他带着欢庆去打柴。五更岭的野柴可不像这南华山好打，不过要找对了，寻见一窝子，就够一捆。但那要下到深沟里去，因为风把所有干枯的柴火都刮到了沟底。到了老汉沟，打了一捆柴火，竟然还捉了一只呱呱鸡。抱回家，欢庆不让宰，拴个绳子要养，后来，这呱呱鸡竟然自己鸽断绳子，飞走了。

靠着南华山，打柴就容易多了，两人一会儿就打了两捆柴火。刘承信还在打，孙清河说：“哥，就三五个人，够了。”

刘承信说：“再打点，多打点，该好好燎燎，好好烧烧。”

柴火垛像座小山，点着后火势熊熊，虽然没有鞭炮、盐粒，但因干树股多，树股有节，爆得噼里啪啦的，赛过鞭炮。刘承信和孙清河把曹喜贵抬出来，在火上过来过去燎了几下。看着熊熊燃烧的火堆，欢庆还在火上跳过来跳过去，刘承信却恍如隔世。去年燎疳时，欢喜、欢乐都还小，不敢从火上往过跳，爹抱了欢乐在火上跳，他抱了欢喜在火上跳，结果欢喜怕火，一紧张缩了，掉到火堆里，捞出来眉毛、头发都烧着了。往事就在眼前浮现，他心如刀绞。

刘承信又想起了耍社火。社火从正月初四就开始走村串户了，一直要耍到正月二十三这天，去庙里耍过，烧香祭拜之后，舞狮、舞龙、旱船、高跷、腰鼓、旱船……所有道具交回封存，社火队就散了，各自回家，收拾闲了一冬的农具，等二月二龙抬头，田地里的活就开始了。啥是节日，节日就是给人个念想。

刘承信把目光从山口放出去，看不到一点儿火光，夜黑如井，夜寂如死。

六

一场持续了两天一夜的东南风撕开了冬日铁板一块的厚茧，灰沉沉的天空清爽起来，蜿蜒的园河两岸显出褐色的潮意，南华山的线条渐渐明朗清晰起来，西北风吹啥啥硬，东南风吹啥啥软，树摇曳着活动筋骨，纤细的树梢儿软了，在风中不再像冬日发出呜呜呜的呼啸，而是发出唰唰唰的声音，草木以旺盛的生命力突破冻硬的地皮，芦苇、冰草、蒿子，抽出细嫩鹅黄的芽来。向阳的山坡上雪开始融化，淙淙潺潺地流淌，在山间的石窠形成了一个个大大小小的水潭，明媚的阳光下闪烁着晶莹的光泽，鸟儿的翅膀不再像冬日那样僵硬，柔软地扑扇着，撩起一瓣一瓣明亮的阳光，就像眼镜片乱晃，叫声也悠扬婉转起来。

大地还像时不时被哪个冒失鬼冲撞着了，没头没脑地摇晃几下，但人间遭了这么大的难，也没有阻止春天的脚步，大地回春了，春天正把根深深扎下去，死气沉沉的大地开始还阳了，南华山呈现出蓬勃茁壮的气势。

二月二，海原人要炒豆豆。海原娃娃说："二月二，炒豆豆，家里来了小舅舅。和白面，舍不得；和黑面，人笑话。宰公鸡，叫鸣呢；宰母鸡，下蛋呢。炒个豆豆最好呢。"蚕豆、黄豆、黑豆、豌豆、扁豆，或者玉米、高粱等，世上的五谷粮食都可以拿来一炒。"金豆开花，龙王升天，兴云布雨，五谷丰登。"和所有的节日的习俗一样，炒豆豆也是带有祈祷意味的。最好吃的麦子和麻籽一起炒，"麦子炒麻籽，香破脑瓜子"。今年的二月二是没豆豆可炒，扁豆还有一点，但那是要生豆芽吃菜的。不过石榴还是炒了东西——杏核子。南华山的杏核苦的多，苦杏核不能多吃，吃多了会闹死人。一人只炒了一把，石榴说："应个节气。"

这日，刘承信布在水潭边的网套住了一只雉。在刘承信见过的所有飞鸟中，雉是十分有灵性的，饮露水，食花蕊、松仁，最喜以潭为镜自舞。这只雉就是在潭边照影儿时中了圈套。刘承信捉住雉的时候，发现雉的眼睛还盯着石潭中自己的倒影。他把雉往水面上伸伸，雉脖子扭来拧去，就像镜前的女子，这让他想起对着镜子发呆的苏好。他长长地叹口气，高举双手一展放了。雉竟又在另一水上潭边，照起影子来。

大地浮现着鹅黄浅绿，柳絮杨花在风中飘散，花期早的花绽放了，这里一丛，那里几朵，黑褐的土地上就像点亮了一盏盏灯。惊蛰过，百虫苏，虫鸣繁盛起来，叫声此起彼伏，唱戏亮嗓一般，去南方过冬的鸟儿成群结队地回来了，天空、山野一片繁荣，寂寞了一冬的南华山就像西安州过会般热闹起来。

欢庆在踢着一片瓦渣跳三角，边踢边唱：

园子里的绿韭菜，
摆摆摇；
货郎子哥哥快挑来，
摇摇摆。
咯呀咯噔摇，
哗里哗啦摇。
地摇了，
稀里哗啦塌散了。
哗里哗啦摇，
咯呀咯噔摇。

丝线帘子摇一摇，
甩着呢；

尕尕脚儿摆一摆，

载着呢。

咯呀咯噔摇，

哗里哗啦摇。

地摇了，

稀里哗啦塌散了。

哗里哗啦摇，

咯呀咯噔摇。

刘承信从外面进来，扑过去一脚把欢庆踢了个跟头，吼了一声：“驴日的再唱这，地摇了把你狗日的也活埋了。”

这时间才认识到这首歌谣的可恶。

石榴扑过来，老母鸡护鸡娃一样揽住欢庆的头，剜了他一眼说：“你在娃身上耍啥驴脾气！”

又歪了一句：“没见过你这号人。”

刘承信看看石榴，那架势就像要给他两脚！他再次认识到这个一声不吭只会流泪的女人是有脾气的。

石榴和欢庆爬上山梁去了，望着石榴的背影，刘承信常常会恍惚，觉得这石榴就是那苏好，她们确实很像，从背影到走路，从身材到个头，甚至是笑的时候。因此会想到戏文里红颜薄命的话来，不免会叹一口气。

刘承信和孙清河在灌木丛中，选择了一个布满黄羊粪豆儿和猪粪的水潭挖陷阱，粪多就意味着它们经常在这里喝水。他们希望打到一只黄羊或者野猪。地形很好，两边悬崖峭壁，他们一人只需要把住一边，黄羊就无路可走。当然要抓住黄羊或者野猪并不容易。通过惊扰追赶将黄羊或野猪逼向陷阱，只要逼进陷阱里就算大功告成。他们选择了两个地方每人挖了一个陷阱，把木棒削成木矛密插在陷阱中，下好了绳套，然后用鲜嫩的草将陷阱遮掩起来。他们就躺在草地上说话，等待着猎物。往时他们也说话，都不提说过去那些不快的事。可今日不知谁挑的头，他们就说起了过去，两个人都在检讨自己的过错，都在道歉。

一小群黄羊向着水潭来了，有十几只，两人便悄悄分开，一人守着一边。黄羊饮完水，还不待他们往陷阱边驱赶，一只黄羊掉进了陷阱，他们扑了过去。却说有些日怪，陷阱是很深的，而且木矛密而锋利，掉进去的黄羊竟然从坑里挣扎出来，腿折了一只，肚子也给木矛刺了个洞，可它依然奔跑。黄羊向着孙清河那个方向逃去，孙清河撒腿就追，刘承信从另一方向去截，就在这时，一只狼从灌木丛中闪了出来，截住了孙清河。刘承信心里说不好，就往狼那边逼近，他动了打狼的心。狼皮可是很贵的，能换回几个月的口粮。孙清河高声喊叫：“哥，别过来，别过来啊，还有几只哩。”刘承信眯着眼睛细看时，才发现还有四只狼，它们形成了一个圈，已把孙清河围在了中间。刘承信心里说瞎茬了，又是扬土又是蹦跳，可狼群却主意很正，它们盯上了孙清河，不理会他。老猎人朱远跟他说一个人能从虎口脱险，但无法从狼口脱险。狼的心性是很坚定的，一旦选定目标，从不三心二意。而且捕食常常是以家族为集体群而攻之，这确保了它们猎捕的成功率。

狼在缩小着包围圈向着孙清河逼拢过去。

刘承信提着锹往过逼去，孙清河说：“哥，千万别过来。”

刘承信说：“你别怕，咱们两个人，它把咱们咋样不了。”

孙清河说：“哥呀，你别过来，过来就把命搭上了，五只狼啊，个个眼睛都是绿的。”

又说：“哥，我知道我命不久了，地摇那天晚上，我看到狐狸跳舞了，雪白的狐狸跳舞。”

刘承信说：“你胡说，听说过黄鼠狼拜月，没听说过狐狸舞月的。”

孙清河说：“哥，是真的呀，三只狐狸像人一样站起来，在月光下跳舞。”

孙清河的话让刘承信毛骨悚然，刘承信说：“那、那你咋不早说，得请阴阳禳解。”

刘承信说：“哥呀，阴阳、神婆都给埋了呀。”

刘承信一想可不是。

孙清河跪了下去，高喊着说：“哥，我给你磕头作揖了。”

刘承信说：“快起来，你这是干啥？”

孙清河说：“哥呀，你得好好活着呀，把我孙家这一门人续下去，莫给黑了呀。”

孙清河磕头的时候，一只狼飞跃起来，刘承信听到孙清河一声惨叫，刘承信哭了，他说：“你放心，我一个儿子有你一半，两个儿子有你一个儿子，回去我就把欢庆的名字改成刘孙有，保证你这门人绝不了户。”

三只狼轮番跃起袭击孙清河，两只狼蹲在一边看着。刘承信明白了，这群狼是一家子，蹲着的两只是狼爹狼妈，作战的是它们的儿女。孙清河让它们练手了。狼崽极其敏捷，它们跳得很高。

刘承信高喊着说：“哥给你配个阴婚。”

孙清河说：“不用了，哥，你知道不，我彩礼都上齐了，日子也送了，她做了鬼也是我的。年前我去她家看过，她也给打死了，这还没过半年，在那世她该还没嫁人。”

刘承信说：“你放心走吧，会有人给你的坟头添土、烧纸。”

孙清河说：“哥，拜托了，我下辈按宗谱，后面的字是和，你和我的和，天时不如地利地利不如人和的和。”

三只狼压住了孙清河，他看不到孙清河，却听到孙清河还在喊："哥，我代表我孙家祖宗给你磕头了。"

他嗷嗷大哭。

血腥气招来了老鹰、花鸨、鹞子、乌鸦、喜鹊，它们在天空盘旋着，不时俯冲下来与狼争食。乌鸦最是讨厌，不停地发出"哇""哇"的瘆人的叫声。而喜鹊竟然也吃肉，从狼嘴里叼了一截肠子，飞上了天空。这刘承信还是第一次发现。小狼跃起来扑鸟，竟然扑下一只乌鸦来。

一时半会儿，孙清河就这样没有了。

刘承信一路号着回来，曹喜贵与石榴也是号哭不止。

第二天，刘承信出门时，石榴说："你别去打猎了。"

不打猎吃啥呢？粮食已经剩得不多了，就是每顿像药引子一样，也吃不了几天了。他看看石榴，依然上山去打猎了。

石窟里实在是太阴湿了。天气暖和了，无风的时候，刘承信就将曹喜贵抱出来晒太阳。曹喜贵的身体亏得厉害，已经很轻了，他两只胳膊一掬就能掬起来。

这天，曹喜贵在削指头胖的木橛，已经削了两个，还在削。

刘承信说："你削木橛做啥？"

曹喜贵说："钉在墙上挂个衣裳鞋帽。"

刘承信笑笑说：“穿的都没有，还有往墙上挂的？再说这石壁能钉进去？”

曹喜贵说：“不是有石缝么？再说闲得没事做解闷。”

刘承信咬着烟锅，看着曹喜贵把木橛削得又细又尖，说：“你削这么细，往石缝一钉就折了。”

刘承信拿起木橛要往石缝里钉，曹喜贵说：“不急，等我多削上几根，一次钉了，这炕上落了土尘，一次打扫了，你一个一个钉，得打扫几回。”

刘承信说：“明明就是个草窝，你说是炕？”

曹喜贵笑笑说：“还当在家里呢么。”

刘承信说：“别削了，要在这里住一辈子啊，人都会阴得长绿毛。”

刘承信把曹喜贵抱出来，说：“今儿日头好得很，把身体里蓄的阴寒往外逼逼。”

在石窟外面，刘承信用石榴编织的草垫子将曹喜贵垫得靠着崖壁斜坐起来，曹喜贵装了一锅烟，点了吃了两口递给刘承信。烟叶是野旱烟，呛劲大。刘承信吃了几口又递给曹喜贵。

不远处石榴拽着欢庆转圈圈。欢庆在空中飞着，“咯咯咯”地笑着，石榴也笑着。旋转一会儿，石榴把欢庆放下，欢庆像喝醉了酒一样摇晃，两个人都在“咯咯咯”地笑着。

刘承信和曹喜贵看着，这是这些天来他们看到的最快乐的场景了。

石榴进了石窟，端出两缸子茶水。和尚留下的茶已经喝完了，这是石榴从山上采来的地椒子。地椒子又名百里香，叶片小而细长，依附着地皮上生长。海原穷汉家都把地椒子当茶喝。地椒子有茶味，但不浓，夏日能防暑避暑，能解咽肿、牙疼。

刘承信解开曹喜贵腿上缠裹的烂布条，取下木板，看到了鲜桃一般艳红的皮肉，刘承信去摸，曹喜贵拉住刘承信的手说："摸那做啥。"

刘承信说："这肉颜色不对，是不是熟脓了。"

曹喜贵说："不管它了，由它去。"

刘承信又去摸曹喜贵的腰，曹喜贵说："哥，我这辈子就这样了……"

刘承信说："得寻个郎中看看，明儿我就到海原城里寻活去，寻上活，咱们就到城里去。"

曹喜贵摆摆手说："不说这了，啊呀，没想到我这辈子把你的福享了，你说人这一辈子有多少事是能想到的。"

刘承信说："早知三天事，富贵一千年。人早连一件事都想不到，享我的福，我让你坐轿了？骑马了？"

曹喜贵说："那算啥福，这几个月把十几年的肉吃了，还是野东西的肉，这口福一般人没有的。”

吃过饭，石榴洗完锅，曹喜贵说：“石榴，你带欢庆去山上吧，我和哥说说话。”

石榴“嗯”了一声，便牵着欢庆爬到对面的山梁上去了。

曹喜贵说：“哥，你看石榴咋样？”

又说：“就像画张上走下来的，不用装扮就能登台唱戏。”

刘承信笑笑，心里说有这么夸自己婆娘的人。

曹喜贵说：“你看着了吗？风咋吹，日头咋晒，她都不黑不红。”

刘承信想想，点点头。

曹喜贵说：“你知道我娶她花了多少钱？”

刘承信觉得奇怪，摇摇头。

曹喜贵说：“三斤烟土。”

又说：“石榴家的条件原本好得很，爷爷手里风光过。兴种大烟那几年，石榴的爷爷种了大烟，却也抽上了大烟，后来上面又禁了不让种，石榴的爷爷烟瘾大，戒不了，买着抽就费钱了，一份光阴就那么抽倒灶了，不然，石榴哪是咱们这样的人娶得来的。”

曹喜贵跟刘承信说：“你们帮衬着活吧。”

刘承信说：“啥意思？”

曹喜贵说：“石榴才二十岁。”

刘承信恼了，说：“你放屁拉屎，你把我看成啥人了。”

曹喜贵说：“哥，我就是个活死人，一个大拖累。”

刘承信“呼”地站起来，说：“那等你彻底死了吧。”

曹喜贵一把将刘承信拉得坐下，说：“哥呀，你背得重啊，一姓开三门呀。”

刘承信说：“你不信我？”

曹喜贵说：“不信你我给你说这些做啥？”

刘承信说：“信我，就啥都别说了。”

说着冲着门外喊：“欢庆，欢庆，回来，回来。”

欢庆从梁上跑回来，刘承信说：“喜贵，你看这就是我们的儿，老二没了，我把名字给改成了刘孙有，现在我把他的名字改成刘孙曹，以后我把这名字掰破了，一人给你们一个儿子，你放心。”

说完，就让欢庆给曹喜贵磕了三个响头。

曹喜贵流泪了，说：“哥，谢谢你啊。”

刘承信说：“都是死里逃生的弟兄，以后的日子帮衬着，有啥难过不去？”

曹喜贵念叨了几遍“刘孙曹”，一拍刘承信说：“哥，你发现了没，欢庆的名字就是《三国演义》。”

刘承信说：“《三国演义》？”

曹喜贵说：“你琢磨，三国不就是刘备、孙权、曹操么。”

刘承信说："对对，还真是巧得神奇。"

第二年来了统计人口的，登记欢庆名字的时候，刘承信说刘孙曹。那人问是哪几个字，刘承信说姓刘的刘，姓孙的孙，姓曹的曹。那人问咋会叫这么个名字。刘承信说一户开三门。那人一笑，说你这是搞《三国演义》啊。

晚上睡下，刘承信摸摸还装着的牛皮夹子，心里说那么好的名字，叫不了了。

欢庆说："爹，我不想叫刘孙曹，我想叫刘鸿儒。"

刘承信怕睡在里边的曹喜贵两口子听见，悄声说："不许胡说，你只能叫刘孙曹，你要有两个弟弟才能叫回刘鸿儒。"

欢庆忽然哭了，说："爹，我娘都没了，我两个弟弟都没了。"

刘承信紧紧搂住了儿子，父子俩哽咽成一片。

第二日，刘承信从山里回来，曹喜贵已经走了，他把那削下的木橛钉进了自己的太阳穴。刘承信瘫坐在那里，他以为曹喜贵让他和石榴过，意思是他们三个一起过。这也是有的，人们叫朋锅，没想到曹喜贵却这么决绝，走了这样一步棋。

石榴呆坐在那里，风扯乱了头发和目光。

刘承信把一个烂瓦盆让欢庆举着当孝盆一样摔了。

抬埋了曹喜贵，又在曹喜贵的旁边给孙清河堆了个坟堆。刘承信看看皇历，曹喜贵的头七正是清明，就明白曹喜贵是掐着日子死的。刘承信决定等曹喜贵的头七过了，回五更岭上个坟，就带着石榴、欢庆去海城寻活揽工，沿街乞讨也行。打猎是害命的事，半年了，害命害得他心里发毛。猎获的那些动物死前的挣扎和一双双总在他心里看着他的眼睛让他心存余悸。关于害命多了遭报应的事他听到过不少。戳子以前每到冬季，狐狸的毛皮最好的时候，就开始打狐狸，卖狐狸皮筒子。那年冬天，戳子老婆临月，戳子依旧上山打狐狸，那天他打了一只狐狸回来正褪皮，老婆养下了，那娃头骨碎裂，血肉模糊，浑身上下没一寸皮肤。人都说被他褪皮的那狐狸是他的儿子。还有屠夫万全财，平日靠在集市上宰牛过活，宰了不知多少头牛，有一回，一头牛把两只角从万全财的胸膛戳进去，万全财就那么钉在墙上。人说牛把两只角变成了刀子，把万全财宰了。

曹喜贵的头七这天，他们早早起来，给曹喜贵和孙清河上过坟，刘承信带着欢庆、石榴回了趟五更岭，祖坟也在地震中埋没了。刘承信选了一面坡地，为刘、孙、曹三家圈了三处坟地，堆起了几十座空坟。没有香表，就从山坡上掐了芨芨杆儿做香，一一插上。他们又去了肖家堡，在堡子山为石榴家堆起了十几座空坟。

石榴的号哭声动山野。

离开肖家堡，他们向着海原城而来。

七

十几年后，刘鸿儒也就是刘孙曹才对这次地震有了全面的认识。老鲁收集了许多记载了海原大地震的书籍，刘鸿儒一本一本都仔细阅读了。

海原地震震级8.5级，震中烈度12度，震中位于海原县西安州、大沟门至干盐池之间的石卡关沟、哨马营一带，极震区包括固原、隆德、西吉、靖远、景泰等县，面积2万平方公里，波及甘肃、宁夏、陕西、青海、山西、内蒙古、河南、河北、北京、天津、山东、四川、湖北、安徽、江苏、上海、福建等17省市，有感面积达251万平方公里，约占中国面积的1/4，是中国历史上波及范围最广的一次大地震。由于海原地震释放的能量特别的大，而且强烈的震动持续了十几分钟，世界上有96个地震台都记录到了这次地震。地震使距震中200公里的兰州“倒塌房屋十分之三”，400公里的西安“门窗暴响，房摇墙塌，被毁房屋约有百户”，700公里的太原“房屋间有倒塌，人民微伤”，1000公里的北京“电灯摇动，令人头晕目眩”，上海“时钟停摆，悬灯摇晃”，广州“掉绘泥片”，汕头“客轮荡动”，香港“大多数人感觉地震”，其有感范围超过了大半个中国，甚至在越南海防附近的观象台上也出现“时钟停摆”现象。因此，海原大地震被称为“寰球大地震”。极震区的海原、固原严重滑坡，仅在海原县夏家大路至兴平间64公里范围内，滑坡就达31平方公里，在靖远、会宁、静宁、隆德4县有503处的滑坡，滑坡体最长达3500米。大地震使海原、固原等县城全毁，山区村镇埋没，大量房屋倒塌，死亡人数234117人。其中海原县死亡73027人，占全县人口的59%，占总死亡人数的31.2%。刘鸿儒读到了“海原死了”这样的话。又在几十年后，也就是2010年，海原大地震九十周年，海原大地震博物馆建成，刘鸿儒作为幸存者被邀请去了，最新的研究成果死亡是27万余人。

对海原地震刘鸿儒读到一些详细的描述：

1921年赴灾区考察的谢家荣在《民国九年十二月甘肃地震报告》中写道：“同日晚七时大震，突见大风黑雾，并见红光。大震时约历六分，地如船簸，人不能立，震动之方向，似自西北而来，往东南方去，有声如雷。土石山均有崩塌及移动，尤以土山崩溃为多。山坡平地均生裂缝，长短不一。平地裂缝多有泉涌，其色或绿或黑。山崩壅塞河流之处甚多，尤甚者为南乡。杨明后堡崖窑上，东乡五浩堡河家沟二处，山崩壅塞河流，积水深数十丈，长五六里，宽十余丈，水倒流。南乡水井震后多干，县知事钟文海之子女及警佐罗某均因衙署受震倾倒同时被难。城中房屋几全数削平，城垣原系土筑亦大半毁坏"，"四乡死亡极多，往往全家压毙，产业无人继承，震后粮食多为覆压，一时不及刨出，灾民多取场内未碾谷麦，带壳充饥。住则因房窑均塌，皆搭盖草棚，或钻入草堆。时正严寒，冻饿致死者甚多"，灾民"流离失所，衣食俱无，故不死于地震，亦多死于冻馁。其后各地虽派有急赈，而交通艰难，常需数日后始达，实属缓不济急"。

当时12月16日的大震之后，余震不断，且天气陡然转冷。"十七日（余震）终夜不休，到八时陡起大风，为亘古所仅见。人民牲畜冻毙者不计其数。地吼如雷，声势极其危险。十八日风止，天地晦暗，地先吼后动者五次，均轻。十九日大动八次，地体日夜微摇不息。二十日大动十一次，小动十二次……" 在1922年4月24日《新陇》卷1期上，详细记载了余震及震后天气情况，其中，海原、固原等县下的一场大雪，冻死了无家可归的很多人。

1921年4月3日《新闻报》报道："县城半边坍陷，甘肃海原县（海原彼时归甘肃辖下）旅京学生冯君翰英接到家函曰：初七日黄昏地震，吾乡受害尤重，全城房屋俱被荡平，人民死伤十之八九，吾家花涯湾山庄，全行覆没，山崩土裂，山河更变……吾家四十余口，除父与汝祖母外，俱归浩劫。房屋倒尽，什物无存。全县死伤人民共计六万余人……”

当时的《地学杂志》在《陕甘地震记略》一文报道，大震后灾区人民“无衣、无食、无住，流离惨状，目不忍闻；苦人多依火炕取暖，衣被素薄，一日失所，复值严寒大风，忍冻忍饥，瑟瑟露宿，匍匐扶伤，哭声遍野，不特饿殍，亦将强比僵毙，牲畜死亡散失，狼狗亦群出吃人”。

面对如此旷古之灾难，不能说当局无动于衷。

时任甘肃省省长的张广建向民国大总统及国务总理发出一份“十万火急”的求援电报，发出的时间是1921年1月20日，已距大地震发生一月有余。

甘肃省成立筹赈公所，专事集募，然而，当时决定着中国未来走向的北洋政府唯以总统徐世昌之名捐洋1万元。震后70天，甘肃旅京人员在《中国民报》上发表文章要求政府救济，并抨击当时的反动政府：“甘肃为国家征出租税之地方，甘肃人民即为国家负担义务之分子，今遭此亘古以来未有之浩劫，竟不能邀并顾兼，筹之余惠。既拂与情，亦非人道。……甘肃此次劫灾。因地方邮电交通不便，平日在外游客经商之罕稀，遂使弥天劫尘，不成空气，而责任当局，亦不关心，莽莽七十余州县，统一地图上无颜色，蚩蚩九百万人民，于共和国之内，为孤孽饮痛而无泪可挥……”

旅京甘肃同乡会组织的赈灾救济会向包括黎元洪、曹锟、张作霖、吴佩浮、阎锡山等军政要人呼吁捐助。他们一共向全国各省发出募捐函件390件，发电报210件，但反馈信仅100件，反馈电报仅20余件，而1921年整整一年时间，他们仅收到包括84位北洋政府顶尖级人物，16个省150余县，军队和500余人的捐款3.1万元大洋，3.1万元大洋在当时的震中海原是个什么概念呢？与地震紧连着的另一个大灾难——1924年甘肃省大旱做个比较，就会明了。1924年春夏，甘肃全省大旱，颗粒无收，饥民遍地。其中皋兰、榆中、会宁、定西的斗麦价十七八银圆。那么，在大地震之后，粮价肯定是高于干旱的价格，就以1924年的粮价算，北洋大员们的3.1万个大洋，买不到2000斤麦子。而震灾发生后，固原黑城镇人祁瑞亭捐黄米1万斤，县城商人张福堂捐小麦、豆子1万斤。

地震发生后，由甘肃平凉运来锅盔、饼子两车，行至郊野，还未来得及交割，“饥民蜂拥，半道拦乞”，虽然有士兵护卫，“斥之不退，宁甘引颈受刃。其饥迫之情，轻命重食，惨况可见矣”。

直到1923年3月19日，甘肃籍国会议员周之轮等人还在给中央赈务处的公函中，描述地震两年余后的惨状：“敝省自震灾以后，民生凋敝，日益颠连，加以雹灾旱荒频岁歉收，始则省外各县更迭蒙灾近，且流离之惨延及省垣。”“竟有兰州有卖人肉包子之事”“饥冻以死者仍时有所闻”。而赈务处去年应拨给甘肃的赈灾款“尚未及半”，希望体恤灾区黎民苦楚迅速补齐，“庶不至无告之民长此失所也”。

救灾开始了，北洋军阀在甘肃的执政者代理、甘肃督军陆洪涛和甘肃军阀孔繁锦一起借地震名义开始铸造铜币了。这种铜币以民国铜币做样板，进行翻砂铸造，大量发行流通于地震灾区。这些铜币只能在甘肃省境内流通，在外省根本不能使用，而对于救灾物资特别是粮食匮乏严重的灾区，用这种翻砂铸造的铜币，老百姓根本从外省购不进粮食，只能用“砂板”购买“粮食券”才能购得到粮食，“质量粗劣，版别众多”的翻砂铜币大量入市，等于是人为地制造了通货膨胀，甘肃经济崩溃。而省署的“筹赈公所”，以省垣纸币和制作粗糙的铜币推行于各灾区，诸多滞凝。而甘肃执政者频繁更替，致使救灾工作颇为艰难。然而，军阀们不顾灾民的死活，翻砂铜币继续发行了长达4年之久。至今在海原民间还能发现民国政府赈灾海原大地震而发行过的民国九年、十年、十一年的银币和铜币。这些铜币现在已经成为文物，为收藏家们所垂青。

地震是天灾，铸币才是人祸。官僚利欲熏心，导致接踵而至的民国十三年（1924年）甘肃省大旱更为惨烈："甘肃全省春夏亢旱，禾几无收，民大饥。其中以皋兰、榆中、会宁、定西、靖远、狄道、洮沙、导河、静宁、陇西、甘谷、武山、通渭等17县灾情最重。定西斗仓麦价十七八银元。兰州因连年大旱，仓库空虚，人民乏食，甚至发现有卖人肉包子的。农村萧条，土地荒芜，灾民多流徙他乡谋生。"此后的三年中，灾情并未缓解，生产无力恢复。

读记载地震的相关文献，刘鸿儒心里极不舒服：

一是第一批到达极震区考察调研的竟然是外国人。时任国际饥饿救济协会派驻北京的总干事霍尔，美国《国家地理》杂志摄影师克劳斯等一行，于1921年3月初从北京出发，乘火车，雇马车，最后骑着毛驴、骆驼进入几乎沦为孤岛的极震区。《中国民报》1921年3月6日报道称："据国际赈灾救济会称，现派赫君等赴贵省灾区实地调查，俟回报后即行筹备相当救济之方。""赫君"就是霍尔。一个月后，1921年4月，北洋政府才派出了当时的内务、教育、农商3个部，派出翁文灏、谢家荣、王烈、苏本如、易受楷和杨警吾6名委员赴灾区调查。

二是当时英国在中国出版的英文报纸《字林西报》曾刊

发题为《一个甘肃县长在地震中，十分真实的故事》的报道："那里的县长是一个精力旺盛、十分能干的人，对人民是一种真正的福分……人们对这位官吏充满赞美。当地震来临时，他立刻命令人们冲出去，并叫人们离开住房……当地震过后，他出来叫人们立刻去抢救那些埋在瓦砾堆中的活人……还命令出资埋葬死者和动物的尸体，以防止发生疾病。"这位县长即当时的静宁县县长，解放后曾任甘肃省文史研究馆馆长的周廷元。这样的故事，为啥是出现在外国人的报纸上而不是中国人的报纸上。

三是1922年霍尔在美国《国家地理》杂志第十二卷第五期发表《在山走动的地方》如此描述："突然间，他们听见了来自地下的怒吼，同时，感觉到大地剧烈地抖动。他们一会儿被抛向东北方向，猛然间又被颠回到西南方，就这样大约持续了半分钟。""天刚蒙蒙亮，他们爬出来时，发现了巨大的山体滑坡，吞噬了无数的村庄，覆盖了肥沃的平原以及谷地，淤塞了河道，山谷变成了湖泊。大山在一夜之间，移到了其他地方，当时的人们被这突兀的地震惊呆了，他们惊奇地叫道：'山走了！'……一座顶上有个庙宇的大山滑到了一条山谷里。……一位受惊的农民在清晨透过窗户发现一座高高的小山移到了他家所在地，而且这种移动只是在离他家小屋不远几码处才停止。"这段文字成为以后研究者和媒体报道中被广泛运用的“史料”，是对海原大地震“最早也最真实”的描写，依然出自外国人之手。

四是提出这次大地震是“西方忽视了的灾难”的依旧是一个外国人：“1920年12月16日，大约是晚上8点钟，在中国某些城市以及和它邻近的国家，观测到一些异常现象。不能说成都、大名、上海和海防相距很近，要知道从成都到大名大约1200公里，而从海防到上海大约1900公里。可是，在上述时刻，在成都法兰西领事馆，在大名的耶稣教徒传教团，在上海的英国领事馆和在海防的天文台内，所有钟表立刻停摆。在这些城市和所有其他许多居民点，坐在饭桌旁的人们忽然看见，吊灯开始摆动起来，后来还知道其他一些情况。在大名以北的板夏（音译），三个闲谈的传教士忽然感觉到恶心欲呕，他们觉得地板就像船舶上的甲板一样开始摇摆起来，在距中国海1250公里远的一个地方，走向市场的主妇们突然觉得晕船，北京和天津的居民也有同样感觉……”这是海原地震发生后，苏联一位佚名作家撰写的《一九二〇年的中国，西方忽视了的灾难》的开头部分。

而到了2010年海原大地震博物馆落成，刘鸿儒作为幸存者被邀请参加开馆仪式，他看到地震馆中所用影像资料绝大多数出自与霍尔同行的美国人克劳斯之手。可悲的是，霍尔等人虽然在极震区记录了大量的文字和影像资料，回到北京后还制成了纪录电影放映，号召捐款救助，国际饥饿救济协会也确实筹到了不少捐款，但那已是震后第二年。而这一年华北五省大旱，国际饥饿救济协会以此为由将款项抽走，海原大地震灾区并未得援助。

关于海原大地震，刘鸿儒读到了灵异预兆的记载：

民国《重修隆德县志》辑录有“震兆六端”：“一、井水本湛静无波，倏忽浑如墨，泥渣上浮，势必地震。二、池沼之水，风吹成谷荇交萦，无端泡沫上腾，若沸煎茶，势必地震。三、海面遇风，波浪高涌，奔腾荦溷，此常情；若风日晴和，台飓不作，海水忽然绕起，汹涌异常，势必地震。四、夜半晦黑，天忽开朗，光明照耀，无异日中，势必地震。五、天晴日暖，碧空晴净，忽见黑云如缕，蜿如长蛇，横亘空际，久而不散，势必地震。六、时值盛暑，酷热蒸腾，挥汗如雨，蓦觉清凉，如受冰雪，冷气袭人，肌为之栗，势必地震。”

有说这一年桃、香水梨都有锤头大了，桃树、梨树竟又开出鲜艳的花朵。

有说这年秋上，海原县西安州城里来了一位老道，老道曾右手拿桃左手拿枣，多日在街上高呼：“枣桃！枣桃！”谁也没在意。后来发生了大地震，人们猛然醒悟，老道预见到了地震，却又怕泄露天机要遭天谴，便想出这种方式告诉人们灾难将至，“枣（早）”点“桃（逃）”命。

有说地摇时，海原城有一座清真寺里的阿訇做完乃麻子（礼拜）后，坐在板凳上丢了个盹，做了一个梦，梦中来了一个阿耶提，说败俩（灾难）！听懂了吗？阿訇惊醒过来，说咋么这么个梦？他就给教众说，今儿晚上的唬夫坦[1]，你们都各到各家里做，不用到寺里来了。人们在家里做唬夫坦，地摇了，灾难降临了。

有说这一年海原是个大丰之年，家家都存有丰盈的粮食，但是一向恨得人咬牙切齿的老鼠却销声匿迹，人们都觉得奇怪，正谈论此件事情，一位路过的讨吃说老鼠没了，瞎了！意思是说灾难要来了。可一个破破烂烂的讨吃，连自己的命都看不透，还给人说灾难，都讥笑说这年头奇事真多，连讨吃都胡言乱语。讨吃悻悻地走了。没过几天，地摇了。

有说几个村民在冰天雪地中赶路，突然发现，雪地中有几条冻僵的青蛇。这一惊奇的发现令人不解，深冬季节，正是冬眠的季节，蛇要到来年二月二龙抬头才苏醒过来。

刘鸿儒也读到震后的惨烈记载：

地摇之时，一个媳妇坐在炕上给娃娃喂奶，地摇了，她还没反应过来发生了什么事，只觉冷风袭来，抬头看见满天

---

① 唬夫坦，礼拜。

星斗，房顶已被掀得不知去向。

地摇那日，有两个盐贩子住在海原县西安州的一家小旅店里，地震后被倒塌的土墙砸晕掩埋。几天后，他们被店主从泥土中挖出来，店主要收他们七天的住宿费。两人一脸茫然，说我们只住了一个晚上，咋收七日的店钱？他们不知道自己在废墟中睡了七天。

大震一个月后，一支商队来到了海原极震区。行走至一个塌埋的村庄，隐隐听到一阵胡琴声，如泣如诉，悲苦凄惨。商客们感到恐怖，硬着头皮循声觅去，发现琴声来自一间震塌了的院落。商客们急忙动手挖开窑崖塌土，看到一位蓬头垢面面无血色的幸存者。原来他在窑门被埋堵后，靠吃窑内仅存的半罐酸菜维持了一个月，他整日弹拨胡琴求救。

有一家羊窑被塌埋了，当两个月后，窑门被挖开时，发现羊把身上的毛吃了个精光，全成了红虫，但羊还活着，这些羊在见到光的一刻便倒地而死，一些羊则扑到树下，人把柳树梢子折下来给羊吃，结果吃后没一会儿，羊就全死了。

…………

八

刘孙曹跟着爹兴冲冲走进海原城。当这座在爷爷的许愿与奖赏的口中无数次出现，让他充满想象与赞美的古城呈现在他眼前时，他大失所望。海原城，眉眼皆无，面目全非，一派混沌，大街小巷，残垣断壁，一派狼藉。地震至今已过去四五个月，但海原城并没有得到彻底的清理，因为许多人家绝户了，人、猪、狗、羊、鸡、牲畜打死后尸体没人清理，还压在废墟中。农历三月的天气，只需要正午几个小时的热度，就足以把封存了一个冬日的所有尸体蒸腾出恶臭的气味，发酸的发酸，发臭的发臭，发霉的发霉，腐烂的腐烂。埋着尸体的地方是很明显的，腐烂的尸体化成血水从废墟的缝隙间流出来，与血水一同从废墟里爬出来的是白森森的蛆虫，蠕动着肥胖的身子。苍蝇、蠓虫、孑孓、蚊子附在血水上，混在一起像一团一团乌云，苍蝇壮硕，有指头蛋大，笨拙而富态，有个风吹草动便“轰”的一声飞起，旋即又落下去。狗比人多，都在废墟上又嗅又刨，一只只脏得看不出本色了。

更让刘孙曹难以忍受的是迎面扑来的尸体腐烂的腥臭，简直让他不能呼吸。刘孙曹对气味十分敏感，他捏着鼻子，大张着嘴巴喘气，还被熏得呕吐不止，他不愿进海原城了。石榴掏出手帕来捂了他的口鼻。这手帕有着淡淡的菊花香气，才压制了腥臭。

关于海原和海原城的历史，刘孙曹也是在十几年以后从老鲁收集海原县旧志《乾隆盐茶厅志》《光绪海城县志》里有了了解：海原的历史是悠久的，在漫长的中国历史进程中，海原几乎没有错过一节。春秋战国时期为狄戎人的游牧地，秦汉时先后隶属于北地郡和安定郡，魏晋南北朝时期，北方少数民族在这里大规模地畜牧，一度出现了“牛马衔尾，群羊塞道”的壮观景象，传说古代海原城是一个单姓人的马圈，每天放牧时，马群一头已到南华山，一头还从圈里往出走。满山遍野，万马驰骋，故将南华山的主峰叫马万山。隋、唐时曾先后在此地设置他楼县和萧关县。五代时为吐蕃、党项部族地盘，宋咸平五年（1002年），党项族占据海原县。元代称海原为海喇都原，置海喇都堡，属开城路，为脱雷忽必烈的第七子西平王奥鲁赤的领地，大批回回开始迁入定居。明代海原为楚王（朱桢）、黔宁王（沐英）牧地，成化年间设西安、镇戎、平虏守御千户所。清初属平凉府，顺治三年（1646年）隶平凉府盐茶同知，同治十三年（1874年）裁厅设海城县，民国三年（1914年），因与辽宁省海城县同名，遂以海喇都原简化改为海原县，属甘肃省平凉专区。海原城建城史可以追溯很久，到了1038年，西夏建国，海原城得到了全方位的建设，称“东牟会”，宋则称“天都寨”。1227年蒙古攻夏，成吉思汗建也遂夫人行宫于此，称为“萨里川哈老徒之行宫”。元代海原城称“海喇都城”，简称“海城”。“海喇都”是蒙古语，大意是“美丽的高原”。明代设“海喇都营”，管辖周边堡寨17座、墩塘36座。《乾隆盐茶厅志》记载，1468年11月，海喇都开始“建城、屯田、立学、通商，遂成都会”。城内布局以钟鼓楼为中心，设四街六巷。1471年，海喇都城增筑：“高阔皆三丈，周四里三分，东西南三门，东曰和阳，西曰威远，南曰南薰，池深阔各一丈五尺。”这座正方形的古城开有东西南三门，唯独没有北门，民间有这样的传说：“清官留不住，赃官做到头。”当年风水人士认为此城一旦开了北门，则贪官肆虐，地方不靖。事实上是地形决定不开北门的。因为海原城东南低，西北高，北墙筑在山坡高地上，无路可走，开北门毫无意义。城内布局以钟鼓楼为中心，设四街六巷。城内有县党部、政府、镇公所、教育馆、卫生院、学校、粮库、银行、商行、邮政、清真寺、城隍庙等建筑和民居建筑等。清代乾隆十二年（1747年），原驻固原城的盐茶同知移驻海喇都堡，起建厅署，遂为盐茶厅城。大地震时，“海原县城中的房屋全数削平，城垣大半毁坏，知事钟文海罹难”（谢家荣《民国九年十二月甘肃地震报告》），“县城内除一座钟楼和一口极矮小的土坯拱窑外，其余建筑物皆平，城墙大半毁坏”（《一九二〇年海原大地震》）。

海原城依旧是刘孙曹爷爷口中的那个海原城，只是刘孙曹走进海原的时候，正是海原最背运倒霉的时候。

海原城周边全是田地，有麦场，麦场上有茅草房，刘承信找了一间完好的茅草房收拾出来，就有了存身之处。进入海原城，刘承信很顺利地找到了一份工作，清理废墟。海原城开始整饬了。

清理废墟的活是一个与死亡打交道的活，有一分奈何人都是不愿意干的。可地还在动，就像一个病重的人拿不住身子在打摆子。这种无休止的摇晃让幸存者有一种不真实的虚幻感，谁也不知道这个世界还能经得起这么摇多久。血气方刚的蔫巴了，顶天立地的委顿了，志向远大的短浅了，悲伤、颓废、麻木，一切都凝滞了，人没了想法，这世上便没了活计，对于那些需要活计来活命的人，清理废墟的活计算是唯一的救命稻草了。

刘承信是害怕死人的，参加葬礼，亡人入殓后送葬的人要围着老房子（棺材）走一圈，算是瞻仰遗容，他从不敢看死者的脸。然而，现在，他不能不面对死尸。尸体被挖出来，人体露出来的部分还呈蜡黄色，阳光一照，风一吹，立刻变成酱紫色，继而又成墨绿色，干瘦的身体瞬间臃肿膨胀起来，绷裂之处汩汩冒着血泡。第一天，他们就清理出了十多具尸体，这么多的尸体集中摆在面前，刘承信反倒不怕了，只是恶臭扑鼻，让他难以忍受。想到自己家二十多口人被埋了个一干二净，连个尸首都找不见，他怆然泪落。县城西南角有一片占地近200亩的低洼地带，就成了一个大坟场。自地震以来，已有数以万计的人被埋在了这里。清理出来的尸首就全埋进了万人坑里。

清理的过程是让刘承信感慨万千的过程，他们清理出了好些声名显赫的人。大孝子马光武。马光武是个吆脚的，无论走多远，遇上稀罕吃食，家里老人没吃过的绝对不吃，带回来老人吃过才尝一口。大善人刘启祥。开门七件事，柴米油盐酱醋茶，刘启祥的“瑞祥商行”啥都不缺，却与雇工一起吃喝劳作，但他不是守财奴，而是散尽千金，做着施舍救济的事。大能人周兴文。十八岁以前没穿过鞋，白手起家，“裕丰商号”富抵海原城，却是子孙不旺，去年才有了个男孙，不收礼大摆三天酒席……富者贵者到头来一样是抛尸废墟啊。一天，他们清理出了两具紧紧搂在一起的尸体，分开一看是一个婆婆和一个女人，经辨认是顾掌柜的娘和婆娘。顾掌柜家住海原城，却一直在干盐池开饭馆。因为替赵大头接待商队，刘承信跟顾掌柜就熟了。这顾掌柜娶了个婆娘，小顾掌柜十七八岁，人长得不丑，却个性强悍，全然不顾顾掌柜的面子，遇到大小事情跟顾掌柜在街巷里干架，顾掌柜常常不是浑身青紫，就是满脸抓痕。顾掌柜怕婆娘，顾掌柜的娘却不怕，但凡到了干盐池，只要看到儿子身上有伤，冲进伙房提了砍刀杀将过去，那婆娘便只嫌眼前路不平，恨不能插上翅膀。顾掌柜的娘一双脚小得可怜，追不上儿媳，常常是回到店里，从笼里提出一只鸡来，一刀削了鸡头，顺手一扔，没头的鸡还在地上跳跃飞腾，以此来消心头之恨。只是顾掌柜的娘却不常在干盐池，因此顾掌柜的婆娘依旧与顾掌柜在街巷里大打出手，倒成了人们解闷的一景。地摇时，顾掌柜和婆娘正好回到海原城。那时候刘承信想这婆媳二人前生就是冤家对头，这辈子是不可能和好了，没有想到死了却搂得这般紧，看来什么事都不能过早地下结论。

李满仓和王根弟也干清理的活。李满仓和王根弟都是个盐工。说起了盐场，说起了盐工兄弟，说起了赵大头和苏好。

李满仓说：“赵大头没了，房子都摇成一铺摊了，又被湖水卷过，连个尸体都没见。盐工死得就剩下我们两个，寒冬腊月的，怕半夜去解手冻得受不了，我们俩做伴儿出去解手，地摇了，才躲过了一难，要在屋里也就没了。”

又说：“你回家的第二天苏好就回固原了。”

刘承信想苏好躲过一劫了吗？听说固原城也摇得七零八落，伤亡无数，即使回到固原，苏好就逃过一劫了吗？

海原的天气已经热透了，可他们都还穿着过冬的衣裳。石榴那身过冬的衣裳是绸子的，该是结婚的陪房（嫁妆），已经给柴草剐抽得索索絮絮，有几处都破了洞。因为热，抽掉了棉瓤子，结果就显得又宽又大，松垮垮的像袍子。

这天上工，刘承信和大家商量，让老板半月发一次工钱，地摇了谁也没积蓄，都等着钱吃饭。跟老板一说，老板倒也好说话。第二天就发了工钱，刘承信全给了石榴让去做一身衣裳。可石榴摇摇头，没有接钱。整个城里有两家裁缝铺，既做衣服，也卖成衣，刘承信在一家裁缝铺选了一件水红的衫子，女裁缝的身材与石榴差不多，让试过便买了。拿回来让石榴一穿，正合身，人一下就鲜亮起来了。

月亮二十二三的模样普照着，水一样的月光从无遮无拦的窗户涌进来。因为闷热，刘承信浑身燥热睡不着，趴在一边吃烟。外面鸟儿也睡得不宁，叽叽咕咕的。他从窗外收回目光瞥了一眼石榴。石榴赤裸着上身，蜷曲着的身子给月光镀出一道玉白的弧线。刘承信心里涌起一股冲动，浑身越发燥热难耐。

按说遭了这么大的难，他不该有这样的心思，一夜之间失去了那么多的亲人啊，个个都是在他心上劙了一刀，谁能在短短的几个月里，把自己变成自由自在随心所欲的身子呢。可去冬今春五谷吃得少，肉却吃得多，而且全是野东西，吃得他一身一身起疹子一般的小红疙瘩，痒得难受。何况他刚三十出头，自巧英肚子挺得像锅就不曾做过，早就憋胀得不行了。而且说个实话，他是馋石榴的。曹喜贵结婚时，他去随情，晚上闹新房（洞房），石榴真如炸开的石榴，水嫩、白皙、鲜艳、苗条，新房闹得他裆里湿漉漉的，跑回来把巧英当石榴摁住收拾了一番。只是这段时日看到石榴整日悲戚忧郁，他也就只能压抑着自己。

可今晚，他怎么都压抑不住自己的冲动。然而，当真要钻进石榴的被窝时，他听到自己重锤响鼓般的心跳。虽说他们像一家人生活在一起也半年了，但他们是陌生的，几乎连话都没有说过。几次手都伸出去要揭石榴的被子，半路上又硬收回了。从内心上来讲，他是有点怯石榴的，这个女人不怒自威。他按捺着、忍耐着，想睡去，却又睡不着。石榴身上的气息一波一波袭过来，搅动他浑身的燥热，欲望犹如蚂蚁咬噬他的骨头，他听到自己的骨节子都在爆响，实在是煎熬。从她的气息和不断翻身中他断定石榴也没睡。他鼓足勇气，手再次像一只小老鼠小心翼翼地钻进了石榴的被子，碰了碰石榴的腰身，石榴没有表示反抗，他钻进了石榴的被窝。可当他的身子贴上去的时候，他感觉到的是石榴剧烈的颤抖，身体蜷得像一张弓，两条胳膊紧抱胸前，双腿紧夹在一起，整个身子因为用力而僵硬如石。这是一种深刻的拒绝，刘承信害羞了。虽然他结婚也几年了，娃也有了三个，可脸皮还是很薄的。他悄无声息地退出了石榴被窝。他没有退回自己被窝，而是下炕出了门。他不怨石榴，知道这些日子石榴浸泡在寒冷悲戚中，心还没暖过来，人还没有活过来。

月亮虽然缺了一牙，却明亮得有些晃眼，大地上山川沟壑清晰爽朗。刘承信靠着墙根蹴下去，他装了锅子烟，吧嗒吧嗒吃起来。他觉得自己实在是太愚蠢了。曹喜贵把石榴许给了你就是你的了？曹喜贵不是石榴的爹娘，石榴会拿他的话当回事？石榴是个有脾气的女人，有脾气的人心里都有自己的想法，你却还当真了。想及这里，他羞臊得脸烧得都要喷出血来，又心里一片灰凉。吃了几锅子烟，夜有些凉了，他蹑手蹑脚回来睡下。还是个睡不着。海原的夜啊，实在是太厚了。

第二日天刚麻亮，石榴还睡着，刘承信便起身去工地了，这么丢人的事，他不敢面对石榴。活依旧是清理街道两边的残坯烂瓦，刘承信有些心不在焉，他为晚上回家见到石榴而发愁。不管石榴因何拒绝他，都让他觉得自己就像一个乘人之危落井下石的小人，他的所作所为实在是太不光彩了。接连几天，刘承信都是天刚麻亮就出门，天黑尽了才回来，因为没有灯，天黑了他们的世界就黑了。只有这样才能避免着与石榴面对。可石榴会一直等到他回来，把饭递到他手里。刘承信感到羞臊、沉重与无奈。

五月单五快到了，这天老板说要过节了，又发了工钱。刘承信回来，取出清理废墟时捡到的两个银圆。组织清理的工头对他们还是盯得挺紧的，因为废墟下面会时不时清理出东西来。这两块银圆是塞在墙缝里，他看到后靠着墙，一直等工头出去才抠到手里的。他将银圆放在炕上，对石榴说："记得喜贵说过，你有个姑嫁到陕西了，你投奔她去吧。"

又说："这么下去也不是个办法，这日子啥时才是个头呢。"

又说："陕西是好地方，八百里秦川，天心地胆，那是吃肚子活人的地方。"

晚上，刘承信进来睡觉，看到放在炕上的银圆不见了，长出了一口气。

这个夜晚，刘承信一夜没睡。第二日他早早起来，叫醒欢庆。欢庆还迷迷瞪瞪的，他背着欢庆往工地去了。石榴还睡着，他没吵醒石榴，怕给石榴为难。

歇缓时刘承信眯了一觉，醒来后发现不见了欢庆，急坏了。前两天街上还丢了个娃。刘承信“欢庆”“欢庆”叫着，老常说：“你婆娘带走了。”

刘承信说：“你咋知道是我婆娘？”

老常说：“她说的，让你醒了给你说一声，你儿也管她叫娘。”

中午，熊掌柜管饭，还管了酒。地震以来，熊掌柜每月初一都会像放舍饭一样在自己的“海城人家”摆桌子，不分老幼贫贱，谁进去都能吃饭。下午回来，见石榴坐在墙根搓莜麦，知道是要做甜醅子。甜醅子要用莜麦做。搓去莜麦皮，簸净煮熟，撒上发酵的曲菌，用被子将盆子包裹严实，放于热炕之上，三天后就可以吃了。刘承信想石榴是想在这五月单五过了以后再走。是啊，眼看五月单五到了，不把节过了就走显得太绝情了。石榴能做到这一步，也算是有情有意。

五月单五这天放了一天假，也对着呢，一年才有几个节日。刘承信睡了懒觉，直到石榴揭了捂着陶盆的被子，甜醅子散发出的带着醇酒的香味，他才爬起来。洗过脸，见石榴和欢庆往篱笆门上插绿茵茵的柳枝，欢庆手指头、手腕、脚腕上和脖颈上都绾了花绳，胸前戴着两个大荷包。石榴也收拾得像个新人，手指头、手腕、脚腕上和脖颈上都绾了花绳，胸前戴着两个大荷包，一派喜气。刘承信心里笑笑。这花绳也叫百索，说可以避邪和防止五毒（蛇、蝎、蜈蚣、壁虎和蜘蛛）近身。一入五月，五毒就很活跃了。花绳要戴到六月初六才把它剪下来，丢进河里让水冲走，这叫送灾，意思是百病也被流水带走了。荷包也叫香囊，里面装有香草和雄黄、苍术、香藿、丁香、白芷等药材，能防病避邪祛灾。不过这都是针对娃娃的，大人只有年纪很老了才又会像娃娃一样绾花绳戴荷包。

石榴的甜醅子做得很纯正，好的甜醅子是会醉人的。刘承信一口气吃了三碗甜醅子，吃得有些醉意，飘飘忽忽的，看欢庆，欢庆也脸蛋红扑扑的。睡了一觉醒来，石榴抱了两身新衣裳递给刘承信，指着南边的一个山口说："从那沟口进去不远有个水潭，石头底子，水清得很，你带欢庆去洗一下。"说着把一块洋碱揣到刘承信手里，"捏好，可滑了，比鱼还滑，掉进潭里就捞不出来了。"

晚上吃的还是甜醅子。刘承信又一口气吃了三碗甜醅子，吃得有些醉意，欢庆也吃多了，兴奋得不行。刘承信就说来，爹给你讲古今。刘承信就讲起端午的故事。古时候，有一个姓柳的将军打下了一座城池，他要屠城，吩咐手下见人就杀。就在他带领将士肆意烧杀的时候，看到前面一个逃生的长者手里拉着一个孩子，怀中抱着一个孩子。在逃跑途中，他扔下手中的孩子，抱着怀里的孩子继续往前跑。将军不解，于是下令士兵抓回长者。他问长者，为何不扔下怀里的孩子，带着会跑的孩子逃走？长者说，手里拉着的是他自己的孙子，怀里抱着的是邻居的孩子，邻居已经被杀死了，他要保护邻居的孩子长大成人，才对得起死去邻居的托付。将军听说此事，深受感动。问及长者姓名，长者说自己姓柳。于是，将军放长者回村，并嘱咐其门前插柳，号令三军见柳不杀。长者回村后，将秘密告诉全村人，一夜间全村门前皆插柳。第二日，将军前来，信守诺言，没有再开杀戒。

欢庆闹腾够睡去了，刘承信翻身趴下，装了一锅子烟，正要去点，石榴却钻进被窝来了。然而，这次虽然石榴是主动的，可铺在他身子底下的身子是死的，很僵很硬地摆在那里，这个身体并没有因为他的激情抚摸而绚烂绽放，反而在他的抚摸中颤抖痉挛，依旧僵硬如石，就像山上的小女子花本来开得奔放，随着他的触摸立马缩成一个紫球。活是做了，太快了，太短了，太不强势，太不仗义了，结束得仓皇狼狈，就像一块烙铁搭到冰上，结果烙铁冷得比冰还快，比冰更冷，他黯然爬出了石榴的被窝，无比的沮丧与冰冷。他一点都没感到销魂灼骨，反而感到下面火辣辣的灼疼。这是硬对硬造成的。整个过程中石榴都是僵硬的、阴冷的，就像一块生荒地，犁铧插进去，犁尖都疼了。按说石榴这块地曹喜贵耕作了快一年，也该耕成熟地了。这让他想到石榴是极其勉强的无奈的，自己还是有乘人之危之嫌，做了一件极不光彩的事，他给石榴什么印象呢？简直是厚颜无耻。在朦胧的月光下，他瞥了石榴一眼，石榴将自己包裹起来，蜷成一张弓给了他一个脊背，那脊背在抽动颤抖，这背影让他感到来自骨头里的阴冷，比上一次更让他痛苦。他们相依为命相处了大半年，石榴心里没他，这带给了他新的痛苦。是石榴心里还装着曹喜贵，没看上他？曹喜贵到底哪里比他强？按说他不该和一个死人争什么，何况那是他生死相交的拈香兄弟，可他不能不这么想。

刘承信想多了。石榴不是看不上他，也不是心里一直装着曹喜贵而就容不下他，也不是还沉浸在这巨大的悲伤里，心还没有暖过来，既然老天爷没要命，日子终究还得往前走。是十二岁上的一件痛苦的记忆投在心里的阴影在作祟。十二岁那年的一天，她让一个货郎子用一把子花线哄到村外的一个塌窑里糟蹋了。她给吓坏了，也给疼坏了。那是一个强壮的货郎子，把她圈在塌窑里鼓捣了整整一个下午，直到她流血了才把她捆在那里，匆匆逃走了。她挣脱了绳索，站都站不起了。当她站起来，她的双腿并不拢，走起来八字着腿一挪一挪的。回到家她不敢说，但因为流血不止，给娘发现了。爹抽断了几根柳条，她睡了半月，货郎子身上的汗臭味还黏在她身上挥拂不去。爹说就让那事死在心里，对谁都不能说，说出去就是你娃这一辈子的难。自此石榴见不得货郎子，对货郎子从最初的恐惧到最后恨如骨刺，村上来了货郎子大姑娘小媳妇都没命一样往去扑，她从不去货郎跟前，而且货郎找上门来，她会像赶野狗一样驱赶。自己剪下头发也从不去货郎那里换针头线脑，全都一把烧了。

吃了这么大的亏，她的心气还是高傲的。她的堂姐嫁到了川区，川区就是临水的地方，平整的田地有黄河滋润，不靠天吃饭，年种年收的，她长得漂亮，处对象的时候，堂姐牵线，那边已经有人提过亲了，家道殷实，人也长得攒劲（漂亮）。可爹拒绝了，把她嫁到五更岭。她家的条件比曹喜贵家的条件要好得多，虽说爷爷抽大烟，家道中落，但爹会持家，还没到卖儿卖女的地步。爹说嫁了这样的人家，就是事情败露，咱家也拿得住。娘说更怕的是她给那么糟蹋了一起，以后无法生养，那是女人做人一辈子最大的难。因此，只是要了三斤烟土的彩礼。要三斤烟土无非是一种遮掩，抽大烟的人抽到最后，都是为几斤烟土卖儿卖女。曹喜贵一家也信以为真。

童年恐怖的遭遇在她的心里烙下了深深的印记，这使得只要男人一靠近她，她就感到恐惧，不由得颤抖。和曹喜贵结婚，新婚之夜，当曹喜贵摸进她的被窝，她一脚就将曹喜贵踢到了炕下，曹喜贵半天起不来。曹喜贵是家里的独子，是三代人惯大的，也是有脾气的，可是他怵着她娘家。因为曹喜贵去她家，她爹从不给个好脸色，说话声重语粗，颐指气使。虽然家道中落，但虎死不倒威。一直过了几个月，她才慢慢地接受了曹喜贵。但每次曹喜贵都必须洗澡，不洗澡浑身的汗酸味会唤起她痛苦而恐惧的记忆，那是货郎子留给她的恶劣的特殊记忆……

曹喜贵临死的头几个晚上，一寸一寸地抚摸着她的身子说这么好的地，可我种不了了。又说我家宗脉不旺，几代单传，原想着要让你给我们曹家生一个庄子哩，我做庄主，老先人该多自豪。就在曹喜贵走的那天早晨，曹喜贵说你给我洗洗身子吧。她说前天才洗过。曹喜贵说你再给我洗洗吧，让我干干净净的……多好。又说这一年的时间，洗澡洗上瘾了，不洗总觉得身上不对劲儿。石榴就热了水又给洗了一遍，在洗身子的时候，曹喜贵说你跟刘承信过活吧。她说你说啥呢，这些日子盐吃得少，嘴里淡得没味儿。曹喜贵说刘承信这人以前没感觉，这段时日我看出来，是个背重的人，牢靠的人，跟了他你不会受罪。她说你再说我就不给你洗了。曹喜贵捏着她的手说听我的话，跟他过吧，我这么活下去就是个活死人，活着有啥意思。我只有一个念想，你们以后生下儿子，给我曹家指上一个，开门立户，我就感激不尽了。又说刘承信宗脉旺，他爹生了他弟兄五个，刘承信结婚五年就生了三个儿子，你是一块好地，你们定能生出更多的儿子来。又说对你们来说，这不是啥事，就是指个姓的事，娃还是你们的娃。她端着水出去的时候，曹喜贵说拜托了。等她倒了水回来，曹喜贵已把一根木橛钉进自己的太阳穴里去了。

对于刘承信，她看到这个人的背重与善良，她一点都不嫌弃他，甚至从心里讲，她觉得这是个比曹喜贵更背重的男人，一辈子靠在他身上更踏实。那夜他抚摸她时，他身上浓重的汗酸味儿让她陷入痛苦而恐惧的记忆，她浑身痉挛颤抖僵硬，那是一种她控制不了的反应。接受一个陌生男人，她需要抹去童年那件事的阴影，这需要时间。

石榴听到了刘承信低沉的叹息在喉咙滚动，就像滚过阴云密布的天空，她知道他误会了，她钻进了他的被窝，贴在他的怀里，枕在他的胸膛上。

海原城的整饬仅仅是把主街道清理出来就结束了。民国二十三年也就是1934年，甘肃省政府才拨款对海原城进行全面修复。城门重新命名，南门曰“得胜”，东门曰“迎旭”，西门曰“涌金”。城门由孙中山先生题写。

大地还在颤抖，不过不那么频繁，不那么疯狂，一些有能力的人开始收拾家园了。人们再不敢选择靠山挖窑洞，而是选择相对平坦的地方，盖房、箍箍窑，这需要大量的胡基，刘承信打胡基的手艺派上了用场。卧虎台的老财主姚祥叫刘承信去打胡基。姚祥家在卧虎台是大富户，有这样的说法：卧虎台的石头都姓姚。在地摇中姚祥一家亡了六口人，就剩下了老财主姚祥和小儿子姚庆丰。

卧虎台在园河穿过的谷口，河谷北边是老君岭，南边坡地平坦开阔，土地是姚家的，就叫了姚家川。

刘承信打胡基，姚祥蹴在一边，说：“你不拾掇地方？”

刘承信说：“没地方拾掇。”

姚祥说：“咱这卧虎台，你还看不上？”

刘承信说：“掌柜的说笑哩，我没钱买地方么。”

姚祥说：“来这里坐吧，看上哪搭就在哪搭拾掇庄院。”

刘承信停下手里的杵子，看看老财主。已是深秋，天气日渐寒凉，他正为即将到来的冬天没处藏头而发愁，忙说：“东家要说的是真的，我打的胡基不要钱，再给东家白干一年都行。”

姚祥说：“你看这卧虎台剩下几户人了，该给的钱一分不会少你的。”

刘承信当下就圈了一块地方。刘承信打好胡基，从沟里往来背石头。屋墙得做一个石头根子，这里地气潮，直接用胡基墙根子会碱蚀。在打院墙的时候，因为王前山家的草摞，他拐了个弯，王前山说："你这人，打墙不端直直地打，拐个弯。"说着，把草摞掀倒了，往里让出了七八尺，说："照直打，多美气。"刘承信就感慨地想，人多的时候你在人家院里取一锹土都会被人吼骂，甚至惹出事端。人稀了，人就惜欠起人来了。

墙码起来后，用野蒿、母猪刺、牛筋刺蓬了顶，再寻些端直的母猪刺、牛筋刺秆儿编了门，三间茅草屋就成了。盘炕，打锅台，石榴拔了些芨芨草，编织了几张席子，三张黄羊皮一铺，一个家就有了。

姚祥给了一袋面、一袋米、几床铺盖，刘承信说："让娃给你磕几个响头吧。"

姚祥说："别让娃动不动给人磕头。"

王前山家里的捉了两只鸡娃过来说："养着，秋上就能吃个鸡蛋了。"

朱喜的女人抱来一只狗娃："有个张声的。"

小狗长不及一尺，追着两只鸡娃，满院子就有了声响。家就有模有样了。

九

在卧虎台安顿下来，日子顺溜了些，刘承信发现了一个致命的问题，他没见石榴倒霉过。海原这地界的女人把来月经叫倒霉。女人一个月总有那么几天倒霉的日子。女人不倒霉，肯定怀不上，这一点刘承信当然是懂得的。石榴不倒霉，这可是个大麻哒，他有欢庆倒不急迫，可应承了孙清河和曹喜贵，事必须要有个交代。隔三岔五的，他就会梦见孙清河和曹喜贵。刘承信心里恐慌起来。

这夜，刘承信又梦到了孙清河、曹喜贵，两个人还就那样，孙清河背着曹喜贵，两个人说来看看他。一起吃了一阵烟，他们就要走，他还说石榴正做饭哩，饭吃了再走。他们说不了，你们吃。他说那我送送你们。结果这一送就把自己送醒了。窗外月光清明，他睡不着，坐了起来，坐了一阵，轻手轻脚出了门，蹴在院里吃烟。他们是来看他的，也是来讨债的。

刘承信感到身上披了一件东西，他抬头看看，是石榴。

刘承信说：“我又梦见他们两个了，还那样子，说是来看看我，我送他们出门了。”

叹了口气又说：“他们啊不是来看我的，是来讨债的。”

石榴也是从梦中醒来的，她梦到了曹喜贵，梦里檩条落下来时曹喜贵将她抛开的那个瞬间又过了一遍。如果曹喜贵不为了救她，那么瘫了的就是她，或者她已死了。但她没有给刘承信说她的梦。

进屋上了炕，石榴钻进他被窝里来了，枕在他的胸膛上。刘承信想问石榴一个问题，努力了半天，却又问不出口。石榴坐了起来，长叹一声，说：“他爹，我这身体怕是死了，活不过来了。”

刘承信坐了起来，看看石榴，石榴说：“我身上不来了。”

刘承信明白“身上不来了”的意思，就说：“你、你以前也没倒霉过？”

石榴急了，说：“你说啥呢，咋没倒霉过，以前月月都很正常。”

刘承信说：“那、那咋又不来了？”

石榴说：“我咋晓得。”

见石榴有些气了，刘承信忙说：“经了这么多的事，又吓又冻又饿的……”

石榴用袖子揠着眼泪说：“从地摇了就再没来过。”

刘承信抓起石榴手捏捏说：“没事，只要以前正常着就没事，咱去看郎中。”

刘承信就带着石榴去看郎中。为给石榴看病，他又上南华山打猎。西安州城里开了家药铺，也开皮货行，一面是救命的生意，一面是要命的行当。一张狐狸皮，就能换回半个月的药，这让刘承信觉得很是方便。打来的野物，正好给石榴补身子。一方面去看郎中，吃药调理，一方面行香许愿。须弥山圆光寺庙会到了，他带着石榴专门去上香许愿。也才知道，这个庄严肃穆的大寺也是坍塌得七零八落，那凿于山体之上的巨大的佛像虽然没有倒塌，却也受到了损伤。到了晚上，两个人就折腾，不来了那就是堵塞了，堵塞了通过折腾说不定就能通透了，刘承信嘿嘿笑着对石榴说：“我就不信我疏不通这道渠，给盐硝淤住的渠道就像铁板，我都能疏通。”

石榴就拧他。

石榴心里没了隔阂，那事做起来还是很美气的。

一服一服的中药吃得满院子是药渣，石榴满身都是药味儿，石榴的身子是补起来了，胖乎乎的，连肋巴都摸不着了，可还是不倒霉。

石榴满面悲戚地说："这身子怕是枯萎了，死了，活不过来了，白糟蹋钱。"

又说："不吃了，钱全吃药了，这日子还过不噻。"

刘承信说："胡说啥，才多大年龄，身子就死了？"

又说："不吃了？我一闭眼两个死鬼就站在我头顶，我一闭眼就站在我头顶，啥都不说就盯着我。"

石榴便嘤嘤嗡嗡地啜泣。

刘承信抚着石榴说："咋也得鼓劲。"

石榴叹口气，抚着刘承信的胸膛说："给你再娶一个吧。"

刘承信说："再娶一个？"

又说："拿啥娶？除了几间茅屋，还有值钱的啥？人家图你个啥？"

石榴说："河湾里的田寡妇，四个儿子她能养得活？娶过来咱们替她抓娃哩。"

刘承信说："咱们命都拉不活，娶一个寡妇带四个儿，拉扯得活？头往胶锅里擩？"

石榴说："你想想么，娶了田寡妇，四个儿跟她说好，两个娃一个姓曹，一个姓孙，咱就不急了。"

这话说了不久，石榴倒霉了，直流了整整一个礼拜的血。

刘承信嘿嘿地说："你看，我说我没有疏不通的渠吧，你这是大水漫灌。”

石榴露出了带泪的笑容。

民国十二年的春天，石榴开怀了，一开怀就生下一个儿子。刘承信跪在院心“老天爷”“老天爷”地高叫，响头把头皮都磕破了。那天，地还颤抖了一下。刘承信给取名欢喜。他叫了一声“欢喜”，就想起那个儿“欢喜”来，泪水蒙住了双眼。他想再生一个儿，就取名“欢乐”，这样他的两个儿子就又回到人间了。

石榴的幸福一丝不苟地洋溢在脸上，滋润在笑语中。欢喜满月，他们就去了须弥山圆光寺还了愿。他们都轻松了，只要开怀了，他们都正年轻，那一切就都不是问题。

1924年开春，刘承信看中了河滩边一块平整的地方，想整饬出一个园子来种菜，也种点果树。挖树坑时挖出了一个洞，往下再掏掏出一个坛子，用一块红绸子蒙着。坛子是粗瓷腌菜坛子，还有一股浆水味道。当他打开坛子时，惊得目瞪口呆，是一坛银圆，和石榴一数整整三十七块银圆。里面有一张折起来的纸，打开上面写着密密麻麻的字。刘承信不识得字，不知道字条上写的啥，但知道跟这罐银子有关。蹴下吃了一锅子烟，便揣了去寺里找苏阿訇。苏阿訇在苏家寨开学，自然认得字。苏阿訇问他是从哪里得到的这个纸条。他说挖出来的。

苏阿訇看他两眼，读：

吾，趙前程也。民國玖年，冬月初七晚至戌時，忽地大動，天崩地翻，崖倒窑塌，吾一家一十六口，罹天災而覆黃壤，同歸一塚，亦算造化。泣血求之，得此罐銀元者，即為我轉贈繼承者。吾唯一願相托，望得此罐銀元者，幫我趙門續傳香火，吾趙家列祖列宗於九泉之下，叩謝大恩。否則視為侵佔偷盜，天地不容。另：恩公续留之后人望取名趙诸文。

苏阿訇读完，刘承信明白了，这里原是在卧虎台开学的赵先生的家。

苏阿訇说承信啊，你们叫天哩，我们叫主哩，教是两教，理是一理。

刘承信明白苏阿訇的意思，他对苏阿訇深深地施了礼。

刘承信把纸条上的内容跟石榴说了，石榴说："侵占偷盗，天地不容。话说得那么狠，埋了去，再说应人事小，误人事大，咱自己的事还没着落哩。"

刘承信说："那就先埋了吧。"

罐子原封不动地又埋回到地下。晚上，刘承信睡不着，翻来覆去的像烙饼，后来干脆坐起来吃烟，石榴说："还惦记那坛银圆？"

刘承信嗯了一声，石榴说："埋掉了就别再想了。"

刘承信说：“埋了银圆埋不了事啊，知道了么。”

第二日刘承信想，倘若从那里再往下挖，就会挖出赵先生一家的尸骨了。可挖出来又能咋样？他就在那里堆起了一个老大的坟堆。

到了种洋芋的时节还没有下一滴雨，灾荒年的迹象暴露无遗，遭遇了大地震谁家也没有积蓄，一村的人一大半人逃荒去了。石榴身怀六甲，欢喜还小，刘承信一家没有出门。刘承信带着欢庆上山打猎，到南华山深处剜野菜。人走光了，山野倒宽了，往深里走，野菜还能挖上，野东西也还能打上。日子紧张得拉不开栓时，刘承信就挖出赵先生家的那罐银圆，默默祷告说我会给你连本带利还回来。现在他不敢轻易许诺给赵先生一个姓赵的儿子，除非他有了多余的儿子。麦子一斗都八九个银圆了，放开吃是吃不起的，他只能拿一个银圆出去买点玉米糁子、黑面回来，像做贼一样溜回来。背着粮食被人路上抢劫的人多了，把人杀了的也有。

石榴对肚子里的孩子寄托了深厚的希望，酸儿辣女，从怀上开始，杏子只有羊粪豆大石榴就开始揪着吃，吃山野的酸酸草，还喝醋，有时候反胃，哇哇地吐。刘承信都看得可笑。刘承信当然也期望着是个男娃，这样他三门一开，心里的事也就了了，心里无事该多好啊。然而，到了年关跟前，石榴却养了个女娃。娃呱呱坠地，石榴手伸进裤里一摸，就晕了过去。对于急需要生一个儿子的石榴和刘承信来说，这等于是跌了个年成。不过刘承信不急，只要能生，他怕啥，他们正是生娃的年龄。他给女儿按灰袍先生起的名叫了，小名鸿书，官名刘鸿书。

灾荒年过去了，刘承信抱着赵先生的银圆罐子数了又数，这个灾荒年花掉了人家十五块银圆。刘承信在罐子上画了三个“正”字，这迟早是要给人家还上的。不过，刘承信不愁，日子只要像这样和睦平顺，一年填补两三块的，不难。

然而，这年秋上，石榴跟刘承信大闹了一场，这让刘承信见识了石榴的脾气。是因为欢喜的官名。欢喜的官名一直没取，不是取不出官名来，名字就有现成的，灰袍先生给的几个官名都还没叫出去。刘承信没有给欢喜起官名，想等石榴再生个儿子，到时两个儿子一起起名，一个姓孙，一个姓曹，皆大欢喜。按先来后到的规矩，欢喜自然该姓孙，可刘承信明白，如果真要这样起，石榴定会跟他生事。别看石榴不吭不哈，心里事稠着哩，这一点他很明白。因此，为躲开这一不快，他一直没给欢喜起官名。老侯来催过几次让报户口，他都找借口推了过去。可老侯又来了，说这次必须报户口，而且要报官名，上面催得不行了，要下来查哩。刘承信没办法了，给欢喜报了孙鸿和。按灰袍先生起下的官名，应该叫孙鸿昌，可孙清河给他说过他下一辈的官名最后一个字是和。石榴翻了刘承信一眼，对老侯说这名不好，先不报名，等名取好了给你送过去。老侯说这名挺好的，多有文采。石榴说啥鸿和不鸿和的，不好不好，等我们再起个官名，给你送过去。说着还给老齐揣了几个鸡蛋。

老侯一走，石榴就跟刘承信闹起来。

石榴说："欢喜该姓曹。"

刘承信说："那咋行，不行。"

石榴说："咋不行？"

刘承信说："我老大，清河老二，喜贵老三。"

石榴说："可这娃是我跟你生的，先前我是喜贵的媳妇。"

刘承信说："凡事都讲个先来后到，再说我和欢庆的命是人家救下的，这恩不念了？"

石榴说："你咋不想想，他跟你是对头，你们打过架，好了伤疤忘了疼。"

刘承信说："说那尿话做啥，跟个死人找后账？"

石榴说："我天天梦见死鬼在我耳旁叨叨，脑子都快叨出来了。"

刘承信说："你当老二就放过我了，我睡觉他在头前站着，眼睛明钻钻地盯着我哩。"

两个人就此背对背睡下了。

这天，欢喜大概是受了凉，发烧，还说胡话，刘承信抓了药回来，见石榴跪在地上送病，地上画着个十字，放着一碗清水，拿着三根筷子在水碗中立，口中念叨着名字。三根筷子在水碗中站住了，石榴却没有用刀砍出门去，而是把黄表、纸钱、纸人点着一一在欢喜头上左三圈右三圈绕过，烧在碗中，往水碗里撒了一把米，又和面捏了三个面人，靠着筷子立住。刘承信就知道给欢喜春气的不是一般的孤魂野鬼，而是家里的亡人。要是孤魂野鬼，那三根站立的筷子就会给一刀砍出门外。刘承信也不问是谁，去给娃煎药。三根筷子倒了，石榴端了水碗，在欢喜头上画个十字，将碗端出去泼在十字路口，回来把碗扣在门钻窝旁边。刘承信煎着药，石榴走过来接过药罐，说："是他、他三爹！"

刘承信没有说话。

晚上石榴主动钻进刘承信的被窝里来，又是给他挠背，又拿嘴啃他的，刘承信心里一下一下地软了，但他不动声色，知道石榴有话要跟他说。

果然石榴说："知道他为啥把我给了你，没给老二么？"

石榴说到曹喜贵时从来不说曹喜贵，而说他。

刘承信说："老二不在了。"

石榴说："那时候老二还在。"

刘承信吃惊了，说："老二还活着的时候，你、你们就有打算了？"

石榴“嗯”了一声。

刘承信说：“那时间命都拉不活，你们想事还想得挺远的。”

石榴说：“就是命都拉不活才这么想事。”

又说：“他老觉得自己活不了多久。”

刘承信长吁一口气，“你、你们这么谋事，可怪瘆人的。”

石榴说：“把我给你，是因为你有欢庆，再生一个儿子就能姓曹。”

又说：“就让欢喜姓曹吧，下一个姓孙，不是一样的么。”

刘承信说：“这个姓孙，下一个姓曹，不也是一样的？”

又说：“事有先后，人得讲理。”

石榴像一条蛇蹿回自己被窝去了，给了刘承信一个脊背。

刘承信说：“做事要对得住天地良心。”

又说：“我们正生着，你急啥么。”

刘承信去拉石榴的被子，石榴说：“滚远点。”

刘承信也生气了。

第二日早晨啥时间了，石榴不起，连馍也不烙，汤也不烧。刘承信也生气了，心里还放不下个曹喜贵，既然跟我过了，就是我的女人，凡事总该站在我的角度想想，倒不是我要跟一个死人争，孙清河那是我刘家的救命恩人。他甩上门出去了，直接找老侯把欢喜的官名给报上了。

从此，两个人不说话了，只有光阴在他们之间穿梭。日子本就寡淡，两个人不说话就越发的寡淡了。刘承信感到煎熬啊，想通过干那活来解决矛盾。生下第二个儿子，巧英也有了脾气，有时候也生气，可只要晚上摁住收拾一顿，第二日就欢天喜地了。然而，石榴却不是巧英，把被子四边都压在身下，一拉被子她就像猫，连抓带抠，强硬钻进去，又给一脚蹬了出来。

过了些时日，刘承信想何苦闹得一家人不开心，服个软，就让欢喜姓了曹，等有了欢乐让姓孙不一样么？不就是个时间问题么？而从石榴这个角度上讲，石榴也没错，毕竟石榴先是曹喜贵的老婆，一日夫妻百日恩，百日夫妻似海深，曲儿里都这么唱哩，先开曹家这扇门也无可厚非。可在吃完两锅烟后，冷静下来，又想怎么能这样想？事能这么做吗？对他来说这不是先后问题，而是做人的问题、原则的问题。孙清河是他的救命恩人，没有孙清河他和儿子早就成了鬼魂了，这一门人都绝了，再说三人拈香时，孙清河排了老二，站在他这个角度讲不先开孙家这门是讲不通的，开孙家这扇门才符合人情礼义。这事的错不在自己，而在石榴，既然顶上劲了，那就不能软，人是要讲道理的。又感慨地想难怪人说女人头发长见识短，越这么斗气，姓曹的儿子只能越晚出来了。

更让刘承信觉得可笑的是，欢喜姓了孙后，石榴对欢喜的态度一下子转了个过，冷若冰霜，喂完奶就撂到炕上不管了，剜一眼瞪一眼的，除了喂奶，抱都懒得多抱一阵，眼旮旯儿都见不得个欢喜，完全像个后娘。刘承信骂就是个猪脑子，那不是你身上掉下来的肉。当然是在心里，不敢在嘴上带出来，现在的石榴跟她斗嘴，你说一句，她有一百句等着你，像骆驼句句喷人。

其实，刘承信还是把石榴想得太简单，她的愿望中不光有自己男人，还有自己的娘家，既然她活在世上，娘家咋也得开个门。

小年到了，扫尘时刘承信也懒得多干，把祭灶等几样男人的活干完，就逗欢喜耍。晚上欢庆、欢喜睡着后，石榴却赤裸裸地钻进他的被窝里来。

刘承信说："想明白了？"

石榴却不搭话，只是鼓捣他。石榴主动起来，跟巧英还真有些像。刘承信兴奋啊，就想女人还得熬，他顾不上感慨，按住把石榴收拾了一回又一回，煎熬得时间太长了。从小年的晚上开始，石榴全面主动起来，刘承信明白那是怀孕的渴求，并不是出于身体的渴求。

1926年初夏，石榴又养了个儿子，他们取名叫欢乐。刘承信感到无比的轻松，欢乐即将满月的几天，刘承信打了一个月的猎，除了野鸡、鸽子和呱呱鸡，还打回来一只黄羊羔子。石榴以碗蒸羊肉为主菜做席，做了厚实的满月。满月宴席上，刘承信把四个娃的官名叫了出去：刘鸿儒、孙鸿和、刘鸿书、曹鸿瑞。卧虎台人都觉得这些孩子的名字稀奇，刘承信讲了，大家都对他竖起拇指，又触及大家的伤痛，都不免唏嘘落泪。老侯也来吃席，掏出本来，把名字一一落了。刘孙曹的官名改回了刘鸿儒，别提多么高兴。这回他不像第一回叫“刘鸿儒”那么张狂，高声大叫，而是默默念着，悄悄应着。他喜欢这个官名。

有了欢乐，石榴的心思就全在欢乐身上了。刘承信觉得欢喜可怜，便惯着欢喜。结果两个人各有各的惯的，你惯你的，我惯我的，倒也相安无事。腾出时间来，他们也会惯惯女儿鸿书。

十

十五岁这年，刘鸿儒开始重复做一个梦，在梦中他一天走得比一天远。等他从梦中走回来，起得就迟了，而且常常是疲惫不堪，做起事来还迷瞪着，看上去无精打采的。刘鸿儒就这么在梦中这么走啊走，走了半年，终于在一天，他真就离开了卧虎台。

这天早晨，刘鸿儒又从梦中醒来，揉揉眼睛出门来。太阳已有三竿子高，热烘烘的。院里没有别人，只有欢乐，欢乐因得了一场病，身子很弱，已经两岁了，还在蹒跚学步，走路不顶当。猪和羊都倚墙站立起来，把头伸出圈墙叫唤着要食哩。他看到放在窗台上的镰刀和窗台下的背篼，明白这是后娘给他派的活，让他到沟里去找草。他抬起脚一脚将背篼踢得滚了几个跟头。

一只母鸡站在草摞上“咕咕嗒——”“咕咕嗒——”地叫

着。叫了半天，又趾高气扬地从草摞上下来，偏着脑袋拍着翅膀在院里踱来踱去地叫，像是做了一件惊天动地的大事。刘鸿儒知道母鸡在草摞上下了蛋，他看看草摞，上去是很容易的，可他懒得上草摞去收鸡蛋。他上了一棵树，树靠着院墙长着，硕大的树冠越过墙头伸出院外。他骑在墙头上，就在树冠里了，极其隐蔽。

母鸡的叫声引来了一对喜鹊，它们准确地落在草摞上的鸡蛋旁边，刘鸿儒摸摸别在腰里的弹弓，但没有把弹弓抽出来。他才不愿意去保护鸡蛋，给谁保护鸡蛋呢，反正他吃的永远没有欢喜和欢乐多。一只在草摞边的树上放哨，还冲刘鸿儒飞过来“喳喳喳”地示威，想赶走他。另一只喜鹊则用尖嘴在鸡蛋上啄洞。鸡蛋给啄出个小洞，喜鹊插嘴进去吮几口，飞起来去放哨，替换另一只喜鹊来吮。它们就这么分享着鸡蛋。等吮完了鸡蛋，一只喜鹊用它的尖嘴叼起空鸡蛋壳飞走了，到了田野将空蛋壳扔进草丛里，很好地掩盖了它们的罪行。倘若喜鹊有了儿子，就会把鸡蛋偷回去给儿子们吃。它们在鸡蛋上啄出个小洞，尖嘴深插进鸡蛋里再撑开嘴，鸡蛋就给拿住，然后猛然起飞而去。喜鹊和乌鸦都是盘旋在村庄上空的鸟，喜鹊的名声比乌鸦的名声好了几十倍。其实喜鹊貌似忠厚，所作所为比乌鸦坏多了。喜鹊不仅偷鸡蛋，也捉鸡娃，两只爪子搂着鸡娃就像母鸡搂着鸡娃一样。

而且牲畜们脊梁上烂了，它们会去啄食，让牲畜们发疯。刘鸿儒觉得乌鸦真是个倒霉蛋，从不糟蹋人们的东西，但名声却远没有喜鹊好。村子的每棵树上都有喜鹊窝。他猜的第一个谜语就跟喜鹊有关：碎碎木匠碎碎材，能工巧匠造不来。这说的就是喜鹊窝，夸的是喜鹊的能耐。不过，喜鹊在造窝上就是能耐，别看是凭借那些细小的木枝搭起来的，不用一星半点的泥，可是雨下不进去，风刮不进去。他捣过喜鹊窝。因为很小的时候他就得做一门活计，到山野去拾柴火，南华山上柴火多，可太远，他还走不到。庄子周围干山枯岭的哪里来那么多的柴火呢，一个庄子的娃娃都在拾，一个上午也拾不了多少柴火。树上的喜鹊窝倒是一大疙瘩柴火，心里有了主意。捣喜鹊窝可是个危险活计，喜鹊会像老鹰一样扑下来啄你，当然喜鹊没有老鹰那么凶猛。他捣的最大的一个喜鹊窝足足有一大捆。那是张八眼家门前树上的喜鹊窝，已经盖了四层。喜鹊没啄伤他，张八眼却找到门上来了，骂得口角白沫子乱飞，说坏了他家的前程趋势，喜鹊窝都四层了，他家要出贵人了，这下倒好，让他把喜鹊窝捣了。爹揍了他。

喜鹊叼着蛋壳喳喳喳叫着飞走了。他看看草摞顶上空荡荡的鸡窝，就想如果母鸡不像下了金蛋似的自我夸耀，如果母鸡不离开窝，蛋就不会给喜鹊偷走：一是喜鹊不知道它下了蛋在这里，二是鸡有喜鹊一样尖长的嘴，它要守在窝里，发威了喜鹊是无可奈何的。他知道后娘回来的第一件事就是上草摞去摸鸡窝，摸不到蛋会骂两天不下一个蛋，白养着你干甚？还会抽一根柳条追打母鸡，母鸡会连跑带飞，落下一路鸡毛。

母鸡在院里叫了半天，见没人出来给它撒一把瘪粮食，就又叫着往大门外去了。欢乐追着那只母鸡摇摇晃晃的。欢乐刚生过一场病，身子虚弱，走向一个固定的目标显得很有些力不从心，何况他要追撵的是一只高叫着表功的母鸡，因此追得趺趺撞撞。

刘鸿儒把目光投向院外，看到后娘在园子里种洋芋。后娘把地挖一道沟槽出来，抱着一个芨芨秆编织成的粪篓，粪篓口倾斜朝下，一只手把着口，粪就很匀称地落进挖开的沟槽里。沟槽里撒上粪，后娘又提起小篮子，里面装着洋芋种子。一个洋芋一切四牙就成了种子。一尺左右点一粒种子，点好洋芋种子，后娘脚后跟相挨，脚尖分成个八字，把两边的土壅进沟槽里，脚印就像一行整齐的针脚。因为沟槽里上了粪，埋住的沟槽比地面高出一些。

洋芋是一年里最后的一种庄稼，也是今年唯一的庄稼了。因为今年又旱了，从开春到现在没落一滴雨，土地干透了，豌豆、麦子、糜子、谷子、荞麦一样都没有种进去，就连最耐旱的红葱和黄花，都枯死了。种洋芋就是一种妄想，是在碰运气，更像是一种祈祷或者控诉。老天爷要感念到了，会给几场雨，那样洋芋就能收上了。其实所有的庄稼都不是贪得无厌的，只要按时按节给几场雨就行。老天爷要让粮食成了，不需要隔三岔五地下雨，只需把雨下在庄稼需要的时节上。

大门外是麦场，没有围墙。母鸡出了大门站在场沿上，脖子像装了弹簧一抻一抻地叫。欢乐撵着母鸡摇摇摆摆出了大门。麦场是在坡上推出来的，就形成了场坡。母鸡在场沿上又伸长脖子叫了一阵“咕咕嗒”，就下了场坡觅啄草根、虫子去了。欢乐不知天高地厚，也顺着场坡下去，场坡陡而不平，欢乐根子不稳，一轱辘就滚下坡去了，接着就是“哇呀哇呀”的哭声。

后娘的吼声就传来了：“欢庆，欢庆，你死哪里去了，弟弟哭哩你没听见？”

刘鸿儒没有现身，后娘就这么骂了几声，丢下手里活，把欢乐抱进园子里，放在地里，继续做自己的活去了。刘鸿儒骑在墙头上冷冷地笑了。

十岁以后，更多的时候刘鸿儒是骑在墙头上，躲在树冠里，目光冷漠看着院里院外发生的事。他记不清从啥时间开始，应该是十岁还是十一岁、十二岁开始，他在心里把石榴叫后娘。因为他觉得石榴越来越像个后娘了。

他得了病，后娘会和以往一样，照样做了白面擀面，里面卧了鸡蛋，可是，却再不像以前那样耐心地看着他吃完，就去哄欢喜后来是欢乐开心了，逗得出咯咯咯咯的笑声。马茹子红了，为摘最艳红的马茹子，他的手给尖锐的刺都扎成了筛子底，就是为了给后娘摘到最红最甜的马茹子。往年，后娘会抓几个放进嘴里品咂着，说真甜啊，只有我娃欢庆才能摘到这世上最甜的马茹子；可有了欢喜、欢乐，后娘接过马茹子就给欢喜、欢乐喂，还说娃吃得多乖，欢庆再去摘些回来。过年放炮，每年都是后娘把香给他点着，嘱咐他点了炮捂着耳朵就跑，他点了炮捂着耳朵跑回来一头扎进后娘的怀里，后娘还帮他捂着耳朵；有了欢喜、欢乐就不一样了，后娘不要说帮他捂耳朵，连香都不给他点了，还偏偏要说明年欢喜后来说欢乐也能放炮了。去年冬天，羊开始下羔。羊羔一出月，就有羊贩子上门来买，卖最后一个羊羔时，后娘说留着，能卖几个钱，再喂喂，宰了炼臊子，欢喜、欢乐正长身体哩。他心里说要说长身体，我正是长身体的时候，人见了叫我蒿秆，蒿秆就是又细又高……

娘后了爹就后了，爹每天早晨熬罐罐茶，以前喊“欢庆，大红枣儿烤好了”，现在变成“欢喜、欢乐，大红枣儿烤好了”；爹从外面回来，摘回野果子，或带回了洋糖、花生，一进门“欢庆、欢庆”的喊声也变成了“欢喜、欢乐”……更可恶的是欢喜，虽然自小就身体弱，但言语却出得早，别的话还说不顶当，告状的话却说得顶当，不管是给鸡啄了、猫抓了，还是给猪拱翻了、狗扑倒了，欢喜就哇哇大哭，爹或后娘一问，准会说：“哥哥打我。”爹也准会高举巴掌，大吼一声：“我把你个驴日的。”虽然爹的巴掌从来没落在他身上，可在他心里那巴掌已经落在他的沟蛋子上，他都能感觉到沟蛋子像坐在炭火上烧乎乎的疼。后娘生下了欢喜，起初他是万分的欢喜啊，有了弟弟，以后就有了帮手，淌鼻子、猪尾巴、挤眼子、牛蛋、狗剩这些对头再跟他起事，他就有了帮手。可是渐渐地他觉出了他最大的对头不是外人，是欢喜。

欢乐出生后，爹惯着欢喜，娘惯着欢乐，他们叼个空惯惯鸿书，没人把他当回事了，他们看他的目光是飘乎乎的、急匆匆的，不屑一顾的。他的许多待遇、疼爱、快乐都被他们掠夺了，他被冷落了，这样的冷落日复一日，月复一月，年复一年，在他的心中郁结了一个老大的疙瘩，而且滚雪球一样越滚越大，憋得他气都出不来。

更讨厌的是他们把他变成了小跑堂，欢喜、欢乐拉下了，后娘会喊：“欢庆，给娘铲一锹沙土来。”

他不应声，后娘再喊一回，他还是不应声，可后娘一抬头，一锹沙土放在炕上。

后娘生火做饭，会喊："欢庆，给娘抱一抱柴火来。"

他不应声，后娘再喊一回，他还是不应声，可后娘一抬头，一抱柴火已放在灶火里。

后娘说："欢庆，把羊赶出去放放。"

他不应声，后娘再喊一回，他还是不应声，可后娘一抬头，他已经赶着羊出了大门。

"欢庆，你死到哪里了，欢乐那么哭哩，抱着哄哄。"

"欢庆，给鸿书擦沟子。"

…………

更多的时候后娘这样使唤着他。

他曾经是多么爱说话呀。

后娘说："欢庆，去把鸡放出来。"

他会说："娘，放一只还是放两只？"

后娘会"咯咯咯"地笑，搂住他亲一口。

后娘说："欢庆，去园子里铲一把子韭菜来。"

他会说："娘，铲高的还是铲矮的？"

后娘会"咯咯咯"地笑，搂住他亲一口。

每一个细节都寒光凛冽、寒意逼人，他就像给秋霜打过的茄子，蔫了、抽搐了，他变得形单影只，再也快乐不起来，再也昂不起头来。他开始以沉默不语表达自己的不满。

人一天要说多少话，叫一声你得应，问一句你得答，表达自己的不满，不说话是一种很有效的方式。后娘倒是很快觉察出来他对她有意见了，竟然自己还冤枉得不行，抹泪，还在爹跟前告状："叫上十声不应一声？我倒做错啥了，我把他娃咋咧？"

还说："难怪人说后娘掏心都不亲。"

爹立马就对他横眉冷对，吼他……

最可怜的是晚上，以前他们围着他，听他叽叽喳喳地复述从奶奶那里听来的古今，自己说得东拉西扯张冠李戴的，但他们都听得欢笑不止。后来人家就像一窝鸡，叽叽喳喳，嘻嘻哈哈，他就往炕旮旯一蜷，给他们一个脊背。后来，恶毒的后娘又出主意，说："欢庆大了，给单另拾掇个地方让睡去。"爹就像奉了圣旨，三天就搭了间矮房子，把他搬了过去。他就越发想起那句话：娘后了爹就后了。爹虽然是亲爹，但他从心里开始叫后爹。

长到十四岁，他对自己的处境有了结论，让曾经像亲娘一样的后娘又成为后娘的原因是因为人家有了自己亲生的儿子，让亲爹成为后爹的原因是因为他有一个后娘。

自住进了矮房子，每个夜晚，就听到人家屋里"嘎嘎嘎"的笑闹声，他的心一阵阵寒冷，他的夜晚开始寡淡、漫长，他开始做梦了，在梦中开始了远行，越走越远……

梦中渐行渐远的疲惫和醒来时寒凉悲伤的心境造成了他整日的恍惚，他会忘记他们交代给他的活计。本是恍惚造成的，他们却认为他是故意的，结果招致爹更多的吼骂，后娘虽然不说啥，可在他看来却是更加的冷漠与不屑，原本这种关系就很微妙，经不住这么有意无意的挑拨，所有的话语与行为就都成了别有用心的。这足以让他心灰意冷。

他冷漠地瞥一眼窗台上放着的镰刀和被他踢到院心的背篼，猪和羊的头还搁在圈墙上叫成一片，他从柴火垛上抽了一根树枝，在猪、羊的头上敲着，一个个敲落下去，舀了一把勺水，和了一疙瘩泥，又捏了个泥人，端详端详，还是很满意的。捏泥人的手艺他还是跟后娘学来的。当然后娘不是捏泥人，而是做花馍。

人一辈子从生到死，要经历婚丧嫁娶、岁儿寿诞、生意开张、造屋上梁、乔迁新居、拜师招徒、做老房子、入土为安……在许多个点上都是要用漂亮的花馍的。花馍既是礼品，也是祭品、供品。后娘蒸花馍的手艺那可是一流的。村上人家遇事，都要请后娘去做花馍。后娘去做花馍带着他，起初带他去是能吃到白馍，吃到枣馍。可又怕别人说闲话，便会指派他做这做那，给人的感觉他不是来白吃的，而是后娘带的个帮手。渐渐地在后娘的指点下，他不但会捏花馍，而且连最重要的活计——揉面，也学得到位。蒸花馍揉面的功夫是紧要的，好馍三分揉。面要揉到软硬适度，软了会变形，硬了会裂口。揉好了面，开始正式捏形。用剪子、刀子、梳子、花牙等工具，经过一番搓、捻、擀、剪、切、捏、揪、压、挑、卷等手法，花鸟草虫、飞禽走兽便活脱脱地变出来。捏花馍没有图样，模样后娘全装在脑子里，他就佩服后娘脑子里装着那么多的花样。捏好了形，下一步便是醒馍，也就是让馍发发虚。把捏制好的馍放在炕头的笼圈中，用棉被捂住，火候一定要持恒。发虚后，上锅蒸制。蒸的过程也有学问，水开上笼，笼圈封严，急火上气，大小分蒸，落气出笼，都要把握好时间火候。馍一出笼，便是画馍，这最显功夫。一是要有很好的画功。鸟的羽毛、花的叶瓣、龙的鳞片，都是别人考量你水准的。二是要有把握色彩浓淡的功夫。馍出笼要趁热上色，趁热上色颜色艳丽，不易褪变。但要把握好色彩的浓淡，否则茫茫白气凝成露水，颜色会被稀释，整个白馍就被水汽烘托成了花脸，那就前功尽弃了。水平不高的人会等馍晾干后再去画馍，那样色泽就不好了。馍画毕晾干，便是组装，用竹签把辅助的部件与衬托的花瓣等组合到一起。每种花馍都有特定的寓意，莲花馍寓意连生贵子，菊花馍寓意高洁长寿，桃儿馍寓意富贵寿长，石榴馍寓意多子多福，鱼儿馍寓意吉庆有余，牛羊等花馍寓意六禽兴旺，龙凤馍寓意龙凤呈祥、幸福美满，等等。后娘能做“全活”，即在直径尺余一个圆形面圈上面塑花卉动物和十二属相，要完成“麒麟送子”“鱼儿钻莲”“松鼠吃葡萄”“猛虎驱邪”“凤凰戏牡丹”“龙凤呈祥”“蛾儿捕菊”“二龙戏珠”“松鹤延年”“喜鹊登梅”“八仙庆寿”“麻姑献寿”“猕猴献桃”“福禄寿三星”等传说典故。

刘鸿儒用冰草搓个绳把泥人挂在树冠上。树冠上已经挂了许多他捏的泥人，就像一个树的人生果。欢喜从外面一蹦一跳回来了，站在树下要泥人，他轻蔑地看了一眼，不但不给他，还一个个拿了在他眼前晃，还拿自己捏的哇呜“呜里呜啦”地吹。欢喜有爹的娇宠，见个啥非要据为己有才肯罢休，他还上不了墙头，就坐在地上撒泼打滚，号啕大哭，把鞋都蹬掉了。后娘抱着欢乐从园子里回来，问：“咋了？”欢喜却不说他要泥人，而说：“欢庆打我。”这个小兔崽子，现在连他“哥哥”都不叫了，叫他的名字。后娘瞪着欢庆说：“你是哥哥，多大的人了，老打他做啥？”

又说：“他要你就给他么，一点都不省事，你是哥哥，跟他争啥？”

刘鸿儒说：“一、我没打他；二、他把我叫过哥哥么？”

后娘不说话了，扬起巴掌给了欢喜一巴掌，说：“整天就知道哭，嘴张得跟个瓦窑一样，不哭活不了了？”

欢喜就发出宰猪一样的叫声。

后娘自己还伤心得不行了，抹起眼泪来，还哽咽出声来。这时爹掮着犁从院外走进来，扑上去一把将他从墙头扯下来，抬手就给了他一个砍脖，说："个驴日的，就知道在家里跟欢喜淘气，这么大的人了，一早上一把活不做，长大了吃屎都撵不上热的。"

后娘竟假心假意地吼开了："你、你打他做啥么，打他做啥么。"

刘鸿儒给爹一个砍脖子差点打了个爬扑子，他摇晃了一下站稳了，愣了一会儿，脖子一拧，出了大门。

刘承信也愣住了。这是他第一次打欢庆，连他自己也觉得自己今儿有些奇怪，欢庆长这么大，他还没指过一指头，平日吼骂是经常性的，可从心里来说，他最疼还是欢庆，这娃能活下来不易。可他今儿生着气。生气倒不是为了别的，而是为了一句话；这句话跟欢庆也没关系，而是跟周泰有关系；话也不是周泰说的，而是自己说的。人世间的事，都是话引出来的，而能惹出事来的话往往不是一箩筐两箩筐，而是一句半句。那日，在姚掌柜家干活歇缓的时候，跟周泰蹴在墙根吃烟。他跟周泰说话投机，心里便当朋友待。两个人东坡西洼地胡谝，谝了些事，也谝到了人，谝到李平儿时，他说了句"李平儿那人"就没再说下去，他记不清是自己忽然语言上懒了，还是给什么打扰了。这句没说完的话在别人听来就是话里有话。周泰就听出这话是对李平儿有意见。刘承信对李平儿有意见没意见，他不管，可刘承信这话说半句夹半句周泰不高兴了，要么就别跟我提这话头，提了话头就该全说出来，说半句夹半句这分明是跟我周泰不过心。隔日周泰见了李平儿，两个人也靠着墙根吃烟，东坡西洼地胡谝，就谝到人，谝到刘承信，李平儿对刘承信的为人处世很夸赞。周泰本没想着给李平儿说刘承信说“李平儿那人”的话，这时听李平儿这么夸赞刘承信，便觉得李平儿吃亏了，又想到刘承信对自己是说半句留半句，显然也是把他没当朋友待，便叹了一口气，也不添油加醋，只是按自己的想法说你这样看人家，人家不定这样看你，听人家那口气，好像……李平儿问他说我啥了？周泰便不知如何说，就说反正对你……算了算了，不说了。话说到这里其实也够了。这李平儿是个耿直的汉子，说我问他去。今早在姚掌柜家干活遇上了，干到晌午散工，出了姚家，李平儿撵上刘承信说我到底咋样了你，你在别人跟前说我。刘承信听了个莫名其妙，还不待脑子反应过来，李平儿已经走了，到了远处又说从今天起咱俩关系断了。刘承信心里仔细一想，便确定是那天与周泰说话说出的事，因为除了周泰，能说到一起的人不多，他很少与别人闲谝，而那天他与周泰是说到了李平儿的，想与李平儿解释，却又没去解释。没去解释也不是懒得解释，而是不知如何解释，而硬解释只能更加添堵。就如灰袍先生说写字，说字是个黑狗，越描越丑。话也是这样，解释的话就跟描字一样，只能越解释越解释不通，往往会把一件事解释成了几件事，那还不如不解释。事这么想过了也就不气了。可还有一股气没出，这气生在周泰身上，平日里看上去跟他说话过心，却在背后戳闲话倒是非，像个烂嘴婆娘，真是知人知面不知心，后悔自己竟然把这样的人当朋友。也只是生气，懒得与周泰对质，对自己说权当失一个人又识了一个人，谁不理谁日子也能过下去。回来的路上，他又拐去了老王家。一个月前给老王家打胡基，跟老王说起儿子来，老王说过一个月，放羊的老许就到期了，年纪大了，不放羊要回家养老了，让欢庆过来给我揽羊。刘承信当然高兴了，欢庆正是揽羊的年龄。这已过了一个月，他就想去老王家问问，地摇埋掉的人太多了，多少个庄子没了，找个活不易。到了一问，老王却说今年不雇人了，多一句解释都没有，脸子还有些冷，而且说完便扭头进屋去了。刘承信瓷在那里半晌，这不像老王的为人，平日老王定会解释道歉的。刘承信就觉得这事背后有人说了长短，又想到李平儿与老王家又扯着亲戚，遂心里就很是不爽。事实不是刘承信想的这样，而是一个月以前，老王还没看出今年是个灾荒年，一个月过了，灾荒年已经现出来了，羊再养下去，老弱病残必是度不过灾荒，便将羊群中老弱病残精减处理了，两群羊折成了一群羊，打算等个好年景再买羊添数。老王这天反常，是老王在盘算着一件家务事。三儿提起话头，想单灶另过。老王有些恼火，恼火的不是另家，家肯定是要另的，但另家是他的事，话头该他提出，不该儿子提出。他提出和儿子提出，这其中的含义是不一样的。他五个儿，娶这个另那个，这已是约定俗成的家规。老王盘算的也不是另家的事，另家的事简单，一个儿咋另，几个儿都咋另，一碗水端平，这事就没麻哒；老王盘算是如何教训三儿的事。也不是要在儿子身上要歪使狠，而是想告诉儿子这样目无老人，目无规矩，以后另立门户了在社会上是会掐亏的。因此，刘承信走进去问话时，老王只说了句今年不雇人，便再懒得多说，反正明年还要雇人，到时候让那娃过来就行。刘承信哪里能想到老王心里的泼烦，心里生了气，回来却见石榴站在那里抹泪，看两个儿子，便知事情由来，一时没把住，给了刘鸿儒一个砍脖儿。

刘鸿儒出了大门，站在高峁上，眼里一片茫然，心里一片悲凉。心里一片悲凉悲凉在后娘的一巴掌上。后娘一巴掌虽然是在扇欢喜，但在他看来还是在扇他，而且比扇他还让他寒心；后娘要是扇他一巴掌倒也罢了，扇在欢喜身上只能说明欢喜是人家亲生的，咋打咋骂人家都是亲生，也便明白了一个道理，以前后娘对他好，那是真的，因为她没有儿子，现在多嫌他，也是真的，因为人家有了自己的儿子。也悲凉在爹的一个砍脖子上，爹不问青红皂白给他一个砍脖子，在他看来这爹是彻底的后了。爹从来没动过他一指头，可今儿个爹连个青红皂白都不问就砍他一个砍脖子，这分明不是因为事，而是因为后娘，而后娘虽然没有告状，却在那里哽咽，这一招比言语告状更厉害。识透人情寒透心，刘鸿儒心已是拔凉拔凉的。

中午吃饭的时候，刘鸿儒听到后娘在叫他，他就隐在梁峁后面没应声。又听后娘给爹说："从没指过一指头，你咋就下得去手么，吃饭也不见了，你出去找去。"爹却说："饿不死，越大越不懂事了，早上一把活都不做。"刘鸿儒听得心里愈发的冰凉了。

刘鸿儒在山坡的一个崖下待到爹和后娘吃过饭，又各忙自己的活去了，这才回来。进屋一看欢喜、欢乐、鸿书睡得跟猪娃子一样，就翻出了后娘那套做花馍的家当，装进自己的褡裢里。抬头看看，又将挂在屋顶的馍馍篓子放下来，还有四个馍，便全装进褡裢里，把褡裢往肩上一搭就出了门。他没有去干盐池，也没有去西安州，而是去了海城。这时候他想到了瘦猴。瘦猴和他说过要一起去海城。可想想还是自己走了。

十一

在后来的岁月里，刘鸿儒常想起自己遇到老鲁，实在是此生一件很有造化的事。如果不是遇到老鲁，那么他这辈子就不知会活成了个啥样，或许早已不在人世了。

刘鸿儒是在海城吃光了从家里带出来的四个馍的第二天，才遇上老鲁的。对于第一次走出村庄的他，走在海城的大街小巷，他张皇四顾，感到了孤独无助。虽说大地震过去了十年，但在大地震中海原城死去的人超过百分之五十九，元气大伤，还没有缓过劲来，依旧一片萧疏，人们还在挣扎中生活。和他十年前走进海原城时的景况没有多大的区别。又逢旱年，大街小巷多是讨吃，再几乎看不到任何生机。刘鸿儒已经有两天没吃东西，看到讨吃吃讨来的东西，他吞咽着口水，却实在拉不下脸来沿街乞讨。离开卧虎台，他没想过自己出来是讨饭的。

这天，刘鸿儒头晕眼花地晃荡进了一条小巷，忽然一个人飞奔过来，后面却追着三条狗，这人嘴里叽里咕噜叫着。刘鸿儒站在巷中，待狗快到他跟前时，他猛然弯腰在地上一抓，其实他啥也没抓着，可三只狗“嗤”地刹起一道尘埃站住了，他又一弯腰，三条狗龇牙叫着掉头了，他再跺跺脚，三条狗边叫边遁逃而去。那人站下来时，刘鸿儒才看清是个头高大的“红毛鬼”。“红毛鬼”是他从奶奶那里听来的。奶奶说的古今里有义和拳杀“红毛鬼”的事。“红毛鬼”真高啊，刘鸿儒得仰起头看，觉得有他两三个高。“红毛鬼”走过来，那白里透红的脸上，汗水涔涔。

“红毛鬼”抹了一把脸上的汗水看着他。刘鸿儒不由得往后几步，靠着一截墙站着，他本来饿得有些发颤，这下两腿不由得哆嗦起来。“红毛鬼”的身影覆盖了他，他哆嗦着说：“你、你要做啥？”

“红毛鬼”说：“你叫什么名？”

“红毛鬼”说话就像是折铁棍，硬撅撅的，但意思听得明白。“红毛鬼”会说中国话，刘鸿儒心里就安了些，说：“刘鸿儒。”

到了这海城，他就不再告诉别人他叫欢庆，欢庆是小名，他到了让人叫官名的年岁。

“红毛鬼”说：“你不怕狗？”

刘鸿儒说："狗怕三抓，狗追来的时候，你弯腰在地上一抓，狗就吓住了。"

"红毛鬼"说："可是地下没有石头砖头。"

刘鸿儒就觉得可笑，说："不管有没有石头砖头，你弯腰抓一下，狗都害怕。"

又说："狗咬跑的，你这样跑狗肯定能咬到你，人能跑过狗？"

"红毛鬼"点点头说："有道理。"

刘鸿儒觉得这"红毛鬼"不像奶奶说的那么可怕，又四下看看，再没见有"红毛鬼"。胆子就正了些，打量打量"红毛鬼"。这"红毛鬼"头戴一顶圆形礼帽，两道眉毛之间和颧骨两边有许多小米粒似的雀斑，眼睛浅蓝中带点灰色。"红毛鬼"全身露出来的地方长满金黄色的毛，在阳光下金灿灿的。

"红毛鬼"说："你是做啥的？"

刘鸿儒神情黯然地说："没活干。"

"红毛鬼"说："我叫鲁信礼，你就叫我老鲁吧，你跟我来。"

老鲁是西班牙国巴斯卡省阿尔达巴村人，是个传教士。鲁信礼毕业于巴塞罗那大学，进修的是艺术与文学，《马可·波罗游记》、门多萨的《大中华帝国史》《利玛窦中国札记》《红楼梦》，以及父亲在中国传教的朋友的讲述，让他对中国这个充满神秘的文明古国产生了浓厚的兴趣。他主修了汉语。大学毕业，他便踏上了中国之旅，他要用自己的双脚遍走这个古老而文明的国度。在中国他先后到达北京、西藏、新疆、南京、陕西、河南等地。后来，家里遭灾遇难的，对他的供养渐渐也就断了，父亲的朋友建议他做主的使者，并对他说其实传教是一种最好的旅行。于是，他便加入加布遣小兄弟会。正赶上罗马教廷从秦州代牧区中分出平凉监牧区，由西班牙加布遣会管理，固原、海原当时归属平凉监牧区。他就选择了海原。因为海原让他想到了雄浑浩瀚的大海，在走向海原的时候，他充满了信心，因为根据他掌握的资料，这是一片净土——还没有主的使者到达过。到海原几个月后，他才发现在这里传教实在是太难了。听他传讲的人倒不少，他讲得口干舌燥，可当他问："你信主吗？"没有一个人回答他，有几次人家却还要揍他。几个月的行走，他明白了这样一个现实：海原这地方没有主的立足之地，一是因为海原回族多，回族信奉伊斯兰教，信仰坚定，铁板一块，渗透不进去；二是儒、道、佛在海原有几千年的历史，从衣食住行到生老病死，从文化到神话，都已经形成了一个完整的系统。可谓根深蒂固，源远流长。可就此回到固原，自己没有成绩，主不见怪，人会见怪，主不说啥，却要受人话。他就希望能发展一个信徒去堵别人的嘴。可是眼看一年过去了，不要说发展到一个信徒，就是一个想要了解主走近主或者说了解他走近他的人都没有，他的心情很是沮丧。见到了刘鸿儒，他有了希望。因为他看到这是一个走投无路的孩子，人在走投无路的时候，是离主最近的，况且中国有格言：平时不烧香，临时抱佛脚。

刘鸿儒在鲁信礼的房里暂且住了下来，吃住暂时有了着落。可是刘鸿儒觉得这么下去不是长久之计，白吃白喝终归是欠着人家的，得找个活自食其力，就对老鲁说："你给我找个活做吧，我不能老吃你的。"

老鲁说："孩子，你不是吃我的，你吃的是主的。"

刘鸿儒说："主是谁？"

老鲁"呃"了一声，想想说："主就是让你到我身边来的人啊。"

刘鸿儒就听不明白了，看着老鲁脖子上像项链一样甩来甩去的十字架，说："你为啥戴个死人像？"

老鲁画个十字说："这就是主。阿门。"

刘鸿儒说："这就是你们的主？"

老鲁点点头。

刘鸿儒以为这主是个人，却原来也是个神，就觉得外国的这个神是不咋样的，还怪吓人的，就说："你们的主可真够吓人的。”

老鲁说：“主是很慈祥善良的。”

刘鸿儒说：“他是主，咋让人给绑在了十字架上呢？”

老鲁说：“他是给人出卖了。”

刘鸿儒就笑了，说：“你们的主看来一点都不厉害，你看我们的玉皇大帝，谁敢把他绑起来呢？”

老鲁就没法回答了。

刘鸿儒就明白了这老汉是传教的，心里说海原这地方回回信奉真主，汉人信奉神佛，多少年了，有你家的主过的光阴？当然这想法他只能藏在心里，因为信主不信主的先不说，当下他先得靠老鲁。老鲁看上去不愁吃喝，应该能帮上他。如果老鲁能帮他置办一套卖花馍的家当，那他就能生活下去了。就是帮不上他，至少他还可以先住在他这里。老鲁想让他信主，自然短时间不会赶他走。

刘鸿儒想叫人家老鲁肯定是不行，老跟人家白搭话也不礼貌，可叫啥呢？他把不住老鲁的年龄，叫叔，叫伯，还是叫干爷，好像都不合适，就想到叫“师傅”。海原人出门在外，对陌生人尊称就是“师傅”。

刘鸿儒叫了第一声“师傅”，老鲁眼睛绷了老大，说：“你叫我师傅？”

刘鸿儒说：“对啊。”

老鲁又问："你要信主吗？"

刘鸿儒想想，只能说："信啊。"

老鲁说："你信主，那我可以给你改个名吗？"

刘鸿儒又说："师傅，信了主，都得改名字吗？"

老鲁说："一般是这样的。"

刘鸿儒说："噢，那就跟过继一样。"

老鲁说："过继？"

刘鸿儒说："就是给人顶门立户。"

老鲁又说："顶门立户？"

刘鸿儒说："师傅，比如说你没儿子，从别人家领个儿子回来，那就是过继。"

老鲁就说："人都是主的儿子，主不需要谁过继。"

刘鸿儒说："人都是主的儿子，那你为啥要我改名字呢？"

老鲁给问得翻白眼，改名的事就给他轻易滑过去了。

信主刘鸿儒是没有想法的，家里供着菩萨，从小到现在，他有了病，都是求菩萨保佑的，而且，大地震中他的命就是菩萨保下来的，他信了主那就是背叛了菩萨。可拒绝了又怕暂时失去了依靠，也辜负了老鲁的期待。他能感觉到老鲁对他的期待。暂时就先这么将就着吧，等自己独立的时候再跟师傅挑明了。

刘鸿儒发现老鲁做饭的水平很凑合，面食上不会做面条，更不会做馍，只会烙一种饼，也称不上饼，就是把面和到一起，擀开后烙。米饭也做得干饭不是干饭，黏饭不是黏饭。蔬菜里许多东西都是生拌了吃，很少炒菜，像大白菜、包头白、菠菜、芹菜等都是洗一洗蘸些辣酱、豆酱、芝麻酱就吃。羊肉、牛肉、猪肉、鸡肉都是切成块，撒点花椒面、辣面、盐面在锅里炕着吃。老鲁做得最好的菜，就是韭菜炒鸡蛋了。

刘鸿儒说："我给咱们做饭。"

老鲁说："你会做饭？"

刘鸿儒说："门缝里看人把人看扁了。"

老鲁说："中国男的大都不会做饭。"

刘鸿儒做了一顿臊子面，老鲁吃了三碗，说："好吃，好吃。"

老鲁也常下馆子。海原饭菜以羊肉为主，清汤羊肉、手抓羊肉、清炖羊肉、小炒羊肉、大件羊肉、蒸羊肉、碗蒸羊羔肉、羊肉串等。老鲁爱吃的是"老八清汤羊肉"和"土豆烧牛肉"。回来的路上，老鲁说："羊肉你会做？"

刘鸿儒说："八九不离十都会做。"

老鲁打了肉，刘鸿儒做了出来，老鲁吃得直竖大拇指。

刘鸿儒做饭，老鲁吃得津津有味。一天，老鲁从街上买回几个馍，问他会做不会做，刘鸿儒笑笑。他决定给老鲁露一手，让老鲁帮他置办一个卖花馍的摊子。他要自食其力，怕这么下去吃了人家的嘴软，老鲁再提出来让他信主，他就不好意思不信主。

因为条件有限，刘鸿儒只做了“麒麟送子”“龙凤呈祥”“松鹤延年”“喜鹊登梅”“八仙庆寿”“福禄寿三星”几个馍。老鲁看得目露惊喜，都舍不得掰开来吃。吃过更是大加赞赏，说：“等我回国，把你带过去，学烤面包。”

这是刘鸿儒第一次听到面包。

又过了几天，刘鸿儒大胆提出卖花馍的事，师傅说：“满大街都是饥民，你摆出去不怕人抢？”

刘鸿儒一想可不是。

师傅说：“你先跟我传教吧。”

刘鸿儒跟着师傅走了两天，才明白所谓传教，就是走乡串户，像货郎一样，不同的是货郎推销自己的货，师傅推销的是自己的主。见了人师傅就贴过去跟人家说话，有些人还跟师傅对付一两句，可多数人都有些躲避，掉头就走，师傅连话都搭不上。可师傅不气馁，就那么走。刘鸿儒发现师傅除了传教，还对“花儿”“信天游”非常感兴趣。

海原这地界儿有“花儿”，有“信天游”，在地里干活，山梁上放羊，行走在山梁沟谷，骑在驴背上，张嘴即唱。“花儿”海原人不说唱，而说“漫”。一个“漫”字，将“花儿”

铺天盖地潮涌而来的气势表达得淋漓尽致。遇到漫“花儿”唱“信天游”的，师傅会跟着走，一直跟到人家不漫不唱了，师傅还要痴痴瞭上一会儿。师傅个大腿长，一双腿长耧杆似的，走路又急，就像一把大剪刀咔嚓咔嚓剪过去，刘鸿儒小跑着也跟不上。师傅上了山头或沟沿，坐在那里看着他往来撵。

“花儿”和“信天游”既有单唱的，也有对唱的，倘若一道梁上坐着一个男的，另一道梁上坐着一个女子，两人对“花儿”，师傅就特别激动：

男：三更里梦见的好睡（了）梦，
　　不见的阿哥（哈）见了；
　　猛者（嘛）惊醒是不见个你，
　　清眼泪泡塌个炕了。

女：大雨（嘛）倒给了整三（耶）天，
　　毛毛雨毛给了两天；
　　哭下的眼泪（哈）担子（啦）担，
　　尕驴上驮给了九天。

男：千万年黄河的水（呀）不干，

万万年不塌的青天；
宁叫（嘛）皇上的江山们乱，
决不叫我俩的路断。

女：青铜的灯盏是十八的转，
降龙木刻下的底盘；
等上个千年者心不（呀）变，
五百年修下的婚缘。

师傅会跟着哼唱。人家都唱毕走了，他还兴犹未尽哼唱几遍，感叹说：“说得好，说得好。”

刘鸿儒心里笑着说明明是唱的，却说说得好。

师傅说：“海原民间就是艺术的海洋。”这话刘鸿儒听得不大明白。师傅的汉语说得一般，听海原话就更不懂了，词听不明白，刘鸿儒就成了他的翻译。刘鸿儒的话也是海原话，他只能一遍一遍地给师傅讲，和师傅对，直到师傅明白了。晚上回来，师傅要把歌词记录下，把曲调整理出来。刘鸿儒就得帮他回忆歌词和曲调。师傅也让刘鸿儒唱曲儿，刘鸿儒就唱。把自己会唱的唱给师傅。师傅也会唱“花儿”。师傅的汉语说得并不周正，许多“花儿”经他唱出来，洋腔洋调的就格外笑人，刘鸿儒听得嘻嘻笑。

园子里长的是绿韭菜呀，
不要割呀，你叫它绿绿地长着，
哎哟，不要割呀，你叫它绿绿地长着。

哥是阳沟者妹是水呀，
不要断呀，你叫它慢慢地淌着，
哎哟，不要断呀，你叫它慢慢地淌着。

高山顶上的山丹花呀，
香味长呀，长长么久久地飘洒，
哎哟，香味长呀，长长么久久地飘洒。

阿哥是眼睛者妹是泪呀，
不要眨呀，你叫它亮亮地闪着，
哎哟，不要眨呀，你叫它亮亮地闪着。

亲亲热热说下的话呀，
不要忘呀，实实么落落地记下，
哎哟，不要忘呀，实实么落落地记下。

刘鸿儒觉得奇怪的是师傅既进清真寺，也进大庙，也进散落在村庄小山包上的像一户人家的小庙。当然师傅不忘自己的使命，没忘记为主发展信徒，遇不上漫“花儿”唱“信天游”的，师傅会坐在山梁上吹着小风，望着浮云，给刘鸿儒讲道，讲历史，也讲有意思的天主教哲理故事，比如：

从前有个人很相信上帝。有一天他掉进海里了，他相信上帝会来救他的。第一艘船经过时，他说上帝会来救他的；第二艘船经过时他说他的上帝会来救他的；当第三艘船经过时，他仍然相信上帝会来救他，放弃了上船的机会，最后他淹死了。当他死后在天堂见到上帝时，他问上帝为什么不去救他，上帝说，我派了三艘船去救你呀。

师傅讲完，刘鸿儒就问：“师傅，上帝为啥不救他呢？”

师傅说：“上帝救自救者。”

刘鸿儒就说：“师傅，人要能自救，那还信上帝干啥？”

师傅就“呃”一声。

刘鸿儒又说：“师傅，上帝不能看着人淹死，不管人是咋想的，他至少得救他，让人们看到信主的好处。”

师傅说：“你在这世上所得的所有好处，都是主赐予的。”

刘鸿儒说：“师傅，那我遭的罪呢？”

师傅说：“也是主赐予的。”

刘鸿儒说：“师傅，主为啥要赐我遭罪呢？”

师傅说：“那肯定是你做了背主的事。”

刘鸿儒说："师傅，我都信他了，他为啥不原谅我呢？"

师傅就又"呃"一声。师傅给他问住了回答不上来时，就"呃"一声。

师傅说英文结巴。师傅本来不结巴，读书时，同桌坐着一个结巴，师傅就老学他，结果就结巴了。但他说汉语不结巴，因为他本身汉语就说得结结巴巴的。

师傅讲刘鸿儒不烦，因为师傅讲的时候，他会走神，他会想到玉皇大帝，想到撒豆成兵，想到点石成金，想到孙悟空七十二变，想到腾云驾雾，想到……当他知道主是被钉死的，就觉得这主啊还不及孙悟空。

转眼间跟着师傅已经过去了几个月，刘鸿儒也知道了天主教称之为四大瞻礼节日的圣诞节、复活节、圣神降临节、圣母升天节，还有众多圣人的纪念日。师傅给刘鸿儒讲述了许多天主的故事，可他记住的只有天主的出世：两千多年前，在一个村庄里，住着若瑟和玛利亚。若瑟是个木匠，玛利亚是他的未婚妻。一天，在睡梦中，天使告诉玛利亚，她被选中受孕上主之子，耶稣基督即将降生人间。这天，若瑟和玛利亚赶往犹太小城伯利恒。途中玛利亚即将临产，但客栈里已没有空房，他们只好在附近一个山洞住下来。第二天晚上，玛利亚生下圣子，让他睡在马槽里，并依照天使的吩咐给他取名叫耶稣。随即，天使降临，向牧羊人报告耶稣降生的喜讯。牧羊人赶往山洞，果然发现了耶稣。同时，一颗耀眼的新星出现在伯利恒上空，东方的三个国王沿着星星的指引到来，向睡在马槽里的耶稣鞠躬至膝顶礼膜拜，并赠予礼物。第二天，他们回国发布了这个喜讯。刘鸿儒还记住了一首《马槽歌》：远远在马槽里/无枕也无床/小小的主耶稣/睡觉很安康/众明星都望着/主睡的地方/小小的主耶稣/睡在干草上/众牲畜呜呜叫/圣婴忽惊醒/小小的主耶稣/却无啼哭声/我真爱小耶稣/敬求近我身/靠近我小床边/守我到天明/恭敬求主耶稣/靠近我身旁/爱护我/接受我/做主的小羊/也保护众孩童/一齐都安康/教我们都能够/跟主到天堂/阿门。

师傅讲的时候，刘鸿儒听得很仔细，一到夜晚，城里一片漆黑，除了偶尔有唱戏的，其余时间悄无声息。听师傅讲倒也是一种消遣，一些故事也挺有意思的。师傅也爱看大戏，一有唱大戏的，他就带着刘鸿儒去看。这半年时间刘鸿儒倒把几年的戏给看了。

翻年，师傅给刘鸿儒置了风箱和笼屉，刘鸿儒就开始了卖花馍的生意。师傅也跟着捏花馍，着色，画画，师傅说："这是世界上最让人享用的艺术。"因为花馍是跟后娘学来的手艺，所以在做花馍的过程中，刘鸿儒就会想起后娘，不免长出气。卖花馍的生意并不好，主要是地震打死了一大半的人，海城的人少，重要的是民国十八年的大灾荒来了。花馍摊子摆了没几天，就又收拾了。刘鸿儒的精力就全放在陪师傅下乡传教上了。

十二

刘鸿儒离家出走的第二年，民国十八年的灾荒就来了。事实上民国十八年灾荒是1920年大地震的后续灾难，地一直摇到1923年八九月才不摇了，紧接着1924年大旱，1925年歉收，1926年给了点收成，家家都给掏空了，1927年又歉收了。1928年开春，人就开始吃麸皮、油渣、豆饼、糠和野菜、草根、树皮，熬着等雨。在所有的树皮中，榆树皮是最好吃的，把树皮剥下来，烤干，碾成面，熬成面糊糊一样，可榆树皮也没多余的。这些东西吃光了，雨依旧没有来，人们又开始吃衣子、洋芋蔓、玉米芯、刺根、柿子树叶、杏树叶子、干苜蓿这些原是羊猪牲口的口粮。通过切、砸、捶、碾，然后上磨，磨成粉末，再用粗箩一过，想要像和面那样和是不可能的，只能捏成团，再轻轻拍成饼，放到笼里去蒸，吃起来又涩又糙。难吃倒也罢了，屙起来那才叫难，苜蓿糙，麦衣扎，油渣好吃难消化，娃娃吃了把（拉）不下。掏屎成了难活。手掏当然方便，可是掏过几次，指甲挨到肉上，就像刀劙。只能削个一指头宽的木板，在石布上磨光滑，老子抱着儿子掏，娘抱着女儿掏，大人则自己掏。掏的次数多了，细肉就磨伤了，哭号之声一片。街面上的粮食在短短的几个月翻了几番，拉长工打短工挣下的那几个钱买粮食就像老粗布一样缩水得厉害。过了夏至、小暑，天仍未下一滴雨，豌豆、麦苗才探了个头出来，就枯死了，苞谷、糜子、谷子、荞麦没种进去，庄子上最后几户人家也出门逃荒了。贺谷带着一家人逃荒从门上经过的时候叫刘承信一起走，刘承信没有逃荒去，他想继续打猎再熬一段时间看情况再说。

到了1929年初夏，老天爷仍然没落一滴雨，太阳就像一个火球悬在天空，大地彻底烤焦了、枯透了，山上的泉子都干了。这天刘承信上了南华山，走了整整一个上午，越走越深，越走越高，没有见到一只野东西。这不奇怪。南华山也旱透了，野东西都往六盘山去了。可让他觉得奇怪的是，竟然连一只鸟的影子都没见到。按说这南华山即使旱透了，鸟还是能养活的。天地之间浮游着被燥热扬起的土雾，山梁沟谷的旱魃就像一根根冒烟的烟洞，土成了沙子，走上去脚底腾起一阵阵烟尘。刘承信看看自己身后，已经没了影子，便明白已是正午时分。人没影子的时候，是阳气最弱的时候，最容易被妖魔鬼怪袭击，因此说正午不行路。可这深山之中，又何处存身？倘若回家，路更远，还是正午行路。刘承信又饥又渴，只能坚持继续往深处走，他记得顺着黄羊壕往前走不远，就是五桥沟，有溪水。他隐约觉得前面有一个野物，但眼睛发干、发黏、发涩、发糊、发蒙，眼前模糊成灰蒙蒙的一片，他眯着眼睛细看，也看不清是野兔还是黄羊、狐狸，只能隐约看到一个影子一样的东西。他想有一只就会有几只，南华山的野东西独来独往的少。因此，他追着前面的那只野东西前行，但无论他脚步多快，那野东西与他总是有着一定的距离。他实在没有体力跟上去了，眼前一黑，忙坐了下来，他知道自己的晕病又犯了。他紧紧闭住眼睛，摸索着揪了草叶，喂进嘴里嚼，草是干涩的，该是冰草，嚼了一阵，又继续摸索着揪了一把草，喂到嘴里一嚼，心里大喜，这次摸到了好东西，是酸酸草，这东西本就水分大，而且提神。嚼过几把，嘴里有了酸水，立时口里不黏了，渴意大减，而且感到有一股丝丝凉意直浸胸里。他睁开眼睛，眼睛清明过来，再看，自己却已在马粪沟，心里恍惚了，他依稀记得自己是顺着黄羊壕往五桥沟去的，怎么到了马粪沟？这黄羊壕与马粪沟中间隔着一道羊圈梁，一上一下可不是几里路远，他想到了人说的鬼行路，难道他是给鬼背过来的？

但至少有一点是明白的，他踏了迷魂草，那个影子……

他“霍”地站起来，“啊呀”一声，扯着嗓门吼唱起来：

我又见护法韦陀站前殿，
轩昂手执降魔鞭！
山门无事常封掩，
四大金刚站两边；
一个手拿青锋剑，
一个琵琶弄丝弦；
一个手掌混元伞，
天王李靖把呀把塔端！
东法鼓，西警钟，
鼓咚咚，钟嗡嗡；
鼓声咚咚钟声嗡嗡声不断，
声声惊醒梦呀梦邯郸！

这是秦腔《数罗汉》中的唱段，因为唱神戏多唱这本戏，刘承信听得多了，唱词记下不少，想必是能镇妖魔鬼怪。

这么吼唱着，他一路揪着草叶树叶嚼着返回了。回到家人整个虚脱了。喝了几马勺地椒子泡的凉水，想到今日里没把命丢在南华山，真是万幸，又想这是一种暗示，暗示他不要再打猎，该回头了。

刘承信缓了一阵，石榴端来野菜团子，吃过有了些精神，就对石榴说："你收拾一下，咱们逃荒去。"

石榴去收拾了，他便挖出了赵先生那罐银圆。他都记不住这是自去年以来多少次挖出这坛来了。上一个灾荒年，他花掉了十五块银圆，这几年也添够了，还多放了两块，算作利息。去年到今年，又花掉了二十块，用锅黑在罐上写的四个"正"字。现在，他只能全借走了。他得带着全家人逃荒了。谁知道逃荒的路上是个啥光景，得带点盘缠以备不时之需。他跪下给赵先生磕了三个响头说："赵先生，我会连本带利还给你的。"他想，救人一命胜造七级浮屠，赵先生不会见怪。

海原人遭灾逃荒多数是向着陕西关中去，八百里秦川，富甲天下之地，历代皇帝都在那里坐江山。而到了关中，还可以去往四川，那里更是天府之国，海原人知道"少不入川"的意思。刘承信想人都往陕西去，八百里秦川再富庶也解决不了这么多人的饥荒。他决定带着一家向北走，他要到宁夏川去，"宁夏川，两头尖，东靠黄河西靠贺兰山，年种年收水浇田"。那里是水浇地，黄河从那里经过。他想起老张一只碗换一碗麦子，就买了几十个大碗背着。干旱了，人都逃难去了，瓷窑上的碗也不好卖，价钱倒是便宜。向宁夏川去，还有一个好处就是近便。老天爷给几场雨，灾荒就过去了，回家也方便。他想灾荒应该快过去了，地震以来，又遭遇连续三个瞎年景，三年瞎年景就等于一个灾荒年，老天爷总不会守着一个地方发狠耍威吧，海原这几年的难够大的了。

刘承信对于灾荒是过于乐观了，事实上这是一场持续三年（1928年至1930年）覆盖了北方八省导致1300多万人死亡的大灾荒。民国十八年（1929年）3月1日，甘肃督军刘郁芬致电南京政府云："甘肃各地连年天灾兵祸，田庐漂没，村落焚毁，树皮草根俱已食尽。人相争食，死亡枕藉，山羊野鼠也已啖罄。既乏籽种，又乏耕牛，度日不遑，失时谁计，虽有沃壤，终成石田。似此情景，将坐谈春耕，无望秋收。灾民流离失所，无家可归者在百万以上。哀此边民，宁不同归于尽！请予赈济。"

1929年6月26日《申报》报道，甘肃"全省（78县）至少有四成田地，未能下种子""遭旱荒者至40余县"，灾民"食油渣、豆渣、苜蓿、棉籽、秕糠、杏叶、地衣、槐豆、草根、树皮、牛筋等物，尤有以雁粪作食者。至瘠弱而死者，不可胜计"。

中央内政部长薛笃弼到平凉视察灾情后也说："平凉迭遭兵匪，庐舍荡然，釜罄如洗。草根树皮，掘食殆尽。死亡之余，或卧疾不起，或赤身无衣。此种奇灾，历所未有。甘肃全省灾区殆遍，而兰山、渭川、西宁、宁夏各区，痛苦较平凉尤甚。”

《中国救荒史》记载甘肃灾情说：“入春夏后，树皮、草根、麸皮、油渣，食之以尽。有时人相食，甚至易子而食者。人民咸露鸠形，十室九空，妻离子散，倾家荡产者比比皆是。哀鸿遍野，积尸溢道，狼狗结群，聚食死者。欲卖子女为奴，而难求得。扶老携幼，出外逃生者，多被饿死于野外，白骨曝日，谁人掩埋？尚有饿倒未死，而被狼、狗活吃者。……更惨者，饥民争食尚未死绝之体。至夏禾麦灌浆之后，饥民群涌田间，抢吃生麦穗，连芒带壳，生吞而食，有死后肚皮胀破而麦穗完整外溢者。有挣扎行走，突然晕倒，即行死去；有因困坐地休息时而竟死亡；甚有母亲已死，而婴儿尚爬在尸体胸前吃奶者。斯时甘肃军阀割据，互相残杀，击毙士兵，饥民聚而争食。所有牲畜，因草枯而饿死，幸存者亦被杀食而度荒。”

1929年甘肃全省64个县有58个县受灾，灾民达250余万人，死于饥饿的有140余万人；死于病疫的60余万人；死于兵祸的30余万人。灾情的严重使甘肃一部分民众流亡陕西，并成立了“旅陕甘肃民众甘灾救济办事处”。该办事处于1930年12月通电全国：“天祸吾甘，灾歉频仍，民九地震元气尚未恢复，近年旱戾肆虐，灾祸又复相寻，赤地千里，颗粒未收。冯玉祥又复盘踞甘肃，肆意蹂躏，横征暴敛，人民之膏脂已竭，敲骨吸髓，搜刮之方法弥多……田庐化为灰烬，财物变为烽烟，幸存之人，流离失所，无家可归，愁云惨雾，到处弥漫。”有6万人口的定西县，灾难过后只剩下了3000人。

而1929年的中国，确实是烽火连三月家书抵万金的一年，3月蒋桂战，5月粤桂战争，中旬蒋、冯开战，10月西北军将领宋哲元、孙良诚27人通电反蒋，开始了蒋介石与冯部西北军之战，张学良以武力接管中东铁路，12日苏军在中苏边境上，向张学良军队发动猛烈进攻，11月蒋介石三攻冯玉祥，12月唐生智在国民党改组派的策动下反蒋并与蒋爆发战争……英雄豪杰们都在争天下，谁还管你百姓的死活。

刘承信携家带口沿寺口子河穿须弥山到达三营。三营地处银川至甘、陕交通要道上，车水马龙，店铺林立，是丝绸之路上的大镇。到了三营，刘承信看到一派萧条。他们踅向北，走出不远，遇上了往固原方向逃荒的人流。一个老汉说：“宁夏川，沟子大的一坨坨地方，人都蝗虫一样往那里拥，当兵的出来抢粮守粮，路口全把住不让进城。”

刘承信只能掉头跟着人流往固原走。一路上被扒光了皮的树白森森的，泛着可怖的光芒。固原城刘承信是第二次进，之前为赵大头跑过一次腿。进入固原城正是日落时分，牛粪一样的余晖懒洋洋地覆盖着这座古老而破败的城池，让这座城池愈发的沧桑荒凉。

固原城到处都是逃荒的人，已经没有生机。大街小巷所有的门都紧闭着，一天不开一次，有些人是躲起来了，有些人也是往别处逃难去了。在固原城凑合着待了几日，刘承信又携一家人随着逃荒的人流逃出城去往兰州方向来了。

大地镀上一层尘土若隐若现地浮动着，就像太阳把土都蒸腾起来。道路上就像铺了一层淹了鞋脚脖的塘土，踏下去没了脚，提起来，草鞋就像漏勺，塘土水一样流下来。路上逃荒的人就像散兵游勇，杂乱无章，但却庞大。路边不时能看到死人和正在死去的人。人没有力气掩埋死者的尸体，抛尸荒野，老鹰、花鸨、鹞子、喜鹊，还有狗争抢尸体，肉撕光了，飞禽叼着肠子在空中飞，那肠子在阳光下像绿绸带子，在风中飘拂。

这天，刘承信一家到了沟口镇。沟口镇竟开骡马大会，人很多，一大半是逃荒的人。有卖馍卖包子的，包子是泥灰色的，娃娃拳头大小。怕人抢，笼口蒙着好几层布，几条汉子守护着，来人买馍买包子时，手擩进去往外掏，就像从洞里掏麻雀。刘承信背着碗，用碗换粮食已经不可能了，跟人换吃的也很艰难。他拿一个碗跟卖包子的换包子，卖包子的看看碗，说一个碗只能换一个包子。刘承信说一个包子？卖包子的说最多两个。刘承信跟卖包子的纠缠，夹杂着哀求，最后一个碗换三个包子。

刘承信问："啥馅的？"

卖包子的人说："肉馅的。"

刘承信说："闻得出是肉馅的，啥肉馅的？"

卖包子的人看了刘承信一眼说："人肉馅的。"

刘承信手抖了一下，说："咋可能？"

卖包子的人说："知道不可能还像官府的问那么细？"

又说："少说话，说话费粮食，不说话消化得慢。"

刘承信用三个碗换了九个包子。他本想再换两个碗的，反正这碗背上没用处，反倒成了负担。卖包子的却不换了。一吃，包子碜牙，就明白包子皮是掺了土的。或许是观音土。

在沟口镇待了三天，又换去了几个碗。离开沟口镇，走了一天，看看天黑尽了，便上了一道山梁往古庙而来。一路上庙宇成了人们遮风避雨的歇脚之地。虽说宁睡坟地，不睡寺庙，现在也顾不了那么多，进了庙宇，横七竖八一躺，没有人磕头作揖，更不安静，粗言俗语，吼叫嘈杂，打呼放屁。路途上有不少庙宇是龙王庙，已经没人求雨祈祷，饥饿到这个份上，人连神佛都不信了，也不怕了。

其实人没有太大的差别，想法都是一样的，因此，人们走的路、选择的落脚点都是一样的。庙本就不大，已经挤满了人，气息混浊，呼噜与哭闹之声嘈杂。刘承信睡不着，出了庙门，庙院外有个小峁，他上了小峁，摁了一锅子烟，坐在峁上吧嗒吧嗒抽起来。

小峁下面有一条浅沟，沟底有隐约的火光，刘承信以为是鬼火，有些紧张，可他听到咳嗽声，硬着头皮靠近一点，闻到一股扑鼻的香味，他悄悄地爬上一个塄坎，看到火堆前蹴着的是一路一起走来的朱刚强，火上正烤着一条人腿。刘承信吓坏了，肉味挺厚，他忙转身悄悄地潜回来，溜进庙门，闭上眼睛。

许久之后，朱刚强回来了，挟裹着一股浓郁的肉香。刘承信捂着鼻子。借着朦胧的月光，他看到朱刚强把大儿子叫出去，过了一会儿，大儿子回来了，二儿子又出去了；不一会儿，二儿子回来了，三儿子又出去了；三儿子回来，老婆又出去了。从进来的人挟裹着的气味中，刘承信知道他们出去吃人肉了。他不知道朱刚强给儿子和老婆怎么说的，但肯定不会告诉他们吃的是人肉，如果能告诉他们吃的是人肉，就不会一个个单独叫出去了。

第二日，刘承信看到朱刚强的眼睛布满红丝，他想脱离朱刚强不一块儿走。按说，朱刚强一家是吃过人肉的，脚力该比他们一家要快。他有意放慢速度，朱刚强一家的速度也慢了下来，始终与他们一家保持着一致的速度。这让刘承信有些心慌意乱，他想是不是自家人谁的脸上带上死人相了，朱刚强在等着断气弃尸？他把一家人端详又端详。

在崖下歇脚的时候，刘承信装了一锅子烟，吃了两口，朱刚强就抢烟锅子要咂两口，刘承信却紧攥着不给，说："吃你自己的。"

朱刚强说："咋了？"

刘承信不说话。

以前他们都是这样的，共用一个烟锅，或你的或我的，你咂两口我咂两口，这样省火，也省烟，瘾也过了，神也提了。可今日，刘承信想起朱刚强吃人就觉得恶心。

朱刚强掏出自己的烟锅子，装了烟，对着火说："沟口镇吃包子吃出是啥肉馅的？"

刘承信抬眼看看朱刚强，朱刚强悄声说："人肉馅。"

刘承信一抖："胡谝。"

朱刚强说："我胡谝这做啥？"

刘承信说："你吃出来了？你吃过人肉？"

朱刚强说："我从包子内吃出一片人的手指甲。"

刘承信"哇"一声就吐起来，朱刚强说："别吐，别吐，还哪有吐的东西噻，不说了，不说了。"

刘承信呕着说："你走，你走。"

朱刚强说："好好好，我走，我走。"

遇到死尸倒是变得越来越容易。只要看到老鹰、喜鹊、乌鸦之类的鸟飞旋于空中，那便有死尸。刘承信发现只要看这些鸟飞旋于空中，朱刚强必定要跑过去看。

这天，他们遇到了一个死去的女人，两个娃守在娘的身边哭泣。陈永固叹息着说："遇上了，不领你们咋办呢？"将两个娃一并领上了。

现在连自己的都顾不住了，陈永固还能顾到别人的娃，人们都挺感激陈永固，有东西吃的时候也会给两个娃点。

这天，石榴流血。除了叹息，连泪也流不出来。没办法，只能在一个小镇上停了下来。镇很小，还没有西安州、干盐池大，讨饭是很难讨上的，刘承信就靠卖那些碗，维持到石榴小产了一块巴掌大小的肉块，歇缓了一天，只能慢慢向前走。

进入兰州地界，就进入了黄河灌区。与一路走来枯黄为主色调的大地不同，大地碧绿起来，清风徐徐，挟裹着稻禾的香气。虽然庄稼地还碧绿，稻子正在灌浆，但只要人一靠近，立刻就有人大声吼骂，敲响锣镲，就像驱赶蝗虫。又走了一天，庄稼地里种的不再是庄稼，而是花，一大片一大片盛开着的艳丽花朵，香气熏人。刘承信不识得是什么，问郝满运，郝满运说："那是六谷。"

刘承信说："旱烟？"

海原人有句话：挣得千钱想万钱，吃了五谷想六谷。一个地方一个说法，海原人把烟叫六谷，吃过饭，吃锅子烟，就有话说："饭后一根烟，赛过活神仙。"

刘承信靠近地边仔细端详，说："不是旱烟，旱烟花哪有这么美的。"

郝满运说："那是大烟。"

大烟刘承信听得久了，见过大烟膏，没想到这害人的东西却长得这样俊美。一片绿荫当中，傲立着一根根花茎，一朵朵艳丽夺目的花，就像一个个色彩斑斓的蝴蝶。白中带粉的花朵就像小娃的皮肤健康洁净，花瓣的底部为深藕色。每朵花都花心朝上，迎着灿烂的阳光。

刘承信说："这么好的地不种粮食种大烟，唉。"

郝满运说："大烟比粮食值钱多了，价钱上翻几番，部队上的老总们靠这发财哩。"

郝满运长叹一声说："不瞒兄弟说，我家就是吃了这东西的亏了，不然的话，灾荒比这大，我也不会逃荒，还放舍饭哩。"

刘承信说："不知道这东西害人？"

郝满运说："知道么，可是那些年上头不是让种么，利润又高，加上我们那里驻队伍，那些老总把大洋抬到你家让种么。村上所有的好地都种了大烟。东西种出来到了那些老总手里，人家押送到南边，那就厉害了，价钱几倍地翻呢。”

刘承信说：“南边不种？”

郝满运说：“也种，可那东西长得不好，他们说咱们甘肃这一带属于干旱半干旱地区，夏热冬寒，昼夜温差悬殊，日照充足，很适合罂粟和麻黄草等毒品原植物的生长，质量好得很。”

又说：“哎呀，你不知道，周围的村子十家有八家吞云吐雾，都说灯，老子有老子的灯，儿子有儿子的灯，媳妇有媳妇的灯，听差的有听差的灯，掌柜的有掌柜的灯，伙计有伙计的灯，吞云吐雾么。我们庄子上男的一大半都抽，女的也有三四成抽，连牲口猫狗猪鸡都上瘾，家里人几天没抽的，这些东西都不宁么。这东西抽上了瘾，啥都不想了，啥都满足了，没有志向，没有想法。这东西值钱是值钱，可要是抽上瘾，那倾家荡产卖儿卖女就快了。让种的时候还能靠种养抽，这几年又不让种了，只能买着抽了，买着抽就是有一座金山也挡不住啊。”

过黄河铁桥时，李长孝的爹要解手，李长孝说迟不解手早不解手，偏要上桥解手，桥上多挤，人都过桥哩，等过桥。他爹就发起脾气来。李长孝只好将爹从架子车上抱下来。他爹又让他放到桥铁栏杆外边，他拉下来的正好落进水里，栏杆正好也能拦住他不让别人看到。李长孝说你赶紧拉你的，人饿得命都拉不住了，谁还顾得了羞丑。他爹又发脾气。李长孝只好费了力气将老爹从栏杆的空隙塞进去半截，这样他爹的屁股就悬在黄河之上。老汉刚蹴稳，说你把手放开，我抓着栏杆，你给我点锅子烟。李长孝说事还多得不行了，你快拉，拉了我给你点三锅子，别挡了人家过河的路。老汉又叫骂起来。李长孝说好好好，给你点，你抓紧了，抓不紧掉下去就喂了老鳖了。李长孝转身来取烟锅，老汉说：长孝，不孝有三，无后为大，大谢谢你了。手一松，就掉落下去了。李长孝说爹啊，一辈子没到过兰州城啊，你咋也该在兰州城里逛上一天啊！老汉落进水里的一刻说这就等于看了。

逃荒者的衣服是土灰色的，露出来的肌肤是土灰色的，脸是土灰色的，目光是土灰色的，因此逃荒的队伍是土灰色的。土灰色的大军洪水一样拥进兰州城门，灰了一条街道又一条街道，衬托得那些琉璃瓦、红砖粉楼就更加显示出气势来。

兰州城东大街、西大街、辕门街、陇西路四条繁华的商业街形成了一个围绕省政府的繁华商业区。东、西大街以布匹、绸缎、百货而闻名，鼓楼从北往南则是皮箱、鞍具、毡靴、毛笔、墨宝、棺木……从南到北恒德堂药店、常发德店、慧文堂毛笔店、致远和商号、侯家院……商家依次排开，形成一条小街。兰州流行着一句俗语“官贡元，商鼓楼”，鼓楼南边是富商居住区，中间夹杂着青砖碧瓦的四合院，前店后宅。不远处便是贡元巷，达官贵人的居住区。贡元巷这条平日清静整洁的巷子扎满了逃荒的人，立时显得拥挤、褴褛、混乱、嘈杂。

逃荒进城的灾民对城市寄予了活命的厚望，然而，始于1928年的灾荒已经持续了一年多，不断拥来的灾民已经耗尽了城市的爱心能量。兰州城已经不堪重负，只剩下麻木、冷酷和恐怖。所到之处，店店关门，家家闭户，真所谓所向披靡。因为一开门，难民就像空气一样涌进来。倘若哪一家不小心未来得及关门，灾民便山呼海啸般拥入，刹那间即遭洗劫。

刘承信一家栖身在贡元巷那道墙根下。然而，高墙遮蔽了炎炎烈日，也隔绝了人们的妄想，连续几天来，他没见到从这条巷子那些豪华的门楼子出进过一个人。刘承信只能携家离开，来到了庙滩子。在庙滩子一个翻砂场有个放舍饭的场子，临时搭起竹席大棚，砌了土坯炉灶，七口硕大的特制毛边铁锅一字排开。每晚后半夜搭起炉火开始做饭，人声喧哗，还能听到有人吼几声秦腔。天亮时七大锅饭按时做好，太阳升起时供饭。今天是小米稠饭，明天是荞面或豆面散饭，后天是混合面蒸糕，每天舍饭不同。蒸糕有半尺厚，大笼屉十几层，得蒸大半夜。开始时因为饭稠，没有碗的人便用衣襟兜着回去。然而，灾民实在是太多了，而且越来越多，从开始领了饭回到住处去吃，到最后干脆就围着翻砂场吃，连住都搬到这里，整日围着砂场等着。

一天有一顿舍饭靠着，总比一天一顿都没有着落要让人心安轻松。然而，好景不长，舍饭摊围的人是越来越多，一开始放饭，便争先恐后，挤得水泄不通，骂仗打架。有一天，一个老汉给打死了，其实也没有怎么打，还哪里有劲打架，只是被推倒在地上，老汉便再没起来。开始以为是装死，可好一会儿不见起来，手搭到鼻子上一抹，没气了。从那天起，舍饭摊子也撤了。

刘承信一家只能来到黄河岸边。人都聚集在黄河岸边，就像杂草，一丛一簇，一堆一摊，东倒西歪。自然就有了人口市场，人贩子蹿来蹿去，“娃卖不卖”的问话此起彼伏，连最起码的遮蔽都没有了。有来买丫鬟、买伙计的，有没孩子买儿子顶门立户的，有给儿孙趁价贱买童养媳的，有无婆娘的光棍买婆娘的。这天，花衫婶一把抓烂了陈永固的脸，还把一口唾沫唾在了陈永固的脸上。陈永固却一句话不说，搂着头蹴在地上。从花衫婶的骂声中人们才知道，陈永固把路上捡的两个娃卖了。一路走来的人见陈永固你“呸”一口，他“呸”一口，陈永固一家待不下去，只能挪到别处去了。

郝满运说：“这狗日的脑子好啊。”

郝满运两口子领着两个老人六个娃，最小的还在怀里吃奶。人贩子盯上了。他们端详着一个一个的娃，问：“卖不？”

“不卖。”

“养活得住？”

“不卖。”

“陕西、河南、河北都旱了……”

“不卖。”

“想卖早卖，过两天就贱了，想卖都卖不出去。”

“不卖。”

“给你说，前几天一个男娃还五个大洋哩，现在三个，说不上过了今儿，三块都卖不上哩。”

“不卖。”

刘承信眯着眼睛装睡，一个人贩子踢他两脚，刘承信说：“不卖。”

郝满运的嘴有些软了，说：“不卖，要卖也要卖给养的人家，不卖给你们贩子。”

刘承信说：“老郝，你真要卖娃？不怕将来心寒后悔？”

郝满运长叹一声说：“不卖了，走屎子了，别黏了。”

一个人贩子迎着刘承信走过来说：“癞蛤蟆跳姜窝子，行着挨锤锤子呢。”

两个人贩子走了，来了一个中年人，穿得讲究，显得精神，给郝满运一棒子烟，那是洋卷烟。中年人说：“哎呀，你这家口大呀，几个娃岁半一个吧。”

郝满运说：“女人生得稠，岁半一个。”

中年人说：“这难大着哩，你养不活。”

郝满运看看中年人，中年人说：“我婆娘不生养，给我一儿一女。”

郝满运说：“你真要自家养？”

中年人说：“哄你做啥？我端详一天了，你这几个娃聪明着哩。”

中年人说着，把手里提的一个布袋拉开，掏出两个馒头递给两个老人，说：“自家蒸的，别嫌弃。”又掏出两个，掰了几牙分给几个娃。

郝满运说：“你就是兰州城里人？”

中年人说：“就这城边上人。”

郝满运说：“你家在哪搭住？”

中年人说：“兄弟，别怪着我，你说我买娃是要传宗接代，你知道了我家，万一哪天后悔了找上门来认亲，你说我咋弄嗻，怕到时候人财两空咧。”

郝满运一抱拳说：“兄弟不说了，明白，我能明白。”

郝满运把五儿子和三女儿卖了，一共五块大洋，儿子三块，女儿两块。

郝满运悄声争价，中年汉子说：“不往远里说，就是一个月前，一个儿都得十个大洋，现在你看看这逃荒的人，蜜蜂一样往来拥，价格还塌哩，说实话，女娃到最后，送人都不定要，还卖钱，灾荒又不是没度过。”

郝满运长吁一口气，接了钱，中年汉子把手里布袋塞给郝满运说：“还有几个馍，一并给你。”

郝满运说：“你到前面等着，娃我给你送过去，老人和娃他妈看到了，哭得就走不开了。”

中年人走了，郝满运抱着娃一直送到一个高台上，扑通跪下了，说：“兄弟，就当你儿你女养吧，别虐待娃呀。”

中年人抱着两个娃走了，郝满运哇哇地哭。

刘承信拍拍郝满运，把郝满运拉起来，郝满运说：“兄弟，撑不下去的，放在我身边，养不活。卖了他们还能拉活一条命，不卖只能等死了。我不像你，我还有两个老人，一个还瘫着。”

这时王玉才风风火火走过来，说：“满运，你把两个娃卖了？”

郝满运点点头，王玉才说：“卖多少钱？”

郝满运说：“五个大洋。”

王玉才说："一个？"

郝满运说："两个。"

王玉才说："便宜了，咋不到白塔山的白塔下去卖，光儿子就能卖五个大洋。"

郝满运大张着嘴不说话，他向远处看看，那中年人已经不见了踪影，说："你、你说的那、那是人贩子，我、我卖的这户人家回家养哩，传宗接代哩，那是娃不受罪。"

王玉才说："我碰见了，那就是个人贩子，昨日还买了几个娃，往山东贩哩。"

郝满运大放悲声号哭起来。

王玉才说："哭啥噻，现在要活命只有卖了，我都想把自己卖了，可没人要么。"

刘承信躺在沙滩上，欢乐和鸿书、欢喜在玩，石榴呵斥着不让他们动弹，说动弹了肯饿。其实三个娃已没力气欢蹦乱跳了，都瓷呆呆地坐在那里，就你一首我一首说童谣：

"豆豆菜，生拐拐，爷爷娶了个花奶奶，脚又碎脸又白，爷爷爱得格巍巍。"

"麻野条，尾巴长，娶哈媳妇不爱娘，把媳妇背着热炕上，把老娘背在沟畔上，把媳妇惹得气呼呼，把老娘冻得硬邦邦。"

"拍手手，盖房房，里面坐了个花娘娘，不扫地，不挖灰，挖个坑坑光放屁。”

“桌子安的板凳腿，山羊戴的牛笼嘴，高的高，低的低，骑的骆驼吆的鸡。”

“迷迷猫，上高窑，搬到坛，撒了米，妈妈回来打死你。”

“眼睛不好还想吃蒜哩，腿跨不好还想唱旦哩。”

“七姑姑，八姨姨，锅上啥事少不了你，剥葱的，踏蒜的，锅头跟前胡转的，门背后给娃喂饭的，还有吃提把裤带绷断的。”

一个汉子走过来问刘承信：“多少钱？”

刘承信说：“啥多少钱。”

汉子说：“这小家伙。”

汉子说的是欢乐，刘承信没好气地说：“不卖。”

汉子也不高兴了，说：“不卖插啥草标！”

刘承信一看，欢喜给欢乐脖子里插了草标，抬手就给了欢喜一个耳刮子，欢喜“嗷嗷嗷”地哭，石榴说：“你打他做啥？这么号不用力气？用力气不费五谷？费五谷不饿得更快？”

刘承信没想到会在兰州城遇上贺谷，贺谷离开村庄都一年多了，兰州城这么大，却能遇上，这世界真是大的时候很大，小的时候却太小。贺谷给了他三个玉米面馍。他问贺谷家里人呢，贺谷摇摇头，走了。

兰州城里发生了两起抢粮的事。人饿急了豁出命去，那比野兽还不怕死。两起事故死了六个人，有枪打的，有刀劈的，还有踏死的。据说就这还镇压不住，人踩着尸体还往粮库里冲。

晚上，月光清明，河水呢喃，刘承信跟石榴商量把鸿书卖了去，石榴哭起来，刘承信说："别把他们哭醒了。"

石榴哽咽着，刘承信说："你看这情形，欢喜、欢乐眼睛都掉到坑里了，腿腿子就跟个麻秆一样细了，不卖怕一个都活不下来。"

又说："卖上几个盘缠咱们就回家。"

又说："回到南华山就能活。"

刘承信去了白塔山的白塔下，那简直就是个悲惨世界，拉拉扯扯，捶胸顿足，苍凉的哭喊声凄神寒骨。刘承信硬着头皮打听了一遍，心里拔凉，浑身没劲儿，坐在崖边的一棵树下吃了锅子烟。崖下有声音传来，细听却有贺谷的声音，两个人在谈娃娃的价钱。他绕了个圈子到斜对面一看，果然是贺谷。原来贺谷成了人贩子。他躲闪着离开了，回来看石榴眯着眼睛睡觉，便悄无声息地抱了鸿书，石榴却抽咽起来，刘承信不敢纠缠，抱了鸿书就走，在街口卖了三个大洋，朝着那汉子和女儿磕了三个头，抹了一把泪水，回来就对石榴说："回家。"

石榴号哭着拽起欢乐，走了没几步，听到喊叫声，顺着声音看到聚集了一堆人，刘承信挤过去，却见是王喜在跳着蹦子叫骂。问老尤，老尤说早晨起来，王喜的婆娘不见了，一打听跟肖大鼻子走了。刘承信走过去叫了王喜几声，可王喜却像是没听见，哇呀呀地怪声叫着，忽然他一手提一个孩子，一头扎进黄河去了。看着他们扑腾，黄河黏稠如汤，几下就不见人了。

没有人大惊小叫，都那么看着，这已经不新鲜了。刘承信和石榴长叹一声，带着两个儿踏上了回去的路。

逃荒的人就像无头苍蝇乱飞乱撞，有从城里逃出来的，还有往城里拥进去的。

刘承信一家走出了一箭之地了，郝满运跟了上来，说："我们去西安吧。"

刘承信说："去西安？西安人都往这边逃哩。"

郝满运说："西安咋也是十几朝的皇朝，又有八百里秦川。"

刘承信说："再富的地方这么多人去了，怕也是没好。"

郝满运说："总比穷地方有指望，富夏瘦冬，这时间回村上，正赶上冬天，非饿死不可啊。"

刘承信看看逃荒的人，从兰州城出来的人都是朝着西安方向走，也只能跟着走了。在后来的日子里，每当他想到逃往西安，后悔得捶胸顿足，拿头撞墙。按他出兰州城时的想法，他将沿着河走，只要有水，年成就会轻一些，何况脱离了逃荒的大部队，讨要会容易些。这样就能回到卧虎台，回到卧虎台，上了南华山，就能活下来。可让郝满运一番说法搅乱了。

和所有从兰州逃往西安的灾民一样，刘承信到了西安才算灰心绝望到了极点，西安城的灾民比兰州还多。西安城给予他们的并不比兰州城多，这座十几朝的皇城的名声就像一个谎言欺骗了他们。倒有几个放舍饭的摊子，只能围着舍饭摊。第三天，还像往常一样，刘承信带着欢喜去西边的舍饭摊挤舍饭，石榴抱着欢乐在东边舍饭摊挤舍饭。然而，东边舍饭摊的大锅挤翻了，粥迎着人群泼洒而来，人群乱逃，石榴怀里的欢乐被挤落。石榴大声号叫，可没人理会，人群乱成了一锅粥，黏得连个缝隙都没有，等人群安静下来，欢乐被人踩踏成了扁的，全身骨头断碎了，满嘴往外涌血。石榴晕死过去，唤醒过来就像个痴傻。

直到1931年底刘承信一家又回到了卧虎台。1932年的春天，就迎来了一场雨，刘承信趴在炕上，听着雨声。好雨啊，真正的好雨啊，无风，不携雷闪电，“飒飒飒飒”“飒飒飒飒”，落在地上“噗噗噗噗”“噗噗噗噗”，茅屋有几处漏雨了，叮咚作响，门缝里渗进来水润的丝丝寒意。

雨很匀很稳下了三天三夜，下出了一个朗朗乾坤。刘承信刨开土地，这场雨落了一拃深的墒，干裂的大地被泡醉了。

刘承信给老马家放羊。露水落下去，刘承信赶着羊上山。羊群走过一片湿漉漉的山坡地，留下的蹄印儿就像一道道犁沟。正是种糜谷的时节，刘承信有了个主意。他从老马家支了一斗糜子、一升胡麻，背到坡地上，撒到了地里。深谷子，浅糜子，胡麻种在浮皮子。他赶着羊过来过去踩踏了几遍。

过了几日，糜子、胡麻绿茵茵地出苗了，刘承信高兴啊，唱了起来：

天造福，羊耕地，
两瓣蹄蹄做耕犁，
糜子胡麻种进地，
风调雨顺好天气。

老天爷要心疼人，那就会按时按点把雨下在这片土地上，糜子、胡麻从种上到出苗、拔节、抽穗、灌浆，风调雨顺，向着收成一路欢长。糜子长了一人深，胡麻开出蓝汪汪晕人的花朵。糜子刚一抽穗灌浆，鸟儿们迎来了好生活，就像踩高跷一样踩在糜穗上，鸽糜子。依附着南华山的卧虎台，鸟群是很多的、很大的，庄稼成熟时节，一群一群的，在庄稼地里起起落落。糜地周边又再无庄稼地，鸟儿们全集中到了这里。最大的鸟群是麻雀，“麻雀上万，一落一石”。鸟雀飞过，一落一起，糜穗就空了。石榴和欢喜两个人撵麻雀，哪里撵得了这些长翅膀的呢，人家一展翅膀，就在十几步之外了，又落在了糜穗上踩高跷了。糜地有十亩大，在地里跑上一天，两腿酸困，走路跟拌蒜一样，却起不了多大的作用。重要的是糜子长得茂盛，糜穗子都搭在一起了，浪来浪去，穗子就给浪折了，让人心疼。一个烂洋瓷盆子，娘儿俩你提着在地里敲一阵，我提着在地里敲一阵，敲得魂都没了，开始敲鸟雀还吓，可敲得久了，鸟雀也便不吓了。刘承信又把羊鞭用麻绾了鞭梢，让欢喜甩响鞭惊麻雀。欢喜多么爱甩响鞭，一甩整个谷里都在响动，可甩了几天，欢喜就不想甩响鞭了，一是他厌烦了，而且胳膊疼得抬不起来，二是鸟雀根本不怕。

刘承信决定去西安镇集上叫个鹞客子。

海原这一带五大庄稼，麦子、豌豆、糜子、谷子、洋芋。麦子、豌豆是夏庄稼，糜子、谷子、洋芋是秋庄稼。因为雨季多在夏、秋，正是糜子、谷子、洋芋生长的季节，糜子、谷子、洋芋在海原的食粮中占的比重很大。洋芋埋于地下，主要害虫是瞎瞎，而糜子、谷子的害虫则主要是鸟雀。上千年以前，海原人便想到了通过训练青鹞、斑雄、隼儿等猛禽，采取以鸟御鸟来看护庄稼，于是“耍鹞子”也就发展成了一门行业。每年到了糜子灌浆时节，海原大大小小的集市上，鹞客子臂膀上架一只鹞子在集市上等着人叫，就像麦熟时抱着镰刀等着人叫的麦客一般。

鹞客子来到庄稼地里，高高举起臂膀，一声呼哨，臂上的鹞子像箭离弦，扑向叽叽喳喳的鸟雀，“一鹞入林，百雀绝声”，鸟雀瞬间变得悄无声息，慌慌张张四处飞逃，麻雀胆小，吓得匍匐在地，在糜谷间隐藏。只要鹞子飞过的庄稼地，鸟雀两三日内都不敢再涉足。

每年开春，鹞客子就开始套鹞子，鹞子是一个统称，主要是指青鹞、斑雄、隼儿以及俗名“黄健子”等几种，海原人训的鹞子主要是隼儿，隼儿海原人叫鹞子，也叫隼儿，为“速儿”。南华山是南北候鸟北方生活的主要区域，每年春天，候鸟从南方飞来，十月又沿青藏高原往南迁徙，到长江流域、云贵高原去越冬。隼儿是候鸟，白露时节到长江以南越冬，小满前后又飞回北方。

鹞子套住后，第一步是“顺鹞子”。在鹞子双腿拴一根细皮绳，绑缚在丁字架上，把麻雀肉和黄鼠肉用清水泡洗过，每日按时按量喂鹞子。肉给清水泡洗过后，便没有了血腥气，目的是除掉鹞子的野性，改变鹞子自己捕食的习性，适应人的饲养，从而达到让鹞子“顺”人的目的，也是培养鹞子与鹞客子之间的感情。鹞子是捕食高手，起初是不屑人为它准备的食物的，但过不了几天，饥饿难耐，才会接受人的食物。第二步是“熬鹞子”。这是一道残酷的工序。“熬”时不再让鹞子吃一口现成的，而是要鹞子自己捕食。当然不是放飞野外，而是捉几只麻雀放进封闭了门窗的窑洞，让鹞子去捕捉。鹞子捕捉到麻雀，不能让它自食，而是从鹞子口中夺了麻雀，然后用清水泡洗后再喂它，而且每顿不能给一只麻雀，只给一小块。这样的目的是训练鹞子的自觉与自律。熬上半月左右，鹞子把捕到的猎物带回来交给鹞客子手上，就算鹞子彻底熬服了。第三步是“放鹞子”。解开绑在鹞子腿子上的皮绳，依旧是在封闭了门窗的窑洞里让鹞子自由飞翔，鹞客子则拿着鲜麻雀肉“呸、呸”地叫，鹞子在叫声中飞回来，落在鹞客子手上啄食，经过反复训练，训至随叫随到，鹞子就和人熟了，到了原野放出去一叫就能回来。经过这样三步，鹞子就可以带到原野去看护庄稼了。

糜谷收上场，鹞子就要放回大自然。在放回大自然之前，鹞子还需要恢复性训练。鹞子会被单独关进一孔窑洞中，鹞客子不再和鹞子见面，到了夜晚，鹞客子把不再用清水浸泡的新鲜麻雀肉送到鹞子嘴下。因为鹞子的眼睛和鸡一样，白天敏锐，一到黄昏就麻了，看不清物象。这样做是为了割断鹞子对鹞客子的依恋。也不再用清水浸泡的肉去喂鹞子，而是用带血的肉去喂鹞子，因为带血的肉有血腥气息，能够帮助鹞子恢复野性，这能保证鹞子在飞往南方过冬的万里征途上战胜天敌，搏击风云。

南华山是隼儿的天堂。几十年后，隼儿成了国家二级保护动物，有几年南华山猎隼儿的人多了起来，说是隼儿在一些国家象征着高贵与财富，贵族巨鳄都以肩头架隼儿显示身份。因此隼儿身价百倍，一只隼儿价值几十万、上百万。在国家打击中，一些人因此招致了牢狱之灾。

刘承信到了西安州城，在集市上走了几圈，鹞客子开出的价格很高，毕竟几年没成庄稼，鹞客子就少了，忽然来了一年好收成，价格自然下不来。刘承信转悠了半个上午，在看到铳时他改变了主意，他买了一把铳、火药和铁砂。这是一举两得的事，既可以守护庄稼，又可以打猎。这铳比鹞子看糜子还得力，一是声音大，二是时机把得准，一铳能打下十几只鸟，可是一口好菜。鸟雀是很聪明的，见有伤亡就会逃离。

这一年秋庄稼成了，刘承信这块糜子足足打了十二石，起了一个大草摞。为第二年养羊养猪打下了基础。

糜子拉上场打了，糜草摞摞起来，刘承信就想着该置头牲口，明年好好种地了。正这么想着，公家人来了几个，就把一石糜子弄走了，临走还说："这地可不是你的，今年你收成了也就收成了，明年可别再种了，不要到时候惹出麻哒来。"

又说："你惹不起事。"

刘承信气得蹴在地上半晌没起来，他眯着眼睛看着太阳，心里说遭了那么大的难，一个人不见，这时间一个个就像狗尿苔冒出来了，地那么摇了一场，咋没把这保呀那甲全摇着埋了？

十三

在固原传教的老孔病了，老鲁被调回固原。在海原两年了，老鲁在传教上没有任何进展，倒也悟透了这个地方，他写下了三本日记，在日记中这样写道：

“这是一片贫瘠而荒凉的土地，一块不适宜人类生存的地方，山大沟深，气候干旱，自然条件恶劣，被中国清朝的将军左宗棠概括为贫瘠甲天下。他们面朝黄土背朝天，日出而作，日落才息，这尚且不能解决温饱，人们几乎没有时间考虑吃穿以外的事情，活着成为他们最大的信仰。他们非常现实地生活着，即使对于他们信仰的所谓老天爷，他们常怀有抱怨，他们在歌里这样唱道：老天爷好者谁见来，给米来吗给面来？”

老鲁引用了“花儿”表现海原的贫瘠：

东山的日头（嘛）背西（了）山，
三伏（呀）天，
脊背上晒下的肉卷；
一年里三百（嘛）六十（呀）天，
实可（哟）怜，
肚子里没饱过一天。

身没有穿来者头没有戴，
六月天还穿的毡鞋；
老羊的皮袄（嘛）毛朝（呀）外，
不说个难看者难挨。

地里的庄稼们上（哟）场了，
东家的大骡子到了；
交过（嘛）地租了皇粮（哈）要，
穷哥哥没活的路了。

财主们大门上来（呀）逼账，
穷人的眼泪们汪汪；
没有个银钱者裤子（哈）当，
大白天蹲给者炕上。

当过了裤子者没挡住饿，

又当了破陋的房房；

财主的嘴大者牙齿们长，

穷寒人活下的怨怅。

日记最多的内容则是老鲁对“花儿”的记录与感慨：

“山连着山，沟接着沟，在绵亘的梁峁上，在幽深的沟壑间，从事繁重而单调的劳作，为了排遣心头的忧愁和寂寞，释放积压在心头的郁闷和愁苦，宣泄孤独，自慰消遣，他们创造了‘花儿’，正如‘花儿’里说：花儿本是心上话，不唱是由不得自家。刀刀拿来头割下，不死是就这个唱法。花儿是他们的倾诉，是他们的呐喊，是他们的心声，是这片土地一种茁壮的庄稼。

“‘花儿’委婉动听，缱绻旖旎，基本调式和旋律有数十种，变体甚多。唱起来高亢、悠长，曲首曲间和句间多用衬句拖腔，旋律起伏大，相对紧凑短小，不像一般民歌那么规整，故更加自由畅快。演唱形式有自唱式和问答式，自由奔放，民族风格和地方特色鲜明，不仅有绚丽多彩的音乐形象，而且有丰富的文学内容。歌由心生，一如这里民众的个性：直气、豪爽、豁达、干练。”

老鲁说：“你愿意跟我到固原去吗？”

刘鸿儒思考都没思考，说：“去，师傅。”

老鲁说：“去固原前，你不想回趟家么？”

刘鸿儒没有说话，摇摇头。

离家不到半年时间，刘鸿儒偷偷回去了一趟。到家门口他有些犹豫，就隐在院墙背后打量着家里的生活。爹在跟欢喜下“狼吃娃娃”，因为悔步争争吵吵，娘在跟鸿书、欢乐唱歌：“月亮走，我也走，我给月亮提花篓；一直走到园门口，打开园门摘石榴；石榴树上一碗油，姊妹三个在梳头；大姐梳个凤凰头，二姐梳个菜花头；只有三姐不会梳，梳个狮子滚绣球。”院子里一树沙枣花开得正繁，黄米粒大小的花朵香气熏人。阳光朗朗的，公鸡领着一群母鸡趾高气扬，猪在院子里哼哼唧唧。刘鸿儒失去了走进家门的勇气。在墙头上趴了一会儿，掉头回来了。他坐在峁顶上，流下泪来。

刘鸿儒以为固原和海原差不多，因为固原是原，海原也是原，都是原，大小就该差不多。到了固原城，刘鸿儒才知道固原城的摊场铺得可比海城大多了，大得能把海城怀上。而最直接的感受是，固原城人比海城人多多了，几倍，几十倍，这让刘鸿儒兴奋，他首先想到的是自己可以卖花馍了。

当然，固原的历史比海原悠久多了，固原古城是古代丝绸之路东段北道上的重镇，其地理位置“左控五原，右带兰会，黄流绕北，崆峒阻南，据八郡之肩背，绾三镇之要膂”

"回中道路险，萧关烽候多"，自古就是关中通往塞外西域的咽喉要道上的关隘和军事重镇，我国近代西北最早的一条公路干线——西安至兰州的公路就从这里通过。公元前114年（汉元鼎三年），汉武帝为加强西北边地军事防御，置安定郡，治高平城（即今固原县城），这是史书有明确记载的固原历史上的城。因其城坚池深，史称高平第一城。以后曾多次修葺。北周天和四年（569年）正月，新筑原州城（固原城）。这是脱开原高平古城的空间扩大增筑后的一处新城，原高平城就成为新筑城的内城。从此，固原城就有内城和外城的格局。明代的固原，是明朝政府在西北边境地带设置的九个军事重镇之一，也是陕西三边总督驻节之地，城防大为加强，是固原建城史上最辉煌的时期，固原城也成为西北重镇。景泰三年（1452年）修葺内城。成化五年（1469年）增筑内城。弘治十五年（1502年）三边总督秦纮筑外关城，"自徐斌水起，迤西至靖虏花儿岔，长六百余里，迤东至饶阳，长三百余里，即今固原以北内墙也"。万历三年（1575年）三边总督石茂华主持给外城以砖。从此，固原城最后格局基本奠定。固原古城城墙构造为"回"字形，在历史上甚为罕见。

因此，固原城大地震后元气恢复得要比海原城快多了，刘鸿儒走进固原城，几乎看不出这里曾经遭受过大地震的重创。

到了固原城的第二日，老鲁带着刘鸿儒去过店街的照相馆照相。一是他想跟刘鸿儒合个影，二是教会要相片。虽然刘鸿儒没有答复他信主不信主的事，他也没有把刘鸿儒当成信徒，但其他传教士见老鲁带着刘鸿儒，而刘鸿儒又把他一口一个“师傅”叫着，就以为刘鸿儒是他发展的信徒。他也不去说破。不去说破倒不是顾及自己的颜面，而是觉得刘鸿儒虽没有信主，但也并没有拒绝信主，那就还有成为信徒的可能。

进了照相馆老鲁问刘鸿儒：“中国人照相有顾虑，说那机器能摄走人的灵魂，是收魂摄魄之妖术，你怕照相吗？”

刘鸿儒说：“师傅不怕摄走灵魂吗？”

老鲁摇着头说：“那是迷信。”

刘鸿儒说：“师傅不怕，我也不害怕照相。”

照过相，老鲁很幽默地笑着问：“你觉得少了什么吗？”

刘鸿儒拿到相片的时候，老鲁又说：“都会要我们的一张合影，我给他们你不反对吧。”

又说：“你要反对，我就不给他们了。”

刘鸿儒就明白教会是把他当成师傅的徒弟了，就说：“师傅，我不反对。”

在老鲁的帮助下，刘鸿儒就在宋家巷租了间门面房做起卖花馍的生意。那时候固原最繁华的地方是宋家巷的过店街，百货、日杂、副食、布匹、金银首饰、酒坊、铁匠铺、木匠铺、织布小作坊、裁缝铺、绸缎庄、胭脂铺、鞋铺……大大小小的店铺沿街区排开，也有各种摊点，剃头的、卖醪酒的、卖烤馍的、卖锅盔的、卖羊杂碎的、卖糖瓜子的、卖烤红薯的……过店街南头的财神楼很像一座钟鼓楼，楼上为财神庙，香火鼎盛。财神楼南面是安安桥，聚集着金银匠、铁匠、编织匠等作坊。安安桥有个传说，第二天刘鸿儒就听说了。说是有个陕西人和固原人在甘肃平凉相遇。

陕西人问固原人："你到哪里去？"

固原人说："听说陕西有个大雁塔，我想去看看。"

陕西人说："我劝老哥不要去，大雁塔高得很，从前有个人七岁开始爬，八十多岁了才爬到半腰里。你这么大年纪，今辈子也上不去咧。"

固原人问陕西人："你到哪里去？"

陕西人说："听说固原有个安安桥，我想去看看。"

固原人说："我劝老哥你也不要去，安安桥比你的大雁塔高得多，当年曹操兵伐东吴路过固原安安桥，一员大将连人带马从桥上掉了下去，几个朝代了，现在还在半空里往下坠哩！"

两人互相一听，都把舌头一伸，陕西人回了陕西，固原人回了固原。

富有富朋友，穷有穷伙计。几个月过去，刘鸿儒很快也有了个伙计圈子，有个土烤炉卖烤红薯的豁耳，端个盘子卖油香馓子麻花的六指，给人挑水的猴子，给人传话送信的飞毛腿，卖糖葫芦的小李子，卖烤馍的小王，卖锅盔的锅盖，抱个木匣子卖香烟洋火的小马，卖水果的大脸，卖麻籽的朱长山，都是可怜人，混着吃个肚子，经历坎坷辛酸，有地震中失去亲人成了孤儿的，有来这城里讨生活的，有遭后娘的，有被东家冤枉的，有被师傅赶出来的，没有一个人的遭遇是相同的。豁耳的一只耳朵被咬掉了一大牙儿，是地震时给压在梁和檩条下面动弹不得，让老鼠咬掉的。到了晚上，他们会每人拿些没卖完的东西换点酒菜，一起吃喝，喝着酒便说起家里的情况。

也有刘鸿儒见不得的人。卖麻籽的朱长山，便是其中的一个。一次朱长山和六指生事，说六指偷了朱长山晾晒在外面的一件衣裳。六指手脚是有些不干净，可为一件破衣裳，朱长山硬逼六指赌咒发誓，“宁吃十个亏，不赌一个咒”，老话都这么说哩，朱长山不知道这道理？可他逼六指赌咒发誓。而且六指赌咒发誓了，他还不依不饶，要六指赌了三遍。刘鸿儒劝解，朱长山都不放过。他就对自己说，这人心里不善，不可深交。

刘鸿儒的花馍摊点后面就是老城墙，避西北风，墙根是老汉们谝闲的好去处。老汉们会靠着墙根，天南海北地谝闲。在靠近刘鸿儒的老墙根，经常来两个老汉，头发、胡须花白，就像一对兄弟。他们蹴在那里，一句话都不说，一蹴半天，很安静，就像他们与那截老墙凝固到了一起，只有一阵一阵的旱烟味儿很呛人。刘鸿儒一开始想不明白，如果他们只是想靠墙蹴蹴，晒晒太阳，难道就再找不上别的墙根。这车水马龙的街巷，灰尘土扬的，蹴在这里图个啥？固原城老城墙多得是，哪一截城墙下面不比这里更适宜这么蹴着？

刘鸿儒禁不住就叹说："两个人一句话不说，就这么蹴着，一蹴半天，一蹴半天，咋蹴得住么。"

卖荞面油圈子的老顾说："他们把话说够了。"

刘鸿儒说："把、把话说够了。"

老顾说："人有有话无处说的时候，也有把话说够的时候。"

又说："哑巴就是上辈子把话说够了。"

刘鸿儒回过头去看看他们，老顾又说："他们也是在扯磨哩。"

刘鸿儒想想，心里说两个人一句话不说，怎么会是在扯磨呢？

老顾又说："他们在扯心磨，用心扯磨。"

又说："谁心里说的啥谁心里都明白。"

又说："他们曾经是拈香兄弟，好得一个馍掰着吃，后来成了冤家仇人了。"

刘鸿儒才知道这二位是"丰泰粮行"和"恒盛号"的掌柜。"丰泰粮行"是做粮食生意的，掌柜是文远；"恒盛号"则做的是山货生意，掌柜是周泰。这固原就在六盘山下，山货颇多，"恒盛号"做的山货主要是药材。却说这文远和周泰都是吆脚出身，是拈香兄弟。有了些积蓄后，终究觉得吆脚实在辛苦，便互相鼓劲，在固原城买了门面房做起生意来。"人和商行"的掌柜老赵家门不幸，三个儿一双半都扛了烟枪，家境衰败得很快，怕家业败光，老来受罪，便把一座方正的四合院出售，打算回老家置点庄田度过余生。老赵这院子上房四间，门面房四间，东西厢房各两间，文远和周泰谁也一个人吃不下，便一商量合买了，二一添作五，不存在口舌之争。文远觉得民以食为天，做粮食生意定然是不错的。周泰则看重六盘山这个大宝库，想到的是靠山吃山。

固原城就坐落在六盘山下。六盘山内数百种药材，黄芪、枸杞、甘草、贝母、元胡、党参、柴胡、桃仁、杏仁、南沙参、白藓皮、茵陈、苣荬菜、牛蒡子、车前子、葶苈子、青蒿、艾叶、赤芍、白芍、地骨皮、萹蓄、益母草、穿地龙、牧马豆、麻黄、地榆、龙牙草、荆芥、地椒、沙棘、铁棒锤、祖师麻、刺五加、红三七等，都是药材行里的俏销货。两人生意做得都不错，而这两种生意都是占地方的生意，几年间地方就显得有些小了，只够一家运转。可两个人谁都不想丢手老赵这处地方，除了位置上乘，主要是自己发迹之地，于是就都这么扛着。扛了几年，终于两人失了和气。这个院落上房的后墙边有一绺三尺宽四间房长的空地，周泰做药材生意时，便搭了个棚子，码些捆扎好的药材。这一日，文远找周泰说他想把上房拆了重建一下。周泰没有说话。文远说我让伙计把你的药材挪你那边去。周泰冷笑一声，说为了弄回那三进宽的地，你不惜把才盖了没几年的上房拆了？文远也冷笑了，说既然你知晓我的用意，为何不把地让出来呢？周泰却说那是我的地。文远说你的地，证据呢？周泰说给老赵付钱的时候，我多出了两个银圆，你不会忘了吧。文远又说证明呢？两人自此就打起了官司。也有些人出面劝过，都想想过去，都让一让，可哪里劝得下呢，谁愿意回想过去，谁愿意让一让？他们都说人争一口气，佛念一炷香。两人都发了狠誓：倾家荡产，在所不惜，仿佛他们挣钱的目的就是为了打一场官司。为了赢得官司，双方都上下使钱，钱都使到了兰州。因为双方都使钱，这案子就判得艰难，来来回回地折腾。两家生意自然受到影响：一是没心力顾及；二是都觉得曾经那么好的一对朋友如今对簿公堂，平日看来道貌岸然，如今看来都非善茬；三是两个人做的生意都是普通生意，插手人稠。生意也就垮得很快，最后房子都抵押了。几年了没打出个所以然，结果地就震了，什么都夷为平地了。

老顾说：“老话说圈要垫，事要散。牲口圈你要经常不垫，牲口蹄上就会生疮，事不及时说散了，也会绾疙瘩生出恶疮。两家做的生意都是大路生意，哪家没几个对手，生意行对手就是冤家，都是往起凑事的，两个人也都有毛病，一个耳根软，一个认死理。耳根软的见风就是雨，认死理的打铁拿锤夯，哪里经得别人用心往起挑事。”

又说：“话怕说够，事怕人凑。”

又说：“旁观者清，当事者迷。”

刘鸿儒听出许多感慨来。

巷子里还常来一对儿疯子：一个文疯子，一个武疯子。文疯子来不一时，又会来一个武疯子，追着文疯子一路打将过来。有人爱听戏，有人却爱看武，于是就会有人拿一点吃食出来，把两人隔开。两个疯子吃过一点，爱听戏的就点戏了：老牛说来段《周仁回府》哭坟，文疯子立时甩头而唱；老顾说来段《三对面》，文疯子便一人唱三腔。文辞一字不差，动作有板有眼。武疯子这边则打起拳来，腰身很敏捷，脚能踢过头顶，凌空跃起，有一人高，落地马步很稳，还做虎扑鹤起猴攀龙状，拳路一套一套的。当围观的人们喝彩鼓掌，疯子立马精神抖擞，霍霍有声。

俩疯子演毕，有人给俩疯子米饭、揪面、一碗杂碎什么的，刘鸿儒也会送两个花馍。两疯子便都不见了。有人也提出怀疑，这两个疯子是不是给我们演戏哩。有人就说："人生本是一出戏，你方唱罢我登场，认那么真做啥?!"

关于这些人，以前的真实情形到底如何，没人说得清楚，而且是日子越久越模糊。人们演绎的东西渐渐清晰了，比如说这文疯子，原是一戏子，戏唱得西安城里都有名，地震中家里人死了数口，就此疯了。又说不是地震家里死了几口人疯的，而是为一个女戏子疯了。说那女戏子是文疯子的弟子，最后女戏子有了意中人，又说那女戏子不是有了意中人，而是被一个军官掳了去。又说是那女戏子其实不是女的，是个男的，两人经常配演男女之戏，眉来眼去的，把戏唱到日子里，戏毕了卸装了人却还在戏中。再如说那武疯子，说是走火入魔，与儿子对练，把儿子当成了仇人，一刀劈了；又说那武疯子跟高手比武，输了比赛，输了比赛不是拳术不高，而是给人下药；又说不是给人下了药，而是近了女色，纵欲坏了功夫。对那两个心里闲扯的，也有说法，说是两个人所有的事端都起自于一个女人。演绎的东西比真实的故事更像真的，更符合生活常规。

刘鸿儒心里又生出许多感慨来。

隔三岔五来的还有一个耍猴的。牵个猴，提个锣，咬一竹哨，背个布袋。耍猴的眉粗眼深，头发又长又乱就像鸡窝，黑油油的脸上胡子疯长，衣裳油光光的像上了漆。到了巷子中间，耍猴的一敲锣，竹哨“吱吱”一吹，猴子立即对人们抱拳、作揖后，便开始表演，打倒立、翻跟头、爬杆、接飞刀、钻圈、硬气功、猴拳，一套耍过，耍猴的就敲锣吹哨，猴子一路翻着跟头，挨着店铺开始讨要。在店铺门前，耍猴的敲锣吹哨，锣敲得越急切，哨吹得越响，猴子的跟头就翻得越快，翻得就像飞快旋转的车轮，看得人眼花缭乱。如果店铺的主人还不施舍什么，耍猴的就扬起鞭子抽猴子，那可真是下得了手，一鞭子就把猴子卷一个跟头。店铺的主人就忙拿个什么东西出来说快走快走。

耍猴人走过去，背后就骂声一片，“日他妈，世上还有这样的人”。

“啥人么，心这么恶。”

刘鸿儒说：“看上去年龄不小了，咋就……”

老牛说：“屎，是个小伙子，故意把自己糟蹋得像个老汉。”

又说：“手没折，腿没断，吃这碗饭，先人亏了啥人咧。”

老顾说：“吃这碗饭也不该这么吃，拉个猴子就在人家门前打猴子？”

老牛说：“都是看着猴子可怜，要不吃屎都撵不上热的。”

有些店铺把施舍的食物直接给了猴子，猴子看看主人，又把食物装进那布袋里。

刘鸿儒花馍摊点的右边靠着老牛的杂碎摊，老牛会在快近午时给刘鸿儒盛一碗杂碎，不过汤多杂碎少，刘鸿儒就会泡一碗馍。刘鸿儒会给老牛一个花馍，老牛也泡一碗馍。两个人端着碗头对头吃，说些闲散的话。这老牛有一个孙女，一来就要吃刘鸿儒的花馍，刘鸿儒就给一个。师傅在的时候，中午，刘鸿儒会要一碗杂碎，给师傅送回去。老牛说你对那“红毛鬼”挺孝敬的。刘鸿儒说我师傅人挺好的。老牛摇摇头说“红毛鬼”坏着哩，八国联军知道不？追得皇上都没处坐，把皇上的花园都烧了，把多少宝贝都抢走了，还让中国给他们赔钱，把多少金银弄走了。刘鸿儒“呃”了一声。

十四

每年白露一过，打柴沟、蝎子沟、放羊凸的沟谷间一片银浪翻卷，堆云叠玉。芨芨秆成熟了，石榴会带着欢喜和喜弟去拔芨芨。芨芨秆拔回来，剥了皮在秋阳中晒上三五天至潮干，石榴就开始编织了。

石榴的一双脚裹得太小，干不了地里的活计，但她有一门手艺，能用芨芨秆编背篼、粪篓、土筐、菜篮、馍馍筐、洋芋筐，织草鞋、草帽、席子、垫子，扎扫帚。这些是家家必备的日常用品，不愁销路。一秋拔下的芨芨秆足够编一年。每逢西安州城集日，石榴就带着欢喜背着到集上去卖。卖钱，也换口粮，换油盐酱醋，换猪娃羊羔。她一年的收入并不比刘承信少多少。

1936年白露过后，和往年一样石榴依旧出门去拔芨芨秆。但和往年稍有不同的是她不让欢喜去，让欢喜和喜弟待在家里。欢喜却翻了她一眼，提着绳出门去了。石榴就轻轻叹了一口气。

今年五六月间，海原忽然多出来了好多人，戴着有红五星的灰布八角帽，穿着灰色衣服，领子上有红色领章，绑腿，扛着各式枪和长矛，挎着大刀。在大半年的时间里，“红军是土匪”“要来杀回回”“见男子就拉，见女人就抢”“共产共妻”“杀人不眨眼”……各种说法传得沸沸扬扬。这谁不害怕？有些家产的人都已经躲出去了。只有家里没有啥的人还在村里待着，穷汉的命不值钱，出门又能到哪里去呢，不过也是平日能不出门就不出。

红军没有进卧虎台，不过有一天早晨大家起来，发现村巷的墙壁上写下了“红军是工农革命的先锋队”“红军是工农自己的军队”“苏维埃分田给群众”“打土豪分田地”“打倒国民党，拥护苏维埃”“允许信教自由，实行民族自决权，保护番民利益”“红军是回汉的军队”“红军不乱拿番人的一针一线”“创造西北抗日根据地，打倒卖国贼蒋介石，驱逐日本帝国出中国”……人们就明白红军是晚上来村里写了标语便走了，连院门都没有进。

可过去几个月了，啥事也没发生过，打仗的消息倒不时传来，那是争天下的事，跟普通百姓没有关系。跟百姓有关系的是传说谁家娃跟着吃粮去了，说是自愿着吃粮去了，不是强迫的，可谁知道呢。常言说害人之心不可有，防人之心不可无，毕竟是陌生人，因此，石榴才不让欢喜出门。欢喜十五了，个头蹿得比她还高，是能当兵扛枪了。可欢喜现在跟她顶得劲大，她的话是一句不听，一说还反着来。这不能怨娃，那时间为了娃的姓，她跟刘承信赌气，结果把气赌到了儿子身上，从小不待见，也没多想，自己亲生的么，咋说她也是亲娘，对自己的骨肉还能有坏心。可老人说得真对，三岁记老死，这娃是记下仇了。现在看她，总是绷着一双眼睛，像脾气倔强的小牛犊，就像她是后娘。逃荒路上她一直在修复关系，欢喜却拒绝修复，越修复越拧了。欢乐没了，她把所有的疼爱都给了欢喜，可欢喜就是不领情。她才明白，坏过一次的东西要修复得跟以前一样，实在是太难了。欢喜话语极少，却是独头蒜，冷不丁给你一句话，辣心。刘承信试图开导说服欢喜，可每次话头一挑起来，欢喜掉头就走。经了这么多事，石榴后悔死了，那时候自己也是不懂事么，才二十出头，许多事哪里能想得深透？

关于1936年的海原，中共各级党史有着许多更为详尽的记述，这里简略转述一下。

5月，以到达陕北的中国工农红一方面军第一军团和第十五军团为主力组成西方野战军，在司令员兼政治委员彭德怀的率领下，向甘肃、宁夏挺进，开始了西征。6月，七十五师进占王家团庄、同心城，接着占领了海原的高崖、李旺、关桥堡，切断了固原至中宁的交通要道。月底，海原东部大部分地区被解放。8月，西方野战军遵照党中央关于挺进西（西安）兰（兰州）大道的指示，发起兴隆镇、单家集、郑旗、韩府、李旺、史店、西安州、杨明堡、脱烈、打拉池、贺家堡等大大小小战役，重新占领了海原。为了打破蒋介石阻止红军会合的阴谋，9月初，中共中央军委决定：红一方面军以一部分兵力保卫苏区，主力挺进西兰公路，占领海原、靖远、固原及其以南地区，策应红二、红四方面军作战；红二、红四方面军兵分两路，红四方面军为左路，占领岷州、武山等地，继续向东向北进军，会同红一方面军向定西、陇西及西兰大道进攻，吸引与消灭毛炳文所部；红二方面军为右路，东出甘南和陕西南部，建立苏区，以实现红军三个方面军的会师。在左路军进军固原的同时，西征红军右路军（红十五军团）沿同心、兴仁堡（今海原县境内）方向西出，以保证三大主力会师的右翼安全。左路军以红一军团沿吊堡子、七营方向南下，并以红一师和一军团直属骑兵团组成特别支队，由军团政委聂荣臻率领，直插静宁、隆德地区，以保证三大主力会师的左翼安全。特别支队于9月10日占领海原县的郑旗堡，经连续急行军，于14日占领隆德县之将台堡（今西吉县境），18日占领静宁县，控制了红军三大主力在静（宁）会（宁）地区会师的主动权。

10月20日成立了豫海县回民自治政府，选举农民出身的回族共产党员马和福为主席，李德仓（回族）为副主席，马青年（回族）为军事部长，李振华、周生录、杨金朝、白生才（均为当地回族）分别为文化、粮秣、保卫、财政委员。下辖8个巩固区和4个游击区，约8200平方公里的地域，人口3万多。红军长征成立的豫海县回民自治县主要地盘在同心、海原。豫海县回民自治政府成立大会在同心县清真大寺举行。

与此同时，红四方面军经过艰苦鏖战，取得了岷（县）洮（州）西（固）战役的胜利，粉碎了国民党阻止红军北上的企图。红二方面军以十天时间，行程350余公里，形成了红一方面军与红二、红四方面军随时会师的态势。经过三个方面军艰苦奋战，红一、红四方面军于1936年10月9日在甘肃会宁胜利会师。

10月20日，红二军团抵达六盘山南山脚下，击退国民党马鸿逵部的进攻，连夜进军，追赶主力红军。21日，红二方面军领导人贺龙、任弼时、刘伯承、关向应等人率领红军长征到达平峰镇，与红一方面军一军团首长左权、聂荣臻、邓小平等亲切会面，为将台堡会师做了研究和部署。22日，红军一、二方面军在将台堡胜利会师。将台堡会师是红军长征中的一次重要会师，是一个震惊中外的重大历史事件，结束了红军长征，标志着国民党聚歼红军战略的彻底破产。11月7日晚，红军各部举行晚会，纪念苏联十月革命节。

1936年，海原人们感受到了改朝换代的神秘气息。

一是红军进了海原，在海原境内盘踞了大半年时间，脚印遍及海原全境，每经一处，打土豪分粮济贫，张贴标语，宣传革命思想，组织群众参加斗争，开展得如火如荼、朝气蓬勃，先后同敌人作战数次，歼敌5000余人，在海原已经形成强势的威望。

二是预海县回民自治政府成立，海原有许多人参加了庆祝成立大会，声势浩大，规模空前。

三是这一年，海原的孩子玩一种游戏，争皇宫做皇上：在地上画一座皇宫，以一块瓦片代表自己，一条腿抱至胸前，从宫门开始踢瓦片，需要把握力度，按照一定的线路规矩，在一定的框架内，从城门外往城里踢，踢进城堡内皇宫中皇帝的房中，便算是做了皇上。在这一过程中，所有参加的人，要通过打水、石头、砂锅，或者石头、剪子、布，或者顶锤等诸多方式排名次，谁赢了谁开始踢，别的人会在外围捣乱。倘若经不住捣乱，抱在胸前的腿落下来，脚踩到地面上，或者瓦片踢出了框架，那就要停下来，让后面人踢，自己则从头再来。这游戏让海原人想起民国九年的大地震前孩子们唱的摇摆歌，这是一种预兆、一种暗示。

对于生活艰辛而又无望的人来说，觉得改朝换代也好，捎带着把自己的日子也更换一下，从那些大白话的标语看来，他们坐了天下，日子应该会好一些。

打柴沟、两道岭山夹出的一片谷地，茂盛的芨芨秆摇曳着雪白的穗子，就像落了满谷的云雾。进了打柴沟，石榴就在芨芨秆茁壮稠密的地方停下来开始拔芨芨秆，欢喜却没有停下脚步，继续浪着芨芨秆往前走，一直走到离她很远的地方才停下来拔芨芨秆。石榴深深地叹口气，滴下几滴泪来。

芨芨秆丰厚，很快娘儿俩便每人拔了一大捆，背着往回走，上了山坡，坐在坡顶歇缓，就见两个红军走过来。

石榴紧张起来，对欢喜说："欢喜，你赶紧跑。"

欢喜却撇撇嘴说："我为啥要跑。"

"他们来了，他们来了。"石榴的嘴唇哆嗦着说。

欢喜说："他们又不是老虎吃人哩。"

石榴说："娃，这不是跟娘赌气的时候。"

欢喜说："我才懒得跟你赌气。"

又说："我跑了你咋办？"

这句话让石榴泪如雨下，石榴哽咽着说："娃，你跑，娘老了，你别管娘。"

欢喜说："我跑了让人家骂我无义贼，丢下娘自己跑了？"

石榴哽咽了，说：“欢喜……”

欢喜说：“你别说了，我不会丢下你跑了的。”

又说：“红军不像他们说的。”

又说：“我倒看他们是坏㞞。”

石榴说：“千万不敢胡说，咱们谁都惹不起。”

欢喜说：“红军不是坏人，我还跟他们一起耍过，还吃过他们的饭哩。”

石榴说：“你、你啥时见的他们？胆子太大了。”

欢喜说：“我还想跟他们打仗去呢。”

石榴说：“你、你胡说啥……”

母子这么说着，两个红军就走了过来。从他们鼻台上有着黄黄的绒毛看，他们比欢喜大不了几岁。

个头高点的红军问：“你就是石榴婶子吧？”

石榴忙点点头。

个头高点的红军便背起石榴捆的芨芨秆，另一个红军便背了欢喜的那捆芨芨秆，个头高点的红军说：“我们听说婶子在这方圆打草鞋最为有名，首长让我们向婶子学技术来了。”

回到家里，石榴给他们烧了滚水泡了地椒茶喝。他们急着要学编草鞋，石榴就边编边讲。其实他们只是看着石榴编织了两双草鞋，在石榴的指导下编了一双草鞋，又买了二十双草鞋就离开了。石榴不要钱，可他们硬把钱留下了。

欢喜追了出去说："我能跟着你们干吗？"

个头高点的红军说："行啊，我们参加红军也没多长时间哩。"

另一个红军说："现在就跟我们走吧，我们是穷人的队伍。"

欢喜说："我得跟我爹商量。"

个头高点的红军说："商量好了，就来找我们。"

晚上刘承信回来，石榴先把欢喜跟两个红军说的跟刘承信说了，刘承信叫来欢喜说："不行。"

欢喜眼睛一绷，盯着石榴说："你在我爹跟前嚼啥舌头了。"

刘承信在欢喜头上戳了一指头，说："跟你娘咋说话哩？"

欢喜甩上门出去了。

第二天一早，刘承信叫醒欢喜，带着去后墩子干活去了。他怕丢在家里，真跟着红军走了，这么大的娃正是不知天高地厚的年龄。

又过了一天，两个红军又来了，说要一千双草鞋，五天后来取。放下了两块银圆的定金。

石榴就叫了村上几个女人来，不分昼夜地编起来。石榴说："这草鞋要过冬，粗芨芨秆多拼两根绒芨芨。"她心里算了一下，一千双草鞋五天应该能赶出来。然而，没等上五天，红军就悄无声息地走了。一千双草鞋编出来了，刘承信追撵了几个住过红军的村庄，没见到一个红军，红军消失得无影无踪，就跟没到过海原一般。

坐在山梁上，刘承信边吃烟边叹息，感到无限的失落。在其后相当长一段时日，刘承信常常站在山梁上，他已经过了四十，老辈人说四十不惑，世事他经得久了，看得明白，这般不死不活地度日如年，还不如改个朝换个代。他在后墩子给张千家打胡基，后墩子住着红军，他们经常过来说话，还递给他洋卷烟吃，对他来说洋卷烟那是稀罕东西。

回家来，石榴担心地说："不会找咱们算后账吧。"

刘承信说："他们不是找后账的人，要是找后账的人，还会给撂定金？"

三十年过去了，打编芨芨秆依然是石榴的主要活计。那年运动紧张了，西安的集从三天改为五天，又从五天改为十天。集市上总能见到戴红袖箍的。有一回她在集市用背篼换猪娃时给红袖箍抓住了，就给她定了罪名——投机倒把，要往公社革委会押。石榴一急说："红军穿过我草鞋哩。"红袖箍们不知道深浅，就来大队调查，队里人说红军真穿过她编的草鞋哩，这才放过了她。再后来，石榴在编背篼时跟孙女小米说起，小米问：

"你真打算收他们的钱？"

石榴说："收么，没觉悟噻，那时候自己日子都紧成啥样子了，吃了上顿找下顿。"

又说："千万不敢说出去，说出去就把天戳了个窟窿。"

又说："唉，白使唤了人家两块大洋，那时候两块大洋可顶了大事。"

红军撤走了以后，国民党反扑过来，追剿豫海县回民自治政府组成人员，残酷得很，有的被抓走后，再没见回来，说是在河口剁了头；有的被揭了背花，回来不久死了；有的给挑了脚筋，成了跛子，豫海县回民自治政府工作转入地下活动。1937年4月3日，政府主席马和福被国民党杀害，政府活动停止。住过红军的村庄查了又查，抓了不少人，让拿钱粮去赎人。卧虎台也来了几拨人，问啥卧虎台人都只摇头，红军没有进卧虎台，那些人也只是恐吓恐吓走了。

十五

刘鸿儒做花馍用面购自“崔记米面行”。“崔记米面行”的掌柜老崔长着大鲍牙，黄黄地龇在外面，牙缝的烟釉子像镀了阳光金灿灿的。人说老崔以后不用包金牙，再熏几年就成了黄灿灿的金牙了。老崔除了开米面行，还给人说事。家家有本难念的经，经念不下去或念乱了，便有口舌是非，有了是非就需要人来说道说道，用老崔的说法，那就像肿起了一个疙瘩，需要揉捏，揉捏揉捏也就散了，说事便是揉捏那肿疙瘩的过程。

老崔说事惯用“老话说”。一场事说下来，老崔要用去不少“老话说”。因为一场事说下来要用去不少“老话说”，“老话说”互相矛盾的就很多，比如：老话说买卖不成仁义在；可老话又说亲兄弟，明算账！老话说一个好汉三个帮；可老话又说靠人不如靠己！老话说人往高处走；可老话又说爬得高，摔得重！老话说一口唾沫一个钉；可老话又说人嘴两张皮，咋说咋有理！老话说好马不吃回头草；可老话又说浪子回头金不换！老话说兔子不吃窝边草；可老话又说近水楼台先得月！老话说宰相肚里能撑船；可老话又说有仇不报非君子！老话说男子汉大丈夫，宁死不屈；可老话又说男子汉大丈夫，能屈能伸！老话说打狗还得看主人；可老话又说杀鸡给猴看！老话说车到山前必有路；可老话又说不撞南墙不回头！老话说礼轻情意重；可老话又说礼多人不怪！老话说人多力量大；可老话又说人多嘴杂！老话说瘦死的骆驼比马大；可老话又说拔了毛的凤凰不如鸡！老话说宁可玉碎，不能瓦全；可老话又说留得青山在，不怕没柴烧！老话说人不可貌相，海水不可斗量；可老话又说人靠衣裳马靠鞍！老话说浪子回头金不换；可老话又说狗改不了吃屎！老话说苦海无边，回头是岸；可老话又说开弓没有回头箭！老话说三百六十行，行行出状元；可老话又说万般皆下品，唯有读书高！老话说一寸光阴一寸金；可老话又说寸金难买寸光阴！老话说日久见人心；可老话又说人心隔肚皮！老话说三个臭皮匠，胜过诸葛亮；可老话又说一个和尚挑水喝，两个和尚抬水喝，三个和尚没水喝！老话说路不平有人铲，事不平有人管；可老话又说各人自扫门前雪，莫管他人瓦上霜！老话说人挪活，树挪死；可老话又说滚石不生苔，转业不生财！老话说嫁鸡随鸡，嫁狗随狗；可老话又说男怕选错行，女怕嫁错郎！老话说明人不做暗事；可老话又说兵不厌诈！

要是让细心的人纠理的人纠住，一场事说下来，老崔说得就矛盾百出。比如紧挨着“崔记米面行”的“杨记手抓”的掌柜老杨，就专爱纠老崔的矛盾，老崔一场事说下来，他能纠出十几二十处自相矛盾来。但老崔不认为自己自相矛盾，因为“老话说”自相矛盾，要看你怎么具体运用，你单独把两句话提出来放在一起，当然自相矛盾。刘鸿儒来拿面，遇上老崔说事，会站在那里听，就很佩服老崔，老崔看上去粗粗拉拉的，却能记下这么多的“老话说”，看来给人说事的人，首先要有个好记性。又生出感慨来，这给人说事还就这“老话说”用好了最拿人，不记下些“老话说”，事还真说不好，说不好就说不倒。

除了用“老话说”，老崔说事惯用的技巧是东拉西扯，张三的猫，李四的狗；顾家老爷家啥都不缺，就生了一个儿子，偏偏是疯癫；顾掌柜锦衣玉食，小老婆偏跟一个马夫偷情；大虎腰缠万贯，却背负着不孝的名声；朱文锦一字千金，儿子却当了土匪；赵黑头拳打西北五省，脚踢黄河两岸，却给老巷子的二保一砖头拍成了傻瓜……“老话说”说得好好的，三抽五扯地插几个事例，会有意想不到的效果，听上去就成了说别人的事，请老崔说事的人置身事外了，就听得津津有味的，都会感慨别人的不幸，继而感慨人活一辈子哪有十全十美的，月有阴晴圆缺那才是正常的。找到老崔说的事，都是些鸡毛蒜皮的事，老崔插用的事例多数都讲的是日能人的无奈，当事者听到这些声名显赫的人物都有这样那样的烦恼，自己这点鸡毛蒜皮的烦恼又算得了甚？就忽然活明白了一般。老崔就又开始抹稀泥，总结似的抹稀泥，又三抽五扯把发生的事听来的事往说的事里套，以别人的事来印证当事人家的事，以以前说过的事来剖析现在说的事，心里的疙瘩也便就散了几分。

老崔说事，开说都是在米面行的后屋，那是老崔会客喝茶砍牛腿的地方，说得差不多了，然后就去了饭庄酒楼。到了饭庄酒楼，老崔还有一招，喝点酒后跟人说事专掏心窝的说话，把事当自己家里的事来说，老崔喝不了多少酒，可给人说事哪有不喝酒的？酒喝二两，脸红得就像往外渗血，一场事说下来，人醉得像泥一样，看着让人心疼，人们的感动也在这里，为了表达感动就息事宁人。一场酒喝罢，一杯泯恩仇，事也就散了。酒席当然不是老崔付账，往往是双方争着付账，有的时候酒还喝着，一些人感慨了，早早去把账就结了。你还别说，但凡这样的事经老崔一说，八九不离十地都平了，而且没有后患。

要说老崔说事“抹稀泥”，是老米说的。老米是老崔的老婆。老米是个齉鼻子，说话后音重，瓮声瓮气的。说散一场事，老崔有自豪感、成就感，可回到家老米是不屑的，撇着嘴，一脸蔑视，老崔说完事带着酒回来了，老米却既不给泡茶，也不去搀扶，更不给倒水泡脚。老米认为老崔说事，其实屁本事没有，就是个抹稀泥。因为老崔说事开说都是在米面行的后屋，因此，老米听得是最多的。老米听老崔说事和当事的双方三方甚至是四方不一样，也和老崔不一样，因为她完全是一个局外人，因此，她听老崔说事角度、心态、感受等等都不一样。

开始老崔觉得老米用“抹稀泥”说他说事，简直是侮辱他，非常气愤，为此没少跟老米争吵。

老崔说：“都是些鸡毛蒜皮的事。”

老米会咬话，说：“你把鸡毛蒜皮给分开来咧？”

老崔说：“我要能把鸡毛蒜皮分开来，八抬大轿会来抬我的。”

又说：“清官都难断鸡毛蒜皮的事。”

老米说：“清官难断家务事。”

老崔说：“家务事不就是鸡毛蒜皮的事？”

又说：“鸡毛蒜皮的事你能说出个子丑寅卯来，就是说和说和，抹抹裂开的缝子。”

老米又咬话，说：“那我说你个抹稀泥还眼睛绷得跟牛铃一样，枉说你了？”

老崔给老米说得无法应对，老米又戗了一句：“还不是贪那顿酒。”

这让老崔伤心了，也发火了，说：“烧心上头的，孙娃子才贪那顿酒。”

争吵的过程也是个思考的过程，老崔觉得“抹稀泥”这说法也对，还准确。说鸡毛蒜皮的事可不就是个抹稀泥，老话说会走走不过影子，会说说不过道理，可道理在人们的日常生活中多数是讲不通的，如果道理能讲通就不会生事，还能有口舌是非，还要等你去说事？都是因为不讲道理才生的事端。这世上真正过不去的事是没有能说散的，能说散的事都是鸡毛蒜皮的事，说鸡毛蒜皮的事就是个抹稀泥的事。

老米撇着嘴说：“就那抹稀泥的本事，还把你一天能的。”

老崔说：“你别小看这抹稀泥，不抹稀泥日子还真不好过下去，说轻一点整日围绕着鸡毛蒜皮的事喋喋不休，谁能有个好心情去做什么大事？严重点说鸡毛蒜皮的事没人说道会酿出人命。为娃娃打架，为一个鸡蛋，为一句话酿出人命的事少了去了？”

这下老米给老崔说住了。

老崔就又说：“抹稀泥不是人人都抹得了的，要会抹，不会抹等于是火上浇油。”

老崔能说得了别人家的事，却说不了自家的事。老米认死理，家里有了是非矛盾，老米要的是一二三四五，打破砂锅说到底，老崔就抹不了稀泥。而且老米是既不让用“老话说”，也不让举例说明。这么一是一二是二有板有眼地说，一二三四五就是一二三四五，每个还都要有出处，老崔嘴就秃得不行，硬说常常是前言不搭后语，以子之矛刺子之盾，因此，两个人是经常口舌不断。而且老米这人不分内外、不分场合，米面行里还有客人称米量面，老米就出言出语跟老崔干起来。老崔五个儿子，正是土匪一样的年龄，个个不是省油的灯。一起事，老米就会躁，有理的三扁担，无理的扁担三。老崔就笑老米说：“你这不也是抹稀泥么。”

老米说：“那不一样，大有大的过，小有小的错。”

有人就笑话老崔，说老崔一张嘴说别人家的事是横着能说竖着也能说，到了自己家横竖都不能说了。老崔就常用清官难断家务事聊以自嘲。

说事时带了酒老崔也会说：“我老崔整天给你们说事，回家却给老婆说了个。”

感慨了，老崔还会敲着碗儿这样唱：

木匠坐的烂塌房，
郎中守个病婆娘，

阴阳屋里鬼上墙，
戏里奸臣害忠良，
说事说了千千万，
老崔说不过娃他娘。

老崔跟老米的毛病还在于起了口舌，只要有人在场，谁都不想在嘴上吃亏，很耗时间。因此谁遇上了就会劝解，“两个人都少说几句，该干啥干啥，把生意都耽搁了”，大都是这类粗糙的抹稀泥的话。这样的劝说息不了事宁不了人，要能少说几句，老崔宁愿不说。老米较真，老崔就不能少说几句，有些话少说几句于事无补不说，还会成为老米的把柄，比方说老米老纠缠老崔和开水果店的老顾有一腿的事，老崔要少说一句，那便是自知理亏，承认错误，就成了真的。再比如老崔家里兄弟姐妹穷，老崔会把店里一些陈米陈面送给说是来看望他实际是来求救济的兄弟姐妹，老崔要少说几句，老米就会多说几句，老米多说几句，就会让兄弟姐妹听出老米话里捎着的意思，兄弟姐妹就会多心，那就显得他老崔不眷顾兄弟姐妹情分，显得他老崔不懂人情礼义。因此，这样的劝说对老崔的家事没有多大意义。可不管有意义没意义，说者是一片好心，被说者心存感激，因此老崔总是很感动。偏偏刘鸿儒遇上老崔和老米之间起了事，就站在那里，筒着双手，偏着头看戏一样，一直看到两个人争得口干舌燥直喘气，也不张口劝解一句。而老崔和老米之间起了事，偏偏刘鸿儒又遇得最多，因为他只在老崔这里拿面，不像有些顾客也会去别的米面行买米面。刘鸿儒一直待到两人战争结束了，这才拿了面走。开始，老崔没在意，天长日久，刘鸿儒走了，老崔就有些气恼，觉得刘鸿儒是在看他们的笑摊，显然这娃心地不善。于是刘鸿儒再来，便没有好脸势。这宋家巷米面行也有几家，刘鸿儒却依旧来他这里拿面，并不在乎他拿脸子给他看。老崔就又气又憋，心里说遇上鸡鸽架狗咬仗，还往散里劝一下哩，世上还有你这样的人。甚至觉得刘鸿儒只在他这里拿面，就是为了多看他们的笑摊。

这日刘鸿儒来拿面，又碰上老崔和老米拌嘴。事情缘起于老崔小儿和人家娃儿打架，大儿却不帮忙，反而在一边观看。老米抽了大儿一个耳光，大儿却说人家弟兄一个，我弟兄几个上去打人家一个？老崔听得儿子这话颔首称许，老米却不依不饶，骂大儿是吃里爬外的瞎种。老崔说你这么说教大儿，你想让他长大长成个啥人？老米说不像你的人，说着就扑上去又给了大儿一个耳光。大儿哭着跑了，老米还不罢休，喋喋不休地骂，由骂儿子引得骂到老子，说人跟种，山跟岭，啥虫屙个啥屎，长大也是个抹稀泥的货。老崔就接上了话茬，和老米又拌上了嘴。拌嘴的起因各不相同，但拌开后就跟往日一样了，把一些说过无数次的鸡毛蒜皮的老事扯出来，豆腐三碗三碗豆腐地说车轱辘话。

刘鸿儒依旧偏着头，双手抱在胸前站在那里看。过去了好一会儿，老崔不跟老米骂了，反过来盯着刘鸿儒说："热闹还没看够？等着我们咥一捶？"这"咥一捶"就是"打一架"的意思。"咥"这个词在固原地区周边用途极其广泛，吃饭说咥，干活也说咥。按说老崔这米面行也开了不是一天两天，知道顾客就是衣食父母、做生意做的就是个回头客的理儿，这样说一个顾客，而且是个老顾客，是犯了做生意的忌讳。但老崔心气不顺，在他看来，这刘鸿儒就是看他们的笑摊，看一次两次也就罢了，每次来都看，还要看到结束，这个顾客不要又能咋样。又觉得自己也算是长辈，该说这娃几句，替他的父亲教教做人的常识也是理所当然，就又说："遇上鸡鸽架狗咬仗，还往散里劝一下哩，哪有像你这样的人，就这么看着我们骂架，当大戏看？"

刘鸿儒却说："叔，要说这能当大戏看，大戏也就太没看头了，整日里拌绊汤，车轱辘话，豆腐三碗三碗豆腐地倒来倒去里头有啥热闹？"

又说："要说看笑摊，谁又不是看笑摊的呢？谁把你们的争吵当了回事？"

又说："要说劝架吧，别人都劝你们多少回了，该劝的话都劝尽了，还在乎我劝么。”

刘鸿儒三句话把个老崔说得没话了。“要说这能当大戏看，大戏也就太没看头了”“谁又不是看笑摊的呢？谁把你们的争吵当了回事”“别人都劝你们多少回了，该劝的话都劝尽了，还在乎我劝么”，这三句话扎实呀，扎实的话都狠啊，老崔打量打量刘鸿儒，他给人说了十几年的事，没想到给自己说事的竟是一个娃娃，而且还说得这么解决问题，觉得虽然还是个孩子，却能把事醒到这个地步，想到一句老话：孺子可教也。

老米也给刘鸿儒的话说得不好意思了，脸上有了红晕。

老崔说：“你、你这娃年龄不大，想事却透。”

刘鸿儒说：“都是受我师傅的影响。”

老崔听得这话，说：“就那洋师傅？”

刘鸿儒点点头，老崔说：“那我得结识结识你这个洋师傅，看来不是一般人。”

又说：“把师傅请过来？”

刘鸿儒说：“他去传教了。”

又说：“等回来我请你过去。”

老崔当下要请刘鸿儒吃个饭，刘鸿儒推辞，老崔老米哪里容他推辞，当下就扯了刘鸿儒的手要去福瑞祥。刘鸿儒谢了，说：“有人给先人念经订了花馍，还要回去赶做花馍。”

老崔说："那改日吧，等你那洋师傅传教回来。"

又说："我得认认你这个师傅。"

刘鸿儒走后，两口子自是惭愧，唏嘘一番，从此竟不再生口舌。

过了几日，老鲁从乡下回来，刘鸿儒就引老崔见了师傅。刘鸿儒想自己肯定不能信主，就觉得有些对不住师傅的一番努力，把老崔介绍给师傅，也算是为师傅尽份心，他觉得老崔应该对主有兴趣，因为许多店里供着菩萨、弥勒佛、财神，老崔的店里却没有摆。就是老崔不信主，引师傅结识老崔，让师傅多一个朋友，也是好事。师傅在固原城里认识的人实在是少得可怜，也觉得孤独。还真从他的想法上来了，老崔和师傅接触不长时间，就信了主。老鲁就感慨，自己回到固原城也不短了，没有发展到一个信徒，却是刘鸿儒给他找到了一个信徒。

这老崔信了主，便来老鲁这里来得勤了，米面行交给了老米经营。一日，老崔给老鲁送来了从福建新进的铁观音茶，两个人品茶，老鲁讲些主的事，老崔虔诚地听着，蔡小武来找老鲁，说他要信主。这蔡小武的情况老鲁不知道，刘鸿儒也不知道，老崔却是一本账。蔡小武的爹就是"鹿鸣书社"的掌柜老蔡。书社名之鹿鸣，取意于曹操的《短歌行》中"呦呦鹿鸣，食野之苹。我有嘉宾，鼓瑟吹笙"之意。

民国九年地震那夜，绅士白星阶邀请固原名人到府第饮酒打牌，玩兴正酣时，房子哗啦一声塌下，在场的二十三个人，当场压死二十人，几乎囊括了当时固原县所有的名人。那夜老蔡也在邀请之列，然而，老蔡在去白星阶府第的路上，遇到了老贵。这老贵是个皮匠，因为一桩皮货生意，被人设了圈套算计，正打官司。老蔡的状纸名闻固原，又仗义执言，已为老贵写过状纸，谁知这案子输了，老贵又要上诉，还得写份状纸。老蔡当下又回身，为老贵去写状纸。状纸写毕，老贵要请老蔡吃饭，老蔡婉拒了，继续往白星阶府第而来，路上地震了，虽然摇晃得老蔡摔破了头，但却逃过一劫。从此，老蔡便吃斋念佛。每年十一月初七，老蔡都要请唱神戏。去年请了个戏班子，有两个戏子在后台竟然做起那活，老蔡前列腺有问题，尿多，戏看到半路，出来撒尿，听得哼哼声，以为老苟家的猪又脱圈拱墙。老苟就在戏园子旁边住，养着几头猪，把戏园子墙拱得快倒了，他已经当面说过好几回了。老蔡冲着那声音过去，结果发现是两个戏子行苟且之事，大怒，当场就让停戏，赶了戏班子，自此，再见不得戏子。谁知这儿子蔡小武偏偏就喜欢上了一个戏子。这戏子叫子梅，名字倒是挺文雅，可举止却疯狂，站在大街上，随便跟男的说笑，还拉拉扯扯。何况这子梅本是退过亲的，而退亲就是因为她太疯了，老蔡哪里容得。再说，这老蔡也是阅人无数，觉得这子梅长得也不过如此，只不过不唱戏的时候涂脂抹粉，看上去比别人艳丽罢了，论长相也就个一般人。就不能不感叹纱帽底下无穷汉，情人眼里出西施，又觉得儿子迷的其实就是那姹紫嫣红的脂粉。父子就这么拧上劲了。

蔡小武便抓住了老蔡吃斋念佛这一点，以信主要挟。老鲁不知情，自然很激动啊，发展一个信徒多么艰难啊。

蔡小武走后，老崔跟老鲁说："那蔡小武就是个逛山，哪里是真信主，跟老子置气，拿主要挟老子哩。"

又说："这娃嘴皮子又软和，平日里子丑寅卯地卖嘴，哄得人转磨磨，你看那娃的长相，一只眼睛高，一只眼睛低，信了主，就是那个犹大，也会跟主撒谎，出卖了主。"

又说："他头一天跟你说信主，第二天就会骂主。"

这话让刘鸿儒吃惊不小，这老崔才入教多少时日，他竟然记下了犹大的故事，还运用得这么得体。又想也不稀奇，他能记下那么多"老话说"，记下这些有啥难。不过，看得出来老崔是诚心事主，已经入门，经常听老鲁讲说，记性又好，就像记"老话说"那样记下了不少东西。

老崔一番论说，老鲁大加赞赏，说："宁可少几个信徒，也绝对不能什么人都要，让主的信徒良莠不齐。"

老崔便又动了给人说事的心思，便去找老蔡，跟老蔡说:“抓紧给他找个女人，让女人跟主争去，你争不过，越争越拧。”

老蔡听进去了，立刻四下寻访，找了个比子梅漂亮的女娃，这蔡小武一见，便立时就忘了子梅，再不提信主的事，结果女人赢了主输了。老崔又对老鲁讲:“不急，我让我兄弟姐妹都信主。”果不然，过了不久，老鲁发展的信徒达到了七个，成绩自是卓然。

十六

一日，刘鸿儒从外面回来，见师傅啜泣。刘鸿儒觉得奇怪，自从他认识师傅以来，师傅从来都是快乐的，没见过流泪，今日不但流泪，而且啜泣起来了。真如老话说丈夫有泪不轻弹，只因未到伤心处。不知师傅遇到啥事，又想是不是因为自己还不信主而伤心，不敢询问，只是默默陪在一边，给师傅泡好茶水，端到师傅跟前，也肃穆地站在那里，站得像个教徒。许久后，老鲁停止了啜泣，抹去眼泪，洗漱后诵读圣经。刘鸿儒便也默默祷告。虽然老鲁给刘鸿儒讲过不少，可刘鸿儒只记下了“万能的主啊”“阿门”这样的句子，而老鲁诵经全是人家的家乡话，叽里呱啦的刘鸿儒也听不明白，有些手足无措。老鲁便停了祷告，刘鸿儒忙递过茶去，老鲁喝了几口茶，顺手递给刘鸿儒一封信。刘鸿儒不识字，更不识英文，就眼巴巴地看着师傅。老鲁“呃”了一声，说：

"我忘记了你不识字了。"将信收好，放进一个小匣子里，老鲁说："我母亲去见上帝了。"这话刘鸿儒听得明白，那就是去世了。

老鲁又去诵经，刘鸿儒只能按照自己脑子里有的词祷告，那是阴阳念经他听来的一些词句，还有《王小哭五更》。祷告一段，会来一句"万能的主啊"，祷告一段，来一句"阿门"。

老鲁诵读圣经结束，问刘鸿儒方才是如何祷告的，刘鸿儒据实以告，老鲁就笑了，说："意思到了就行了，反正不管哪一教，最后都是去天堂。"又让刘鸿儒把《王小哭五更》的词重说一遍，并记录下来：

天边寒星伴月走，
月如弯钩把心揪；
今朝别离何日见，
离愁何日休。

茫茫大路无尽头，
点点寒山挂青烟；
青烟也知别离苦，
缕缕缠山头。

老鲁说："你该识点字了。"

说到识字，刘鸿儒早就有这样的想法了。每日卖馍结束，他喜欢满城乱逛。固原城几日就逛过来了，也就没了兴趣。宋家巷内有一所学校，他便经常去学堂那里听学生咿咿呀呀读书。有许多学生是和自己一般大年纪的娃，人家却衣着整洁地在那里读书，刘鸿儒不免心生悲凉。这学堂有好几处写了字，那么大的字，他却是一个也不认识，更觉得悲凉。识字的想法他一直装在心底，没好意思跟老鲁提说，老鲁对他的恩情够大的了，可他又不会去信主，心下惭愧。

吃饭的时候，老鲁就问刘鸿儒："想学英文吗？"

刘鸿儒说："师傅，我中国字都不认识，学英文不是更吃力。"

老鲁说："你说错了，英文比中国字好学。"

刘鸿儒却说："师傅，这中国话我会说，就是不识得字，英文叽里咕噜的，我说都不会说，还认字？你说哪个简单。"

又说："你还是教我认中国字吧，等我认得中国字，就学英国字，那就简单了。"

老鲁觉得说得有道理，点点头。刘鸿儒说："师傅，识了字，我就自己会读圣经了，到时也给别人讲，省得你每天要给我讲，而我又记性不咋好。"

话是这么说，刘鸿儒在心里问自己：真的要信主么？又觉得对师傅说了谎话，心里便有些堵。

老鲁说：“中国字太深奥了，我也识得不多。”

刘鸿儒说：“师傅，没事，只要把你认得的教给我就够了。”

老鲁说：“不过给你启蒙是够用的了。”

老鲁拿出毛笔写了几个字，刘鸿儒立刻觉得师傅教自己绝对没问题，那字写得横平竖直点圆口方有模有样的。

晚上发好了面，睡下后刘鸿儒睡不着，月儿不是月儿，星星不是星星的。倒不是终于可以识字他激动得睡不着，而是由师傅的娘想起自己的娘，想起自己的爷爷奶奶，想起四个伯伯，想起自己的两个弟弟，又想起了爹和后娘。离家出走已经好几年了，自己也长大了许多，想及离家时对后娘和爹的怨恨，心里早已经悔恨，内心里已经将后娘又恢复成以前的娘了。一想就想了一夜，起来做花馍了，眼前还浮现着以前的事，花馍也做得有些走样。刘鸿儒心里一装上事，几日内沉浸其中不能自拔，一连几日里情绪不高，脸色阴郁。老鲁问他是不是遇到什么困难。他摇摇头。老鲁想想也就明白了，说：“你该回去看看了。”

这日下午，刘鸿儒在清水河边坐了一个下午。四五月的清水河还很瘦，水也清浅，缓缓而流，叽叽咕咕，仿佛流逝的时光，又勾起以前园河边娘和他击水而戏的情景，刘鸿儒决定这几日就回去一趟。

运气顺当，不怕一觉睡到后晌。第二天，“杨记手抓”的杨掌柜派伙计来叫刘鸿儒。“杨记手抓”靠着“崔记米面行”，老话说远亲不如近邻，近邻不如对门。可老杨和老崔两人却不对卯，背后互有闲话。要说这老杨跟老崔不对卯不是生意上的事，老杨用面用米，都是从老崔这里拿。而是因为老崔话多，老杨话少；也不是老杨话少，与别人说话抬杠那嘴利索着哩，嘴不利索的人说不过，就是见了老崔话少；也不是见了老崔话少，而是一开口说话，就像个截道的。老崔爱说“老话说”，老杨就拿“老话还说”顶老崔，比如说老崔说老话说：好马不吃回头草；老杨就说老话还说：浪子回头金不换！老崔说老话说：兔子不吃窝边草；老杨就说老话还说：近水楼台先得月！老崔说老话说：一个好汉三个帮；老杨就说老话还说：靠人不如靠己！总之，只要老崔一说“老话说”，老杨就准备好了“老话还说”去截老崔，顶得老崔走投无路。按说老崔说话自己也截自己的道，可那是话赶话赶出来的，这老杨却是故意的。

老崔说：“老杨啊，你本是该当截道的强盗土匪，咋就开了馆子，可惜了。”

老杨却说：“老崔啊，我要放开了说，捏住半个嘴也说得过你。”

两人不对卯，可店挨着店，低头不见抬头就见的。刘鸿儒不愿搅和他们间的是非，来老崔这里拿面，也会跟老杨打声招呼，有时候过去坐坐。“杨记手抓”除了手抓，还有一道看家菜，就是“新疆大盘鸡”。老杨在新疆待过几年，回来时啥也没带回来，就带回了一盘“新疆大盘鸡”。这既是一道菜，又是一道面食。鸡剁成拇指大的鸡块，然后用糖浆拌和上色，置入油锅中用猛火爆炒，鸡肉将熟之时，加入葱、姜、蒜、茴香、花椒、盐、味精等调料，再放入半盘干红辣椒，反复翻炒，直至鸡块入色入味，然后加入高汤，用文火炖数分钟，将土豆切成鸡块大小，加入再炖，至土豆酥烂，喷洒少量黄酒，便可起锅盛盘。在鸡块、土豆吃得剩余三分之一时，将煮好的裤带面倒入大盘里，跟鸡汁拌匀，面片都变成酱红色，就又成了一顿面食。老鲁爱吃这面，刘鸿儒也爱吃。“杨记手抓”里还卖锅盔和罐罐馍，刘鸿儒卖花馍，有些顾客会问锅盔和罐罐馍。去西安、兰州、银川、西宁，固原城都是个中转站。上长路离不了锅盔，就像新疆人出门总带着馕。刘鸿儒便去“杨记手抓”拿锅盔和罐罐馍来卖，等于是批发，挣个零售钱。刘鸿儒也曾想做锅盔，试验了几回，才明白看起来简单，其实不易，需要的一些家当，他暂时也置不起。因此，刘鸿儒跟老杨很熟悉。

昨日，“杨记手抓”来了一拨客人。这拨人来自京城，是来找宝的。他们要了手抓、大盘鸡，要了糜子酒，吃着喝着。老杨是个嘴闲不住的人，尤其是来了外地人，他会讲固原历史、掌故、传说、名胜、古迹，生怕别人不知道自己家乡的好。也是拉拢客人的一招，开店的生意人生意在客人的嘴头子上，名声也在客人的嘴头子上。客人吃完走的时候，又买了锅盔和罐罐馍。老杨边给客人装锅盔和罐罐馍，边讲锅盔的传说：说是秦始皇统一六国时，常年征战，粮草易间断。成千上万的士卒饭不能食，力不能足。无奈，一军士无意将面压入头盔，置于火上，烤之少许，烙成了一饼子，居然香酥可口！此饼者，边薄，中间厚，表面者鼓，能应当务之饥，亦能久存不坏，众人青睐受赞赏不已。因像头盔，故均曰:“锅盔。”多热的天，锅盔一放一月两月不坏。装好锅盔和罐罐馍，客人便问起要雇人带路的事。老杨一听去的是西安州、干盐池一带，就想起了刘鸿儒。想起刘鸿儒倒不是刘鸿儒经常和师傅来他这里吃“新疆大盘鸡”，也不是因为刘鸿儒经常来他这里批发锅盔和罐罐馍，也不是刘鸿儒这娃勤快，眼里有活，不管是来他这里拿锅盔和罐罐馍，还是去老崔那边拿面，只要碰上他进了米或面的时候，就像给自家干活，不惜力气。而是刘鸿儒在他和老崔之间不偏不倚，不厚此薄彼，更不背后戳闲话倒是非。他觉得这娃正。

老杨叫来了刘鸿儒。说报酬时，老杨见刘鸿儒有些老实，便接茬给刘鸿儒谈，谈好了报酬，刘鸿儒一听，这可比得上他卖几个月的花馍啊，便高兴应承下来，说：“谢谢叔。”

老杨笑笑说：“有啥谢的，就是驴跟骡子拉套犁地，互相借力的事。”

关于海原有宝，刘鸿儒知道的也就是地震的时候有七八链盐骆驼正行走在三营至海原间的路上，忽然，地裂而复合，黑泉涌而旋凝。驼队便殒没于裂而复合的地缝中。

路上，六个寻宝的人讲起来，刘鸿儒才知道海原的宝藏远不止这，人家说据谢家荣在《民国九年十二月甘肃地震报告》中说地震后宣传，靖远因山崩发现古城，一时，京、沪各地颇多信以为真者，且有广东某君，拟组织一远征队往探其地，籍为古物学之研究。后来虽经调查为谣传，但有专家指出当时发现古城之地不在靖远而在海原南华山一带，应该是西夏王李元昊留下的避暑山城。

又说：成吉思汗当年战死在这一带，适逢酷夏，尸体无法运回老家。而蒙古人的风俗，埋人是不留坟头的。一般是埋好后找个母子骆驼，在坟前当妈妈的面杀掉小骆驼，然后赶骆驼群把墓地踩平。以后几年祭奠死者就只能靠母骆驼带路来找墓地了。等母骆驼老死，就再也找不到墓地了。这也是至今都没有人知道成吉思汗墓在哪里的原因。

六个寻宝的人是以探寻七八链盐骆驼被地震裂缝吞没为

核心的，因此，刘鸿儒带着他们从固原到三营，从三营往海原的西安州和干盐池线路而行，这一共有一百多里的路程。一路上走走停停，面对那些大山深沟，寻宝者发出一声声的慨叹。寻宝者不像寻宝者，倒更像旅行者，甚至和老鲁有些像，听到“花儿”“信天游”就停下脚步，一直听到听不见了，写写画画的。

到了西安州，刘鸿儒抽空回了趟家，却没见上家人。刘鸿儒看到家门紧闭，爬在院墙上看，院落干净，鸡在草摞上刨，猪在墙根拱，看得出日子正常着。刘鸿儒在村巷里走了一个过，也没遇上人，便怅然回了西安州城。

其实刘鸿儒回来得不巧，两个妹妹刚出门去山上挖草药、挑野菜，爹和欢喜去盐湖做盐工，还把娘也带去给盐工做饭。如果刘鸿儒迟一天回去，便能见上爹和娘了。盐湖的新掌柜不像赵大头，什么都是个抠，用盐工们背后骂的话就是屎毛上捋着吃虮子。盐工一茬一茬地换，往往是干满一两个月就走人。爹勉强干满一月就和欢喜、娘辞了活，正是第二日回来的。

虽说刘鸿儒还没有信主，但师傅带他以弟子的身份去参加天主教的一些活动，刘鸿儒还是很配合的。不过他心里有负担，这样就等于是脚踏两只船，既对主不够敬意，又背祖忘宗，心里很矛盾，师傅却一眼便看出来他心里的顾虑，说:“我信主，可我也进寺进庙，也叩拜，你把主当你们的老天爷一样敬不就心安理得了。”

1939年2月，春节将至，老鲁带着刘鸿儒去了平凉，参加了一个天主教学习班。学习班结束，老鲁又带着刘鸿儒参观了平凉天主教堂和公教诊疗所、“晓星女子完小”和“方济男子完小”。下午，老鲁带着刘鸿儒去东关北沙石滩一带赶年集。老鲁又有了一架照相机，他要拍集市的照片。初到中国的时候，老鲁有一架照相机，在来固原的车上他睡去了，被顺手牵羊了。那时候一架照相机价钱不菲，老鲁没有多少积蓄，新购置的相机是妹妹资助的。

当时的平凉东关北沙石滩一带，商铺云集，人口稠密，是平凉城集贸市场所在地。因临近年关，农民进城粜粮、买卖牲口，集市上人如蜂拥。突然响起防空警报，满城响起“当！当！当!”的急促钟声。熙熙攘攘置办年货的人群，不知道发生了什么事，都站在街上驻足观望。刘鸿儒也站在街上寻找声音的来源，却给老鲁一把扯往房跟前跑，边跑边喊:“快躲起来呀，日本人要轰炸了。快躲起来呀，日本人要轰炸了。”人们这才醒悟过来，呼儿唤女，东奔西窜。不一会儿，军警、宪兵慌忙出动，全城进入戒严状态。

刘鸿儒给师傅牵扯着一直跑到了路边一个崖谷，才大口喘着气靠着崖壁坐下来，这时就听到从东北方向传来“嗡嗡嗡”的飞机轰鸣声。许多人都是第一次看到飞机，还站在那里抬头仰望着数飞机：“四架、五架、六架……”老鲁站起来高叫：“快趴下，快趴下。”话音才落，炸弹拉着的哨音落下来，紧接着“轰隆轰隆”的爆炸声响成一片，大地一阵阵颤抖，一时间浓烟滚滚，沙尘四起，一片号哭惨叫之声。人们惊魂未定，飞机又返了回来，俯冲扫射，许多人倒在血泊里，一片哭号。

警报解除后，刘鸿儒跟着师傅回到东关北沙石滩农贸市场，集市上弹坑累累，尸横遍地，血肉模糊，有的人肠肚被炸出身外，有的人被炸得断臂断腿。牲口市上，牛、驴、骡、马有的被炸死、射杀，有的还在挣扎着蹬蹄咽气，有的半个身子都被炸掉了，头还吊在拴马桩上，羊群死的活的挤在一起，哆哆嗦嗦地挤在一起。血、粮食、口袋的碎片遍地皆是。市场不远处的火柴厂，院子被炸了一个半亩地大的弹坑，厂房、设备和原料烧起熊熊大火。柳树巷有很多的骆驼店，是途经平凉的驼队休息、住宿之地。春节将至，柳树巷内驼队云集，飞机俯冲扫射，骆驼倒下几十头，血流成河，真是惨不忍睹。

老鲁吼着说：“狗日的日本鬼子、德国鬼子都会下地狱的，阿门。”

后来，刘鸿儒读到这样的史料：2月9日上午约11时，日军飞机21架，飞临平凉城上空，即狂轰滥炸，投弹70余枚，炸死民众126人，炸伤51人，炸毁民房156间，炸死炸伤牛、羊、驴、骆驼等家畜数百头（四）。

十七

1942年，刘鸿儒结婚了。1940年豆麦将熟时节，固原、海原、隆德几县一些地方给冷子打了，庄稼地里驴粪蛋子大的冷子铺了一寸厚，豆角、麦穗全砸进了泥里，糜、谷、玉米全打成了半截子。有的地方冷子有锤头大，把牛腰都打折了。一时间固原城里大街小巷到处是讨吃，凡到门上来讨要的，刘鸿儒都会给施舍一点吃的。

一日，刘鸿儒去米面行拿面，老崔对刘鸿儒说："你该娶个媳妇了。"

刘鸿儒笑了，说："我有啥？凭两个胛子抬着一张嘴？"

老崔说："有花馍店就行了。"

刘鸿儒说："啥都不是我的。"

老崔说："手艺总是你的吧。"

刘鸿儒说："这就是混个肚子。"

老崔说："老话说家有良田千顷，不如薄技在身，够了。"

刘鸿儒就笑了，说："叔，这也是技？"

老崔说："赶这个灾荒，娶个媳妇花不了几个钱，你听我的。"

老崔其实也是为自己解决麻烦。老崔的妹妹家也让冷子打了，日子过不下去，找到老崔这里来了。这老崔虽说开着个米面行，可家口重，五儿一女，外带两个老人，日子也是个将就日子，米面行里的活计自己家里人都不够干。妹妹倒也不给老崔放为难，意思是把丫头巧红卖了家里度饥荒。老崔看着外甥女，卖了实在于心不忍，难受了几日，就想到刘鸿儒。

老崔领着巧红到了刘鸿儒这里，刘鸿儒以为老崔要找师傅，就说师傅出门了。老崔说我不找师傅，找你。刘鸿儒想起前几日老崔说的话，这才打量打量这个丫头。也就十四五岁，因为干瘦，加上一身补丁摞补丁的衣裳还又宽又大，就显得更小了，面目菜色，头发干黄，瓜子脸本就显瘦，现在满脸就剩一双眼睛了。

老崔说："先给你做伙计，两年后我给你们把事办了。"

刘鸿儒说："我这也就……"

老崔叹口气说："不然她就要给卖了，谁知道卖个啥人家。"

老崔这话把刘鸿儒逼到了墙旮旯里，按老崔这话的意思，他要不收下巧红那就是他把巧红推到了火坑里，巧红真给卖了，还不定遇到啥样的人家，买下的东西人会珍惜，可买下的人就不一定了。

刘鸿儒还这么想着，老崔又说：“主耶稣说对于你来说，你是一个人；但对于某个人来说，你就是整个世界。”

刘鸿儒有些吃惊，他以为这老崔也就只能记一些像口诀子似的“老话说”，却把这么长的一句话记下了。不过他不能断定他是不是真吃透了这句话的意思，因为老崔给人说事他是听过，有些“老话说”用得牛头不对马嘴。刘鸿儒收下了巧红，把攒下的钱给了老崔的妹妹，心里并没有娶巧红的意思，只当自己雇了个人，预付了工钱。

这巧红做活倒是内行，发面看碱蒸馍把火样样做得到位。刘鸿儒倒省出不少时间，日里专心卖馍，夜里便有精力读些书。刘鸿儒以为读书就是认字，等认下了不少字，才发现离读书还远着，因为读起书来，有些字认得，可在文章中的意思却解不开来，因此，读一篇文章还是很吃力。师傅毕竟是个外国人，自己读起来也有些吃力，讲解就更难了。也就明白为啥人上了学才叫读书。

确实是女大十八变，也是吃得好，穿得好，巧红一天一个样，眨眼就是两年，巧红出落成了个水灵灵的大姑娘。老崔觉得该给这两个娃办了。老崔不去跟刘鸿儒商量，却去跟老鲁商量，就像老鲁是刘鸿儒的爹。老鲁却也真像刘鸿儒的爹一样，跟老崔一五一十地商量起来。说是商量，其实就是安排。这老崔自信了主以后，就对老鲁俯首听命，就像老鲁就是主一样。

老崔说："师傅，给两个办了吧。"

老崔自信了主，见了老鲁是不叫师傅不说话。

老鲁说："办了？巧红才多大年龄就办了？"

老崔说："师傅，能办了，在乡下十四五嫁人的多得是，巧红都十六了，刘鸿儒都过二十了。"

老鲁说："这……"

一遇有人拿现实做比较，老鲁就没法再说了，中国有句老话，前车之鉴，后事之师。

老崔说："师傅，你看按啥规矩办呢？"

老鲁说："你跟刘鸿儒和巧红商量过了？"

老崔说："师傅，跟他们商量啥。"

老鲁说："这、这不是胡闹么，咋能不跟他们商量，是他们的喜事。"

老崔说："这是长辈的事，咱们做主就行了。"

又说："就是个过程么。"

老崔不找刘鸿儒商量，老鲁却来找刘鸿儒商量。老崔不找刘鸿儒商量，是老崔把自己当作了家长，一方面巧红是他的外甥女，一方面刘鸿儒还没经过这事，啥也不懂，他就把事给拿了。可老鲁则不同了，老鲁得征询刘鸿儒的意思。一是这刘鸿儒不像老鲁已经信了主，二是婚姻大事当然得征询人双方的意思。因此，老鲁问刘鸿儒愿不愿意按照天主教的仪式举行婚礼。刘鸿儒看看师傅，他不知道如何回答，说愿意那是违心的，因为到现在他没有考虑过信主的事，说不愿意又怕师傅不高兴，师傅为他付出得实在太多了。平日里参加一些活动，师傅给他说你不想去就不去了。因为教会已经把他当成一名信徒了，刘鸿儒也就勉强参加那些活动。

刘鸿儒说："一切都依师傅。"

老鲁知道刘鸿儒的心思，就用了老崔的话说："就是个过程。"

老鲁当然希望按天主信徒的仪式来举办，那样刘鸿儒的婚礼就是固原这几年第一个天主信徒婚礼，那影响就不是一般的影响。老鲁更进一步地想，就刘鸿儒来说，按照天主信徒的仪式举办婚礼也是最好的，因为他没钱，他可以向上级申请经费支持，一切费用都由教会承担，因为这是固原第一对天主信徒的婚礼。

按天主信徒的婚礼仪式举行婚礼，这也正合老崔的意。一是自己已信了主，当然做事要随主的意，老鲁代表的就是主；二是要按中国传统，举办个婚事得三天，来的客要吃三天，那可是要花钱的，要说结婚这是大事，不能心疼钱，可花钱你得有钱，没钱花啥，而刘鸿儒最缺的是钱；三是家里的那些亲戚来了他还得待承，一个个穷嘴饿舌的，一个人抓一把米就把他的日子抓个大坑，皇上也怕个穷亲戚，虽然信了主，可日子还要自己过。

老崔没找刘鸿儒商量，刘鸿儒却去找老崔商量。

刘鸿儒跟老崔商量说："舅，按洋教的规矩办我没意见，不待客我也没意见，可咋也该把双方的室内亲戚请一下。"

老崔说："拿啥请？那得拿钱请。亲戚都远着哩，请到城里不得住两天，吃住、一来回花销得多少？攒下两个钱都花在这上？以后日子不过了？"

又说："老话咋说的，光棍光棍你不要狂，一娶婆娘就有娃。过一年半载，巧红有了娃，自己的锅大碗小掂不来？还这么撒开了花钱？"

又说："我一辈子爱顾个脸面，日子就让这脸面拖累了。现在才明白过来，只要你有钱就有脸了。娃，你记着，省下的才是挣下的，人要能挣，还要会省。日子捋细点才能过下去。"

又说："我也跟你一样，一个人跑出来，成家立业全凭的一个人。"

又说："就是个过程，都是虚的。"

又说："你这多好，有教会给你办，有人给你张罗，钱不用你掏一分。"

老崔一番话把刘鸿儒说得无话可说，想想也服帖了。可又想自己家里不说也行，以后带回去补上。可巧红娘家客得请，不然以后巧红回去短理，人短了理就会给人记住，以后人家就会当短的揭，就说："娘家客咋也得请一下，省是要省，可该花的不花也不行，别让人家挑理说咱不懂礼数。"

老崔说："这事我是舅，就是娘家客，上客，我都不挑理，有他们挑的理？"

刘鸿儒说："事过了就补不上了，别给巧红下巴上支砖，落一辈子话把。"

老崔说："你能这么想，也是为巧红好，我没看错你，就按三桌客三十个人吧。"

刘鸿儒说："日子定啥时间？"

老崔说："还定啥日子，按人头把钱算着给娘家，还吃个啥席，让他们度饥荒去，一个个吃了上顿找下顿的，还吃个屁席？"

又说："结婚了你倒该回趟家是实的。"

又说："话说实一点，老话说老子欠儿子一个媳妇，儿子欠老子一副老房子。"

这话刘鸿儒听得明白，老崔的意思让他回家去问父亲要媳妇钱。意思听明白了，但没听进去，咋说老子欠儿子一个媳妇？他离家这些年，倒是给家里拿回去十个八个的也算，给家里一分贡献没有，老子还欠你啥？家里这几年啥情况，他都不知道。

说完一件事，刘鸿儒又说第二件事："巧红的名儿得改一下。"

老崔说："为啥？"

刘鸿儒说："她的名跟我娘的名重了一个字。"

老崔说："嫁了你了，就是你的人，想叫个啥就叫个啥，过一两年，巧红开了怀，给你生个大胖小子，叫起来就成了娃他妈了，别人叫她就成了鸿儒家的。再过几年连姓啥都没人记得了，这就是人为啥要生儿子。"

又说："我现在叫老米就是娃他妈，别人叫老米是老崔家的，谁叫过她的名，我都忘记她叫啥名了。"

刘鸿儒还是改了巧红的名，叫了杏红。

老鲁把事给上级老柴汇报过后，老柴对此事很重视。老柴想借此扩大教会的影响，交代老鲁当教会的大事去办，一定要办好，所有的费用都由教会出，还要通知所有信徒都来。

那时间天主教在固原有十几个信徒。老崔又通知弟兄姊妹都必须来。在弟兄姊妹中老崔家境算是好的，弟兄姊妹也都受过他的救济，老崔说话自然有权威。还有一些信与不信之间的，也都来既是看稀罕，也算是捧场。一时间还挺热闹的。

老柴说当教会的大事去办，老鲁自然放开手脚去办。虽然教堂就两间房子大，有些破旧，但绸缎鲜花的一布置，也倒温馨，加上西方的浪漫，就吸引了不少的人。老鲁给刘鸿儒置办了一身西装，给巧红置办了一套婚纱，内衣衬衣各置了三套。“单立人裁缝店”没做过，老鲁亲自指挥。如果是中国式婚礼，老崔当然是内行，可举行这洋婚礼，老崔就显得笨手笨脚，啥主意都没了，听凭老鲁指使，完全成了个跑堂的。

巧红穿了白色的婚纱，悄声对刘鸿儒说：“我从来没穿过这么漂亮的衣裳，只是这衣服穿上干不了活，以后就糟蹋了，这么多的绸子可惜。”婚后，巧红把婚纱破开，做了两件衣裳，还长出一截绸子来。

刘鸿儒的婚礼是固原天主信徒的第一桩婚礼，教会老柴亲自主持婚礼，在老华《婚礼进行曲》的伴奏下，新娘的父亲携领女儿缓缓地走向圣灵前，把她交付新郎。巧红的父亲没来，老崔牵着巧红走。老崔穿了老鲁的西装，就像个袍子。老鲁要老崔做身西装，这回老崔没听师傅的，说：“师傅，费那钱做啥，以后又穿不成。”

老鲁说：“怎么以后穿不成？”

老崔说：“师傅，前面敞胸，后面开衩的，像个鸟尾巴，抵御不了风寒。”

婚礼开始了，老华用小提琴拉奏《圣母颂》，几个修女有外国的也有中国的还有她们的小孩，都唱《圣母颂》。在他们的牵引下，刘鸿儒挽着巧红到台前跪下。接下来就与中国式婚礼重合了：跪谢天主三叩首；拜谢神父三鞠躬；拜谢证婚人鞠躬；到了拜谢双方父母。因双方父母没到场，老鲁和老崔代替了，刘鸿儒就有些伤心。老柴说：“主耶稣说上帝所配的人便不可分开，这一生一世的爱情，因为今天而完美。”

之后拜谢来宾及朋友，一起吃了顿不中不洋的饭，婚礼就结束了。

从教堂出来，刘鸿儒抬头看看天，心里说我这算不算信主了？他不能回答自己。

十八

就在刘鸿儒结婚这一年，刘承信娶了个小老婆。到了五十岁，刘承信才明白他三十岁的时候是把一件事想得太容易了。三十岁的时候他根本没把孙清河和曹喜贵托付的事情当成个啥事。没当回事不是说他不理会，而是他觉得这根本就不算个事，那能算个啥事呢？他才三十，生三五个娃算个啥事？简直就是简单得不能再简单了。他结婚的时候婶子们有句笑话，说年轻人么，生娃娃费个啥事，裤带一解就有了。确实也是这么个事。巧英娶进门的时候，两个人只图了快活，自己还没咋想过，也没费劲，一回头沟子后头已经跟着三个儿。说实话，生欢庆、欢喜他还满心欢喜，可生了欢乐，他就发愁了。他还跟巧英说这快活后面跟着账债哩。不是老天爷昧了人道，第四个、第五个也生下了。可这过去二十来年，他才醒悟这世上只要遇上的事情都没那么简单。

春天是万物生长的季节，这个春天，石榴在等待着一样东西。她对春天充满了寄托，希望春风能唤醒她这干枯的身体。她对惊蛰充满寄托，希望滚滚春雷能炸开她这封闭了的身体，然而，节气一个个走马灯似的过去了，生机盎然的春天过去了，万物蓬勃的夏天也过去了，这成熟练达的秋天也眼看要出头了，那样东西没来，就像园河断流了。唤弟已经两岁，她却一直没有倒霉，难道就这么结束了？石榴不相信自己一辈子就这么完了。她私下算算，自己才四十出头，正是生育的年龄，娘五十二上还生了，跟娘比她该有十年的生养时间。

石榴的日子又重复了一段地震过后几年的日子，从药材铺背回一包一包的药材，一个熏成了黑色的药罐整日咕嘟嘟的，不要说是自家的院子，就是整个卧虎台都一股中药味儿。这味儿她太厌恶了，让她想起那次身体死了，恍如昨天啊。

西安州城“李记药铺”又开了，只不过不是白须如云的老李，而是小李。父子俩真是太像了：大扁脸，塌鼻子，招风耳，简直一个模子拓出来的。

人们都问石榴是咋的了。石榴不好回答，刘承信说：“老毛病了。”

没有比“老毛病”更好的答复了，人活一辈子谁没有个

"老毛病"呢。

吃药，也到庙里许愿拴娃，石榴依旧像以前那样虔诚，忌一个月的口，葱韭蒜辣都不吃，更不让刘承信近身。然而，一切于事无补。石榴对自己绝望了。

这夜刘承信咂了一锅子烟，下去尿了一泡尿，上炕睡觉的时候，石榴说："这次身体是死了，再也回不来了。"

刘承信说："胡说啥哩，上次不是也几年没来，最后不来了？"

又故作轻松嘿嘿一笑说："可能也分大年小年，就像庄稼一样。"

石榴说："这回不像上回，上回才二十，这回都四十过了。"

刘承信说："再调理调理，明儿咱们再找别个郎中看看。"

石榴说："时间不等人啊，咱这可是一门开三户呀，这么下去咋行呀？老二、老三两个死鬼我一闭眼就站在我头顶，我一闭眼就站在我头顶，啥都不说就盯着我。"

刘承信吧嗒吧嗒咂着烟锅说："他们也没放过我。"

话又是那次的老话。

石榴坐起来披了衣服说："给你再娶一个。"

刘承信说："拿啥娶？除了这两间茅屋，还有值钱的啥？"

石榴说："出去揽活留意留意，有寡妇抢一个回来。"

话说了不久，卧虎台来了一伙讨吃，口音是河南的。说是揽活的，揽不上活也讨要。河南遭灾了，这卧虎台人也是听到消息了。这一年，海原的年景也不好，不过老天爷偏了几场雨，略有收成。

石榴正在打褙子，却打得有些三心二意，糨子刷上去却不往上贴布，而是提着刷子在那里发呆。面糨子，一趟子，糨子刷上就得赶快往上贴布片，迟了就干了。褙子是粘鞋底子用的，碎布渣渣不论大小都能用上，多垫上几层结实。

刘承信从外面进来，感叹说："河南靠着黄河哩，遭了灾看来都一样，逃难都逃到咱这里来了。"

石榴嗯哪了一声，继续打褙子。

吃过晚饭的时候，石榴打发走了几个讨吃，上灯时分，听得狗不宁，冲着大门叫，这让她想起地摇的那个晚上。石榴心里有些慌慌的，她堵好了鸡窝门，又去猪圈里看看，去闩大门的时候，听得门外叽叽咕咕的，就像离窝受冻的鸡。她打开门一看，是一个老汉、一个媳妇和一个男娃。石榴叹息一声，说："进来睡吧。"

石榴烧了一锅拌汤，里面打了几个鸡蛋，取了几个干粮馍。三个人吃后，那媳妇千恩万谢的，跳下去就洗锅。洗锅时那媳妇告诉石榴她叫二妹，老汉是她的公公，娃是她的儿子，他们去年就出门了，逃荒一年多了……

安顿着在偏屋睡下，刘承信趴在炕上装了一锅子烟咂起来。石榴坐在旁边纳鞋底。忽然响起敲门声，刘承信下炕，拉开门，却是讨饭的老汉。刘承信让上了炕，把烟锅烟灰磕掉，装了锅烟递给老汉，老汉接过咂了两口，说："大恩不言谢，你们的大恩没齿不忘。"

刘承信忙说："老伯话过头了，人活世上，谁不遇个灾荒。"

又说："我们也经常逃荒哩。"

老汉说："多余话不说了，还有一事想托付。"

刘承信说："你说，只要我们能做到的。"

老汉说："俺一家十口出门逃荒到现在，就剩下一半人了，大儿带着女人去了别处，眼看着过冬，不想个办法，我们怕连这个冬天也过不了。我已经七十了，活得够长了，死了把孽脱了，可二妹正活人，小孙子才活人哩……俺就想找个人家，让二妹带着娃嫁了去，活好活坏地把命拉住……俺不连累人，有了给两个盘缠，俺把这副骨头送到老先人脚底下，没了就算了。"

说毕老汉抬脚把烟锅的烟灰磕掉，说："不打扰你们休息了，明儿给操心操心。"

刘承信一把扯住老汉说："老叔再吃一锅，给你熬罐罐茶解解乏，夜长了，活也轻了。"

石榴麻利地跳下炕去，在灶火生火熬罐罐茶。

刘承信又装了一锅子烟递给老汉，说：“河南也真是多灾多难啊。”

老汉说：“哎呀，这回河南的难大得很，地都焦了，红岗岗的，像烧红了，地裂开的缝子就像娃娃的嘴大张着，旱灾跟着蝗灾，蝗虫就跟云雾一样，有一天小晌午，俺正剥树皮，忽然眼前黑沉沉的，就像日头掉进了黑窟窿里，以为是天狗吞日，还喊叫着让拿铁锅铜壶出来敲着惊天狗，可仔细一瞅是蝗虫，密匝匝的蝗虫铺天盖地的，像雨点一样打下来。蝗虫厉害呀，飞过不要说是地里麦豆糜谷，就是屋顶的苇席、麦草都没有了啊。人难活啊。

“各家各户的粮食都吃完了。有钱也买不到粮食，俺家也多少天没吃上粮食了。村里有不少大人和小孩都饿死了。在俺村，人们是见啥吃啥。那地里的草、树上的皮都被吃得精光，吃人的事有过，最后吃蝗虫，最后蝗虫也没得吃了，就开始逃荒了。路上到处是皮包骨头的人，啧啧啧，就像鬼一样，飘忽忽地走，俺就明白了为啥人把挨饿的人叫饿鬼。

“一路上踩着死人过来的，走一截就能碰上死去的人，别人家不说，就俺们陈家说，一个祖爷的后四百多口人，分了三拨逃难，一拨去了四川，一拨去了新疆，一拨入了潼关，俺们是属潼关这一路，近二百口人，到了宝鸡也就一半儿了。在宝鸡的河滩上搭了个棚子住，一圈儿都是老家来的逃荒难民，一个棚子挨着一个棚子。冬天，棚子漏风，呼呼叫。结果有一家着火了，一下子连着烧了几十上百家，哎呀，烧死不少人。

“都往城里走，城里也没吃的，只能继续逃，俺们就逃到这里来了。”

晚上睡下，石榴压低声音说：“你看这小媳妇咋样？”

刘承信说：“胡说啥哩。”

石榴说：“你只要说人看上没看上？”

刘承信不说话。

石榴说：“还不到三十岁，嫩得掐出水来。”

刘承信还是不说话。

石榴说：“咋这么黏糊，不说话就是看上了。”

第二天，说事的时候，石榴说：“大伯，你也留下一起过吧。”

老汉说：“不了，俺得往回走，别死在这里，到时候老人脚底下没埋的。”

石榴把仅剩下的三个银圆给了老汉，老汉说：“俺这孙子烦你们多操心了，几十口人就剩下这么一个独苗了。”

送走了老汉，石榴就像是给儿子张罗媳妇之事，连新房都给他们铺好了。刘承信五十了，竟然有些害羞被动，看着石榴的举措，他眼里潮湿了，真是难为石榴了。

晚上，二妹有些害羞和拘谨，这也让刘承信害羞和拘谨，转身要出门去，才发现石榴把门给锁了。上了炕，吹了灯，二妹倒是主动，钻进被窝来，说："大姐这人可真是怪，没见过婆娘给男人张罗小婆娘的事，稀罕。"

刘承信和石榴是太实诚了。二妹在家里生活了一年半，直到在一个清晨忽然和儿子一起不见了，两个人才明白过来，老汉和二妹哄骗了他们。

冬天眼看到了，再找不到存身之所，没吃没喝的怕过不了这个冬天，走投无路，才想出这招。难一过，他们立刻就回家了。

直到两个月前，刘承信才觉察出二妹身在曹营心在汉，因为他发现二妹每天都要到梁峁上去，痴痴地望着远方，便明白二妹是在望回去的路。又回想起二妹嫁过来这一年多，每次做那事到他快要喷射的时候，二妹都会叫着说炕上啥东西扎在屁股上，屁股一拧把他拧出体外，结果全喷射在外面。而且每次事毕，二妹翻身跳下炕就去尿尿，还说是刘承信太大了，太用力了，每次都弄得她尿脬酸胀，她老想尿，尿不净。一切都明白了，她是来躲难的，怕怀上了，怕留下个娃，将来就是个扯心。

刘承信和石榴上了西山，坐在山顶，一言不发瞭着莽莽苍苍的原野，他们看到那个掮着一条凳几日来在卧虎台喊着“抢刀磨剪子喽”的男人，与二妹母子会合在一起。

十九

刘鸿儒是在白记香油店前看到爹的。他愣住了，眼泪在眼眶里打转转。刘鸿儒以为爹是专门来找他的。刘承信是来找刘鸿儒的，只不过不是专门来找的，而是在办完了一件事后，才来这宋家巷看能不能碰上刘鸿儒。刘承信是来固原送孙鸿和去吆脚的。送孙鸿和去吆脚，倒不是刘承信为了圆自己的梦才让儿子走上了这条路，而是为躲避抓兵。海原抓兵越来越厉害了，开始是每户有十八至二十五岁合格壮丁者，三抽一,五抽二，不久又改为十八至三十岁，再后改为十八岁至四十岁，最后又改为十五岁至五十岁。先是按壮丁抽，后来改为按丁抽，即父亲合格，家有幼子，即为双丁，所谓“大配小，小抬大”。抓兵的进村子挨家挨户直接搜丁，搜不到丁，就潜伏在村子周围候着。一旦被抓，押了就走，不管你家里什么状况。要说以前吧，日子苦焦，当兵吃粮也是一条活路。有些富户人家不愿意让儿子当兵，穷人家的儿子去顶兵挣钱养家糊口也很平常。现在，国民党和共产党争天下，仗都打起来了，打仗那是要死人的，穷人的命也是命，谁愿意眼睁睁地去当炮灰。

刘承信家给派了兵，刘承信以只有一个儿抗了，可人家才不管你，孙鸿和就被盯上了。起初，刘承信采取防土匪的形式，从家里挖了地道与山上的窨子洞连通起来。海原地处北方少数民族与中原王朝的过渡地带，历史上，疆界时常变化，主宰不时易主，烽火连天，兵燹不断，战争几乎是一种生活的常态，加之自然条件差，天灾时生。而伴随着兵灾、天灾，另一个灾难——匪灾相伴相生，也成为最多最重的灾祸之一，和兵灾、天灾相比，匪灾更是让人防不胜防。为了防匪，人们就在大山秘密深处或险要山崖之上集中人力挖掘了许多易守难攻的山洞，海原人称“窨子”，当土匪来村中烧杀抢掠之时，四面八方的村民就逃进窨子洞躲藏。“窨子”就像地道，数洞交错，洞内陷阱、死道纵横，不熟悉者进入其中犹如进了迷宫。洞与洞之间有垂直竖井，关隘处只容得一人爬上来，上面有石板盖，既可防烟熏火攻，又一夫当关万夫莫开，即使土匪进来，也会被瓮中捉鳖。洞内有宅窑、伙窑、后圈（厕所）、粮窖、水井，还有生娃坐月子的地方，在洞内生活个把月没问题。洞内设计有多个窗口，既是透气孔，又可瞭望侦察，还可袭击土匪。每个“窨子”出口多达七八个，都隐蔽在悬崖绝壁上或深山老林中，从“窨子”逃走时神不知鬼不觉。

只要有生人来了，刘承信便立刻让孙鸿和钻进暗道里去。形势紧张时，干脆就让孙鸿和藏于“窨子”中，听得外面狗咬，便从地道遁去。可是孙鸿和是刘承信惯大的。海原有句话：父亲惯儿，越惯越二。孙鸿和虽然大了，却有些不知深浅，只觉得这地道好玩，平日就是没有状况，也是放着大门不走，偏要从地道出入。这暗路明走，危险是自带的，刘承信怎么说，孙鸿和听不进去，刘承信是整日提心吊胆。不过，刘承信还备着一手，一旦儿子被抓，他要跟他们讲理，一讲一门开三户的故事；二讲遭灾遇难没有人管，抓兵倒想起我们来了。他觉得这都是站得住脚有说服力的。

形势一日紧似一日，老侯带着一个烧焦了一样的黑外甥，敲着铜锣，一步三喊着口号：

“一家有罪，九家举发，若不举发，十家连坐。”

这叫锣声唤声瘆人啊，联保连坐，所有人都脱不了干系，这是最可怕的，谁愿意为别人家的事担风险呢？

这天，牛蛋没有跑脱被抓了，牛蛋的爹和娘前些日子得了怪病，没出一月，两个都亡故了。阴阳说是拾掇地方太岁头上动了土。现在剩下奶奶和牛蛋相依为命。奶奶已经七十了，牛蛋十六岁，刚接上力，这给拉走了，奶奶怎么活？一村子的人告饶求情，可人家根本不听，带了人就走，而且说要当了逃兵，罚兵三个，罚没家产。大家围上去要拦，一个个被枪顶了回来。

刘承信劝慰过刘婶，叹息着往回走，路上想这眼见的难怅人家都不理会，他讲一姓开三门能讲得通？人家是不跟你讲理的，把孙鸿和留在村子上迟早会酿出祸端，他没有多余的儿子去当炮灰啊，得让孙鸿和离开村子了。正想着让孙鸿和出门去干啥，这天，他碰上了李宗亮的驼队从干盐池过来，两人多年后的见面，自然有许多感慨，吃着烟，刘承信说我还当老哥早不干了，做了掌柜的，这路上的日子风风雨雨……李宗亮摆摆，哈哈大笑，说兄弟，归化城给我盖座宫殿，我都不坐哩，我这一辈子就在路上了，我想好了，在哪里死了，连尸骨都不往回运，死在哪搭埋在哪搭，那才是随天意。刘承信就笑笑。他知道这是实话。李宗亮十几岁上就进入这一行，已经过去了大半辈子。这大半辈子他走的地方实在是太多了，见过的女人也太多了，睡过的女人也太多。他好女人，好不同民族的女人，从包头动身，连接这漫漫长路的是一个个活色生香的女人肉体，他喜欢路上那些风情万种的各民族的女人们。“她们每一个都是我的一个站口。”这是李宗亮说的。吃了一阵烟，刘承信便提出让儿子跟李宗亮吆脚，李宗亮笑笑说那时候我看上你了，想让你跟我走，现在你让儿子跟我走，这也是咱们的缘分。又说我到固原还要待两天，你领儿子来固原找我。刘承信说谢谢老哥。李宗亮说谢我做啥，我身边正需要个小伙子。这倒不是李宗亮虚说，他确实需要这么个小伙子。以前他身边有一个，跟了几年，挣了点钱，洞房花烛了，便恋着女人不愿意再出门。家里的日子就像是推磨，走的都是重复的路，天长日久会把自己转得晕了、厌了、疯了，只有这吆脚走的才是新鲜路。李宗亮知道他会有一天重新走出家门来找他，可眼下他需要这么个小伙子。

回家的路上，刘承信一直在想如何跟儿子提说，他担心如果说得不策略，孙鸿和怕又回绝了。其实这几年来，刘承信一直想让孙鸿和出去。几年前“和善庄”车马大店扩店的时候，刘承信给打过三个月的胡基。老掌柜马耀武差个伙计，想让孙鸿和过去。马耀武说：“让娃过来吧，亏待不了他。”刘承信是千恩万谢的，回家跟孙鸿和一说，孙鸿和却不愿意去。后来，“李记药铺”从外面进药材需要赶马车的，刘承信又跟掌柜老李求来了活，可和孙鸿和一说，孙鸿和还是不去，再后来让去学木匠、铁匠，孙鸿和都不去。孙鸿和也烦了，就说：“爹我不想出门，就想种地。”刘承信就不能不感叹，想及那时间自己为了吆脚和爹展开的路线斗争，到了儿子，却是死守家门不出，真是百姓百姓，各有各性。也便不再给儿子在外面寻活了。要说孙鸿和种地倒是一把好手，五亩地给他收拾得埂直地平，种出来的庄稼衣貌整齐。刘承信心想，要是爹还在，儿子倒是爷爷的一个安慰。其实，刘承信还是没吃透儿子的心思。孙鸿和也不是爱种地，五亩地不凑他种，也不是孙鸿和不想出门，他也想出去闯闯，见见世面，他想在家里待不为别的，就是为了跟娘赌气。要说跟娘不对付也不是一年两年，从他记事起，娘就不待见他，他就像遭了后娘，已经习惯了，有爹的疼爱就够了，他才不稀罕娘的疼爱。按老早以前的想法，长大了他就离开这个家，永远离开这个家，哪怕在外面受尽苦寒，甚至饿死，他也不再回来。可欢乐没了后，娘对他的态度反了过来，又溺爱得不行了，简直让他浑身起鸡皮疙瘩。娘的溺爱不但没有让他感到温暖，反而让他感到寒冷，要是娘一直像以前那样不待见倒也罢了，这世上不受爹娘待见的娃多了，狗子、猴子都不受娘待见，还有些娃遭了后娘，不照样活着。对于娘的溺爱，他知道这是为什么，这就更让他愤恨，我是你儿，你有必要这样么，用得着了拉到怀里，用不着了搡到崖里。他不出门了，他就要做娘眼里的一粒沙子、一截细柴，看你磨不磨？孙鸿和性子蔫，蔫的人都阴冷倔强。

刘承信给孙鸿和一说，孙鸿和说："我去！"很干脆，这出乎刘承信的意料。

孙鸿和很干脆地答应出门，也是跟娘有关。那天，孙鸿和从外面回来，依然钻的是“窨子”，快从“窨子”出来了，他听到呜呜咽咽哭声，细听是娘的哭声。娘哭得“咯儿——咯儿——”的，便知道娘哭了很长时间了。他屏声静气地坐在“窨子”洞里，娘又哭了足足一个时辰，和他听到过的许多连哭带说的哭泣不同，从始至终他没听到娘说一个字，娘只是那样哭着，那是一种极伤心的无语的啜泣，但却包含了太多太多的话语。他也哭了。他没有出声，只是任眼泪流出来，落在塘土上，打了一个一个的坑。

因此，爹跟他说让他去吆脚时，他就痛快地答应了。毕竟他已经醒事了，不管咋说，娘永远是他娘。

刘承信对石榴说：“你给娃收拾一下，明天就得去固原城，老李在固原城等着哩。”

三个人一起收拾东西，其实，穷人出门能有啥收拾的，石榴对刘承信说：“你去打点羊肉吧。”

孙鸿和说：“娘，我要吃你炖的鸡。”

这话让石榴的手一抖，这些年了，儿子从来没在她跟前要吃这吃那的，她的泪流了出来，忙说：“娘这就给我娃娃炖去。”

刘承信还在那里忙活，石榴说：“快打去噻。”

刘承信说："还、还打羊肉？"

石榴剜了刘承信一眼说："娃要出门，不吃羊肉？"

刘承信说："打也不急，还早呢，待集散的时候去打肉，便宜。"

石榴说："快去，能便宜多少，打个后腿，晚上包饺子，明早清炖。"

晚上吃过饭，说话说到了半夜，孙鸿和想和娘说些啥，终究还是有些生疏，开口就难，便过去睡了。石榴对刘承信说："你去取几个银圆来吧。"

刘承信说："取银圆做啥？他是出去挣钱哩。"

石榴说："有你这么当老子的，娃第一次出门让净着身子一分钱不带，穷家富路。"

刘承信又挖出赵先生的银圆罐，取了两块，最后又取了一块。

刘承信和儿子到了固原城已是傍晚，找到李宗亮，李宗亮还不在，却见到了老宽，老宽那时候就跟着李宗亮。刘承信问老李呢，老宽一笑，附在他耳朵上说去相好的那里了，今晚不回来。刘承信请老宽吃了烩肉，老宽看看孙鸿和说是个好小伙。孙鸿和说还要叔多指教。这话让刘承信放心了。这娃在家里话少得锥子都扎不出来。刘承信要带着儿子去找住处，老宽说我让掌柜的安排，从他这里提货，住处他们管着哩，花那冤枉钱做啥。第二日五更，驼队就收拾上路了。刘承信把孙鸿和带到李宗亮跟前，李宗亮打量孙鸿和，孙鸿和将李宗亮背后一个牛皮包抓过来背了。刘承信跟着驼队往城外走，孙鸿和说爹你回吧。刘承信撵了两步，泪眼婆娑，李宗亮拍拍刘承信说回去吧，娃交给我，你放心。

五更的固原城冷冷清清，街上空无一人。刘承信在固原城逛着，一直逛到店铺门大开，各种吆喝声此起彼伏，刘承信便往宋家巷来了。刘鸿儒不言不语地走了，刘承信很是气愤，等了几日不见回来，气呼呼地说：“有本事一辈子不要回来！”又过了几日，石榴哭着骂刘承信：“你是个死人呀，娃没了也不找，你去找呀。”刘承信便拉了根杆子出门了。走到了苍苍莽莽的山野，看着蛛网一样的小路，心里一片茫然，坐在梁上吃了两锅子烟，便回来了。石榴还在哭，又骂铁石心肠，刘承信说：“要是真走了，那就找也找不到；要不是真走了，为啥要找呢，该回来的时候就回来了。”刘鸿儒走后，带走了石榴做花馍的一套家当，他们分析过，刘鸿儒可能会做花馍去卖。这几年海原城他去过几趟，没有找到。便想可能是去了固原。固原城大，他也在一些常去固原城的人跟前打听过，知道做小生意大多都集中在宋家巷。来一趟固原城不容易，他想找一找。从内心上讲，已经十几年了，他没抱多大希望，要在固原城，咋也该回来一趟，就是人不回来，也该捎个信回来。没想到还真找到了。

十几年了，刘鸿儒之所以没有给家里信息，他一直想着等自己干出个名堂来，可是小本买卖想干出名堂来是多么的艰难。刘鸿儒远远地看着，看着爹拿着干粮蹴在那里嚼，因为太干了，咽时脖子一抻一抻的，就像咽药渣。刘鸿儒哀叹一声，去老年烩肉馆让老年做了一老碗加肉的烩肉给爹送了过去。

老年端着烩肉递给刘承信，刘承信往后趔，说:“我没要烩肉，这多少钱一碗?”

又说:“吃不起，不要不要，你端回去。”

老年说:“有人给你要的，你就吃吧。”

刘承信站起来大喊:“欢庆，欢庆。”

老年说:“你这人，一碗烩肉也值得欢庆欢庆地叫，快吃吧。”

刘承信跳着蹦子喊:“欢庆，欢庆。”

刘鸿儒从烩肉馆走了出来。

爷父俩都流泪了，刘承信啜泣着说:“我还当你驴日的死在外面了。”

这话让刘鸿儒听到了一个父亲对儿子的挂念与埋怨。

刘鸿儒带爹去了他的花馍铺子。路上他给爹两个大洋。他已经结婚，爹与巧红是第一次见面，按规矩公公是要给儿媳妇见面礼的。爹不要，说："城里的路，石子街（gāi），没有票子吃不开，你攒着。"

刘鸿儒说："城里说难也难，说不难也不难，在乡下就不难了？"

到了花馍铺子，巧红迎出来，叫了声"爹"，刘承信就明白儿子的用意了，便掏出两块大洋给了巧红。

刘承信说："过门几年了？"

刘鸿儒说："三年了。"

刘承信说："还没娃？"

这话戳到了刘鸿儒的痛处。结婚后，一年过去了，巧红怀不上，巧红就很紧张，刘鸿儒就安慰说："不急，不急，你还小着呢。"又过了一年，还没怀上，巧红就哭，说这辈子怕都不会生养了。刘鸿儒就带着巧红去看大夫，抓回了几大包药正一服一服地吃着，也上庙去给送子娘娘许了愿。

刘承信说："看过郎中吗？"

刘鸿儒点点头。

刘承信说："去庙里求过吗？"

刘鸿儒点点头。

晚上，巧红回舅家去住，爷父俩其实也没睡，直说了一个晚上。说及遭遇，都是无限痛楚，眼泪长流。刘鸿儒才知道自己对家里的记忆还停留在离家时，没想到家里发生了这么多的事。

老崔听说亲家来了，非要请刘承信吃顿酒席。吃了顿酒席。后来，老崔对刘承信是念念不忘，说："实诚人啊，实诚人啊。"

刘承信回到家，就和石榴去了须弥山圆光寺，替儿子和媳妇许下了愿。

爹回去了，刘鸿儒回趟家的愿望忽然就非常强烈，便跟巧红商量想回趟家。

巧红说："等我怀上了吧。"

刘鸿儒想想说："也对。"

刘承信回去后，刘鸿儒搬了一趟家。这时候的刘鸿儒馒头铺的门面扩成了两间，后面有半间是他们的家。房子是老两口的，都七十的人了。原来也是一个大家口，四儿两女，地震那天老汉陪老婆去了妻哥家，妻哥得了孙子做满月。吃了席，又闲谝了一阵，吃过晚饭往回走，路上地震了。儿女们都被打死在房里，一个也没留下。这两年，刘鸿儒攒下一点钱，不多，也就能买一间屋的钱，想从老两口手里买下一间房，可老汉曾说如果他应他们一件事，这两间房子就归他所有。对于老汉的"一件事"刘鸿儒已经猜出个八九不离十，因为，已经有好几个人跟他提说过这事儿。果然老汉提出的事是让他跟他姓。刘鸿儒多么渴望得到老汉的这套家院，但要他拿姓去换，他当然不能答应。他要答应了，活着的和亡去的人他一个都对不住，以后真就是死无葬身之地了。更何况如此丢祖卖姓的事，会遭人耻笑，一辈子都抬不起头的。老汉又退了一步说：“你只要答应以后有儿子指给我一个，只是跟我姓，别断了我家香火，儿还是你的儿。”这让刘鸿儒动心了，不过他还没有做出最后的决定，娶了巧红，眼看三年了，还没有怀娃，还不知道以后啥情况，应人事小，误人事大，毕竟对老汉来说，这么大年龄，这事就是最大的事了。现在不用考虑了，一门开三姓，爹的手里完成不了，那就是他的事了。刘鸿儒回绝了老汉，答应留意给老汉寻一个适合的。老汉说人是有的，就是看着你牢靠么。不久老汉生了一场病，穿了几次衣，缓过阳气来，老汉就从乡下买回一个儿子，十七八岁，老汉开了一个杂货铺，教着儿子做了。

第二年开春，巧红怀孕了。选了一个日子，刘鸿儒去了绸缎庄、茶叶店、点心店，扯了布料，买了茶叶和糖果、点心，携带着巧红回了趟家。说起这几年家里的遭遇，一家人泪水没干。娘捏着巧红的手一刻都没放开。

三间草屋已经很破旧了，因为没有大梁，腰也塌下来了。房顶的茅草因为雨水浸湿，也霉了，长了白毛，房子里一股霉味。杨木门板折了几块板子，用绳子捆了又捆。

刘鸿儒看着寒心，把自己攒下点钱全给了父亲说：“盖三间屋吧。”

石榴说：“能藏个头就行了，你拿着，城里的日子没钱过不下去。”

刘鸿儒硬把钱留下，说：“鸿和回来，让他来找我，跟我一起干，世道不安宁，吆脚受罪啊。”

石榴说：“巧红坐月子回家来坐，娘伺候着。”

这年年底，巧红快生的时候，刘鸿儒要去找娘来，老崔说：“这么远，天寒地冻的，接来不受罪？”

又说：“生娃么，多大的事，有你舅妈哩，生过多少个娃，路数熟络得很，还老给左邻右舍的接生哩。”

可最终巧红难产，母子双亡。

抬埋巧红时，也是依了天主教的葬礼。

葬礼毕了，刘鸿儒睡了半月，老鲁和老崔经常过来。

老鲁来了，刘鸿儒就说：“师傅，我是不是惹得天主和神佛都不高兴，他们都不管我了，我才遭遇这样的灾难。”

老鲁说：“孩子，你怎么会这样想呢？”

又说：“这不是天意，是人祸，是落后造成的，固原城连个妇产科医院都没有啊。”

又说：“天主也好，神佛也罢，是不会给人灾难的。”

老崔来了，刘鸿儒说：“舅舅，是我……”

老崔说：“娃，这是她的命。”

又说：“她就这么点阳寿，你别太难过了。”

又说：“她跟了你，也算享福了，在家里过的个啥日子，不是你就给卖了。”

刘鸿儒缓过精神来，又回了趟家，看了爹娘和妹妹，又说：“鸿和回来，让他来找我，跟我一起干。”

然而，刘承信要见鸿和都难了，一年过去了，他捎了不下十回信，一次实信都没接到。他知道儿子在路上。吆脚人真是四海为家，要回趟家实在是太难了。这时刘承信才明白爹当初阻拦他的苦衷。

自从跟李宗亮走后，孙鸿和就不曾回过固原。走进归化，孙鸿和真是大开了眼界。皮毛行、钱行、当行、马店、驼店、面行、皮行、碾行、靴行、饼行、毡行、杂货行、酒饭行……广恒西、义同厚、广义恒、万豫生、广和公、双发公、天德源、长盛祥、天成恒、新泰兴、仁记、平和、隆昌、怡和、慎昌、聚立、永丰、德裕……牛、马、骡、驼、羊、羊绒、粮米、皮张、盐、药材、茶、布、烟、酒、糖、纸棉花、棉纱、绸缎、装饰品、五金、颜料、瓷器、竹器、茶叶、海菜、纸张……中国人、外国人……白日的繁华自不必说，夜晚灯火通明，归化的大街小巷在孙鸿和看来那就是天堂的街市，他还偷偷吹过灯泡。孙鸿和一下子就开窍了，外面的世界这么大，这么眼花缭乱，自己竟然傻瓜一样守在家里跟娘置气，简直是太可笑了。因此，一到归化城，他将爹安顿的“小殷勤买转帝王”“出门三辈小”“嘴比手勤快”之类的经验全数付诸行动：每日早上五点半左右起床，快速整理铺盖、洗脸、打扫室内卫生，侧耳听着李宗亮的第一泡尿尿完，便过去提了夜壶去倒，刷夜壶，然后打扫师傅屋内的卫生，回来后再用脸盆打上清水，用抹布将屋里屋外的家具、桌椅、窗台、门框擦洗一遍，然后打扫院子。这些活要在七点钟开饭前结束。去伙房大厅内就餐，先给师傅打好饭，端到饭桌上，师傅吃饭，他就站在一边，伺候师傅辣盐酱醋要这要那，或去伙房加饭。等到师傅吃饭后，自己才吃，正如吆脚人所说，吃饭像李闯王进城，他就得更加快速。师傅也都是这么过来的，不要以为吃得迟就可以最后吃完，还得要在师傅派活说事前吃完。

吆脚也不单是个跑腿的事，还有许多知识要学习。首先要会操心牲口。驼队的编制一般称为“房子”。房子本来是指驼队或人住宿的帐篷，后来成了一个驼队的总称。房子有大中小之分，以“把子”计算，大房子由八把子骆驼组成，每把子又分为两链，一链子骆驼是十八峰，有近三百峰骆驼。每位驼倌要操心一链子十八峰骆驼，一趟下来这十八峰骆驼的生死安危全系在驼倌身上。操心牲口是个细心的活。

李宗亮伺候牲口是有名的，喂牲口一夜要上三四次草料，草要零零星星地添，一次添得多了，草给牲口哈出来的气都熏潮了，柔劲大，牲口咀嚼起来费劲，且被哈得时间长了就腥气，不新鲜，牲口不喜吃。这是极普通的道理，吆脚长年四季和牲口打交道，都明白这一点。可要做到这一点不容易，夏天瞌睡多，而冬天谁愿意从热火的被窝里爬出来给牲口添夜草。铡草时也十分讲究，寸草铡三刀，没料也上膘。师傅在喂料上也很讲究，从不喂囫囵料，将料用石磨磨成糁子、面粉，再以水浇湿，拌入草中，这样既节省料，又可以让牲口多吃些草。抠牲口也是一道重要的活计，一日抠三遭，无料也上膘，需要的是耐心。除了操心吃喝，还得会给它们看病，"察言观色"熟悉一些病征。家有千万，带毛的不算，如果你操心不好，这些东西或许今天还算你的家财，明天不喘气了，一头牲口那可不是几个钱的事，死一头骡子那就等于折了一次财。其次要会珠算。初进门来，一架算盘，每天有一定的学习时间，最基础的就是打"九规"，每一规都有时间限制，不及格重来，再继续练，个人的能力素质就显现出来，有的几个月练成了"九九规"，有的人两三年也打不会，这样就在学徒中有了出徒早、出徒晚的情况。孙鸿和只用了一个月练成了"九九规"，这让阅人无数的李宗亮眼睛亮了一下。三是防火、防盗，货物的保管、防潮、防霉等相关知识。有条件的话为便于接人待物，还得学一些文化知识。因此再快没有两年出不了门。

孙鸿和这么大年龄正是毛手毛脚的轻浮年龄，可这娃却表现出少有的持重，且眼活勤快少言语，却又不是闷葫芦，该说的话一句不少，而且说得准确到位，不该说的话连声咳嗽都没有。这也让李宗亮十分喜欢。还没有出半年，李宗亮就带着孙鸿和上路了。第二年，李宗亮就带着孙鸿和出了一趟国门，去了大库伦（外蒙古）。虽然这趟长达八个月的远行，让孙鸿和彻底领受了脚户的所有苦难，但他也深深地喜欢上了这一行，一路真是风光无限，见识不少。他更羡慕师傅，一路的亲朋好友，一路的红粉知己，戈壁荒漠，狂风暴雨，漫漫长途，但师傅却不寂寞，因为他每站都有相好的，每站都有个温馨的家。

从大库伦回来，休整了一个月，又走了一趟云南，这又是半年的。从云南回来，休整后，李宗亮说："该去趟固原，你也该回家看看了。"

孙鸿和一算，离家竟然已经两年了。

进入宁夏境内，碰上了一队兵，等那队兵走过之后，他们便就说起了宁夏的抓兵。说到马鸿逵，李宗亮讲了个笑话，说是马鸿逵先跟随冯玉祥，后投靠蒋介石，马鸿逵任宁夏主席十几年，集军政大权于一身，被人称为宁夏的"土皇帝”。老蒋为了让马鸿逵诚心归顺于他，带着自己的儿子蒋经国飞抵银川，马鸿逵带着自己的儿子马敦静迎接，老蒋很礼貌地说：这是犬子经国！马鸿逵是粗人，不怎么懂这些客套话，心想委员长介绍自己的儿子称犬子，我马鸿逵该咋介绍自己的儿子呢？一急指着自己的儿子说，委员长！这是驴日的马敦静！

李宗亮讲完，大家全笑了，李宗亮说：“那就是个土包子。”

话音刚落，又一队兵走来，拦住了驼队，李宗亮满脸堆笑说：“老总，我们……”

兵头拨开李宗亮，点着孙鸿和和几个驼工说：“跟我们走。”

李宗亮说：“老总，你们要干什么？”

兵头说：“抓兵。”

孙鸿和说：“我是甘肃的，你们是宁夏的，抓甘肃的兵？黄鼠吃过地圪塄了吧。”

兵头说：“到了宁夏地盘就是宁夏的。”

李宗亮说：“老总，老总，我们这就回去，不来宁夏了。”

“快走，少废话。”

兵头说着推着孙鸿和和几个驼工走了。

李宗亮说：“还讲理不讲理？”

这时路边一个老汉说："现在老汉也是兵，打仗缺人手。"

另一个老汉说："碎石头硌脚，大石头绊人，快回吧，要再遇上个团长，把你也抓了。"

孙鸿和被抓去后，训练了半年，1947年3月国民党调集三十万兵力，进犯共产党的陕甘宁边区。蒋介石特加授马鸿逵陆军上将衔、一等云麾勋章。中共中央撤出延安以后，马鸿逵亲自指挥宁夏兵团三万余人占领了盐池和三边。11月，解放军在榆林袁大滩与马鸿逵部队激战，马鸿逵第一纵队保四团全部被歼，其他各部亦多伤亡潜逃。孙鸿和便死在这场战斗中。

一时间马鸿逵部队士兵逃跑十分严重，为了稳定军心，提振士气，阻止逃兵，马鸿逵一方面采取更加严厉的惩罚手段，将捕捉回来的逃兵全部枪毙。另一方面对战场上牺牲的兵士发烈士证书，并发给十个大洋的抚恤金。烈士证书和十个大洋的抚恤金送到家，刘承信一场大病，差点就没了。

十几年后，这十块大洋和一纸证书变成了一顶"帽子"，压得一家抬不起头来。又因为上台子赵老六的儿子，刘承信就悲愤交集。这赵老六的儿子和孙鸿和是同一年被抓的兵，赵老六的儿子到部队上一直跟共产党打，升得快，最后升了旅长，后来一看老蒋的江山坐不住了，见风转舵，带部队投了共产党，参加了解放战争、抗美援朝，解放后转业到了省上做大官。

刘承信感慨："都是命么，你看人家回来，大车小辆的，那阵势了得，啧啧啧。"

也无限后悔，跟石榴说："当初娃要当红军，让跟着走了，现在也该混大了。"

二十

这一年，隆德传教的老钱患了病，回西班牙去医病，老鲁被派往隆德。隆德天主教发展相对较好，教会之所以派了老鲁去，是这两年老鲁的工作开展得不错，老崔弟兄姊妹都信了主，加上刘鸿儒两口子，这业绩辉煌得再没人抵得上。去隆德传教，这倒也遂了老鲁的意。隆德自古就是文化之乡，有着浓郁的文化底蕴，老鲁一直想去隆德。老鲁把自己的一些用具留给了刘鸿儒，对于刘鸿儒来说，那些洋瓷制品可是上等用具了。刘鸿儒给师傅蒸了一笼花馍。

刘鸿儒很想对师傅表示自己的歉意，可张了几次嘴没有说出话来。

老鲁却说得直接："你心里没主，有神。"

刘鸿儒说："这师傅也能看出来。"

其实这是一句废话，咋能看不出来呢，一年里所有的节日，从春节开始，元宵节、龙抬头、清明节、端午、中元节、七夕、祭灶日、寒衣节、冬至、除夕，他都是按照中国传统一丝不苟地蒸各种花馍以应节气节日，而一年之中天主教及主的节日他却一个也记不起，除非师傅提醒。有时候刘鸿儒坐在那里也会扪心自问，我的心里真的没有主吗？这辈子我不能信主吗？他还是不能回答自己。

师傅一笑说："所有的宗教都有一个共同的愿望，就是与人为善，劝人向善，信与不信不在举行没举行仪式。"

刘鸿儒说："师傅，虽然我没信他，但我心里有他。"

第二日，刘鸿儒把师傅的行李全部装上了驴车，一直送师傅出了城，师傅在他的额头画了十字，刘鸿儒道了"阿门"。老鲁和刘鸿儒合了影。老鲁让刘鸿儒写了他家的详细地址。

老鲁要上马车的时候，刘鸿儒又拉住师傅的手说："师傅，不管是主还是神，我信你。"

老鲁笑笑。

刘鸿儒没有想到，这会成为他跟师傅的最后一次见面。事实上，离开固原时的老鲁已经与以前大有不同了。以前老鲁是一个单纯的传教士，执着于传教，现在他开始调研记录这一带百姓生活的苦难。这里人们生活的苦难深深触动了他，他希望向联合国描述这里的人们生活的苦难。作为主的使者，或许这比传教更有意义。

老鲁到了隆德，一边传教，一边调研。他专门养了一头小毛驴。出门便骑着毛驴，就像一个乡下赶集的老头。老鲁在隆德传教几年，他以隆德为起点，走遍了整个西海固。那是一头小青驴，老鲁个头大，骑到驴身上，两个脚尖绷个劲就能够到地面。人们只要出外，就能遇到一个骑着小青驴的老外。教会拨给老鲁的经费，除了吃住的费用，基本上全买了相材。刘鸿儒去过好几趟隆德，都没见到师傅，而打问中他得到的一句回答是："下乡了。"

老鲁离开固原后倒是经常回固原，只是他没进城，而是在固原乡下行走。隆德教会与固原教会不属于上下级关系，是平行关系，都属于平凉教会领导，隆德去平凉不经过固原。老鲁一共回过两趟固原城：一次是在固原乡下照相，没胶卷了，进城来买胶卷；一次是八月十五，老鲁在隆德发展的信徒老龚赶马车来固原城舅舅家，老鲁搭车来看刘鸿儒。不凑巧的是两次刘鸿儒都不在固原城，一次是去了西吉。以前西吉属于海原县，1942年从海原分出来立县。"杨记手抓"的老杨是西吉人，老父亲去世了，请了刘鸿儒去做花馍。一次正是刘鸿儒去了巧红家。

1950年，所有的洋教士被遣返回国，老鲁要回西班牙了，绕道去了趟固原，他很想见刘鸿儒一面。大乱归乡，小乱归城，老崔、老杨等一些熟人都回各自的乡下躲避战乱，宋家巷经历了解放，已不是以前的宋家巷了，萧条惨淡。在巷中见到一些人，老鲁也多数不认识。打问了一条巷子，才知道刘鸿儒早已回了海原。

刘鸿儒是1947年年底离开宋家巷回卧虎台的。这一年固原城里军队忽然多了起来，大兵从街上走过，乱糟糟的。一天晚上，老崔来了，说明儿你回乡下躲躲去吧，要抓兵了。老崔跟一个兵娃子认识，就是老家的，还沾点亲戚。那兵娃子说开会了，要抓兵，乡下抓不上，就从街上抓起。老崔说先回去避避吧，乡下比这里松动点，等打完了再回来。刘鸿儒说舅舅，那你呢？老崔说我明天就回乡下去。刘鸿儒盘了店，回了卧虎台。刘鸿儒离开宋家巷时，站在巷口流泪了，他想他还会回来，一定会回来，然而，他却再也没有回到宋家巷来。因为一回到家，爹和娘就马不停蹄地张罗给他说媳妇了。1949年8月10日，刘鸿儒娶了韩英莲。就在第二天，海原解放。刘鸿儒感慨地说不知道么，知道应该在改朝换代这天结婚，那多有意义。解放了，仗不打了，1950年，世道相对稳了些，刘鸿儒想回到固原区继续操持生意，可这时间爹的身体很差了，眼窝旋了个坑进去，整日咳个不停。刘鸿儒想想，这才明白爹已过六十，娘由于长期编打芨芨，腰弯背驼，大妹喜弟已经出嫁，领弟、唤弟又怎么能支撑起这个家，要把一家带到固原城也养活不了，便长叹一声，断了再回固原城的念想。

老鲁在固原城没有见到刘鸿儒，便想去海原，可负责遣返他们的管控得很严，不让他四处乱走，老鲁只能遗憾地走了。

老鲁回国后，在相当长一段时间里和刘鸿儒通信，这成了刘鸿儒的一种精神寄托。1961年，刘鸿儒收到师傅用中英文两种文字出版的六本关于中国的书。师傅在信中说书我已经送往联合国，我建议他们去你的家乡调查研究，希望你家乡的贫困能够得到联合国的重视。刘鸿儒才知道这世界上还有个联合国。他很想知道联合国是个什么国，可惜师傅不在身边，写信询问实在是太不方便了。

六本书图文并茂，有两本是师傅初到中国游历的一些见闻，两本是关于西海固地区的自然状况和贫困现状调查记录，有两本是西海固的民间艺术，涵盖花儿、小调、砖雕、剪纸、刺绣、花灯、泥塑、瓦当、篆刻，有意思的是他把像花馍这样在吃的东西上添加艺术花色的也都归类到了民间艺术中，书中还有刘鸿儒的照片。六本书刘鸿儒视若珍宝。接到这六本书之后不久，刘鸿儒就再没接到师傅的来信。他以为师傅已经不在人世了，并不知道师傅寄给他的信全被扣留处理了，因为其中有许多关于西海固一带贫困的感慨，有损国家形象。直到1972年，西海固被联合国粮农组织认定为“不适宜人类居住的地区”，他又接到一封信，不过不是师傅的信，而是师傅的外甥寄来的，是专门告诉他这一消息，因为师傅临去世前嘱咐外甥，师傅的努力有了结果，一定要告诉他。刘鸿儒对着信道声“阿门”，胸前画了十字，唱了《马槽歌》。

老鲁离开隆德时，也想到过可能见不上刘鸿儒，就将一些东西装在一件老式皮箱中留给了信徒老龚，让老龚转交给刘鸿儒。可老龚在土改中被定为地主，批斗时有一手段叫打革命的夯，就是将人抛起，由其自由落下，结果老龚蹾折了腰椎，不久便死了。老龚临死前又将东西托付给儿子。可老龚的儿子已经给革命形势吓破了胆，夜里一把火将老式皮箱化为灰烬，连打开看一眼都没敢。

在以后的岁月里，刘鸿儒去过几趟固原，最后一次去固原是2002年，这一年固原设市，搞庆典，许多人都去看。大儿子把他接了过去。看完了热闹，他去了宋家巷，已经看不出原来的模样了，他几乎都看不到了。安安桥还在，他登上了安安桥，想起那个西安人和固原人吹牛的故事，又想及自己这些年，万端感慨，觉得自己就像曹操兵伐东吴路过固原连人带马从安安桥上掉下去的那员大将一样，到现在还没落到地上，还在空中往下坠。

二十一

卧虎台酝酿村领导班子时，刘鸿儒是班子成员，刘鸿儒也有这个意思，积极了一段时日，到了要确定人选的时候，刘鸿儒发现老曹的名单上有朱达旺，就问支书老曹："朱达旺也是班子成员？"

老曹点点头。

刘鸿儒说："我不与朱达旺为伍。"

又说："要我干，那他就不要干。"

老曹说："一山不容二虎？"

刘鸿儒冷笑着说："你太高看了，他就是一只癞皮狗。"

刘鸿儒对朱达旺的厌恶源于土改。1951年海原土改，卧虎台的土改是4月份推开的，一个十二个人的工作组进驻卧虎台，村巷贴满红色标语：

打倒恶霸地主！

消灭地主阶级，保护农民利益！

实行土地改革，发展农业生产！

打土豪分田地，农民翻身做主人！

有冤的申冤，有仇的报仇！

毛主席万岁！

共产党万岁！

土改工作的重点是划定成分。卧虎台是和大疙瘩、牛鼻梁、黄羊湾、花豹湾、汪塬组成一个村，划定地主成分十三个。成分确定后，地主个个头戴二尺多长的纸糊高帽子，腰弯九十度，站在台上亮了个相。汪塬的汪富有上台亮相的时候，人们“哗——”地笑了。跟那些财主比，这汪富有就是个长工、伙计，现在却上台和地主平起平坐了。汪富有是有些冤枉。汪富有本来只有九亩山坡地、一头驴。每年种地是和牲口不配对的人家凑对换工。可1949年，汪富有买了朱福的一头骡子。这朱福吃喝嫖赌抽五毒俱全，到了1949年一份家业就剩下了一头骡子。常言说赌客子的东西不值钱，因为他们太急用钱。汪富有掂量掂量朱福的要价，觉得是个便宜，便买下了这匹骡子。谁知才种了一年地，就土改了。当时划成分有一个杠杠，十亩地、一对牲口是基本杠杠。除了看土地，还看牲口，只要占住一头，成分就低不了。按说汪富有九亩地，都是薄地，这够不上地主。可他牲口配套，这就占了一个杠杠。当然，杠杠是死的，人是活的。到时候评成分的时候，汪富有跟工作组喊，工作组也听进去了，说你先回去我们考虑考虑。可工作组还没来得及考虑，汪富有雇的外甥高栓子却找到工作组，说他二舅就是个恶霸地主。工作组问你二舅是谁？长工说汪富有呀，他不但剥削我，还骂我打我，我干了一年，没得一分工钱。这工作组一调查，汪富有确实雇过高栓子，雇了长工那也是一个杠杠，这就不用再考虑了，便给汪富有定了地主成分。汪富有再来找，工作组口气就变了，说你外甥都告你剥削，干了一年没拿上一分工钱，还打他骂他，你有啥说的？汪富有说我打他骂他是为了他成才，那就是个二流子，不打不骂能成才吗？树你还得骗哩。他的工钱给他还不是狗吃羊肠子连吃带甩，我妹让我给攒着娶媳妇哩，你们咋连这都辨不明白。工作组不耐烦了，把他推了出去。汪富有气不过，追到妹妹家，和妹妹一起追着打外甥，外甥直接跑到工作组那里告了，工作组恼了，说你这是打击报复，就凭这给你定个地主都是轻的。汪富有长叹一声就回去了。

卧虎台最大的财主是姚庆丰。姚庆丰是姚祥的儿子，姚祥已经瘫痪在床几年了。姚庆丰却没有被划为恶霸地主，这与1948年姚庆丰去了一趟常家堡有关。姚庆丰有个隔山兄弟，在常家堡，叫常兴。常兴的爹去世后，姚庆丰的爹抢寡妇抢来了常兴的娘。那时间的海原寡妇是不能明嫁明娶，而是背后说好偷偷去抢。姚庆丰的爹去找常兴的爷爷说好了价钱并付了钱，在一个早晨，常兴的娘去豆地里锄草，姚庆丰的爹带着两个兄弟就把姚庆丰的娘抢了回来。常兴和姚庆丰虽说是隔山兄弟，但他们就像亲兄弟一样，因为他娘就生了他们两个男的，又不在一个锅里搅勺子，关系处得很好。

1948年的常家堡已经变了天。姚庆丰去常兴家的第二日，赶上了常家堡的土改大会。

常兴说："兄弟，去体验体验，你只管混在社员群里去看，千万别吱声。"

批斗大会是在麦场上开的，麦场在坡上，显然是经过收拾，从山坡上取出个崖面，挖出了一个主席台，这样主席台看上去就高高在上。摆了一排桌子，桌子一律苫了红布，坐了十个人，气势就出来了。人很多，整个山坡都黑乌乌的。

地主队伍排在麦场外面，用麻绳捆着，串在一起，就像串蚂蚱。姚庆丰数数竟有二十九个，悄声说："这常家堡也就是个平常地方，竟有这么多的大地主。"

常兴说："这是集合了附近几个村的，这样的斗争大会要营造声势，扩大影响，台上坐的有比县太爷还大的官哩，专门来助威的。"

台上坐在中间留着大背头的干部清清嗓子说："农民同志

们，要彻底平分土地，就先要斗倒地主阶级，要把地主彻底斗倒，大家不要有什么顾虑，中国共产党一定给你们撑腰，毛主席一定会给你们撑腰。”

这时，坐在他旁边一人高喊：“把恶霸地主白广义押上来。”

于是两个民兵便扑向麦场外的地主队伍，把排头的一个头发花白的地主从绳索上解开，一人扭着一条胳膊，架着土飞机飞奔进麦场，在麦场跑一大圈，押上了旁边的批斗台。两个民兵都是精干的小伙子，身手敏捷，一路飞奔。恶霸地主白广义大约被这阵势吓稀松了，软得跟面条一样，几乎是被两个民兵拖着，就像拖着大扫帚，踏起一路壮观的土尘。

有人带头呼口号：“打倒恶霸地主白广义！”

人群发出山呼海啸的应和：

“打倒恶霸地主白广义！”

“打倒恶霸地主白广义！”

忽然人群中有一个人扑上台去，一个振臂一呼：“给恶霸地主白广义开锤头会了！”台下的人都扑上批斗台去，姚庆丰看到那些人连踢带踹，愤怒的呼声一潮高过一潮。

许久，有人才又高喊：“把恶霸地主李仁存押上来。”

随着这一声喊，那缩成一疙瘩的人群散开了，另一个地主被押上来。

这时，有人带头呼口号："打倒恶霸地主李仁存！"

人群发出山呼海啸的应和：

"打倒恶霸地主李仁存！"

"打倒恶霸地主李仁存！"

人群中又有一个人跳上台去，一个振臂一呼："给恶霸地主李仁存开锤头会了！"台下的人都扑上批斗台去，姚庆丰看到那些人连踢带踹，愤怒的呼声一潮高过一潮。

接下来的斗地主过程都是一模一样，姚庆丰明白这原来是设计好的。

常兴说："民兵架土飞机，带头喊口号，一开始扑上台去高呼开锤头会的，都是训练过的，全是这种斗争法。"

姚庆丰往押着白广义的那边走走，靠近白广义看看，满脸是血，一身是土，浑身哆嗦一团。押至第三个地主的时候，白广义倒了下去，他被儿子背了回去。

姚庆丰说："低头不见抬头见的，也都下得了手？"

常兴说："这方面他们办法多得很，他们知道乡里乡亲的，有的还沾亲带故的，下不了手，就把几个村的集合到一起斗，你村斗我村的，我村斗你村的，就没有啥难为情的了，斗过几场，人的心性被挑逗起来，个个下得了手，狠着哩。"

二十九个地主都押上批斗台，已经是正午，人们散了回去吃饭，地主就押在台上，不许回家，让家里人给送饭吃。下午，批斗会变成了文斗，忆苦、算账、控诉、揭批。

会开了整整一天，直到太阳西沉，进行最后一项：

“谁家地主谁牵着游街示众！”

吃晚饭的时候，姚庆丰说：“哥，这太……”

常兴说：“别说了，吃饭。”

忽然村里响起凄惨的啼哭，常兴和姚庆丰咀嚼的嘴都停下了，窑洞里便死一样的静。许久，常兴长叹一声说：“白广义死了，唉……”

姚庆丰说：“活活一个人就这么死了。”

常兴说：“已经死两个了，人的眼睛都斗红了。”

晚上，两个人一人抱着一个水烟锅吃着，常兴说：“划成分条条框框分得细哩，仅地主就有恶霸地主、地主、化形地主啥的。恶霸地主就是大地主，还不好好配合土改，甚至抵抗的；地主主要是指地多房大长工多，平时不干活，秋后收租的人；化形地主就是其实家产不少但装穷哭穷的人。地主下来就是富农、上中农、中农、下中农、贫农、雇农。成分一定，就开始斗争了。”

外面传来号叫声，常兴说：“往出逼挖埋到地下的东西哩，他们叫挖底财，形势一紧，许多人都把金银财宝埋到地下了。”

又说："你没有见到残忍的啊，名堂多着哩，最厉害的是'小鬼搬砖'，也叫'坐老虎凳'。最多的时候能往受害人脚下垫七块砖头，听见骨节咔吧吧响，是那种碎裂的声音，听得人骨头都酥了。"

又说："有的硬顶，舍命不舍财，人就把罪受了；有的跑得鬼影子都没了，跑到国民党区去了；有的贿赂人家的首长，让人家揪住，结果更惨。"

又说："其实啊都不聪明，看不清形势，硬顶能顶得住？跑到国民党区去，国民党秋后的蚂蚱，没几天了，跑去能躲得了一辈子？贿赂人家的首长，愚蠢不？人家是打天下的，要天下哩。"

又说："不经事看不清人，人跟人是有差别的，有精明得很的人哩，感到风声不对，就开始打算了，革命人一来，将银钱交出来，人家就说开明，评成分的时候成分就低下来了。其实啊，这些人哪里能全交出来。祝三爷，上千亩地经营了几辈子，在常家堡那是数一数二的，日子过得细梳，家底殷实。两年前就觉出来这世道要变了，变卖、散、种地免租，接济人。革命人来了，他杀猪宰羊，跑前跑后地很配合，土改运动一来，他一点磕创都没受。其实啊，他埋在地下的硬货多着哩，可人都以为他折腾光了，就是知道没有折腾光，人都受过他的恩惠，没人咬他。"

“兄弟，搞运动，他们里面有能人，会整事哩，发动群众可真是有办法啊，一开始先是忆苦，你说穷人过的日子哪个不辛酸，遭灾逃难、卖儿卖女，说起来谁不落泪？有些人诉苦又说又唱的，《长工谣》听过吧，其实那就是一种诉苦。”常兴说着，拿筷子敲着碗沿儿唱了起来：

正月里来过新年，
端上泥碗好心酸。
东家堂上摆酒宴，
剩下长工谁照管。
娃子哭着要吃饭，
女子哭说衣衫单，
冰锅冷灶泪不干。

二月里来唱大戏，
唱得穷人好着气。
有心也去听两句，
肚子饥得没法立。
无奈拄着讨饭棍，
拖儿带女把家离，
见人作揖哭委屈。

三月里来是清明，
家家户户上祖坟。
俺爹活着受苦穷，
死后芦席埋沙坑。
东家有钱把纸化，
你儿没钱哭几声，
爹爹死后还受穷。

四月里来四月八，
东家饮酒看桃花。
少爷小姐玩竹马，
可怜长工扶犁把。
衣服卖光地卖尽，
青黄不接该吃啥，
婆娘哭得嗓子哑。

五月里来五端阳，
糯米粽子东家尝。
长工担粪把地垫，
碗碗喝的是清汤。
忍疼卖了亲生女，

换回两斗陈谷糠，
含着眼泪叫亲娘。

六月现割又现黄，
半夜起来就上场。
指望今年收成好，
打下麦子去顶账。
谁知越打心越慌，
打完麦子心里凉，
东家收租赛虎狼。

七月麦子入了仓，
装满大仓装小仓。
颗颗流着长工血，
东家大秤收租忙。
地里你未走一趟，
收麦时候你嘴张，
养你不如养牛羊。

八月里来星星稠，
大槐树下过中秋。

东家楼上喝美酒，
穷哥树下说忧愁。
人家团圆吃瓜果，
长工吃的窝窝头，
指桑骂槐把天咒。

九月里来北风吹，
吹得长工好着急。
娘哭无奶儿喊饥，
一间牛棚雪满被。
浑身冻得起鸡皮，
抬头问天天不语，
这样日子咋过哩。

十月里来十月一，
东家有钱耍阔气。
车水马龙送寒衣，
活着穷汉没有衣。
死后鬼魂管他哩，
叫声爹爹莫怨儿，
要怨你骂老蒋去。

冬月寒雪满地走，
东家心肠好狠毒。
鞭子赶咱进水沟，
开渠淘粪挖土丘。
粘在地里不准走，
冷水刺骨向谁求，
冰块就着窝窝头。

腊月里来吃腊八，
过了小年心害怕。
年年盼的年年发，
年年盼得窟窿大。
讨债就像催命鬼，
要账专走长工家，
世道就像狼吃娃。

唱完常兴接着说："诉过苦了是算账，你可别小看了算账，柳湾的老顾常说他的东家好，逢年过节，啥都不会少了他的。还骂来串联他的人丧良心，比猪骂狗的，只怨自己命不好，可等农会的算过账，算出他二十年来，被东家剥削去了他一家人八万斤麦子、几百个大洋时，立马就变了，一个蹦子跳起来要去找东家算账。这算账啊，就是把穷人所有的苦难都算到地主身上，没钱看病、娶不上媳妇打光棍、婆娘跟人跑了、遭灾荒卖儿卖女……一算账就都能跟剥削挂上钩。

“方明弟兄六个，两个老人却没人养活，开始还能像干部蹲点吃派饭，后来连派饭也没的吃了，三家四靠，倒了锅灶。给串联到一起找原因，方明的婆娘说还找个屁原因，就是穷么，我要是富着，再有两个老人我也伺候着，孝顺老人增福添寿的事么。分明是不孝顺，靠到穷上话就好说了，算账就很容易算到世世代代遭地主阶级的残酷剥削上面来了。

“这一切都是为了起来斗争做铺垫的，要不斗争搞不出气势来，争江山么也对着哩，想得明白。”

后来常兴说：“兄弟，你都看到了，以前骂不会守家业的是踢江山的货，现在自己得做踢江山的货，不能再守了，你把摊摊子收缩收缩，该卖就得卖，该踢就得踢，好汉不吃眼前亏。”

又说：“这世道要变天了，国民党把江山丢了，共产党得江山迟早的事，因为人家代表的穷人，这世上还是穷人多么。”

又说：“地震的时候把地方白送了人，可那时间久了，人们怕是忘了的多，现在是一切由穷人说了算，回去的第一件事是散财免灾。”

又说："兄弟，我知道你做事义长，跟你们村上的人、长工短工呀关系好，该能躲过这一劫。"

姚庆丰说："你呢？"

常兴说："我是个买卖人，以前跟共产党就有交情，虽说是跟他们做买卖，可那也是掉头的买卖，一般人不跟他们做。再说几年前我就感到共产党如日中天的气势，土地都踢腾了，土改就改不到我头上，我又积极支持，现在还是他们的预备党员哩，以后会咋样，看不明白，但眼下不至于要命。"

又说："你记着跟他们打交道可别想着塞黑钱，那会很麻烦的，他们这方面的纪律严得很，杀过不少人，以前我跟他们做生意看重的也是这点。"

从常家堡回来，姚庆丰就着手处理土地，然而，仗已经打起来，世道明显是乱了，国军、共军、土匪，在海原这片土地上走马灯似的晃荡，土改的风声也传得沸沸扬扬，谁也没心置地，处理土地并不容易。世道乱了，那可不是几年的事。姚庆丰把一些土地分给没地的人，起初人们都不敢相信真有天上掉馅饼的这等好事，不知道姚大财主葫芦里卖的什么药。姚庆丰立了字据，还有些人不相信，甚至怀疑这姚庆丰该是从哪里偷窥得了天机，知道要遇灾荒年了，想让大家白下苦。1948年是个丰收的年景，秋收后，粮食打碾后家家把粮食拉回自己家里，没见姚庆丰有什么反水的举措，反而请了县城的戏班子来唱了三天的戏，过年又组织社火队，没要地的人才后悔了。

“土改”有一个词叫分享胜利果实。土改的胜利果实不仅仅是土地，还有浮财——地主的家产，姚庆丰家的院落只给留了两间房和一孔箍窑，其余的八间房和几孔箍窑被划出去做了村公所，也就是后来的大队部，成立了贫农协会。均过了屋舍，还有粮食、油、布匹、牲畜、农具、家具、衣服等，这也是贫下中农的血汗，当然是该回收的。粮食、油、布匹、牲畜等都好办，唯有农具、家具、衣服就难分了，犁、锄、耧、耙、锹、锨、壶、马车、桶箍、秤、桌椅、立柜、门窗隔扇、挂屏、铁灯笼、穿衣镜、笔筒、镇尺、皮袄、皮裤、毡毯、被褥、大氅、斗篷、绒帽、皮鞋等因为数量有限，不能够平均分配，麻利的人已经表现出抢的架势，怀里搂着几件。

朱达旺没抢上多少东西，他进了姚庆丰家，把姚庆丰家一对黄铜灯台拿了。

刘鸿儒说：“这么大的一对灯台，你家有油点么？”

朱达旺竟然一拍脑袋说：“对了，我得进他家去找油。”

刘鸿儒长叹一声，笑了。

如果说起初大家对姚庆丰还有些害怕，或者说磨不开情面，朱旺达这一行动立刻煽动了人们，他们不再害怕，也不觉得难为情了。人是个便宜虫，有便宜不占就觉得是吃了亏，因此，又拥进姚庆丰家，姚庆丰家又一次被清洗。这是一次彻底的清洗，留给姚庆丰家用的锅、碗、盆、罐等包括盐、调料、醋、酱都被瓜分了，就连姚庆丰瘫在炕上的老子的一双毡窝窝也被人拿走了。姚庆丰家能拿走的东西没有了，一下子显得空空荡荡，可谓家徒四壁。

这场分胜利果实就像一场戏，姚祥看完戏，便咽下了几年来一直在咽却咽不下的一口气。

潘喜从姚庆丰屋里出来，提着一把水烟壶，高高地举过头顶，怕别人从他手里抢去。这时瘸老潘走过来，举起手里的拐棍就打，边打边说："你个驴日下的是土匪转世？那是你能享用的？人怕的是心穷了，共产也不是这么共的。"

刘鸿儒实在看不下去了，跟老曹说："这到底是均还是抢？"

老曹说："你说是啥就是啥。"

刘鸿儒说："这哪里是革命，简直就是抢劫。"

老曹说："看不惯就上来干么。"

一句话把刘鸿儒堵了个说不出话来。

二十二

就在这一年，刘鸿儒做了一件连自己都没想到而且后悔一辈子的事。刘鸿儒的对门是大成家，除非大门关着，刘鸿儒一抬眼大成家院子里的情况就一览无余。卧虎台人家只要家里有人，大门直到晚上睡觉才会关闭。天气热了，除了刮风下雨，刘鸿儒一家都在院子里吃饭。屋里闷热得就像蒸笼，汗水一层一层往外渗，刘鸿儒一家爱吃面，汤汤水水的，吃上舒坦。除了麦子、荞麦，糜子、玉米都能做成面食。吃面最容易出汗，把两老碗热气腾腾的饭扒进肚里，整个人就像水洗了一般。刘鸿儒最怕出汗，一出汗脊背就起红疹子，一片一片起红疹子，就像瘙了一样发痒，连抓带挠，皮都烂了，还想抓。这是卖花馍笼里的蒸气哈出来的毛病。因此，从入夏到仲秋，风不起尘，院里四下通透，不捂不闷，出汗就少，人就爽快。

今年天热以来，刘鸿儒在外面吃饭吃得不轻松了。每逢吃饭，他只要一抬头就看见了大成家的大门旮旯里蹴着一个人。卧虎台人家不管穷穷富富，院子都有大门楼子，富有富讲究，砖石木瓦，起脊翘檐；穷有穷对付，黄土筑墙，茅枝棚顶。有大门楼子，便会有大门旮旯。起初刘鸿儒以为是个讨吃，揉揉眼睛细细一看，却是德正老汉蹴在那里，并拢的膝盖上顶着一只碗。房子到大门也就十来步的距离，又是正午，日头白花花的，刘鸿儒就看得很清楚，碗是白底蓝花的洋瓷碗，不知用了多久，洋瓷掉得一圪一圪的，像一只只眼睛，碗里盛的黄米干饭，上面堆着一团炭块似的东西，刘鸿儒想那是咸菜。这时间吃咸菜，刘鸿儒心里过了个意。德正老汉是个石匠，打磨的手艺好，一直走乡串户打磨。石匠的路跟磨走，一家子磨打过咋也用得过一年，因此石匠不走重路，出门往往是半年甚至一年两年才回来一趟。德正老汉是去年年底才回来蹴下的，想来也是过七十的人，跑不动了，再说家里也有了地。

一连几日，每逢吃饭，老汉就蹴在大门旮旯捧着碗，刘鸿儒想老汉咋还像娃娃一样心野得端着饭碗都在屋里待不住。又想一辈子在外面跑习惯了，屋里待不住了。也就是这么想想，便继续扒自己的饭了。日子又过去几天，依然如故，每到吃饭，德正老汉蹴在大门旮旯里，膝盖上顶着碗，而且碗里几乎永远堆着一团黑漆漆的咸菜，刘鸿儒就觉得有问题。卧虎台人吃饭有许多忌讳，蹴在大门旮旯里吃饭就很忌讳。因为只有讨吃才用筷子敲碗，才蹴在大门旮旯里吃饭。卧虎台人是不准讨吃迈进大门槛的，一怕带来穷气，二怕讨吃进去了见财起意，谋财害命。因此，每到人家讨吃就站在大门口拿筷子敲碗，人们听到叮当声就知道来了讨吃，会端点米面出来打发，碰上家有剩饭，就端出来扣在讨吃碗里，讨饭借势蹴在大门旮旯里吃。因此，卧虎台人同样忌讳拿筷子敲碗。大门旮旯是讨吃吃饭的最好去处，除了能避风遮雨，主要的是能防止狗四面夹击。一只狗咬，一庄子狗都会聚来，有一个旮旯靠着，再多的狗也不怕了。卧虎台人骂儿女不争气没前途，总是说没出息，长大也是蹴在大门旮旯里吃饭的货。刘鸿儒心想这些德正老汉不是不知道，一次蹴在大门旮旯里吃饭可以看成是无意的，可天天蹴在大门旮旯里就有问题了。再说土改后人人家里有地，日子总比以前要好过，虽不是顿顿炒菜，可中午这顿饭都是要炒菜的，就是不炒菜，也该油泼点活菜。这月份正是一年里菜蔬最丰盛的时候，谁家还天天吃咸菜，况且他明明闻到大成家炒菜的味道，可德正老汉的碗里总是堆着一团炭块一样的咸菜。

为了验证自己的判断，刘鸿儒留意观察大成和媳妇对德正老汉的态度。经过几天的观察，刘鸿儒发现这两口子对德正老汉说话的口气就像对待娃娃一样没有忌讳，眼神不是瞪就是剜，喊老汉的声音就像是叫猪唤狗，重声粗气。刘鸿儒没听到大成媳妇喊过爹，就是大成也没喊过爹。一天，他借故进了老汉住的小房子，一床破被子处处补丁，棉花都露了出来，黑乎乎的已看不出来是棉花还是麻团。炕上连席子都没铺，就铺着一条毡，还到处是虫眼。枕头像上了油漆一般黑乌发亮，不知道多久都没拆洗过。在窗台上刘鸿儒看到了那只满身眼睛的洋瓷碗，碗口担着一双筷子。

按说这只碗应该和其他碗一样扣在锅台上，而不是孤零零地单放在这里。刘鸿儒明白了，德正老汉不是像活蹦乱跳的娃娃吃饭在屋里待不住，而是正在受罪。刘鸿儒决定和大成说说这事，咋能这么对待老人呢?!可刘鸿儒几次走到大成家门口都回头了，这是人家的家务事，不沾亲带故的，让人家跳起来一句“狗捉老鼠多管闲事”就堵了回来。可第二日再看到德正老汉蹲在大门旮旯，膝盖上顶着个碗盯着他看，他就不能像没事一样。尤其是与德正老汉眼睛一对光，他心里就一拧一拧的，那目光是带着泪光的。刘鸿儒就想起老崔说的老话说路不平有人铲，事不平有人管。这天，刘鸿儒锄糜子赶活靠了晌，回来晚了些，到大门前碰见德正老汉端着碗蹴在大门旮旯里，刘鸿儒直接扛着锄跨进了大成家。大成两口子盘着腿儿坐在炕上围着炕桌子吃饭哩。刘鸿儒扫了一眼，有一个炒鸡蛋，一个韭菜炒洋芋，还摆着一瓶酒。可还不等他张口，大成跳下炕来，将他推上了炕，又是递烟，又是倒茶，又是倒酒，饭也端上来了，结果，他啥话都没说出来，不仅点了人家一根烟，喝了人家一杯茶，碰了几盅子酒，还吃了人家一碗饭。

从大成家回来，刘鸿儒仰面朝天想了半天。要说，离开卧虎台这些年，对大成他几乎没有啥印象，回来这几年虽说门对门，但他们也只是碰见了点点头，并不熟络，也没有犯过口舌，还一直觉得大成人不错哩。他长叹了一口气，心想算了，家务事么。可是，这不是他想算了就算了的，事在脑袋里就像雨后的杂草在地里疯长着，憋得脑仁子疼。只要他一闭眼睛，德正老汉蹴在大门旮旯里，膝盖上顶着一老碗黄米干饭，上面堆着一小堆炭块一样的咸菜的情形就浮现出来，弄得他睡不着觉。好不容易睡着了，而德正老汉还跑到梦里来追撵着、纠缠着，伸出枯柴秆一样的双手来抓他，任他躲在哪搭，德正老汉就会出现在哪搭，一句话不说，就那样两眼泪汪汪地盯着他。刘鸿儒常常是一身大汗惊醒过来，皮痒得恨不能揭掉一层皮，第二天干活一点精神都没。

一天晚上，刘鸿儒一身大汗醒来，抓起玉米芯做的抓抓挠边挠边说："这事得了了。"韩英莲惊醒了，说："你这段时间咋了，总睡得不实落。"刘鸿儒本不想对韩英莲说，可实在憋闷，就说起这事，韩英莲却说：“我也看见了，村里人谁没看见，就你看见了？”刘鸿儒说：“看见跟看见不一样，远亲不如近邻，近邻不如对门，老话都这么说哩，咱现在住在对门着。”韩英莲说：“对门住着咋了？不沾亲不带故的，朱家门大户大的，看见都不管，碍着你啥事了。”刘鸿儒说：“路不平有人铲，事不公有人管，鸡鸽架狗咬仗还拉劝哩，这事不管？”韩英莲说：“咋咧，难道不管还有罪了。”刘鸿儒说：“不是有罪没罪的事儿，是你天天心里泼烦，就像你家门前老是个坑，你天天走，你不填等着别人给你填？”又说，“我现在都不敢跟德正老汉对眼儿，那眼光寒人哩。”韩英莲说：“少揽闲事，为了别人的事结自己的冤，傻子才这么做哩，那泼妇可泼着哩，一把能把大成推十几个跟头，浑身让蛆喀了，到处是口，别惹事了，好好睡你的觉。”刘鸿儒说：“女人家头发长见识短，这事不管，能睡得着觉么！”不过刘鸿儒觉得韩英莲说得也有道理，朱家门大户大，虽然德正老汉就生下了大成一个儿，可德正老汉却有弟兄五个，除了过世的一个，还有一个哥哥两个弟弟，这种事要管，也先得尽人家。人家亲亲的都不管，咱逞哪门子能？再咋说咱也是个外人。然而，想通是想通了，可是，要容忍这种事对刘鸿儒来讲却极难。因为他天天要面对德正老汉吃饭，尤其是德正老汉吃饭的过程让刘鸿儒感到难受，往嘴里扒饭不像在扒饭，而是在填坑，看都不看碗里一眼。饭扒进嘴里，就鼓着两个腮帮子，一下一下嚼，嚼得又细又慢，仿佛嚼的不是米饭，而是在嚼抹布或者麻团。更让刘鸿儒受不了的是德正老汉的目光，不管他啥时抬眼望去，德正老汉都是看着他，目光直戳戳地盯着他，一时一刻都不离开他，就像一眨眼睛就把他给丢了。

麦黄麦黄，绣女下床。眼看麦子要开收了，刘鸿儒想在收麦子前把这事了了。收麦是个苦活，五更起，半夜睡，卧虎台人叫抢黄天，叫虎口夺食，是因为收麦这段时日正是暴雨多、冰雹多的季节，不及时收回来，一场暴雨麦会伏地，穗子挨在地上几天就会生芽，要遇上一场冰雹，麦穗子全砸在地里，就彻底绝产了。今年老天爷照顾，多下了几场雨，麦子长得厚，费力气哩，这事不了了，咋收麦？因此，收麦的头一天，刘鸿儒再次走进了大成家。这次，他憋着一口气一进院子竹筒倒豆子把话说了出来。他希望大成和女人跟他生气，一跳三个蹦子和他对骂，甚至两口子一起跟他动手，这样动静就闹大了，就能招惹村里来围观，事情就会解决。只要有点羞耻心的人最怕的是人多的场合抖事。众人的口是杀人的刀，你再不改还咋在村里活人？可大成两口子一句话不还，也不和他理论什么，他那么说着，人家就那么听着，像是在听别人家的事儿一样，一点都不生气。他没办法了，自己跳了起来，说：“大成，你羞你家先人，你连你爹给你的三个字都对不住，还朱大成哩，我看你就是头猪。”刘鸿儒是强撑着说完掉头就走了。

门对门地住着，低头不见抬头见的，在巷中路上遇着，大成两口子见了面照样笑脸相迎，递烟点火，就像那事没发生过，倒把刘鸿儒弄个没意思。德正老汉照样蹴在大门旮旯里吃饭，一切都没有改变，刘鸿儒才明白这事并不像劝鸡劝狗那样简单。

麦收拉开了一段繁忙的日子，收完麦子拔油籽，拔完油籽割糜子，割完糜子砍谷子，砍完谷子挖洋芋，一茬活接着一茬活，收割、上场、打碾、入仓，几个月过去了，等地里的活忙消停，才闲了几天，德正老汉的事就又扑上来了……

西安州举行骡马交流大会。西安州骡马交流大会起源于明末清初的西安州庙会，久负盛名，周边百里之内的骡马牛羊都会赶到集上来交易。叫了骡马大会，其实不仅仅是骡马牛羊交易，还有杂货、服装、布匹、皮毛、咸盐、五谷粮食、种子和叉子、扫帚、木锨、铁锹、背篼、篓筐、瓦罐、陶瓮等生产生活用具，以及各种吃食、水果，大戏班子、皮影戏班子、弹三弦说书的、玩杂耍的、耍猴的也来赶会，热闹非凡，跟会的人很多。做不做买卖，家家都有人去逛会，抱一只鸡，背几斤胡麻、豌豆就能逛会。每年为了赶西安州骡马大会，石榴带着一家人总是要连天昼夜赶着编织各种芨芨秆产品。今年的会期十天，刘鸿儒和韩英莲用架子车拉了去会上摆个摊子卖。

刘鸿儒发现大成两口子从会开始以来，一直在会上逛游，而且每天总要买点啥。他们不是来做买卖的，就是来逛会的。这天，刘鸿儒和韩英莲回家到了村口，大成两口子撵了上来。大成女人吧唧吧唧地嗑着瓜子，皮儿从嘴里噗儿噗儿地吹出来，就像一只只小蛾子。大成挎着个沉甸甸的包袱，大成女人从包袱里抽出一截子蓝花布对韩英莲说："姊妹，你咋没扯一截，便宜哩，比平日里到铺子里买便宜多了。"两口子一脸喜气，像占了多大的便宜似的。韩英莲却一脸的不喜气，只顾往前走，大成女人撵上去，掏了一把瓜子硬塞到韩英莲手里，说："五香的，不知咋炒的，可香了。"

一进院子，韩英莲朝大成家方向唾了几口，翻了刘鸿儒一眼说："啧啧啧，日子是这么过的，显夸个啥哩，谁家的锅小碗大谁不晓得？"

又说："一天就大包小包的，羞先人死了，没见过世面。"

又说："连三岁的娃娃都知道赶会尾巴，估堆卖，便宜得像送人哩，谁不等着散会那天去拾会？"

韩英莲说得对，散会那天摆摊设点没卖掉的东西都会大减价，堆成堆估堆卖，人们都会去拾便宜，卧虎台人就叫拾会。

韩英莲又“呸”了一口，说：“就一个老公公，驴马一样地给苦着，像待讨吃一样待哩，都瘦成一条龙了，还有脸在人前头显摆？”

刘鸿儒就说：“对了，对了，不怕把嘴磨烂了。”

“也没人把狗日的拉到庙会上去游斗，人多多的，好好臊臊狗日的皮脸！”韩英莲骂出最后一句话进伙房里去了。

韩英莲最后一句话让刘鸿儒心里动了一下，吃了一锅烟，想法就有了。人活脸，树活皮，老墙活的一层泥，麻雀还有瓜子大的脸，从他找过大成的情况来看，说是说不进去的，要解决德正老汉的问题，就得在大庭广众之下，好好臊臊狗日的皮脸，谁不怕臊？

晚上睡下，看着月光在窗格子爬出爬进，他要做的事的方案也渐渐成熟，时间肯定是吃晌午饭的时候，一是能让人们看到两种饭的对比；二是晌午人都在家，人多。当然得等到会散了，人都回到村上了。可是怎么将人召唤过来。卧虎台人虽然住得相对集中一些，但毕竟不像宋家巷那样集中，没有个啥响动，人召唤起来费劲。想得脑仁子疼，也没想出个办法来。

第二日，刘鸿儒和韩英莲继续摆摊，旁边摆了一个卖老鼠药的摊子。

买老鼠药的嘴都能说，他还有一铜锣，说一段敲一阵。

世上的老鼠最日能，
进门不麻烦你开门，
上墙不用那梯和绳，
大梁上咥活不避人，
你说它日能不日能。

“哐哐哐”敲一阵又说：

蹬落了砖头砸烂锅，
咬烂了婆娘花被窝，
米里拉下了屎几窝，
面里尿了些黄坨坨，
咬掉娃娃的小耳朵。

又敲一阵继续说。很有效果，锣声一响，过往的人买不买老鼠药都会走过来，站下听卖老鼠药的说几段。人都跟风，只要哪个地方围着人，就会围过来。结果搞得挺热闹的。

刘鸿儒一拍脑袋，说：“有了。”

韩英莲说：“啥有了？”

刘鸿儒笑笑。

锣不难找，社火队就有。

整个过程刘鸿儒在脑海里一遍一遍演放过，觉得就像唱戏一样。

会散了后的第三天早晨，刘鸿儒去了社火头朱园家里借了锣，晌午他闻到了大成家炒菜的香味，应该是鸡肉。看到老汉端着碗又在大门旮旯里吃，就提着锣站在房顶上敲。这一敲还真管用，人们都拥到街巷里来了，见他在这里敲锣，便都往这里拥来，正是吃饭的时间，男人女人老汉娃娃都端着饭碗看热闹来了。有热闹谁不看？大成两口子也跑出来看热闹。刘鸿儒从房顶上跳下来，敲着锣进了大成家门。

刘鸿儒把德正老汉拉到前面，将碗从手里接过来在人们面前展览宝贝一样展览一番，又把大成碗夺过来也展览一番。又进了大成家伙房，把炕桌子端了出来，一碟炒鸡肉，一碟烧茄子。然后把德正老汉的饭碗和大成的饭碗摆到了桌子上。人们看着，都骂起来，同时都夹着吃鸡肉。

大成女人大喊着“干啥、干啥”，一把就抓在了刘鸿儒的脸上，刘鸿儒的脸上立刻出现了几道血印。刘鸿儒高高抡起了手，最后还是放下了。

事情就那么过去了，人们也就淡忘了这事。

一个季节没了，一些农具就闲下来了。闲了，就该及时地整理、修复、保养一下，该放的放起来，该挂的挂起来了。刘鸿儒坐院子里整理完了套绳，在墙上挂好，又将犁铧上锈着的土掏擦干净。看上去坐在晚秋的阳光下的他很安静，其实他的心里却是不踏实的、慌乱的。他的眼前清静了，可事情并没有向他想象的行进。自从那天闹过后，他就再也没见过德正老汉。起初他以为大成改过了，让老汉上桌子吃饭了。可是一连几日，老汉连门都没见出过。一天，他看到大成两口子出门去了，便偷偷翻墙进去一看，老汉的门是锁着的。老汉走了。刘鸿儒想问问大成，又不好开口。后来，刘鸿儒想起德正老汉有一个女儿，嫁到了南湾，就想德正老汉去了女儿家。闲月，地里没啥活了，就是个浪的事儿。出门下地，街头巷尾遇到大成，看大成有说有笑，就跟个没事儿人似的。如果德正老汉没去女儿家，爹不见了大成也该张罗着找一找，怎么会像没事人一样泰然自若。刘鸿儒觉得自己的判断是正确的，就心安了许多。

天气彻底寒凉了，刘鸿儒家的饭桌搬进了屋里，不过，每逢吃饭时，刘鸿儒总会端着碗向大成家看上两眼。日子就这么过去了一月还是俩月，德正老汉嫁到南湾的女儿来了，进门不久，就听到了争吵之声，继而大放悲声号哭着从大成家里扑出来，刘鸿儒这才知道德正老汉没去女儿家。又过了几日，大成的妹妹又来了，和大成的女人撕打了一个上午，刘鸿儒听明白了，大成的妹妹找遍了所有亲戚家，没有找到老爹。有一天在村巷遇到大成，刘鸿儒憋不住，还是问了大成，大成说:“你问我我问谁去？日怪不日怪!”

天气彻底冷了，德正老汉依然没有回来。刘鸿儒闭上眼睛就能看到老汉佝偻着腰浮现在眼前，七十岁的老人了，揽活是没人要的，天寒地冻的，他怎么度过，倘若……倘若不是自己自以为是的逞能，老汉至少有个屋子，有一热炕，有一碗热饭……刘鸿儒心里的泼烦加重了。一场飘飘扬扬的雪后，刘鸿儒实在待不住了，他出门了，可是到了山野，他又茫然地回来了……

这件事在刘鸿儒心里投下一道厚重的阴影，因为德正老汉再没回过卧虎台。

二十三

刘鸿儒成了卧虎台村的村主任，是卧虎台成立初级社那年。土改的第二年，是个丰收年，就像是上天对土改运动给予的赞赏。站在高处看，卧虎台村麦地里的麦摞就像一个个灌满乳汁的乳房布满田地。糜、谷、荞麦、燕麦正绿得发野，在风中像水一样荡漾。好收成已经定局了。

土地如今是个人的，打多少都是自己的，好收成是对劳作的犒劳，也是劳作的动力。五更天，星星还没落尽，刘鸿儒就赶着一对牛犁地了。麦子刚刚收倒，最重要的活计便是犁地。伏里天的犁头上有肥哩，下在头道眼上的犁铧，深深地插进出尽了力而板结得僵硬的土地，土地被豁开，把火焰一样的日光埋了下去，把疯长起来的杂草埋了下去。日光埋下去驱阴寒壮地骨，草埋下去就沤成肥壮地力。犁一次就等于上一次肥。伏天里犁过的地是上茬地，来年还要种麦子的。

等到太阳有一竿子高的时候，刘鸿儒已经犁出了一绺子地。他边走边踹着翻起来的土块，看上去就像瘸子行路，一起一伏的。地是壮地还是薄地，看看背后的犁沟就知道了。刘鸿儒回头看看，花喜鹊、布谷、红嘴鸦、长杆子、麻雀……排成一长串，它们在寻吃犁铧翻出来的小虫子和草根。瘠薄的土地是长不出这些虫子的，也长不出那嫩得一掐就出水的草根。明年还有一年好庄稼，刘鸿儒的心情格外的好。他仿佛看到了又一茬麦子闪着嫩生生的叶子在风里赶着浪儿，扑鼻而来的青麦的气息十分的浓郁……

犁沟挨近麦摞了，他看看那对牛，缓了一夜鼓胀起来的肌腱已经松垮了，毛间隐隐洇出汗渍来，就“喂——”的一声歇了牛，解了套绳，抹了笼嘴，在牛嘴上轻轻地拍拍，牛就扑着麦子收割后疯长起来的草去了。他家均了一头牛，贺谷家也均了一头牛，他们就凑对使唤着。有这收成，明年就能再添一头牛，牲口就配对了。

牛歇了，人还不能歇。他得把麦摞从没犁的地里翻转到犁过的地里，把麦摞压着的地也犁了，而且麦摞翻转一次，就透爽一次，干得快，打得快。海原虽然十年九旱，可到了六七八九几个月雨季，连阴雨一下半月，下得麦穗在麦摞上发芽的情况也是常有的。因此说摞在摞上不算，入到仓里才算。早打一天，早心安一天。从五更走到了现在，算算至少走出三四十里地的路程，两腿走起来像拌蒜一样，看看一溜排开的十个大麦摞，力气就又回来了。他揪了一个麦穗，揉了吹去麦衣，一粒一粒数起来。已经数过不知多少个麦穗了，但他还想数。六十二个麦子圆滚滚的，镀了阳光金光灿灿，金豆儿一般。在海原庄稼成熟了的标准有一个顺口溜：豌八扁二麦六十，谷三千，糜一摊。他把麦粒撂进嘴里咀嚼，新麦的清香立刻灌满了五脏六腑。

姚家川是卧虎台最好的一块地，平坦，以前是姚庆丰家的，卧虎台人形容为天心地胆，吃肚子的金碗。土改时，这块地没按人口分，而是按户，一户一绺，家家户户都有。隔着四档子地，刘鸿儒看到五郎子也歇了牲口翻转麦摞。他暗地里想和五郎子较个劲，想看看谁先将麦摞翻转完。五郎子种粮食算得上好把式，一样多的地亩，麦摞也是十个，麦摞大小应该差不多。因此得出的结果应该是公正的。刘鸿儒干活时喜欢和人较劲，较上劲再乏也会来精神，干活出活。他翻转完第一个麦摞，见五郎子已经到了第二个麦摞跟前。心想或许五郎子也和他想的一样，暗地里和他较着劲。人总是在不同时间不同地方和不同的人较劲。人最怕的不是有人跟你较劲，而是人家跟你较劲你却不知道。五郎子这么老实的人也会在暗地里和人较劲，刘鸿儒遂心里感叹，人只要不傻不瓜不苕痴，其实都是差不多的。

刘鸿儒翻转第二个麦摞时，五郎子却并没有翻转第二个麦摞，而是绕着麦摞转圈圈，像给套在磨道里的驴。刘鸿儒第二个麦摞都翻转一半了，五郎子才像疯了一样揭麦摞，却不是翻转，而是像猪拱麦摞，一时三刻就把十个麦摞全拱塌了，麦捆子撂得满地都是。之后就见五郎子双手抃腰，一蹦一跳地吼骂起来。刘鸿儒停下活侧耳听听，明白了，五郎子的麦子丢了。

犁地的人都围过去，刘鸿儒也跟了过去。

五郎子是个细心的人，每个麦摞都是八十个麦捆子，可现在每个麦摞却只有七十二个。这就是说十个麦摞共少了八十个麦捆子，那就是一个麦摞啊。五郎子折了大财。

人们围了过来，五郎子蹴了下去，像一截子烟囱冒起烟来。

“唉，八十个麦捆子哩。这事你得找老康去。”

刘鸿儒说：“那只能到老疙瘩上去找了。”

“再日能的人也给自己免不了死。”

大家这才都想起来老康已经躺在老疙瘩山上了。老康会拨踪，人踪、牲口踪都能拨，娃娃走失了，媳妇跑了，牲口丢了，老康拨踪能拨个八九不离十，加上能掐会算，找到的情况很多。卧虎台人丢了东西，都会请老康。

五郎子去找老曹，到了村部门口，才想起老曹爹没了，去陕西奔丧。朱达旺倒在，五郎子没给朱达旺说，说了也白说，那就是个二虎，能解决个屁。驻队的李干部在，在练毛笔字。五郎子就像见到了救星，把事说了，李干部说先到麦地里看看吧。

到了麦地，李干部随意从几家子的麦摞里抽出几把麦子看了看，心里便没了主意。麦子都像是一个娘胎里生出来的，一模一样，比双胞胎还难认。看着一圈圈围上来的人，李干部后悔自己莽撞地跑到麦地来，应该让五郎子把治保主任叫来，这正好是他分内的事。他就可以责成治保主任尽全力去办案。现在他明白自己没了退路，不弄出个子丑寅卯来不好离开这里，况且这是他第一次自主做事，在不到万一的情况绝对不能临阵脱逃。

他征求大家意见，可大家都是你一句他一句的，全是没用，后来又都犁地去了。晌午了，大家都卸地回去吃饭，李干部只命令每家每户的麦摞都不能动，保持原样。之后也跟着五郎子回去了，在五郎子家吃了一碗鸡蛋臊子面后，李干部想了想就掏了两块钱，二斤粮票。一顿饭五毛钱，鸡蛋臊子再加一毛，三两粮票就可以了，可是他看这个家太贫寒了。一家人穿的衣服都是补丁摞了补丁，一个姑娘应该十七八了，长得水灵秀气，一身打满补丁的灰衣服，净脚穿鞋，几个趾头都露在外面。这让他感到悲哀。

吃过饭，他让朱达旺召集了群众大会，李干部在台上走来走去，在村子里人看来，和来村子里检查调研的领导一个姿势，事做没做先把官架子摆一摆。可是，李干部并不是要摆什么官架子，他内心急得要命，如果不把这八十个麦子找出来，他将颜面扫地，用海原话说以后人家尿都不尿你，工作就不好开展了。

人来得不少，李干部忽然想起一句老话："三人行必有我师焉。"在这句话的启发下，他想出了一个主意，清清嗓子说："毛主席教导我们说，相信人民群众，依靠人民群众，我想群众的眼睛是雪亮的，我希望有人勇敢站出来，揭发这种丑恶行径。"

叽叽喳喳嘻嘻哈哈的声音没有了。过了许久许久没人站出来。李干部有些着急和后怕，要是真没人站出来，他又将如何下台？这时间人群里有声音说："老康一死，卧虎台再没有那么日能的人了。"

这话又启发了李干部，他说："这话我来卧虎台的时候就听人说过，老康一死，卧虎台再没有那么日能的人了，我不相信，现在看来是实话。"

有人说："卧虎台几十年才出那么一个日能人，下一个日能人怕还没怀上哩。"

人们这样说着、笑着、打着、闹着，气氛就有些乱了。伏里天两点钟的太阳是最毒的，会场是老姚家的老戏园子，没有任何遮蔽，李干部不停地抹着脸上的汗水。有人开始离开了，李干部慌乱了，人一旦走开，就跟一潭水豁了一道口子，一时半会儿就会走光，这台上就只剩下他一个人了。可他已经没有半点主意了，就在这时，刘鸿儒说："我来试试。"

不是刘鸿儒要逞能，而是五郎子就靠着他站着，他感到五郎子抖得就像患了风寒，时刻都有倒下去的可能。五郎子是个茶怔人，娃娃多，爹娘年纪又大，爷爷还活着，说是家里只有两身衣裳，男人一身，女人一身，谁出门谁穿，话是有些夸张，可家里的日子实在寒碜，偷五郎子的贼实在是太可恶了。

李干部激动得双手握住刘鸿儒的手说："鸿儒，谢谢。"眼里竟闪着泪水花。

刘鸿儒心里有底。在去五郎子家麦地，经过刘城家麦田，看了两眼他就知道这贼正是刘城。尽管刘城贼喊捉贼跟着五郎子骂得比谁都欢，但这迷惑不了刘鸿儒，因为大家的地亩数都一样多，可是刘城家麦摞却分明要比其他的麦摞大得多。刘鸿儒也明白大家也都看出来，但不会有人站出来指证刘城。刘城把不要脸当本事的用，用人们的话说赖得老驴都淌眼泪，狠汉子怕个赖汉子，都怕刘城的赖劲，惹下了就是粘上了一疙瘩胶，甩都甩不掉，日子里就是个搅打。结果，刘城反把自己当成了个厉害人，做事横行霸道，不知道天高地厚了。刘鸿儒看不起这种做派，但平日也不愿招惹刘城，因为刘城还知趣没招惹他，可对五郎子这么茶怔的人都下得了手，今天他不想放过他。

来到麦地，刘鸿儒就揭刘城的麦摞，刘城横在他的面前，腿叉成个"八"字形一站，说："刘鸿儒，日你妈，你想干啥？"

刘鸿儒说："肚里没冷病，不怕腊月里吃西瓜，你没做贼，心虚个啥？"

"让翻嘛，找不出来看他咋交代。"人群里有人说。

人群里传出来的这话，更加坚定了刘鸿儒做事的决心，因为从这话里他听出别人没把他当回事，要看他的笑摊。

刘城又老狗浇尿般叉着腿横在刘鸿儒的面前，盯着他说："少骚情，别惹事。"

李干部走到刘城面前说："让开，不让翻就意味着你有问题。"

刘城盯着李干部看了两眼，走开了，脸上变颜变色了。他对刘鸿儒说：

"你个狗日的，你家里会出怪事的。"

刘鸿儒笑了，说："就你？癞呱呱跳到脚梁背上，人家恶心你，你还当怕你。”

又说：“我等着你，看能出啥事。”

不一会儿，刘鸿儒便从刘城的十个麦摞里找出了五郎子的八十个麦捆子。刘城啥话也没说走了。走到很远的地方，他回过头来说：“刘鸿儒，你狗日的等着，你等着。你家里会出怪事的。”

李干部说：“朱达旺，把他给我押回来。”

刘城被押回来。

有些人就纳闷了，这咋能说明麦子是刘城偷的呢？一样的麦子一样的地，一样的品种，一样的太阳，一样的风吹雨打，咋能认出这就是五郎子家的麦子呢？

刘鸿儒不说话，提了两个麦捆子扔在大家脚下。看了一会儿，有人就看出名堂来了。刘城是个左撇子，他捆的麦子把子向上倒着，五郎子捆麦子把子向下倒的。一个麦摞里有八个捆把子向下倒的，这还有啥说的？

人们恍然大悟：刘鸿儒也是个左撇子。

李干部激动地想人民的力量是无穷的，不要看这里贫山穷水的，却也是藏龙卧虎之地啊。他大声宣布：“刘鸿儒就是卧虎台村的日能人，刘鸿儒就是卧虎台村的日能人！”

处理刘城的时候，李干部征求刘鸿儒的意见，刘鸿儒说：“这你别问我。”

李干部对刘城的处理是偷多少罚多少，偷谁的补给谁。

刘城说：“我又没坏了他一根麦子，就是把他家的麦子在我家的麦摞上摞了摞。”

李干部说：“说得好，把他家的麦子在我家的麦摞上摞了摞，那就让摞着去吧，我让派出所的来你给说去。”

刘城脑袋彻底耷拉下来了，走了。回去拉了八十个麦捆子送到五郎子家，五郎子却不敢要，只说我把我的麦子找回来就行了。最后八十个麦捆子就放在村部的院子里，直到老曹回来，才做主分给了几家贫困户。

第二年卧虎台取缔互助组，成立初级社，上面来了一个工作队，队长就是李干部，副队长竟是宋家巷卖烤红薯的豁耳。豁耳的官名尚志。尚志有个叔叔1936年跟红军走了，解放后在兰州市委工作。尚志识点字，就给安排在海原县工作。

土改要猛，入社要稳。工作队对卧虎台村的领导班子进行了调整。李干部指明要刘鸿儒当村主任，尚志自然同意。刘鸿儒又提起朱达旺，老曹摇摇手说：“你得眼里能揉进沙子，都靠你我这样的人，工作推起来困难，农协主任让他干着吧。”

刘鸿儒看看老曹，再没坚持。

工作队在卧虎台住了一个月，初级社成立后，就撤回去了。这一个月，尚志就住在刘鸿儒家。两人自然有说不完的话，说起宋家巷，说起一起做小买卖的，自然说起了巧红、老鲁、老崔……尚志走了的当晚，韩英莲就跟刘鸿儒大干一架，最终导致两个人离了婚。事就是刘鸿儒在固原城的那场婚姻。爹娘的意思那场婚姻卧虎台没几个人晓得，就不用提说了，刘鸿儒也就认可了，因此在相亲的时候他是以未婚身份出现的，岁数也瞒了八岁。刘鸿儒一直在城里生活，面相白净，细皮嫩肉的，事实上他的年龄大韩英莲整十岁。谁能想到世事这么巧，尚志会到卧虎台来，把秘密给说破了。韩英莲揪住不放，两人为此吵得无休无止不可开交。韩英莲吵刘鸿儒是个二婚还在其次，重要的还是刘鸿儒为啥要哄她。

这天晚上，韩英莲又挑起头和刘鸿儒争吵起来，石榴把刘鸿儒叫到自己屋里，刘承信说："离了去。"

刘鸿儒不应话。韩英莲嫁过来满打满算已经四年，还没有怀上过，这刘承信和石榴早就不满了，两人私下就不止一次跟刘鸿儒说过休了再娶一个的话。刘鸿儒无法对韩英莲做出这样绝情的事，要说韩英莲自嫁过来，他们感情是不错的。

刘承信又说："离了去。"

刘鸿儒不说话，只是吧嗒吧嗒吃着烟，爹便是唉声叹气的，他最怕父亲这般唉声叹气，也不是怕父亲唉声叹气，而是怕父亲从头说起。从固原回来，这几年父亲总是喜欢从头说起，其实不用父亲从头说起，那些事刻在他的心上了，想忘都忘不了。

刘鸿儒知道自己没有退路，可挂念的是韩英莲不生育离了再就不好嫁了。

他看看窗外，夜月鬼魅，秋霜飞白，大地如水。

刘承信再次说：“离了去。”

刘鸿儒正愁闷着，门“哐”的一声被踢开，韩英莲走进来，说：“我把你们咋了？老的没当老的伺候，小的没当小的伺候？你们要离我？”

刘承信倒镇定，说：“英莲，我们家的情况你也是知道的，话不用我细说……”

韩英莲一脚踢翻板凳，吼着说：“离，明天就离。”

刘鸿儒和韩英莲离婚了，刘承信和石榴都长长地出过一口气，就四下托人为刘鸿儒打捞对象。刘鸿儒是村主任了，对象就出得稠，先后出了五六个寡妇，刘承信选上了蔡家塬的林春花，倒不是林春花长相出众，要说在打捞过的五六个寡妇中，林春花的长相是落后的，赤红面膛，五短身材，肿泡眼皮，声嗓还粗壮，脚板有男人大，走路腾腾有声。刘承信看上的是这寡妇有两儿一女，这可是一笔财富。林春花的男人挖黄鼠挖出了太岁，头肿得像个抓粪子，一个时辰就死了。林春花的男人死后，公公婆婆不待见媳妇子。林春花的爹娘去世又早，是在林海明的跟前长大出嫁的，林海明是林春花的叔，看侄女受气心里过不去，也顾不上给自己的侄女做媒会让人家笑话，亲自给刘鸿儒提亲。

林海明说："比童养媳还受气么。"

又说："要是旧社会，我就让人抢了去。"

刘承信跟刘鸿儒提说后，刘鸿儒装成过路人去那村子讨水喝看过，并没有看上林春花，有过的两个女人都长得玲珑俏丽。回来跟父亲谈起来，父亲便是唉声叹气的，又从头说起。辗转反侧几夜，便答应了。

刘承信立刻就与林海明说，希望林春花带着两儿一女一起嫁过来。

林海明瞪大眼睛说："你、你劲大得没处使了，给别人抓养儿女？"

又说："春花能生养。"

刘承信不便将真实想法说给林海明，只是说："你看我这后世单薄。"

林海明也理解地点点头。

两人到了蔡家，蔡家人倒也表现得通情达理，韭菜炒鸡蛋、豆干炒腌肉，桌子上也有四五个菜，还上了一瓶"老糜子"。吃着喝着，林海明先把话题挑起来，把意思说了，林春花的公公却断然拒绝，盯着林海明问："我蔡家养不起一个孙子?”

又问:“你们要让我儿这门人黑了?”

又问:“有你们这么做事的?”

三问把刘承信和林海明问了个张口结舌。刘承信也觉得自己确实是有些过分，给老汉道歉，老汉说:“给我儿留一儿一女，儿子她带走一个。”

事也就这么说定了。

老汉说:“到时候你们来把人领走就行了，我可不落嫁寡妇的话把。”

出得门来，林海明“呸”了一口，说:“娘的，长着嘴都是说别人，他说得好咋不把两个男孙子都留下。女娃是面朝外的，到头来是人家的人，留个女儿做啥？给他儿子留根，全是屁话。留一男一女，还不是将来打的换亲的主意，女娃给男娃换个媳妇，鳖捶捣的鳖眼窝——自己不受累，还把自己说得背重得不行了。”

林春花带小儿子闰生嫁过来，第二天刘承信就提起闰生改姓，刘鸿儒说:“再说吧，不急。”刘承信说:“不急?”刘鸿儒说:“等生一个再说吧。”刘承信拍拍脑袋，是啊，现在改姓让姓啥呢？姓刘？林春花正生着，再生下男的就得姓孙，自己的孙子可就不是刘家的骨血了。林春花很争气，一年后就生下一个儿子，自然是姓刘了，小名取了春生。那闰生该姓什么？这回刘承信征求了石榴的意见，石榴倒挺大义，说姓孙吧。多少年了，家里第一次添人丁，刘承信跪在院心上香叩头，第二日又上了南华山大庙还愿。按照灰袍先生给的字，闰生官名取了孙翔风，春生官名取了刘翔云。刘承信请了一场大戏，唱了一天两夜。

二十四

几十年后，刘鸿儒想起1958年发生的事觉得就跟娃娃耍一样。先是大炼钢铁，老曹和刘鸿儒在县里开了三天会，回来公社接着开会，会议结束，领回了大炼钢铁的任务。上面要求任务紧，责任重，“山山点火，村村冒烟”。在县里住的地方就在新华书店对面，刘鸿儒进去逛了一圈，见有一本《钢铁是怎样炼成的》，便也没有翻就买了回来。回来才发现不是炼钢的书。

回到卧虎台，刘鸿儒不敢耽误时间，立马带人选址。地址选在了卧虎台后梁的柴老庄子，原是十几户人家的村庄，大地震后，死掉了一大半人，剩下的人也都搬走了。专家讲炼钢的炉子当然是用耐火砖最好，没有耐火砖的地区用砖也可以。卧虎台哪来的砖头，只能用胡基。胡基也没有现成的，刘鸿儒说打。老曹说来得及？刚打下的能用？任务逼得人眼睛里滴血哩。刘鸿儒说那咋办？老曹说拆墙，把炉子挡起来，事先应承住，再打胡基砌墙。就开了大会，通知家家拆墙，胡基用来砌炼钢炉，这是政治任务。一时间，卧虎台拆了个乱七八糟。

要是做饭的锅灶张存粮弟兄几个就能打，可炼钢的炉子不是做饭的锅灶，公社要求打八米高的炉子，还派了两个打炉子的匠人。刘鸿儒领回村来，派到了改吉家好好伺候着。可两座炼钢炉打了五天，还没达到八米的高度，就全坍塌了。胡基塌成了一堆土。卧虎台人这才明白两个所谓砌炉子的哪里是什么专家，也是一瓶子不满半瓶子咣当的货。两个专家再不敢赶进度，这又把时间耽误下了，来看进度的公社书记老大的不高兴，放开嗓门儿吼骂了一顿，说："不能按时点火，提头来见。"人们一听这公社书记不是当兵出身，便是说书出身。

两个师傅又重起炉灶，刘鸿儒拦住了，说："这次只起三米高的。"

两个师傅说："我们能打八米高的楼子，十几米的都打过。"

刘鸿儒说："我们打炉子是为了炼钢，不是比赛谁炉子打得高。"

于是就全打了三米高的炉子。三米高的炉子不要说张存粮弟兄看过一个后就会打了，就是李壮壮、周起早、朱打春都能打了。五十多人日夜干，于是，这炼钢炉就打得很快，炼钢点火反而在别的大队前面。来点火的公社书记大为高兴，放开嗓门儿吼赞了一顿，说：“卧虎台人是属核桃的，要砸着吃。”

公社派了干部做总指挥，刘鸿儒倒松了一口气。全大队的精壮劳力全集中到了炼钢工地，炼钢三班倒，一班有二十几个人，每班分几个小组，伐树劈柴组、上料投料组、鼓吹风组、铸锭组、后勤组，每班还有正副指挥。炼钢一开始，原料还不愁，家家户户的钢铁收了个光净，投进几十座火炉，几天就炼光了。没东西可炼了，要集思广益。张麻子说：“咱这南华山上的石头就能炼钢。”

张麻子以前吆脚，到了山西，得了一场病，给撂到那里看病，病看好，就地找了个炼钢的活。

张麻子把拣下的几块石头摆出来，说：“山西东铁厂炼钢的石头就是这种色。”

于是，大家便拣来跟张麻子拣的一模一样的石头，投到炉里炼呀炼呀，结果没炼出铁来，倒烧成了一堆石灰。公社来的指挥扬手给了张麻子一个耳光，说：“你这是破坏大跃进知道不？”

张麻子说：“我看那些炼钢厂用的也是这样的石头。”

又过了俩月，刘鸿儒还为炼钢的原料发愁，县上又召开了人民公社开办公共食堂的专门会议，要求以小队为单位办公共食堂，社员全家人都不能在家吃饭，而是和机关、厂矿企业一样到食堂吃饭。

刘鸿儒有些疑惑，这么快就进入“共产主义”了？可疑惑只能是疑惑，一个月后必须吃食堂，这是硬任务。而且公社的工作组都进驻村庄了。刘鸿儒将姚庆丰家的大仓库改为食堂，搭建大炉子，购买大锅、大铲、大笼、大缸，并选配了五个炊事员。然后，开始家家户户收粮，家里一丁点儿粮食都不准留，锅灶用具全都得交到食堂里来。社员都后怕，他们太清楚自己过过的日子，一点儿都不积极主动，还偷藏粮食。公社干部就讲：一方有难，八方支援，全国人民是一家，自己大队的不够吃，还可以吃别大队的、吃别公社的、吃别县的、吃别地区的、吃别省的，还说还有全世界社会主义国家的都可以吃，咱们这里有了困难，那些不靠天吃饭的地方会给咱们支援大米，并说国家连年大丰收，粮食堆积如山，还支援亚非拉人民哩。

社员被鼓动得动心了，问：“一直吃食堂吃下去？”

干部说：“人民公社是桥梁，公共食堂是天堂，一日三餐有荤素，社员个个喜洋洋。”

话这样说，年轻人都觉得挺得力，又新鲜，积极行动起来，家里的吃饭桌子、木凳搬到食堂，可到了上交粮食的时候，人们把粮食东藏西匿，有装进枕头、缝进被子里的，有装进老房子的，有埋入树下、墙根的，还有的人埋在牲口的草料堆里。这是有风险的，因为有专门搜查小组，挨家挨户搜查，饭口上家里烟囱不准冒烟，只要冒烟公社的驻队干部、大队队干就会扑来。因为卧虎台人炕洞和灶火是一个烟囱，煨炕时烟囱有烟都会招来干部搜查。一旦发现谁家私藏有粮食，那是会被押上批斗台，弄不好上纲上线，连成分都牵连了。一牵扯到成分，人都不敢私藏粮食了。又借助大炼钢铁的东风，把各家各户的锅、勺、铲、盆全部收走炼了钢铁，就是想做顿饭吃都也没有灶具了。

食堂的宗旨是以吃饱为量，不管饭量大小尽饱供应，一日三餐都是干饭，食堂的菜品种多，用油也多，大队隔三岔五批只羊批只猪。社员家来了亲戚也随同一起到食堂吃饭，既不要粮票也不用交钱。正如食堂墙上写的：放开肚皮吃饱饭，共产主义在眼前。所以一开始吃食堂就赢得了卧虎台人民群众的热烈拥护。

食堂吃起来了，大家像一家人一个锅里搅勺子，开始人们是轻松的、欢快的。最欢快的要数妇女，她们再也不用趴锅趴灶了，以前男人吃得不顺口了，不言喘扒下鞋砸过来，现在不顺口就去食堂骂吧。不过，女人还是改不了操心的命，问：

“生产队不喂猪，年咋过？不吃肉咧？”

“生产队不喂鸡，不吃鸡蛋咧？”

“生产队不种菜，以后甜吃呀。”

提出问题，就得解决问题。刘鸿儒想这也是有道理的，于是就安排人喂猪、喂鸡、种菜。

正是晌午，大队部院里有几棵国槐，树叶子打蔫儿歇晌，十几只狗蹲在树荫下伸着舌头“扇凉”，女人们就说：“那狗吃啥喝啥？也吃食堂？”

刘鸿儒却哑口了，因为他没有想过这问题。

“对呀，家里连涮锅水都没了。”

“不养了呗。”

“不养了？祖祖辈辈都养着，说不养了就不养了？”

“你家里还有啥，门还有啥看的，养个狗做啥？”

“咬野汉子么。”

“还有猫呢？”

…………

狗、猫怎么能不养呢，于是，一商量，食堂还得准备狗食、猫食。

很快矛盾出现了：一是姚庆丰家的仓库再大，做了几个小队的食堂，面积就显得太小了，社员又没有排队的习惯，拥挤不堪，又都怕最后没饭吃，时常叫骂甚至打架；二是领取饭菜炊事员人手太少，忙不过来，有的人第一轮还没挨上，吃得快的人已经吃第二碗了，有的家庭吃完了，有的家庭还未吃，引起怨气和不满；三是遇到雨雪天，走食堂费事，路滑，老人和小孩行走缓慢，山梁沟谷还没处避雨，等到了食堂人湿透了，怨声载道；四是坐月子的媳妇要喝米汤，得病的老人要开小灶，总不能让生产队的师傅去伺候月子、伺候老人吧；五是一些人家远，来回二三十里地，吃食堂提前两个小时就得动身，家里就什么都干不了。像尤全家住在背湾子，独独一户人家，到卧虎台要翻两道大梁，十几里地远。尤全的娘老寒腿，刚吃食堂的时候，规定必须都到食堂吃，没办法，吃饭的时候尤全就背着娘来。刘鸿儒实在看不下去，就同意尤全吃完给娘送饭回去。尤全去了水库建设工地，就剩下老娘，没人送饭了，老婆婆就只能来食堂吃。一天两顿饭，老婆婆就一直在路上。

刘鸿儒把问题捋捋理理，想解决解决，改变集体在食堂用餐的规定，让每家派一个人到食堂把全家人的饭菜打回去在家吃。坐月子的、有病的老人和家远超过十里地的，把粮食领回去在家里做。然而，新的问题又出来了，许多老人都装起病来，大肚子和害口的婆娘也喊着要吃小灶，一些家稍远一点的扯着大队干部丈量他家到食堂的距离。而且这么实施了还不到一个礼拜，就遭到来检查食堂的领导全盘否定，并被严厉训斥，说这么弄叫什么社会主义大食堂？

更麻烦的还在于众口难调，有爱吃面的，有爱吃米的；有爱吃干捞面的，有爱吃连锅面的；有爱吃蒸馍的，有爱吃烙饼的；不吃辣的饭一辣就骂炊事员；特能吃辣的饭不辣也骂炊事员；有胃病的骂酸，没胃病的骂不酸……凡此种种，矛盾越积越多，大家怨气越来越大。

更让刘鸿儒无奈的是，说是社会主义大家庭，却没有人把这当个家对待，心往一处想，劲往一处使，都像是在别人家过日子，只想着享受，却不愿意克制。比方说每天三顿饭，卧虎台人一日三顿饭，早饭玉米糙子泡馍，就是压压饿；中午黄米、玉米蒸煮的二米饭或蒸馍、窝头，白菜炖土豆，光阴好点的人一月半载动一回荤腥，年景不好，半年也动不了个荤腥；晚上三茬面（黑面）配了土豆、葫芦、扁豆做洋芋面、葫芦面、扁豆面。靠天吃饭的地方，得时刻提防隔三岔五光顾的灾荒，即使是好年景，三四月，野菜过，红根、灰条、辣辣、艾蒿、曲曲菜、马齿菜、苦苦菜……巴掌大小了就开始挑回来，蒸野菜馒头、烙野菜饼、煮野菜面、熬糊汤，和粮食混搭着吃，榆钱结上了，槐花开了，揪回来用面拌了，既吃稀罕，也当饭吃，对于十年九旱的卧虎台来说，不要说是粮食，只要是能吃的东西永远没有多余的。去年是个歉收年景，要是各过各的日子，不要说是野菜了，就是槐树、榆树的叶子、嫩枝也会捋蒸了拌着吃。瓜菜半年粮是人们永远的生活模式。吃过饭，人人抱着个碗舌头卷着碗一圈一圈地舔，会舔碗的人，那会连碗心都舔到的，比洗过的干净。

可吃食堂吃的是大集体，谁愿意像以前那样亏了自己的嘴巴呢？顿顿都喊着要吃细粮，一做粗粮就有人骂娘，硬配了粗粮就全糟蹋了。比如做了炒菜馒头，一个白面馒头搭一个窝头，吃几个馒头就搭几个窝头，有的人能吃五个馒头就要十个馒头，配给的十个窝头就被偷偷扔掉了。反正食堂的宗旨是人人要吃饱。菜里油水一少就有人喊叫。做饭的没经验把不住，动不动做多了，吃不完便不是喂猪就是喂狗，这些东西一个个吃得脊背跟案板，肋巴都看不见，踢一脚软得像踢在棉花包子上。看看那些碗，不要说舔过，有的还剩下大半碗的饭，路上能捡到扔掉的馍和窝头。浪费是明明白白的，可谁也不在乎，众人的老子没人哭啊。吃好你倒干好也不说了，干起活来是个个躲奸溜滑，用海原话说：上工坐折鞧绳，收工曳折仰绳，抬个鸡蛋都拣小头。卧虎台的地能打多少粮？别人不知，卧虎台人心里该是明白自己的锅大碗小，远的不说就说去年打了多少粮，经得起这么糟蹋？指望别人支援你，刘鸿儒是不相信的，那是姐夫指望小姨子养娃，耽误事哩。大家都是这样的过日子，哪个大队会有多余的粮食支援别人。

这天，刘鸿儒看到春娃拿着一个蒸馍掐着喂鸽子，春娃的奶奶和良子的奶奶在一边闲谝。他走过去，歪了一声，春娃哭了。春娃奶奶不高兴了，刘鸿儒说："婶子，要是你家的馍，你舍得这么糟蹋。"春娃的奶奶一翻眼说："可现在不是我家的馍么。"一句话倒把刘鸿儒说得无话可说了。

老顾说："由嘴吃倒江山哩。"

刘鸿儒这时才懂得了一句古语：治大国如烹小鲜。往小里比也是一个理，做了大队长，你得管家一样管一个大队，这可是几千口人的大队，刘鸿儒才知道这是一个很麻烦的事。

吃食堂两个月，一算账大大超过国家规定的定量标准，生产队的粮食消雪似的，去年的庄稼还是不错的，要是各自过日子，打下的粮食该能吃一年甚至是两年，可从现在这速度看，刘鸿儒觉得半年就会见底了。又过了两个月，刘鸿儒觉出可怕来，日子哪有这么过的，再富的日子也经不起这么过啊。刘鸿儒开始给每人限量，饭食从粗细搭配到粮菜搭配，人们不高兴了。

眨眼间，苦日子就到了。1959年四五月，食堂就举步维艰了。粮食定量下降，先是七两，后是半斤，吃不饱了，十几个干部和炊事员多吃多占的问题就来了，社员站在外面骂娘。因为还有的大队没办公共食堂，在大队会上刘鸿儒说散伙，大家都说散伙，成立了十个月的食堂就散了伙。可是，散伙没多久，卧虎台大队就受到了批评，并责成立即恢复食堂。于是食堂又办了起来。

刘鸿儒又开了两次会，回来一看，粮食已经告急了，只能喝稀玉米糁子、高粱米粥，只能喝汤吃菜团子。人们开始骂娘，刘鸿儒把仓库门打开，让人们进去看。看过就再不说啥了。饭食越来越稀，都能照见人影了，人们又开始舔碗了！

老顾说了一句："我当这辈子不用舔碗了，没想这么快又舔上了。"

刘鸿儒跑着要粮，这时的海原县已从甘肃划给宁夏（1958年10月25日宁夏回族自治区成立，海原、固原等县从甘肃划给宁夏，当时大食堂还做了宴席以示庆祝拥护）。然而，一粒粮食也没要来。直到这个时候，卧虎台人才明白过来，"上面也扯谎哩"，许多话是有水分的，不要说别的生产队、大队、公社，就是县、地区、省也没有援助的，更别说把别的共产主义国家的粮食调过来。

这让刘鸿儒想起传说的李自成过年的故事。说是李自成攻进北京城，登上金銮殿，问手下干什么最好啊。手下说过年最好。李自成志得意满地说那咱就天天过年。于是乎天天杀羊宰牛，喝酒吃肉。结果李自成有四十九年的天下可坐，一天算一年，他只坐了四十九天，好日子就到头了。

社员都叫嚷散伙，可大队领导班子里谁也不敢松口，只能每人每天的口粮再降标准，每人每天只有四两了，只能吃糊汤，男人还要干活，女人被派出去专门挖野菜、捡地软、刮榆树皮了。这么一直维持到了11月，中央“十二条”出台，月底食堂就散伙了。又开始以家为单位过日子了，然而，这时间饥荒已经到了，往家里分米，每人连一个月的口粮都分不到了，一时间偷盗成风。

饥荒再次淹没了卧虎台，淹没了整个海原。与卧虎台经历过的所有饥饿不同的是，这次的饥荒给了卧虎台人一个措手不及，因为家家户户都没有了任何储藏——不要说粮食，连准备下度饥荒的野菜都没有。还是十冬腊月，树还在过冬，树根、树皮、树梢就被人剥光了皮。

年关跟前，上面发了点救济粮——高粱米，人们的眼睛都绿了。分粮的时候，乔二提出他外母也要分。乔二的外母一直在乔二家生活，可户口不在卧虎台，这当然不能分了。可乔二坚持要分，说死人都能分粮，为啥活人不能分粮。刘鸿儒问谁家死人分粮了。乔二一指乔大说我爹食堂散伙的时候就死了，他分粮了，这回他照样还分粮了。乔老汉一直卧病在炕，谁也没想到死了抬埋时竟然没有声张。刘鸿儒带着人去看了个究竟，他倒不是对乔大冒充分粮而恼怒，而是乔老汉去世了，他们竟连最起码的仪式也没举行就把人偷偷埋了。他盯着乔大，乔大“哇”的一声就哭了。

对于经常遭遇饥荒的海原人来说，这次饥荒的可怕在于上面要求认真看好自己的人，严格控制人口外流，这是政治任务。每个队出门逃荒都有名额限制，出门逃荒必须到大队去开证明，绝不能放任自流，大有肉烂了在锅里的意思。可圈在村里，那就只能饿死。

初七是“人日”。“人日”这天的讲究是不出家门，在家团聚，说是人在这天出门远走，将会魂不附体，一年诸事不利。晚上要吃长面，也叫拉魂面。今年三天年刚过，初四就有出门逃荒的人。老曹得了病，半死不活的，压了几床被子睡在炕上，把公章交给了刘鸿儒。刘鸿儒搞不明白老曹是不是在装病，因为开证明逃荒的实在太多了，给谁开给谁不开，是个惹人的事。只一天上面规定的出门名额就已经用光了，刘鸿儒只能躲着那些来开证明的。没有证明，给抓住是很麻烦的。他在公章把子上钻了个眼，用线绳拴在裤带上，整日在外晃荡不着家。要是碰上躲不及或被找见，他就开证明，盖章时取下公章哈哈气就能盖了。名额超就超了，他也想明白了，上面要处分就处分吧，这个大队长不当也罢，好在还有这个官帽，能抵挡处分，大不了把官帽抹了，不至于影响到成分。

初八这天，他早早就躲出去了，一直等到天黑尽了才回来。看到姚庆丰蹴在他家大门外的一棵剥光了皮的树下，他站在墙后想了想，走了过去。他说：“其实出门就出门了，抓住了又不枪毙，还能在里面混几顿饭吃。”

姚庆丰说：“唉，要是成分好，抓了没啥，可咱是地主，抓住了就麻哒了，成分再往上涨一下，就是要命的事了。”

刘鸿儒吞吐地问：“就、就全交了？”

姚庆丰看了刘鸿儒一眼说：“全交了，当时就怕弄成恶霸地主，都交了能争取宽大处理，唉，也是想着有地终归是饿不下的。”

刘鸿儒想他真的就全交了？

刘鸿儒要姚庆丰进屋，姚庆丰说：“上正月大过年的，空爹着两手羞愧得没法见老人娃娃。”

刘鸿儒开好了证明，送出门来，说：“向北走吧，北边靠着黄河，水浇地，旱涝保收，日子该好些。”

说完刘鸿儒笑了，卧虎台首屈一指的大地主，不比他明白，要他指点？

第二日，他蹴在墙头上，见姚庆丰带着孙子出门去了。

正午时分他看到过来一群人，有六七个，一看就是逃难的人，他们说话声顺着风飘过来：

“老五家的你没眊见？”

“没管三。”

“是不是跟上老鳖走咧？”

“啊不子。”

“管撒管？跑就跑了，待到在一起嚷仗打捶？”

“现在不管三，有后悔得抠腔子的兀天。”

“眊”就是“瞅”的意思，“没管三”是“没留意”，“啊不子”是“不知道”，“撒”是“啥”，“腔子”是“胸膛”，“兀天”是“那天”。这是典型的中卫口音。西海固一带人把他们叫作“鸭子”，意思是在有水的地方生活的人。人家也把西海固人称作“山汉”，意思是山里人。中卫是塞上江南宁夏平原的一部分，黄河穿过，沃野千里。守着水浇地，不靠天吃饭，他们也逃荒了，看来这灾荒重了。刘鸿儒想叫住他们问问北面的情况，可又想叫他们过来，定然得给他们吃的，他拿啥给他们吃。他把身子往土梁后面隐隐。

1960年春上，三四月青黄不接，没出门逃荒的吃草根、草叶，地上长出来啥吃啥，就像家家都支着药罐熬药，村子飘荡着闭气的中药味。浮肿的、中毒的、上吊的、跳渠的，后来谁也不要介绍信了，往山里跑，往口外跑，上新疆，去青海，走内蒙古。

刘鸿儒家里还有点积蓄，就是他给爹让爹盖房的几十个响元，爹没舍得盖。刘鸿儒就偷偷摸摸地到黑市上买点粮吃。可没过多久，黑市也没了，粮食都买不上了。

刘鸿儒去县上参加学习班，一周时间，才学了三天，宝子慌慌张张地来给他报信，他爹没了。

刘鸿儒骑自行车回到家，爹停放在大门外。卧虎台人有讲究，死在外面的人不能进院门。刘鸿儒蹴下去抚摸着爹，爹的头不是裹着一层皮，就跟骷髅头一模一样，血管像蚯蚓一样，整个人是干瘪的、薄薄的，只有肚子鼓胀得像座小山，就像怀着六七个月的娃。

爹是张庄大队大队长带着民兵抬回来的。大队长说："我们大人娃娃没动他一指头。"

又说："他是半夜偷吃了我们张庄的观音土，又喝了水沟的水，胀死的，守观音土的民兵发现他的时候，人已经硬了。"

一指两个民兵又说："就是他们两个。"

又说："老汉是饿极了，观音土不能吃得太多，压压饿就行了，吃上渴得很，喝水不能放开喝，喝多了就会胀死……"

刘鸿儒摆摆手。

那大队长觉得过意不去，回去又派人送了一袋子观音土来。

人们都瓷呆呆的，不要说流泪，连干号声都没有：一是人们麻木了，这一年卧虎台大队饿死了三十二个；二是哭也要消耗食物的，人连哭的劲都没了。爹的个头跟他一般高低，有一米八一，刘鸿儒抱起来，觉得连四十斤都不到了。自从没粮吃开始，一到吃饭的时候，爹就不见了，他躲出去了，为了给家里省一口吃的。爹的眼睛睁着，眼皮抹下来翻开了，如是者三。刘鸿儒哭了，他啜泣着说："爹，走吧，你放心走吧，事我心里有数。"爹的眼皮抹下后再没翻开。

后来刘鸿儒细想过，观音土一次不能多吃，吃了不能喝水，这些爹是知道的，还给他们讲过，是爹饿急了，还是爹不想活了。对于活不下去的人来说，这样的死法是体面。

爹去得太仓促，给了刘鸿儒一个措手不及，爹的老房子（棺材）还没有备下，刘鸿儒简直后悔得捶腔子。去年，爹就打算把门前的柳树放了做老房子，他拦了。刘鸿儒拦也有拦的道理，一是他想让爹背个松木老房子。二是1963年是个闰年，又是爹的七十大寿，七十寿能碰上闰年，可不是谁想碰就能碰上的。他想等到闰年闰月给爹做老房子。虽说人活七十古来稀，可现在活过七十，也不是啥稀罕事，从爹的精气神上看，爹是等得住的。三是老管曾经揶揄过爹，说老刘，你生在贵人的点儿上，我在万年历上查看过了，你要活到七十，闰年闰月七十寿你就凑齐了，到时候你儿要给你祝寿造柏木的老房子，你可就风光了，就看你能不能活到七十了。

刘鸿儒让人去县城老房子铺拉口老房子回来，可县城的老房子铺早就关门了，从窗子上看，里面一副老房子都没有。刘鸿儒看着那棵老柳树，老贺说：“谁能放得倒这棵树，就是能放倒谁能拉得动锯？”是啊。刘鸿儒搂着头蹲在地上抽烟，贺谷说：“把我那老房子让你爹背走吧。”刘鸿儒捏住贺谷的手使劲摇摇。要是往年倒也罢了，这年月的老房子哪有借人的，谁也不知道自己还能往前走几步。贺谷曾经放过一回命，做了老房子，也有冲喜的意思。卧虎台人讲究给病重的人做老房子冲喜。老房子做下了，贺谷又还阳活了回来。刘鸿儒感激老贺啊，说：“我一定还你一副一模一样的老房子。”

贺谷说：“啥还不还的，你别心里放事。”

又说：“死了，死了，一死百了，让死人最安心的是不给活着的人心里放事。”

刘鸿儒还没从悲伤中缓过劲来，灾难又降临了，儿子春生又没了。

这一年的会特别多。这天刘鸿儒去公社开会，林春花去张太家帮忙，张太的奶奶没了。家里就剩下闰生、春生、改生。刘鸿儒从公社开会回来的路上，拐了个弯去张太家给张太的奶奶磕头烧纸，捎了林春花回来，进了家门，愣住了，几个娃东倒西歪地躺在地上。闰生嘴唇发紫，浑身抽搐，直翻白眼，口吐白沫，身边吐了一大堆杏仁。改生和春生则一动不动。刘鸿儒就明白了，几个娃饿得砸着吃杏核儿。刘鸿儒扑过去抱了春生就叫，又叫女人赶紧舀冷水来。春生却再也听不见呼唤了。改生虽然也救过来了，可人就有些痴傻了。改生后来嫁了一个罗锅，家在葫芦河边，有一年葫芦河发洪水，改生拉着一只羊在河道里，被洪水卷走了。

石榴从女儿领弟家回来，一进院门，大叫一声昏死过去，醒来后抄了柳条打唤弟，打断了三根柳条，唤弟浑身像爬满了蚯蚓。老汉走了后，石榴在炕上睡了多日，七七过了才勉强起来。喜弟、领弟觉得娘待在家里触景生情，沉浸在悲伤中过不来，轮流接娘去家里散心，已经浪了眼看快俩月了，刘鸿儒打发小妹妹唤弟去接娘回来。第二天一早，石榴就催着要回，唤弟却不愿回，想再住一天跟二姐说说话，女儿女婿也留，女儿倒也罢了，女婿的面子不是随便驳的，就又住了一天才回来。如果昨日回家，哪会出这事。像春生这么大的娃不能埋，人小鬼大，埋了家里不得安宁，只能烧掉。可谁去烧？生产队放羊的老瓜头说我去烧吧。自刘承信死后，老瓜头家里来得勤。刘鸿儒也征询过娘的意见，娘说娃，娘都成了棺材瓤子了。

春生没了，对刘鸿儒的打击是够大的，一连多日缓不过精神来，倒是林春花缓过来得早，说：“哪棵树上不开谎花，等缓缓我攒点力气再给你生个儿子。”刘鸿儒勉强笑笑，算是对林春花的感激。这话在他听来，就像会上喊口号，豪言壮语一样。这年月妇女不倒霉、子宫下垂稀松平常，男人走路连腰都直不起来，卧虎台生产队养了几个娃，没有活下来的，等于没添一口人。直到了1962年，卧虎台生产队一年添了六个娃，人们说日子才缓过劲来。林春花倒像个说话算数的男人，就是在这一年“扑通”又生下一个儿子。刘鸿儒拿出所有钱来，一下给林春花做了两身衣裳。刘鸿儒给儿子取名，小名平安，官名刘翔志。

灾难还没结束，这年秋上，唤弟跟着一个货郎子跑了。那时候乡村生活日用品的主要来源除了大队的小卖部，就是货郎了。针头线脑、手镯耳环、粉饼洋皂、头绳佩花、豆豆糖、塑料枪、跳猴子……货郎担担简直就是一个流动的百货商店。由于小卖部里的一些东西是要票要证的，而票证又是那么的奇缺，货郎就很受人们的欢迎。而货郎担更大的优势还在于以物易物，猪毛、猪鬃、羊毛、头发、塑料鞋底、废铜烂铁等，到了货郎那儿都能换到东西。因此，听到货郎鼓“叮叮咚咚”的声音，女人娃娃的血都沸腾了。

石榴得知唤弟跟着货郎跑了这一消息，一头撞到墙上。

醒过来后第一句话是一个毒誓：今生再不认这个“狗日的”。唤弟能有这么大的胆量，也是这几年娃糟蹋得多，两个人都娇宠，唤弟又是老小。没有什么比娇宠更能锻炼一个娃娃的胆量了。刘鸿儒也很恼火，毕竟“跑了”这个名声太难听了，是很伤脸面的事，这将是一辈子的一个话把，在以后跟人淘气闹仗时会被人不时提及，当短一样来揭。但事既然出了，能有啥办法，再说跟着货郎跑的女子、媳妇也常见，一些女子、媳妇以为货郎能担这么多东西，家里日子肯定好过。气过了，刘鸿儒就劝慰娘，可娘说别再提那狗日的，就当死了。

对于带走了唤弟的货郎严国秀，卧虎台人是有些印象的，因为几个月来，严国秀就在卧虎台一带的几个村庄活动，碗大的拨浪鼓在卧虎台沟谷间响彻。因此，人们都有印象，长得排场，大花眼睛，国字脸，个头很高，膀大腰圆。这是够那个时代一个男人“帅”的基本标准。一般情况下，货郎不会像一只鸟在一个地方盘旋得太久，货郎的路是一个村子一个村子地走，一年半载会重复一次，或许一辈子也不会重复。

海原乡间游走的货郎多来自于秦安。刘鸿儒无奈地去了趟秦安。秦安跟海原简直就是一个鬼背送的，甚至比海原更苦焦，“半年庄稼半年跑，半年不跑吃不饱”。连谚语都很像，海原人说“种了一茬子，割了一抱子；装了一筐子，打了一帽子”；秦安人说“种一坡、拉一车，收一簸箕煮一锅”。

在严家峁，刘鸿儒装了个寻找失散亲人的，打问着把严国秀家的情况摸清了。严国秀家除了穷，还是地主成分。按说那时候正管得严，没有大队的介绍信，是出不了门的，像严国秀家的成分，一般来说大队是不会给开外出的证明，让他们脱离人民群众的监督。可是大队民兵营长的外甥女儿一根筋，偏偏就死活喜欢严国秀。两个人撕不离，大队民兵营长怕两个人把生米做成熟饭，硬把事弄成了，连累自己的成分，就找了支书给严国秀开了介绍信，让严国秀走货郎。

刘鸿儒坐在严家峁的一截山梁上，整整吃掉了一盒烟。心里说我的瓜妹妹，你咋就上了这么个当，严家峁还不如咱卧虎台啊。他没去妹妹家，回来也没给娘说。他也怕妹夫家的成分影响了自家的成分，那是个大灾难。

第二年，唤弟和严国秀回来过一趟，抱着他们的孩子，在大门外跪下，被娘连踢带打赶了出去。即使是“生米做成熟饭”这样的劝说，娘也是一个字听不进去，令所有亲朋邻居不许“款待留宿”，而且是蹴在山梁上，盯着唤弟偕男人抱孩子连夜离开了卧虎台。刘鸿儒才见识了娘的脾气。后来唤弟每隔三五年会回来一趟，娘不认并拒绝进门，唤弟就在村里无论谁家住上一天两天的。人们觉得石榴对女儿的仇恨有些过了，也都来劝说，刘鸿儒替妹妹给娘赔过不是，希望原谅，但石榴到死都没有原谅唤弟。

饥荒过去了，卧虎台家家都有饿死的人，只不过后来核算饿死的人时，把一些饿死的人归为生老病死和意外死亡，像刘鸿儒家，爹的死归结为胀死，春生的死归结为中毒。这样饿死的人数就大大降低了。度过了饥荒，卧虎台人发现只有老余家的人都活着。人们都惊奇，这老家伙十口人，七个娃，咋就度过的？老余说："说了你们也不信。"

又说："全仗我能说书。"

人们就笑了，说："你能说书，你说的那也是书？"

又说："关公战秦琼，赵云杀王莽的。"

"看吧，我说你们不信么。"

老余就不说了。人们又想听，便点了烟敬给老余，老余吃几口烟说："你们记着，人饿死是吃不进去饿死的，只要能吃进去东西就饿不死。"

老余说："麦衣、糜衣、谷衣、洋芋蔓……虽然又蒸又煮，但还是比药难吃么，吃不下去，娃娃饿得号叫呢就是不吃，后来我就发现一讲故事，他们就忘了饭有多难吃，饭到了嘴里就着古今就咽下去了。牛魔王、毛野人、狐狸精、黄鼠狼拜月、老鼠娶亲、老牛下凡、杨家将、包文正断案、薛刚反唐、三滴血、宝莲灯、铡美案……还有小时候听过的二十四孝的故事，讲不全么，我以前在西安州城‘润生堂’当伙计，‘润生堂’旁边有个弹三弦说书的摆摊子，一有空闲，我就站在那里听，断断续续的，听的就是一段一段的，只能想到哪搭讲到哪搭，有时串到了一起，张三的帽子给李四戴上了，可娃娃、婆娘听的是个热闹。故事讲完了，一看碗空了，多么难吃的东西都吃下去了。”

又说：“三年的饥荒时日太久，故事娃听过两遍就记住了，再讲他们就不好好听了，饭就难吃了，我只能编么，整日脑瓜子不闲，想得我脑仁子疼，编不出故事来饭没办法吃么，看着织网的喜蜘蛛，盯着就看能想个啥故事出来。有一回，我看到了一个喜蜘蛛，那脸长得可像人脸了，我就讲了喜蜘蛛变人的故事；朱大嘴抹出虱子放在我抹出来的虱子边要它们打架，可两个虱子到了一搭里，并不打架，互相挤一挤，就像人握手一样，我就讲了个虱子浪门子的故事。哎呀，故事这东西只要你编顺了，遍地都是故事，经历过的事胡编乱造一起，都能用上，李四精沟子撵狼、王五给老鹰抓上天空、跳兔子和老牛、二郎神的狗、阎王娶亲、黑白无常……”

又说：“我就想那弹三弦说书的老汉，弹一阵三弦，就像县官审案哩，把一块巴掌大的木头往一块木板上一拍，说三弦弹得嘣嘣响，各位乡亲们坐稳当，别的故事我不讲，单讲打虎好汉为兄报仇行侠仗义的梁山好汉武——二——郎。我也弄了一块巴掌大的木头，往桌子上一拍，但我把词改成了桌子敲得嘣嘣响，谁不吃饭我不讲，娃们就往嘴里扒饭。下一顿我就说桌子敲得嘣嘣响，谁不喝汤我不讲。娃娃看那巴掌大的木头稀罕，都争着要拍，我就说谁先吃完给谁拍，嘿嘿，就抢着往完吃饭。后来，我又想那说书老汉腿上和胳膊上绑着一串小木片，一动哗啦啦响，我也做了两串，就是为了哄娃娃吃饭么。”

又说：“听古今抗饿，本来饿得不行了，可古今一讲开，就忘记了饿，时间也就过得快了。”

又说：“你们记着，人只要吃服了，这世上啥都能吃，人跟牲口没多大区别。”

老余后来脑子疼，人都说那是想古今想的了。老余认为这是对的，因为他整日都得想，不想饭没办法吃。啥都不能用得多了，用得多了，就超过限度了。老余自己做了个小木槌，走站提在手里，在头上脖子里梆梆地敲。人就笑说：“老余，你只敲木鱼咋不念经？”有一年来了个收故事的，人们就领到老余家，老余说我是胡编的，那人说哪个故事不是编的呢？

饥饿还改变了两个人，一个是蔡永丰。以前蔡永丰几天不拉一泡屎，拉一泡屎要一两个时辰，饥饿过后，啥都吃了，竟然就通了，一天两泡地拉，人们就说你吃不肥拉瘦了。蔡永丰说日他娘，舒坦死人了。另一个人是姚大成。姚大成没觉，夜夜睡不着觉，大睁眼睛数星星。饥饿过后，竟就睡不醒。别人问大成呢，大成女人说挺尸（睡觉）哩。和人说起，姚大成说日他娘，以前老盘算日子过不下去，没啥吃了，想着反正是个饿死，就啥也不想了，这一不想就瞌睡了。

二十五

翻过年的春上，刘鸿儒从公社分回了一个人，罪名——“右派”，官名夏再道，是下放到卧虎台来改造的。因此，人们一直叫他改造，叫惯了改造比再道更像个人名，更顺口。他虽然身子骨瘦，却是个四方大脸，深眉高鼻，长得福相。刘鸿儒说你长得像个正派人，咋就弄了个走资派，这帽子可不好戴。夏改造开始干活很笨拙，用锹像用锄，用锄却像用镐，人们笑话他，他很幽默地说就像女人看上去都一样，用的时候就不一样了。惹得人们大笑，觉得他很好处。又擅说荤话，不久就和男男女女人混熟了，人们都愿意帮他的忙，说干活是个巧劲。边说边给他过巧，不久他就啥都会干了。

因为很快和人们融到一起，村里人也就很快知道他来改造之前是个画像的。劳动歇缓下来，他就在地上画像，简简单单的几笔，画谁像谁，画啥像啥。队上人说日能，真是日能。争抢着让他画像。他一笔就能把一个人画得很像。他给刘鸿儒画了一张像，刘鸿儒就骂你一个画像的，不好好画像，反啥革命嘛。又长吁一口气说日他妈，人太日能了就把不住了，事往往就是这么出的。

那年，农业学大寨高潮迭起。到了冬天，男女都上了虎头山修梯田的工地。大寨人大战狼窝掌，大海人大战虎头山。劈出来的半面崖壁，就像纸一样平整、新鲜。歇缓时，夏改造就在上面画了一幅大画，那是劳动热火朝天的场面，有推车的、挖土的……几十个人栩栩如生。第二天来视察农业学大寨的领导们看见了，大加称赞，照了相。临走时，又命他画在纸上，送到县上去。刘鸿儒给他放了两天假。那幅画参加了县里展览，又送到了区上和中央参加展出，还拿了个奖。夏改造因此参加了县上、区上的表彰大会，还发了言。他说我得感谢这场大革命，不然我的创作永远走不出小情景小境界的学院圈子，就不会有今天的成绩，我的艺术得到了新生。报纸不但登了那幅画，还登了他的发言和照片。刘鸿儒也参加会议，因为教育改造有功，荣获改造反革命先进个人荣誉。刘鸿儒第一次得了这样大的奖励，就很兴奋，回来说狗日的画画得好，话也说得好！从此，夏改造便得到刘鸿儒的特许，劳动是要参加，但可以随时画画，反映革命大好形势。

夏改造得到特许后，画笔就公开拿出来，随时带在身边，画阳光下的山塬，画风雨中的沟壑，画犁地的牛，画坡上的羊，画土地上的男女老少。有时候刘鸿儒说你想劳动就劳动，不想劳动就画你的画去。可夏改造说我想劳动哩，把几十年没出的臭汗都出了。他和其他三人不大一样，那几个人劳动休息的时候，就找个避风或者遮阳的土崖，孤寂地躺在那里，一脸茫然。可夏改造却爱往人堆里扎，挤在一起说粗话，因此，他很快就能“狗日的”“老子”地跟人说话了。人们都说这狗日的一点城里人的架子都没有，就很亲近他。夏改造当着女人的面也能把手伸进裤裆里摸虱子，边摸还边说狗日的专吃那东西，难怪我那东西这几天瘦得多了。惹得女人们也不跟他生了，和他玩笑起来。有些大胆脸厚一点的女人说你娃小心点，那可要看好，别过些日子回去，婆姨一验说你咋弄的，带着我的东西也不好好操心，看瘦成啥了，看你娃咋交代。夏改造就说这好说，就说闲着也是闲着，借给你们用过了就瘦了。惹得女人群起而攻，压住要脱他的裤子，他慌了神说不行不行，那东西认生哩，别给我吓着缩到肚里去了，回去那可真不好交代。可有一次，他还是被几个女人压住把裤子脱了，结果女人脸红了，他也脸红了，因为那东西坚挺地竖了起来。这夏改造也画，人都骂他真流氓，难怪改造哩。

夏改造很勤奋，每天都要画几张画。他没有太多的讲究，人们就围在他身边看。那笔在他的手中是那样的灵巧，现在想来用“笔走龙蛇”来形容一点都不过分。队上人觉得他真是个聪明的辛苦之人。他会趁你不注意，画了你送给你。等到他离开我们队上回城的时候，队上人他都给画过像。可惜的是人们不懂艺术，就谈不上珍惜，多数都贴在墙上，像炕围纸一样，天长日久都没了。十几年后，有人来收老夏的画，一张画出几十一百，那可是大钱，有些留着画的人就卖了。日子稍微宽松一点的人则留着，也没几幅，又过了些年，又有人来收，一下子就上了千，有些人就卖了。

夏改造和四梅搞到了一起。四梅的男人就觉得四梅变了，留了个心眼跟踪，结果就在后湾老牛圈的塌窑里把夏改造和四梅给堵在了一起，扭送到了大队部。谁也没想到刘鸿儒会向着夏改造。刘鸿儒说捉奸在炕上？你咋不把他们光着身子捆来，这样扭送来就算是捉奸了？说得清楚啊？你不嫌丢人啊？四梅男人说可他们……刘鸿儒却不给他说话的机会，说以后要抓住了，把他们给我光着身子捆来！事情就这么给了了。四梅的男人走后，刘鸿儒看着夏改造说你狗日的行啊，村子上最傲气的女人让你给弄了，多少人打过她的主意，都被泼了尿、扬了灰。夏改造知道刘鸿儒是帮了他的，也不解释。刘鸿儒又说那是个好女人，心气傲着哩，眼里没有卧虎台的人，她对你好那可是真心的，没图你啥。夏改造忽然嘿嘿一笑说大队长，你也被泼过尿、扬过灰吧。刘鸿儒嘿嘿一笑，说敢和我说这样的话，要是别人当大队长，你娃就把亏吃大了，这是脸面上的事。夏改造嘿嘿一笑说和你不是关系好才说这样的话么，咱们都是男人。刘鸿儒说那女人好吧，那腰身，那屁股，啧啧啧。夏改造说她爱我，她说从来没有一个男人让她动过心。刘鸿儒说看她这话说的，这样的女人活不好的。夏改造看着刘鸿儒说为啥？刘鸿儒说从来没有一个男人让她动过心，你来了她就动心了，你走了她还咋活？你迟早是要走的人。夏改造"噢"了一声。后来刘鸿儒告诉夏改造说她爹是个画师，给人家画老房子，给庙上画神像啥的，附近大寺庙墙上的画都是他画的，她要跟她爹画画，可她是个女娃，咋能画庙上的画和老房子上的画呢？

公社给大队分了一台手扶拖拉机，人人都想开，刘鸿儒却把手扶拖拉机让四梅的男人开了。开着手扶拖拉机就得外出拉炭，给水库工地拉石头，反正是不闲。四梅的男人对刘鸿儒千恩万谢的。刘鸿儒对夏改造说人我给你支走了，可你别太过分了，她男人几个兄弟如狼似虎的，小心把你弄死了，我都怯他们哩。后来刘鸿儒又说那女子心气傲着哩，嫁了个鼻涕下来用锤头捅的男人，我看她都没活的心思了，老一个人在那沟崖边晃荡，真还怕她哪天想不开一头扎了下去，好死不如赖活着么。夏改造说你也不想让她一头从那万丈深沟里扎下去。刘鸿儒说你这人不能靠领导太近了，总把话往亮里说。又说你这样改造，我看是过不了几年就能回去了，她看上你，也算了了她的心愿吧，我才做了这样的事，唉，这事怎么说来都不地道，那弟兄几个要知道我做这事的目的，还不把我横吃竖咽了。夏改造扑腾一声就跪下了，说谢谢您大队长。刘鸿儒说看你一辈子也没啥大出息，为了一个女人都给人跪下了，男儿膝下有黄金哩。

一天晚上，刘鸿儒请夏改造吃饭。整了四个菜，两瓶酒。夏改造进来门后，说真香啊。脚跟对脚跟蹬掉鞋，坐到炕桌子跟前，刘鸿儒把筷子递过去，夏改造接了，却又放在桌子上，说："说吧，啥事？"刘鸿儒却说："你咋知道有事？"夏改造说："你是个大队长，却请我一个在你手下改造的人吃饭，这是要担很大风险的，没事不会冒这个风险。"刘鸿儒说："难怪你们跟新中国斗呢，厉害人么。"

刘鸿儒找夏改造确实有事，爹的忽然离世给了他个措手不及，不是老贺仗义，连副老房子都背不上。今年，他在南华山木材厂通过关系买了一根松木梁，原本想着盖房，可拉回来后改变了主意，加上以前攒下点木头，他一下子做了两副老房子，一副是给娘的，一副是还老贺的。做老房子有许多讲究，可"破四旧立四新"运动过后，啥都不让讲究，也只能凑合着做了。可这老房子做好了，没有油画白晃晃的看上去不好，三分的村七分的画么。娘的老房子不说了，老贺的老房子那是画匠精心画过的。以前画老房子的都成了牛鬼蛇神，没人再敢重操旧业，都怕弄顶帽子戴上害了后辈儿孙。夏改造随便画都画得那么好，画老房子肯定没麻哒。

刘鸿儒说完说："你要是怕就算了，就当我没说。"

夏改造嘻嘻一笑说："你都不怕，我怕啥，我这顶帽子分量够重了，再加一顶还能咋？用海原人的话说头烂了在那两斧头上？"

刘鸿儒便跪下给夏改造磕头，夏改造拉住说："这使不得。"

刘鸿儒说："这是我们这里的规矩，三叩九拜哩。"

两个人开始喝酒，夏改造说："只是这画老房子我没画过。"

刘鸿儒说："就是老房子头上有男童女童，有'福''禄'两个字，两边有龙凤，花边是翻卷的祥云，老房子盖上画富贵牡丹，总的来说就是越喜气越好。"

夏改造便笑了说："这么简单。"

刘鸿儒又说："别看简单，讲究多，人么活的就是个讲究，不难，四梅就会。"

夏改造说："问你个话，你真不怕万一出事，把你的大队长拿掉了?”

“怕。”刘鸿儒点了根烟说,“按说这事本来不该这么做的,尤其像我更不该做,新社会对我们这些人是多么好,不让这么干就不能这么干。可你知道我娘这世活得不易,遭了多少难,苦了一辈子,她要走了好歹也得让走得好一点。老房子不画,白晃晃地抬出去让人家笑话,阴世里惹人家寒碜,做儿子的心里不好受,况且我是个后儿子,别人都看着哩。”

又说:“海原有句老话:行孝不怕天!”

两副老房子画完,刘鸿儒说:“你要是在我们这里,有挣不完的钱,现在像你这样的人我们这里缺着呢,画老房子是大事哩,人这一辈子活得咋样,就看死了送得咋样,人们在这事上舍得花钱。”

又说起四梅的爹:“以前这些活都是四梅的爹在画,钱挣都挣不完,可是这个老家伙就是想不明白,偏偏把挣下的钱置了地,你说他置地干啥?只有没有手艺的人才想着弄地哩,人都得死,你说还能把他饿下?结果一解放就弄成了地主,害了一家子人不说,地主就得在人民群众的监督下过日子啊,他画的又都是牛鬼蛇神,想画也不能画了。破四旧拆庙,所有的庙都拆的拆、毁的毁,老家伙一看自己画的东西全都被铲的铲了、埋的埋了,比地被人家分了还难过,就一头扎到沟里去了。”刘鸿儒掏出三十块钱给夏改造，夏改造生气地说：“你这是干什么。”刘鸿儒说：“这钱你得收，不能省的，这是尽孝，你不收我心里也不对劲儿，再说阴世里也见怪哩。”

刘鸿儒让娘去看老房子，娘哭了，说：“为难我娃了，娘谢谢你。”

夏改造得到特许，可以不下地干活，画画就行了。可是他还喜欢下地干活，而且还说脏话。村里人都说没有见过这样的城里人。夏改造说城里人是个啥样子呢？村里人都说反正不像你这样。夏改造说你们这是夸奖我哩。说着他又把手伸进裤裆里去摸，说这里让虱子咬了再抓是很受活（舒服）的事哩，你们说是不是。村里人都笑着说城里人真流氓。夏改造说你们这些狗日的总是看不起我们城里人啊。

夏改造因为画了不少反映大好形势的画，参加过各种展览评奖，得过好几次名次，上面就觉得他改造得很彻底，受到了革命的洗礼。夏改造走的时候，刘鸿儒亲自赶着驴车去送，车上拉着夏改造和他的几大卷画。夏改造不停地回头，都过了狼嵝岘了，夏改造还在回头。刘鸿儒就唱起来：走着走着走远了，远了远了就远了，了了了了就了了。夏改造吼了声说你狗日的不要再唱了，把人的心都唱碎了。刘鸿儒说四梅不会来送你了，因为今天是她爹的五周年忌日，五周年是个大节，子女都要上坟的。夏改造解除改造的通知已经下来几天了，刘鸿儒一直压着，因为，他发现四梅对夏改造已经痴迷得有些不正常了，他知道夏改造走的时候，四梅肯定会追撵，这样的追撵最容易出事了。如果在这时间出了事，前功就尽弃了。这不仅对他们不好，对他更是不好。他得想个好办法把这事圆圆满满地了了。后来他想到再过两天就是四梅爹的五周年，四梅肯定得去给他爹上坟，就感叹上天要帮这两个人和他。因此，他推迟了两天，四梅请假走了娘家他才告诉夏改造，而且立刻送他上路了。夏改造走后，事还是出了。四梅从娘家回来才知道夏改造已经走了，便病了，这场病就是人们说的骨头吃肉，最后只剩下个皮包骨了，不久四梅就死了。世事就这么巧，可是有时候巧了会出事，不巧也会出事。如果不是四梅爹的五周年和夏改造解除改造的通知时间这么巧逢，或许让四梅送着夏改造一程两程的，留个念想，四梅也就不会死了。有些人为了一个念想会卑微地活上一辈子。夏改造说过一个人太孤单了，不是死掉，就会疯掉。不过村子里人对四梅的死，不像对待和她一样大的年纪就死了的人那么悲伤，因为他们觉得四梅就是投错了胎，一直就不像是村子上的一个人，还傲气，这样的人在村子上是活不好的，早早走了也算是把孽脱了。

夏改造回去后，继续作画。画风大变，《根》《肌肉》

《婆姨》《老人》等系列组画声誉颇高，在中国美术馆举办了个人画展，非常成功，引起了轰动。其中为刘鸿儒娘画的像还被国家美术馆收藏。画展的大部分作品都是在卧虎台画的。据说后来他又携作品还漂洋过海，到西欧展出，许多画被收藏。他出了一本画册，在前言中写道："当我被送往卧虎台时，我当时的想法就是我这辈子完了，因为对于一个艺术家来说，我是远离了艺术。可是当融入那块土地的时候，我才发现真正进入了艺术的中心，那是真正的艺术圣地……"

夏改造又来过卧虎台几次，他是来画画的，带着几个学生。那几个背着画夹，很洋气。村里人都感叹说，唉，是龙总要上天的。每次走的时候，他都会像第一次离开时那样说："这个狗日的村子啊，我还会来的。"可有一次走后却再没见他来过。刘鸿儒给打过一次电话，说："我当你狗日的死了。"夏改造说："快了快了。"刘鸿儒说："不回来看看？"夏改造说："我咋能忘了那狗日的村子啊，只是躺在担架上太费事了。"这次通话不久，夏改造就走了。

夏改造是美院的教授，画花鸟草木、虎石虫鱼，擅长人物画。他创新立意地画了一幅画，题名《无蝶菊花》，被解释为对热火朝天的革命形势有抵触情绪而划在受教育之列，后来又因为给一个女孩画像被指为资产阶级情调和有作风问题，革命形势再一紧张，《无蝶菊花》又被说成有反毛主席用的词牌名“蝶恋花”之意，他就给专政了，后来发配到卧虎台来改造。

夏改造出了一本画册，全是在卧虎台作的画，里面有女人的精身子像，人们看了，一眼就认出这精身子女人就是四梅。人们就说：“这个老流氓呀，亏四梅对他那么好，他却这么糟践四梅……”

小脑袋的儿子说：“都懂啥呀，人家这是艺术，四梅婶能当模特儿，那是多么荣耀的事。”

小脑袋的儿子是卧虎台第一个大学生，画册就是他带回来的。

四梅没有留下一男半女，也就没人说啥了。

每幅画的旁边都有一段或长或短的文字：

“那真是一片神奇的土地，他们说狗日的不是骂人话，驴日的才是骂人话。嘻嘻！”

“几个女人压着一个男人，扒了你的裤子，拨弄着你的尘根，一会儿左，一会儿右，耍够了，去做她们的活了，但你不能对她们有歪邪的想法，因为她们只是跟你耍耍，她们根本就没想那事。嘻嘻！”

“男人身上的虱子和女人身上的虱子到了一起，它们常常为男女身上什么地方的肉最嫩血最鲜而争论不休。”

“这个世界一个字就能概括：吃。说这话的叫老瓜头，但一点都不瓜，他说吃亏、吃官司、吃现成、吃醋、吃哪碗饭、吃屎撵不上热的、吃老本、吃老子的货、吃软饭、大鱼吃小鱼、黑吃黑、寅吃卯粮、好马不吃回头草、兔子不吃窝边草、癞蛤蟆想吃天鹅肉、吃苦、狗改不了吃屎、吃软不吃硬、吃不了兜着走、吃力不讨好、坐吃山空、吃里爬外……他一口气说了几十个，可惜他不识字，我又给他加上了民以食为天、治大国如烹小鲜、鸿门宴……”

…………

二十六

刘鸿儒是“四清”后给押上批斗台的。从大灾荒中走出来仅仅缓了一年，运动就又来了。1963年“四清”运动开始了，清账目、清仓库、清工分、清财物……开始刘鸿儒并没有觉得有什么，因为他是清白的。可是每次运动都不会像开始那么简单，很快风头便不对了，“四清”运动进入了“清政治、清经济、清组织、清思想”的“大四清”阶段。接着就是大揭批。开始海原人还不大理解大揭批，后来就理解了，那就是咬，鼓动人们互相咬，往出咬。结果先是把刘承信娶过两个老婆的事给咬了出来，接着孙鸿和给国民党当兵，和共产党打仗，打死了，马鸿逵还发了嘉奖令和十个大洋也给咬了出来。虽然刘承信已经入土为安，可后代还在，父罪子代，罪名就还在。再接着，刘鸿儒和西班牙传教士老鲁通信的事给大成咬了出来。因为有几回邮递员送信来，家里没人，是大成代收的。大成说你还有外国朋友。一顶“历史反革命”的帽子就扣在了刘鸿儒一家的头上。

刘鸿儒被打成历史反革命后，开始他还有些懵懂，恍如做梦。这些年对于戴帽子的遭遇他并不陌生，也见识了革命斗争的残酷，可毕竟没有切肤之痛，心里并没有深刻的思考与认识。直到有一天，在村巷里他遇到一场力量悬殊的战争，土改把解放打得鼻血如注，解放却不还手。要说解放大土改两三岁，娃娃大两三月都是大。他喝了两声，土改才住了手，骂骂咧咧地走了。解放从墙上扳了土疙瘩往鼻孔里塞止血，刘鸿儒问解放：“你为啥不还手？”

解放说：“人家是红小兵。”

刘鸿儒说：“他是红小兵你就不敢还手了？”

解放说：“人家是有组织的人。”

刘鸿儒说：“你咋不加入组织当个有组织的人呢？”

解放说：“我们都是黑五类，想参加人家的组织门都没有。”

解放走了，到远处说：“你家闰生也是黑五类，平安长大也是黑五类。”

又说：“我们都排过了，看哪边人多。”

刘鸿儒愣愣地站在那里，他这才认识到了成分的严重性。

一进院门，就听到闰生在哭，走过去一看，见闰生满脸血痂，浑身是土。知道跟解放的遭遇一样。林春花站在一边，就像痴呆一样。娘端了一盆水出来给闰生擦着洗，闰生哭着说：“他们说要把我打翻在地，踩上一万只脚，让我永世不得翻身。”

刘鸿儒给牲口添了夜草进来，刚上炕，听得娘在门外叫：“你们过来一下。”

刘鸿儒和林春花过去，娘说：“闰生睡着了呻唤得不行，我当咋了，揭开被子一看，全身都青紫了。”

两个人爬近闰生一看，林春花“妈呀”一声就号哭起来。哭声惊醒了闰生，闰生也哭起来，娘俩哭成一团。刘鸿儒摸摸捏捏，骨头没伤。娘从箱子里摸了几个枣和柿饼出来，哄得闰生睡去了。

两人回来睡下，刘鸿儒趴在那里吃烟，林春花还在抹泪，刘鸿儒想劝慰几句，又不知如何劝慰。便磕了烟锅睡了。过了两天，林春花提出了一件刘鸿儒没想到的事，要把带来的儿子闰生送回死鬼男人家去，她的理由很充分：“在我们家就是反革命子女，就是黑娃，害娃一辈子。”林春花对黑五类这个词还不太熟。刘鸿儒没有说话，但一直盯着林春花看。林春花搓着双手说：“闰生送回去，我给你生一个儿，不让你吃亏。”刘鸿儒给气笑了，说：“你再生一个就不是你的儿了？就不是我的儿？就不怕害他一辈子了？”林春花说：“是我的儿，是你的儿，帽子该他戴，这是他的命，为啥要让别人的娃戴咱的帽子受罪？”又说：“没爹的娃本就可怜。”他没想到林春花会这样想，这让他重新认识了林春花一回。刘鸿儒说：“我要不让往回送呢？”林春花闭着眼睛许久说：“那我、我就去揭发你。”刘鸿儒想揭发的会开得多了，连女人都知道揭发了，就说：“你知道啥是揭发么？”林春花说：“知道，就是互相咬，往出咬。”刘鸿儒笑了，说：“你要揭发我啥？”林春花愣了一会儿说：“你、你偷偷存下来没上交的东西。”刘鸿儒心里咯噔一下。打成历史反革命后，让他交罪证，他交了一些信件，师傅出版的六本书，还有老鲁的几封信和专门给他打的那个银十字架，他没舍得交，用塑料纸包裹好，埋藏进了窨子洞，他并没想到避林春花，他们是夫妻么，塑料纸和绳子还是让林春花找的。真是知人知面不知心，刘鸿儒想到了老话说夫妻本是同林鸟，大难来时各自飞，又想到舅舅老崔总爱拿“老话说”给人说事，这老话说得扎实透骨啊。这些没上交的东西现在要给揭发出来，肯定会罪加一等。就他的问题，尚志就说过，倘若在当初被揭发出来，判死刑也是有过的。林春花看上去聪明，但拿这事要挟他，说来讲去还是个半脑子。世上怎么会有这种缘分呢？刘鸿儒一个砍脖，林春花坐在了地上呜呜哭着说：“他爹，你就交了吧，那些就是些祸害，别把命要了。”刘鸿儒说：“交出去，现在交出去就等于把老子的命交出去，你就揭发去吧，把老子枪毙了，你不就零干了。”林春花呜呜哭着说：“他爹，你就把闰生还给蔡家去吧，你把闰生还给蔡家，他们就是给我架土飞机、打夯，我都不说出来。”又说：“我一定给你再生个儿子，能生一个我就能生两个。”晚上，娘对刘鸿儒说：“让送回去吧，她说得也对。”后来，刘鸿儒才知道，留在蔡家的老大在灾荒中没了，蔡家老汉找过林春花。

刘鸿儒以为也就闰生的事，然而，他错了，林春花开始试探当家做主，在一些事务中出头露面，就像刘鸿儒被打成“历史反革命”，就在人前再也抬不起头说不起话了。在海原只有男人窝囊得吸不起鼻涕，女人才会出头露面。刘鸿儒懒得理会。日子都靠着生产队过，再日能的人都趴着哩，你就是有本事能把星星摘下来，没人同意你摘，你也不敢摘。他把权力让给了林春花。日子交给林春花去打理，自己倒也省心多了。而且只要林春花心情舒畅，儿子就来得快，儿子来得快，他背负的重担卸得就快。再有一个儿子，他就无比轻松了，因此乐得忍气吞声。

这一年林春花生下了女儿安喜，刘鸿儒说：“你说闰生送回去，给我再生一个儿子的。”

林春花却撇撇嘴说：“娃是你造的，你下了糜种还能长出麦子来？”

刘鸿儒痴愣了，盯着林春花，林春花又说：“女儿好，咱家这成分生儿子那就是生了个受气包，批斗会又不斗女儿。”

又说：“咱一儿一女够了，生那么多做啥，像你一样让人家斗？”

刘鸿儒没想到斗他倒把林春花斗成了这样。

林春花是这么说的，也是这么做的，在那事上摆出一副大权在握的架势，她想干你才能干，她不想干你就休想干。这让刘鸿儒大为恼火，可他一发狠，林春花便以他保存的东西要挟他，真还把他给拿住了。

他发现林春花怕鬼，每到晚上，就吓得不敢出门。于是他便装鬼。林春花给吓过几回，天一黑再不出门，上炕包了头搂着娃睡觉。可好景不长，给林春花发现了，有一天晚上，他要做那事，给林春花一脚蹬了出来，说：“你不是会装神弄鬼，自己耍去。”刘鸿儒坐在地上想，这形势得扳过来啊。

虽然不做大队长了，但这并不影响他读报。大队订阅着几种报纸，他经常去读，而旧报纸一般就让人拿去糊炕围子、学生包书皮、卷旱烟棒子。刘鸿儒读完报纸会拿回几份报纸来，林春花总拿报纸铰鞋样儿、娃娃衣服样儿。这天，他拿回来报纸，看着报纸，他有了一个拿住林春花的主意。他要打个翻身仗。报纸上正好有毛主席挥手致意的像，他打开包袱，找出林春花铰的鞋样儿，把鞋样按在报纸上誊了一张，把毛主席铰成了两截，夹入鞋样中，又包好了包袱。做完这事，他自己都心跳腿抖得不行。他知道这事情的严重性，因为损坏毛主席像被判重刑的事多得很，报纸上报道很多。不要说报纸上，就是拐子镇也有一例，他亲眼见到的。他还是大队长的时候，去拐子镇开会，那天正是拐子镇的集，散会后他去集上，一个汉子对着一堵墙撒尿，他也感到尿憋，便向着墙走去。还没走到墙跟前，公社三个治安队员从他身边冲了过去，上前就扭住了那正尿尿的汉子，胳膊一拧土飞机就架了起来，那汉子尿还没尿完，家当还甩在外面，大声咆哮着："日他娘，老子是贫农，人老几辈子的贫农。"吼叫着拼命往开挣，给人家一人一脚踢得坐在地上。汉子说："咋了，老子咋了，杀人了，放火了，挖社会主义墙脚了，收听敌台当特务了……"一治安队员薅住头发往后一扯，汉子就仰面朝天了，治安队员说："你狗日的自己看。"刘鸿儒抬头一看，惊出一身冷汗，那堵墙上画了毛主席像，那汉子一泡尿正尿在毛主席的军大氅上。汉子大声号叫着说："这里以前就是尿尿的地方啊，谁把他老人家的像画到这搭来了嘛。"汉子就那么被带走了，没过一个月就判刑了，十年，布告贴得到处都是。这事他想起来都骨头发酥。

晚上，林春花做针线，他假装翻各式鞋样。翻出那张鞋样时，他一把攥在手里说："你个瞎屄，你做的好事！"

林春花颤抖起来，刘鸿儒说："你个没脑子的货啊，这罪名你当是个小罪名呀！"

又说："我是死驴不怕狼扯了，可这不但害了你自己，还会害了你的两个儿呀。"

他一跺脚说："你说咋办？"

"他……他爹，你……你说咋办就……就咋……咋办。"林春花结巴了。

刘鸿儒说："我说咋办就咋办？那就跟我去大队，找工作组去。"

林春花往后退着说："他爹，求求你，别把我送大队、送工作组……"

刘鸿儒说："哼，不送我就跟你一个罪。"

林春花扑通跪在地上，"咻咻咻"磕着响头说："他爹，你不说，我给你当牛做马。"

刘鸿儒对林春花说："还敢给我耍脸子么？"

林春花说："不敢了。"

刘鸿儒说："以后我说啥是啥。"

林春花说："你说啥是啥。"

刘鸿儒说："以后干啥，心里想的啥，要给我早请示晚汇报。”

林春花说：“像你、你们给毛主席请示那样？”

刘鸿儒就给了林春花一巴掌，林春花连说：“早请示晚汇报，早请示晚汇报。”

从那以后，林春花彻底给拿住了，毕恭毕敬，唯唯诺诺，伺候得真是地道啊，可是刘鸿儒心里却无比寒凉，他们这还是夫妻？刘鸿儒觉得自己卑劣啊，他怎么拿这样的事跟自己的婆娘弄事。他知道不是他拿住了林春花，而是林春花的儿子拿住了林春花，真是可怜天下父母心啊。他没有再用残损的毛主席像要挟过林春花，他烧掉了那鞋样。

刘鸿儒一直以为自己这冒险的一招在全中国也不会有第二个。然而，几十年后，他才知道就在卧虎台，就有一个人用了类似的手段降服了一个人，而且在他之前。

斗地主开始不久，任大山就被斗死了。享了大半辈子福，用卧虎台人的话来形容是衣来伸手饭来张口的少爷任大山实在受不了抽筋扒皮的折腾，在被关的房子里，把裤子撕成了布条，拧了一条绳子将自己吊死在了墙上拴驴的土橛上，撂下老婆红梅和四个儿子。斗任大山最卖力的是年四旺。卧虎台斗地主有一项是“上武行”，比别的地方“开锤头会”要内容丰富一些。年四旺只要听到喊“上武行”，他就跳上台去，站在任大山面前，往手心里唾两口唾沫，“老牛歇蹄”“老羊跪乳”“猪蹄蘸蒜”“小猪拱墙”“猴吃桃”……五花八门的“武行”，最让任大山受不了的是“老鹰捕兔”，扭住两条胳膊，便劲一拧，拼命往高里撅，来一个俯冲，就听到全身的骨节“咯吧吧”响动，像多久没有转动的锈齿轮被硬硬转动起来，不要说你不配合，配合得慢点两条胳膊就会给折断了。批斗会开过三场，任大山的胳膊脱臼两回，接胳膊任大山几十岁的汉子哭爹叫娘。任大山死了，年四旺找到工作队，要工作队把红梅当浮财分给他。工作队队长是高永，眯着眼睛看看年四旺说：“难怪斗任大山这么积极，原来你是有目的的。”红梅高永是见过的，觉得两个人有些悬殊，但还是派工作队女队员去给提说，出乎高永意料的是红梅很痛快地同意了，但提出条件，要让年四旺搬她家去住。年四旺一听要搬到红梅家去住，却不同意，要红梅搬他家来住。高永说：“住过去还不好，怎么说人家家里收拾得也比你家清爽。”年四旺说：“队长，你咋不想么，我住过去那就是入赘了，入赘是啥，就是给人家做女婿，这啥名声？她家啥成分，我不把自己的成分带坏了？再说她四个娃三个干头儿子，不还得我苦着养活，以后成家立业的，我不是给她家当牛做马？队长啊，那就是个黑窑，想都不敢往下想啊，我才不往磨眼里搡手指头。”高永笑了，心想这家伙人懒脑子却不懒，就说：“那你就再等茬口吧。”年四旺说：“队长你给我做主，只把她分给我，我不分她家娃。”高永说：“小的还没离怀，要是你的骨肉你能撂得下？”年四旺说：“你把她硬分给我么。”高永一拍桌子说：“让民兵给你押来？给你抢是不？像土匪抢压寨夫人？你把我们的革命看成啥了？”年四旺说：“那我那么卖力地斗死任大山有啥意义。”

可是这话说了的第二天，年四旺就到曹支书这里来开介绍信，说要跟红梅结婚。曹支书笑了，正坐在村部开介绍信要走货的王货郎说：“你这不是把指头往磨眼里揣，而是把头往胶锅里揣。”

坐在一边的刘城“给给”一笑说：“还有一揣你没说么。”

刘城说的是一句荤话，却正与头一天晚上年四旺遭遇的事合上了。头一天晚上，红梅来了年四旺家。三十多岁的年四旺哪里经得住红梅的撩拨挑逗，扑倒了红梅。红梅就像蛇一样卷着年四旺，一夜卷了年四旺四回，卷得年四旺魂不附体、魄不在身。年四旺说了狠话：“我的娘唉，为你死都值。”

结婚后红梅却冷硬成了一块石头，只要红梅不同意，年四旺要近身比登天还难。年四旺完全成了红梅家的长工，那才是真正的“吃二遍苦，受二茬罪”。这年四旺本是个逛山，好吃懒做，而且带着痞子气，是从娃娃手里叼糖吃的货，要起赖来与刘城有一比，赖得老驴都淌眼泪，卧虎台人想不明白，文弱温暾的红梅到底有啥手段，把个年四旺拿捏得服服帖帖。而红梅也变得人简直都不认识了。

卧虎台的男人闲暇之时，便聚在村巷谝闲抬杠，打发时日，年四旺说话不着调，最喜和人谝干传，和红梅结婚后就由不得自己了，只要他站在村巷和人抬杠，红梅撵出来就骂：

“二货，你不卖屄屄痒得不行是不？你的屄咋就一点不值钱！”

人群便“哄”地笑起来。

红梅“呸”一口，或骂：“还不上山拾柴火去？屄闲了到山上找棵树蹭去。”

或骂：“还不搭粪去？屄闲了还不如借给女人养娃去。”

或骂：“还不往自留地里背粪去，不卖屄你就活不了是不？”

开始的时候年四旺还顶嘴：“你给我留点脸面好不。”

红梅再“呸”一口，说：“你的脸老娘在裤裆里给你装着哩，你来掏呀。”

又说：“人不是把你叫二货么，要脸等你变成两个一货吧。”

年四旺只能长叹一声，就提着绳子、砍刀或背了背篼、粪铲往山上走，往山野走去。

人们就感慨：“任大山死得也值，有二货这么好的长工，还怕自己的儿子长不大。”

又说：“四个儿，够狗日的苦一辈子哩。”

更让人们感慨的是红梅：“你说咋就变成这样了，以前可不是这样的。”

“以前多好啊，文文静静的，贤贤淑淑的，笑不露齿，语不高声，见了人不笑不说话，唉……”

“嫁狗随狗么，跟了二货，能不像二货？”

一直到几十年后年四旺自揭谜底：他睡觉打把式，把箱盖上摆着的毛主席瓷像一脚踢到地上，碎成了一堆，红梅就拿这要挟他。“那是多大的事，我掂来轻重。”年四旺说。后来，红梅又揭谜底：“那是我为拿住他故意摔的。”人们惊得眼珠子都快要跳出来，“这么大的事你都敢做？”红梅说：“人要是没活路了，啥事做不出来，大不了一死么。”年四旺拍着脑瓜说：“最毒妇人心啊。”红梅说：“有你对任大山毒？”这个时候他们都过了七十，不要说是打架，就是骂架也上气不接下气了。

不过，年四旺老了倒没受罪，娃都大了，在外面工作的、打工的。有一次大儿回来，只给娘买了衣服和吃食，没有给年四旺买东西，红梅把一杯水泼了儿子一脸，吼道：“你驴日的是吃屎长大的？”从那以后，几个娃回来，给年四旺吃喝穿戴都买齐了。

年四旺给大家散着带把的纸烟，就有话说了："人啊最怕的是老了受罪。"

刘鸿儒心想林春花给他拿住了，便试探着将林春花送回去的儿子再要回来，林春花忽然跪下了："他爹，你就饶过他吧，别害了他。"

刘鸿儒阴沉着脸说："那要是我硬要呢？"

林春花说："他爹，杀人不过头点地，你要那么逼人，两下里都不得好。"

刘鸿儒点点头，又认识了林春花一次。

林春花又说："他爹，我给你再生一个儿，把你的心事了了。"

这话让刘鸿儒感动，可他高兴不起来，这事由不了人啊。

然而，林春花说话真算话，一年后，林春花生下了女儿小凤，又过两年，林春花生下一个儿子，取名的时候，刘鸿儒去问娘，娘说："姓孙吧。"刘鸿儒就给取名孙翔远。

这让刘鸿儒再次重新认识了林春花一次。

林春花弥留之际，刘鸿儒把他铰鞋样的事坦白了，林春花说："我知道。"

刘鸿儒说："你就吹吧。"

林春花说：“饭桌子不稳当，花子拿红宝书垫了桌脚，让人咬出来不捆了押上台了么，人家还是贫下中农哩，我知道这事有多重。”

又说：“我的鞋样都是从别人那里誊来的，要把毛主席像铰成了两半截，能压得住？那时间人都咬疯了，还不让人咬出来？”

又说：“你剪的那张鞋样是新报纸，新报纸白，以前剪的鞋样报纸都黄了，一眼就能看出来。”

又说：“我也是好几年后才想明白的。”

刘鸿儒大张着嘴，半天说：“那我以后那么压迫你，你咋不反抗。”

林春花说：“弄得让别人听了去，让公家把你一枪打了，我咋活？”

又说：“我都死过一个男人，再当回寡妇，让人家说我克夫？”

林春花说：“闲气难淘，你说为那些跟咱们日子没关的事淘气，图个啥？”

又说：“你是不是觉得我瓜着苕着藤着呢？”

又说：“我给你说，这世上除了老天爷造下是瓜子苕子藤子的，谁也不瓜不苕不藤。”

刘鸿儒抚了林春花的脸，又抚了一下。

林春花说："我没怨你，知道你是给我逼急了，我不该拿你藏那些东西逼你。"

又说："你也别怨我，没办法，我害怕闰生受罪，像你一样给押上台去，我都看怕了……"

刘鸿儒给押上台，主要斗他的就是朱大成和刘城了，"上武行"那可真是下手狠。不过，这两个人都不壮实，手劲不大。

林春花又说："那年月人脑子都不清爽，天天开会，人都咬疯了。"

卧虎台的阶级敌人队伍越来越大了，朱虎的女人孙金凤也给押上了批斗台。解放前朱虎一直给人吆脚。快解放的时候，朱虎经过兰州城，正赶上妓院散伙，大卖妓女。怕年纪大的长得丑的卖不出去，就把妓女全都赶进一个大仓库，大天白日的门窗全闭了，让人进去瞎摸，摸上哪个是哪个，不准反悔。朱虎正光棍着，便掏了点银子，进去摸了一个。朱虎摸的时候就摸乳房，女人的年龄在乳房上体现得最分明。朱虎吆脚，妓院娼房也是常进的。朱虎摸到的是孙金凤，拉出来一看，还行，年纪不是太大，也没结婚，长得也还行。朱虎就很心满意足了。刚结婚那几年，别人不知道，后来，孙金凤跟婆婆关系处得不好，婆婆骂的时候一句一个"千人压万人捣的婊子"，金凤跟婆婆对骂，两人关系越来越僵，婆婆便不但是骂，而且给人讲说。起初婆婆骂婊子，人都以为是骂人的话，卧虎台人骂仗也骂“婊子养（生）的”这样的话，现在婆婆一讲说，人们才知道孙金凤原来真是个婊子。运动一开始，也说到过孙金凤是个妓女，但又都觉得妓女也是苦出身，也就放过了。运动越来越紧张了，要让互相揭发。啥是揭发，用林春花的话说那就是互相咬。经过一阵子咬，都咬得差不多没啥咬了，这孙金凤原是妓女就给人咬出来了。孙金凤就给在耳朵上挂着两个烂鞋底押上了批斗台。这事其实不是啥秘密，朱虎也不遮掩，别人嘲笑朱虎的时候，朱虎说：“一分价钱一分货么，几两碎银子还想娶个良家妇女，你看给我养的这几个娃，虎头虎脑的差啥了。”背地朱虎却嘲笑别人，说：“净是放屁不嫌沟门子（肛门）疼的人，白天没吃的，晚上没日的，净屎打得炕响哩，还笑话人？”

王货郎给押上台完全是因为一句话。年终队里决算时，除了分回全家人的口粮，拿不到几个钱。有的年头还要卖了猪，倒找给队里一些口粮款，王货郎因而自嘲说，“是我养活生产队么”。结果给人咬了出来，被干部定性为嘲笑社会主义。

老曹给“四清”了，阶级敌人队伍的排头兵就成了老曹，斗老曹的时候最积极的是朱达旺。做活歇缓的时候，刘鸿儒说老曹：“这就是你培养的人么。”老曹笑笑。

老曹不吃烟，就揪一撮子苁草在啃里嚼，嚼得满嘴绿汁，便有一股青草的香味。

老曹是曹家新庄人。曹家新庄只有十几户人家。老曹能当卧虎台大队的支书是红军长征经过海原时，他家里住过红军，而且是个老大的官。

刘鸿儒说：“当初咋就把朱达旺这样的人弄进了班子哩，那能带个好头么。”

老曹说：“形势需要么。”

老曹又细说：“一是从当时大环境来讲，与其他县相比，咱海原的革命形势相对严峻，1936年红军成立了预海县，半年就给破坏了，主席被杀了，其他人被迫害，影响很大。解放初，在咱海原和同心、固原等地流窜的土匪大大小小八十多股，人数几千上万，相互勾结，烧杀抢掠，像盘踞在咱海原县庙山一带的马绍武、张海禄，都在马鸿逵部队做过军官，土匪队伍实力大，都是骑兵，有火炮、机关枪，在宁平公路上抢劫商队，伏击解放军的驼队，抢军用物资，血洗乡级政府，还扬言扫平西海固，打到银川去。有一次他们杀害了四个我们的干部，把割下的头颅挂在路边大树上，悬挂标语：谁为解放军共产党办事，这就是下场！你说张狂不？1950年的‘5·8’叛乱你知道吧，潜伏特务梅书成当过胡宗南部参谋长，勾结国民党第八十二军旅长马云山秘密策动叛乱，纠结惯匪、特务、恶霸、地主、兵痞、流氓等八千多人，加上给威胁的群众五千多人，打着忠义救国军的旗号，在平凉、西吉、海原、隆德、固原同时发动暴乱，杀了不少我们的人。虽然解放了，土匪都被消灭了，可这些事影响还在么，人人心里后怕着哩。

“二是地主嘛也是人，乡里乡亲的，多数都沾亲带故的，一搭里住着，低头不见抬头见，谁好意思去分浮财、挖底财？就说姚庆丰，那是卧虎台最大的财主吧，可人家在群众中人缘好、威信高，土地送给人种，谁家有困难都得到过人家的接济，往前说卧虎台是人家姚家的地盘，地摇了以后，到卧虎台落家的人，人家姚家没收地皮钱，你说有点良心的人谁愿上台去斗姚庆丰。这种情况土改还咋往开推，需要像朱达旺这样做人不讲究的二愣子，啥都能做出来，工作好往开推，后来你也看到了，这步走得对着哩，你看朱达旺，拆人家的门楼子、搬人家门前的石狮子这样的事都能做出来，你能做出来？你做不出来。需要这样的带头人么。”

刘鸿儒说：“就没考虑过要被群众骂？把影响搞日塌了？”

老曹说：“考虑过，可革命么哪有十全十美的，再说人是个便宜虫，分浮财、挖底财都会跟风的，一跟风就啥话都不说了。”

汪富有心情一下子好起来，刘鸿儒说：“心里不堵了，不觉得冤枉了？”

汪富有说：“你看到现在，老曹和你都押上台了，我还埋怨啥，往后走还不知道收拾谁哩。”

刘鸿儒捣汪富有一拳说：“小人。”

汪富有嘿嘿一笑说：“小人好当，随时都会快活，君子太累了。”

说着唱起来：

百里奚不得时列国游转，
孔圣人在蔡邦绝粮七天。
苍天爷保佑我吃碗饱饭，
回合阳给爷爷献个鸡蛋。

清早间吃的是黑豆稀饭，
到中午通罗粉打成搅团。
到黑了没有饭先生随便，
这一天吃两顿全当三餐。

到春天荠荠菜砸烂就饭，
到夏天马杂菜长得嫩鲜。
到秋天红苕蔓来上一碗，

萝卜缨窝浆水比醋还酸。

刘鸿儒说："你这唱的啥么，相互都不粘连。"

汪富有说："想到哪搭唱到哪搭，快活么。"

押上批斗台，自然就不用管事了，刘鸿儒倒清闲了，除了上工、开批斗会，刘鸿儒就和反革命队伍靠着墙根眯着眼睛晒暖暖歇阴凉。真正要操心一个大队，那是很累人的。

二十七

1964年，农村搞“社会主义教育运动”，二次“割韭菜”，把一些“地富反坏右”的家里又搜腾了一遍，立柜、桌子、椅子、炕桌子、箱柜子……朱达旺看上了姚庆丰家覆着琉璃瓦的大门楼和门前的那对石狮子，可他有些拿不准这可不可以搬。他试探了一下姚庆丰：“这院子被人均得七零八落的，还要这么高级的大门楼子孤零零地摆在这里不好看么。”

姚庆丰说：“哪里是不好看，简直是扎眼么。”

朱达旺说：“对对对，是扎眼，扎眼你还摆着做啥？”

姚庆丰说：“那麻烦你给扒了去了，我看你家院落宽展。”

朱达旺说：“也就是，你说你把人都活成个啥样了，这门楼子还能装你的门面？我家正好缺个门楼子。”

朱达旺扒门楼子的时候，怕叫别人帮忙别人也要均这门楼子和石狮子，便没有叫人，一个人动手，儿子还小搭不上手，女人却不愿跟他一起扒，说：“门楼子能吃还是能喝？你差个门楼子，扒了人家的门楼子，人家就不差了？扒人家门楼子，脸没处搁。”

朱达旺说：“这是革命。”

女人撇嘴说：“革命，说得好听死了。”

毕竟是扒人家的门楼子，朱达旺还是顾忌了，晚上偷偷摸摸地干。姚庆丰就像知道他的心思，早早蹴在门楼子跟前吃烟。朱达旺到了，开始扒，姚庆丰就蹴在那里吃烟。一个人单膀独力，石狮子太重，朱达旺说：“你是个死人，不搭把手。”

姚庆丰笑了说：“你这是扒我家门楼子哩，让我给你搭手，到底你是二百五呢还是我是苕货？”

朱达旺说：“咋了，听你这话有意见？”

姚庆丰笑着说：“你咋听不懂人话，我是说你总得让我心里受活着。”

朱旺达只能自己扒，姚庆丰却在那里唱了起来：

他大舅他二舅都是他舅，
高桌子低板凳都是木头，
走一步退两步全当没走，

为王的坐椅子脊背朝后，

为的是把肚子放到前头。

…………

朱达旺说：“你甭唱了，啥人么，故意惹人不受活。”

姚庆丰说：“你搬我的门楼子，我唱说明我心里不气么，你还有啥不受活的。”

刘鸿儒走了过来，在朱达旺的沟子上踢了一脚说：“你在干啥？人家的大门楼子你也往倒推？”

刘鸿儒觉得肩膀一沉，扭脸一看是姚庆丰。

姚庆丰说：“是我请他帮忙的。”说着拍拍刘鸿儒的手。

这时，三句半走过来，“喀喀”两声说：“要在过去，你推倒人家的大门楼子，那要蹲大狱的。”

这三句半以前人都叫半截子，因为他说话结巴，一句话只能说半截子。县上毛泽东思想宣传队来卧虎台演出后，人们就把他的绰号改成了三句半。因为有个节目就叫三句半。可今天日怪，他竟然说了一整句话，没有结巴。

朱达旺把大门楼子放倒了，往倒放石狮子时，姚庆丰说：“这石狮子在我家门前站了人老几辈子，你要当心别伤着你。”

朱达旺说：“你咒我？”

姚庆丰又笑着说：“你咋听不懂人话，我是提醒你别大意。”

石狮子的底座是青砖砌的，朱达旺才掏了两块砖，石狮子就“轰隆”倒下来，朱达旺躲闪不及，一条腿给砸在下面，疼得嗷嗷大叫。

姚庆丰说：“你看看让你小心别伤着，咋这么大意呢？”

朱达旺疼得叫着说：“还不过来帮忙，站在那里说风凉话。”

姚庆丰依然蹴着说：“你扒我家门楼子哩，我还帮忙？”

朱达旺挣扎出被压住的腿，哇呀哇呀地叫着，说：“快搀我回家，去给我找赤脚医生。”

姚庆丰不笑了，说：“世上咋有你这号人，老把别人当苕子、瓜子、二百五的待。”

说罢，哼着调儿进了院里，又停下步子，说：“我这一对石狮子会说话哩。”

朱达旺强忍着疼痛问：“真的？”

姚庆丰说：“只是有些人听得懂，有些人听不懂。”

朱达旺往起一站，腿一疼又扑倒在地上，只好爬了回去。

朱达旺的女人连夜叫来了赤脚医生徐大春。徐大春给人看病，也给牲口看病。朱达旺说你能看不能看？徐大春说驴腿折了我接上照样犁地跑路哩。人就是动物，一理。扯了一绺子纱布，砍了两块杨木板子，三下五除二地一裹，就了事了。伤筋动骨一百天，等朱达旺能下地走了，腿一瘸一拐的。散开纱布一看，骨茬没有对严实，长弯了。朱达旺气坏了，徐大春说接上你不老实待着，乱动，只能掰断重接了。朱达旺说能长好么？徐大春说应该能吧。朱达旺说应该你娘个屄！你让老子吃二遍苦受二茬罪呀。朱达旺的女人是个聪明人，说这世上有三不惹，不惹郎中，不惹阴阳，不惹过路人，你惹了郎中，以后还看病不？除非你头用铁箍子箍上。朱达旺说老子不找他看病，老子去公社看病。

朱达旺瘸了，一走日天戳地的，自此便被人叫了“朱瘸子”。但他还是把姚庆丰家的门楼子和石狮子挪到了自家大门前。门楼子建得完全走样了，石狮子摆得也别扭，加上土墙土院土窑洞的不配套，看上去就很滑稽。

“文化大革命”开始后，随着运动越来越紧张，卧虎台的斗争越来越残酷，卧虎台村的日能人一茬一茬被打倒，朱达旺走上大队长的领导岗位，他觉得这是那对石狮子带给他的运气，越发认为把姚庆丰家的门楼子和石狮子挪到自家大门前真是英明决策，从内心他真是对革命千恩万谢。然而，他哪里想到依旧是阳光明媚和风浩荡的一天，革命又让他将门楼子和石狮子再给人家搬回去。世事的变化对于卧虎台像朱达旺这样的普通人就是这样的神秘莫测，落实政策后，土改、社教没收了的东西要给人家退回去。当时一开会就炸了锅，朱达旺哆嗦着说：“这啥事么，真和胡汉三说的一模一样，吃了我的给我吐出来，拿了我的给我还回来。”这时候姚庆丰已经死了，姚庆丰的儿子姚裕福还在劳改，姚庆丰家的门楼子和石狮子并没有人提及，可一年后，姚裕福回来了，在一个上午，他们在村巷里碰上了，姚裕福对朱达旺说：“老朱，你那门楼子和石狮子得给我搬回来了。”

朱达旺脸上给人拧了一把，说：“你、你拉回去吧。”

姚裕福说：“我拉回去，当初是我们送到你门上的，还是它们长腿走到你门上去的？”

朱达旺说：“我给你搬回去，挣不死人。”

和十几年前往自己家搬一样，依旧是朱达旺一个人，这时候他已经不是大队长，就是一个普通社员。而且他已经完全是个过了六十的小老头了。门楼子和石狮子他用了半个月才给人家搬回去，比往自家搬整整多出十天。搬石狮子时又砸伤了另一只脚。姚裕福就像他往自己家里搬的时候的姚庆丰一样看着他，一把手都不搭，还指手画脚的。他恨得咬牙切齿，但却无法发泄。他只能恨恨地想，我这辈子再不会和姚家人说一句话，然而，他不能不说。因为他在当大队长时干了一件事，后半辈子便被这事牢牢地套住了。

那天姚庆丰的儿子姚裕福去驮水。卧虎台人吃水吃的是窖水。往窖里收水那是要过雨（暴雨）的，一年要不下几场过雨，窖里收不上水，在窖里剩下一二尺水的时候就不能再吃了，因为还得留水养窖，如果窖干了，不几天糊的一层胶泥就全脱落了，窖就装不住水了。所以天一旱，井上打水的人就多了。卧虎台就一口井，还是姚庆丰打下的，现在供着全大队的人畜用水。姚裕福赶着驴到了井上，朱四壮媳妇兰女正在井上打水，姚裕福把驴拴在桩上，看着兰女摇着辘轳。摇辘轳腰弯下去屁股就撅起来，如是往复，屁股就一起一伏的，遇到女人摇辘轳，耍得着的谁都会伸手拍一把屁股。可拍屁股有拍屁股的气氛，人多了拍一把谁也不会想啥，今儿井场再没人，姚裕福尽管手痒，开始也没去拍。这兰女虽然生了一个娃，却是上马红（新婚之夜怀孕），嫁过来还没过一年，算是个新媳妇。可兰女的屁股圆丢丢颤巍巍的，实在诱人，最后姚裕福还是拍了。只有两个人，这拍屁股就有些暧昧。不过，两个人都没往别处想，就像一个活顺手捎带着做了一样。兰女正鼓劲摇辘轳，不敢松劲，姚裕福见兰女没说啥，嘻嘻一笑，又拍了一把。兰女把一桶水打上来，蹬了姚裕福一脚说你变驴呀。说着把打水的兜子把往姚裕福手里一擩，说白拍了？给我摇辘轳。姚裕福一笑说再摸一下。兰女说少骚情，小心我翻脸。姚裕福就替兰女摇辘轳，边摇边说荤话，你男人一年回来一趟，熬得住？我都替你难受。兰女又踢了姚裕福一脚。

朱达旺正从坡上走过，这一幕便看到了眼里，扑到井台上羞先人道亡人地骂开了。朱达旺当了大队长，比以前火气还旺，嗓门还大，吼骂起来声动山野。一下子聚集了好多人。朱达旺是兰女的公公，骂话太难听了，兰女羞臊得连号带哭地跑回去了。本是两个人开玩笑的事，可经朱达旺出言出语地一骂，兰女又连号带哭地跑开，在别人听来就像真的有了什么事。朱达旺骂够了，去了大队部，派民兵来抓姚裕福。姚裕福赶着驴驮着水回到家，刚刚和媳妇绣花把水从驴背上揭下来抬进屋倒进缸里，两个民兵就来了，从腰间解下绳子要扎姚裕福。

姚裕福说："咋了，咋了。"

民兵李兵说："屎头子闯祸了，还装个屎。"

民兵不由分说三下五除二就把姚裕福扎了，押到了大队部。朱达旺解下皮带正要揍姚裕福，老田进来。正搞社教，大队驻了工作组，老田是组长。朱达旺把事情从头到尾讲了，当然是既调油又加醋的。老田脸子黑了。

老田本就脾气大，弄事爱上纲上线，动不动捆人押人，而这事又与他有些关系，也不是说这事本身与他有关系，而是这事本质与他有关系。他当了十年兵，他婆娘曾经也是军属，到现在他还很怀疑自己的婆娘，这件事勾起了他内心的宿仇，咋能不当回事。

姚裕福是个独生子，被爷爷和爹两代人恩宠娇惯，又正是天地不怕的青皮后生，再说到井上打水，谁没拍过女人屁股，井上人拥挤了，为定打水的先后男人和女人摔跤也是常事。因此，即使是老田直接审问，姚裕福也根本没把这事当事。

老田审了几句，就火了，因为姚裕福大大咧咧，一点都不怯，这在老田看来，是把他没当回事。门外社员已经围得水泄不通，这让他很没面子，所以他很快就火了，一拍桌子："你还狡辩！"

姚裕福说："咋是狡辩，拍不是摸，拍咋是摸？"

老田说："你娃别掂不来轻重，我给你说这不是小事。"

姚裕福说："摸就是摸，拍就是拍么。"

老田说："那你说摸和拍有啥不同。"

姚裕福说："你想么。"

老田说："想不明白，讲！"

姚裕福说："摸到肉上那才叫摸，隔着裤子摸个啥？"说着，在自己屁股上连拍两下，说，"这是摸吗？"

围着门的人"哗"的一声笑了。老田脖子往门口一抻吼一声："还不都散了。"

人们就都散了。

老田拍着桌子说："我告诉你，你娃还没有认识到事情的严重性，摸也好，拍也好，那是军属的屁股。"

姚裕福就笑了："军属的屁股又不是老虎的屁股还摸不得了。"

老田咬住了这句话："看，承认是摸了。"

姚裕福说："你莫乱咬噻。"

老田拍着桌子："我乱咬，你说我是狗？"

姚裕福说："你咋老是听不明白话，我说你是狗咧，我说你别乱咬字眼。"

老田不接话茬，问："多长时间了？"

姚裕福说："啥多长时间了？"

老田说："你们好了多长时间了。"

姚裕福说："说啥话哩，好了多长时间了，就拍了两下。"

老田说："坦白从宽，抗拒从严。"

姚裕福说："这我知道，批斗会上老说哩。"

老田说："不承认是不？"

姚裕福说："我承认我拍了。"

老田大喝一声："不用审了，给他定个破坏军婚罪。"

姚裕福给定了个破坏军婚罪，先是在村里进行批斗后，又押到公社去了。朱达旺这才发现事情有些不对头，他没想着要把姚裕福咋样，也知道两个娃啥事没有，他是敲锣惊鸟儿，儿子在外当兵，一年回不了一趟，怕媳妇耳根子软，让人家哄上当，正好遇上这事就当锣敲敲。送到公社可不是个好兆头。朱达旺到了公社，却又不知找谁，又返回来找老田，说："重了，这重了，在大队上批斗批斗就算了，还送公社做啥，你再给要回来噻。"老田说："这事已经不是你的事了。"朱达旺说："咋不是我的事，明明就是我的事。"老田说："我告诉你，这事要判刑的。"事情闹到这个地步是朱达旺远没有想到的，可他已经控制不住局面了。姚裕福给判了十年，人们都吃惊了，朱达旺去找姚庆丰，说："我不是要把你儿子送到大牢里去。"姚庆丰抡圆了胳膊给了朱达旺一个砍脖子，朱达旺一个爬扑子趴在地上，他站起来，搓着手说："你看这事弄的，我真没想到这事弄这么大。"

更让朱达旺没想到的是儿子朱四壮回来了，坚决要离婚。他对朱四壮说："兰女没干见不得人的事，兰女很贤惠。"朱四壮说："贤惠就让人家摸？"朱达旺说："你咋这么说话，那是摸么，是拍，你在井上打水没拍过人家屁股，当兵咋把你当成这样了。"朱四壮说："没事你就别这么弄，现在弄成这样了，人人都知道了，没有都是有了，不离婚我脸往哪里搁？"朱达旺说："骂人没好口，打人没好手，事是给人逼成这样的。"又说："不是人说的那样。"

晚上朱四壮进自己屋里去睡觉，朱达旺心里宽了，只要两个人一起睡了，事就不是事了。朱达旺知道儿子急慌慌着哩，也没听墙根，早早睡了。一连多日被事纠缠着，心里一下子没事了，就觉得又累又困，头挨到枕头就睡死过去。早晨还没醒过来，院里已经吵闹起来。套上裤子出门一看，兰女抱着娃，挽着包袱要走。朱达旺看了兰女一眼，兰女的脸上、胳膊上青一道紫一道的，骂了声："我把你个驴日的。"

晚上睡觉的时候，朱四壮钻进了兰女的被窝，却被兰女一脚蹬到了地上。兰女说："你不是要离婚么，还钻进来做啥。"朱四壮本来还怀疑着，被兰女一脚又蹬得伤了自尊，吼着说："日你娘，老子都把事撂过了，不嫌你驴日的脏，你倒来劲了啊！"兰女说："你嫌我日脏，我还嫌你日脏哩。"结果朱四壮扑上来就打。两个人打了半晚上。朱达旺又给兰女做思想工作，兰女说："我是个卖货么，你还留啥，给你儿子娶好的么，当兵出息大着哩，挑着拣着娶哩。"抱了娃走了。

兰女出了大门，朱达旺又撵上去说："你这娃，骂人没好口，打仗没好手，见怪个啥么？你是啥人爹还不知道?!"

兰女不理会继续走自己的路。

朱达旺说："兰女，听爹的话，头一口饭好吃。"

朱四壮扑出来说："让她走，你下贱不下贱？"又跟了一句："你要用你就留下。"

朱达旺扒下鞋底砸在朱四壮头上说："你个驴日的啊，羞你八辈先人了……"

朱达旺想到了女人。女人去女儿家侍候女儿坐月子，已经两个多月了。朱达旺派了个民兵赶了头毛驴把女人驮回来。家里的变故除了让女人目瞪口呆，还能做啥？女人去了趟兰女家，虽然没被亲家堵在门外，却也没得好脸子。兰女倒是出来，但把话说绝了。

事已经收揽不住了，朱达旺只能做了最坏的打算，一定要把孙子留下，就给朱四壮说："离婚不离婚老子管不了你，也不管了，一定要把娃给老子要回来。"

朱四壮说："我还怀疑那是嫖客日下的呢。"

朱达旺说："你个驴日下的啊，是你的不是你的掂不清，上马红（洞房之夜怀孕）算不清吧，背上猪头不认赃，咋连个大事小事都掂不来，几年的兵白当咧？"

几天后，兰女和朱四壮离了婚，兰女带着三个月的儿子军军回娘家的时候，朱达旺不让走，要让把娃留下，兰女一点脸面都不给，说："你儿说了，这娃是嫖客日下的，不是你儿的种，他不要，让随我姓。"

朱达旺踢了朱四壮几脚，要儿子去把娃要回来，朱四壮不去，说："嫖客日下的要他做啥？辱我家门风，污我家血脉?!"

朱达旺说："你个驴日下的不会算还不会看，看那眉眼不是你的种？"

朱四壮说："我越看越不像我。"

朱达旺长息一声便无语了。

朱达旺只能自己去了兰女娘家。朱达旺是放了大血，二斤挂面、二斤黄糖、二斤酒，外加两盒大前门纸烟。可亲家没让进门，朱达旺说："咱们多少年关系了。"亲家说："那关系没了。"朱达旺要见兰女，兰女出来了说："你回吧，我给你说实话，这娃不是他的。"

朱达旺说："娃，你别赌气嗦……"

可兰女已经进去了。

朱达旺没要回孙子，回来扒下鞋底就扇了儿子的脸。扇得很响，就像扇在风干的牛皮上。

"我娶了谁谁不给我生个儿，绝不了你的后。"朱四壮撂了这么一句话走了。

三年后，朱四壮转业到县卫生局，当了一名司机。一年后，朱四壮又娶了一个女人，县医院的护士柳春风。柳春风长得漂亮哩，还是个头婚。过年，朱四壮带着城里女人柳春风回来了几趟，柳春风洋气地在村里走着，裙子扇起的土都是洋气的，过年给娃散压岁钱都是两块，新崭崭的。这让朱四壮扬眉吐气了，也让朱达旺幸福了。

第二年柳春风怀孕，朱达旺眼睛都绿了，可柳春风护士养下了一个丫头。朱达旺也还是挺开心的，只要能生就好，儿子就在裤带上拴着，多解几次就有了。两人都年轻么，做娃娃的事还不跟耍一样。可是谁知道，这柳春风养了这个女儿就声称坚决不要了。她本就是护士，知道防护。朱达旺去给柳春风做思想工作，柳春风本就看不起这个乡下公公，朱达旺的话才开了个头，柳春风连摔三个杯子，吼了一声："滚出去。"朱达旺只能滚出去了。

朱四壮跟了出来，朱达旺说："你驴日的就是个捣眼窝，兰女多好的女人，硬离了，娶了个脑壳都不清干的这。"

朱四壮说："兰女好么？你不是说兰女不好么。"

朱达旺说："老子哪里说兰女不好？"

朱四壮说："偷人跟人的，不是你捉的奸？"

朱达旺火了，说："日你妈去，你个驴日下的是半夜起来吃豌豆，把变驴的心安下，往老子身上泼尿盆子。跟你在一个被窝里睡，你不知道她是个啥人？"

朱达旺吼着说："离，离了去把兰女接回来，兰女还没嫁人。"

又说："反正你工作也落实了，咱不靠他们了。"

朱四壮掉头走了。

朱达旺撵着说："我日你娘，你让老子断后呀。"

朱四壮说："你有我咋能说断后，要说断后的也是我。"

朱达旺踢了儿子一脚说："我日你娘呀，你大道理都不通，难怪兰女不跟你过了。"

朱四壮说："你搅黄了一个，又来往黄里搅另一个。"

朱达旺无法再说，只能骂："我把你个驴日下的。"

朱四壮却跟了句："你到底是骂我还是骂你自己。"

其实朱四壮也想离。柳春风的名声在结婚前朱四壮也有耳闻，但柳春风的爹是卫生局副局长，他是为了转业留在县上才娶的柳春风。柳春风的名声不好，一个姑娘名声不好，不好到寡妇的地步也就止了，把柳春风当寡妇娶，以前的名声就不重要了，自己是个二婚，也不吃亏，这才结的这门亲事。可是朱四壮没想到的是柳春风名声是这么烂，随着越来越了解，按他耳闻的，柳春风刮过娃娃都有一个连，那背后的男人咋也有一个营。而且还在偷人。柳春风简直就是个性欲发达风流成性的女人。可是想离不是容易的事，柳春风的爹已经当了卫生局局长。

姚裕福没有坐满十年牢就出来了，因为"文化大革命"结束了。姚裕福一出来，兰女带着儿子来了。姚裕福被判刑后，媳妇绣花就带着儿子走了。姚裕福改造的时候兰女去找过，可是没找到。因为姚裕福被判刑后就给送到一千公里以外备战备荒的工地上去挖地道了。那时间跟苏联老大哥的关系紧张，国家正构筑第二道防线。

姚裕福和兰女两个人结了婚，上户口的时候，兰女把儿子的姓改成了姚。

成了夫妻，姚裕福总觉得亏欠着兰女，就说："我害了你了。"

兰女说："不说那些了。"

姚裕福说："不是我害，你就是城里人，现在阴凉瓦屋坐着，拿红本本子吃粮，月月有个麦子黄，国家给你们印钱花哩。"

兰女说："你不害我我也过不上那好日子，他嫌弃我，说我不洗澡，头发像鸡窝……他外面有人了。"

朱达旺知道指望柳春风给他养孙子已没了可能，因为计划生育已经成了国策，朱四壮说他要再养一个，就得滚回村里来。这朱达旺当然也不想。可朱达旺没别的办法，只能再去找朱四壮。朱四壮工作岗位已经调整到办公室，车不开了，专门搞收发。这时候的朱四壮酗酒已经很厉害了，经常满嘴酒气。朱达旺说："你眼看着老子绝后呀？"朱四壮喷了爹一口酒气，说："就是不绝后又能咋？这世上有儿子的人谁能保证都是自己的尻变的？"朱达旺"呸"了儿子一脸，回来了。

姚裕福劳改释放后就去找过绣花。他到了外父家，外父告诉他绣花带着儿子一直沿着河走了，两年后她到了内蒙古的地盘，嫁给了牧民张全山的儿子张欢。姚裕福找到了绣花，绣花说我估摸着你该来了，十年了。姚裕福说你也觉得我和兰女有事？绣花说没有。姚裕福说那为啥走呢？绣花说我怕，我爷就是让斗死的，砸革命的夯，砸折了腰椎，你都给押上批斗台了，我怕连累儿子才走了这么远。姚裕福也知道把绣花叫回去已经没有可能，他来的目的是看能不能把儿子要回去，可他张不开口说儿子的事。绣花说娃已经把你忘了，不知道你了，就认张欢是爹。姚裕福叹了一声气说由娃吧。绣花说我到这边也没再生养，张欢小时候爬沙枣树，从树上往下溜，把孵蛋子抽了，生不了娃，把儿子当亲儿子养，你别牵挂，兰女有儿子，你就当自己的养着吧。

草原像绿毯铺向天边，羊群就像游弋的白云，一条小河从草地中间流过，像飘带一样，鸟儿们起起落落，风儿卷来阵阵花香。姚裕福说你看这地方好的，到处是水，好地方呀，娃在这里能活个好人。

绣花改嫁带走了儿子，兰女又带来军军，按规定就不能再生育。兰女说："再生一个吧，罚就让罚一点，咱们多下点苦。"姚裕福说："生一个。"结果生了个女儿。兰女说："再生一个，罚就罚，我总得给你生一个儿么。"姚裕福说："你的意思军军不是我的儿？"兰女说："我不是那意思。"姚裕福说："有军军就行了，还生啥，再罚就只能当讨吃了。"兰女说："那就把军军送回他外爷家吧。"姚裕福说："为啥？"兰女说："娃到现在只知道你是爹，我不想朱家父子搅哒娃，再说娃在那边也好念书，他舅在学校哩。"姚裕福点点头。

朱达旺又来找姚裕福了，姚裕福正猴在树上旋柳枝，他要编个穮。

朱达旺"扑通"给姚裕福跪在了树下，姚裕福说："十年牢没把我坐死，你现在又想折死我呀，你说你的心有多恶。"

朱达旺说："老侄呀，你就把孙子还给我吧，我现在黄土掩到脖子里的人了，不能看着断后啊。"

姚裕福说："你做的就是断子绝孙的事。"

朱达旺说："老侄，宁拆十座庙，不黑一门人哪。"

姚裕福说："你怕黑了这门人，我给你我这门人不就黑了，我就不怕断子绝孙了。"

朱达旺说："你有儿子啊，把儿子找回来吧。"

姚裕福说："我儿子在哪里？"

朱达旺说："我给你找去，找到了你把我孙子还给我。"

姚裕福说："你找去吧。"

姚裕福以为朱达旺找不见，可朱达旺花了半年时间真就找到了。

姚裕福说："你找到了，那我儿子呢？"

朱达旺说："你去好好说说，绣花咋也跟你做过夫妻，一日夫妻百日恩，旧情还是念的，你把儿子要回来。"

姚裕福说："他回来就回来，不回来就算了，我有儿子，又不是没儿子。"

朱达旺拿来三万块钱，说："你去把你儿子买回来，再把我孙子还给我。"

姚裕福说："要买你去买吧，我才懒得去哩。"

朱达旺真去了，可没买回来。

刘鸿儒看出来姚裕福是在耍朱达旺，觉得这娃太过分了，也觉得朱达旺可怜，便去找姚裕福，说："得饶人处且饶人，你这么下去会自食恶果的。"

姚裕福不说话。

刘鸿儒说："军军是人家的骨血，迟早有懂事的那天，等会想事了，还能是你的儿么？"

又说："杀人不过头点地，耍笑他你也耍笑够了，他已是土壅到脖子里的人了，你就要了他的命，能咋样？你这是给自己造罪哩。"

刘鸿儒说完的第二天姚裕福就携家带口离开了卧虎台进城去了。

后来，听人说拾破烂。

再后来，又听人说成了破烂王，富得了得。也有人说屁，拾破烂能发了，卧虎台在外拾破烂的多了，咋没见一个发家的？分明是老姚把浮财献了，咱们没挖出老家伙的底财，现在儿子用上了。又感慨地说老姚就是个人精啊，底财硬没挖出来。

各单位开始精减人员那年，朱四壮被从办公室精减又回去当司机。一天晚上在歌舞厅喝醉了，开车回来时，结果与拉煤的大卡车迎面相撞，整个车钻进了大卡车的肚子。朱四壮模糊成了一堆，里面还有个女的，说是小姐。

后来朱达旺竟然买了个孙子，结果那人贩子被抓把事招了出来，朱达旺被抓了。朱达旺一进去吓得是竹筒倒豆子，说了个干净利落，警察问朱达旺："咋不去孤儿院抱养一个？"

朱达旺说："孤儿院抱的娃是有根的，买下的这娃没根，咱这是留后哩。"

朱达旺给判了三年刑，可是因为他年纪太大了，而且腿不便当，最后只坐了几个月。出来不久，朱达旺就没了。朱达旺家里再没人，还是刘鸿儒招呼人抬埋的。抬埋了朱达旺，刘鸿儒宰了一只羊，请大家吃了碗烩肉。他没有想到，他最后一次做花馍竟然是做给朱达旺的。

二十八

太阳挂到西天时，辘轳“吱扭——吱扭——”的声音由清脆短促变得沉闷冗长，且带了极浑浊厚重的颤音，如下大坡时马车的刮木声，刮得人心里发痒难受。拉土的老贺屁股越撅越高，那皮绳自他的肩膀深深地勒下，紧紧贴着脊梁直到胯子上，一双脚箍齿样死扣着那段重复了无数次有了隐约脚窝子的路，一步一步向前爬移，每抬起脚向前挪动一步，辘轳便“吱——扭——”颤巍巍地呻吟一声，老贺的毛孔便张开一次，挤出黏稠酸咸的味儿。

装着六十多斤黄土的大芨芨筐从窖口露出襻来，窖口的刘鸿儒往手心“呸”了一口唾沫，“喂”的一声接了土筐。老贺松了皮绳站住，只觉得眼前有许多贼星拖着长长的尾巴纷纷扬扬起起落落，胸口似给压了磨扇憋闷得难受，他忙蹲下身去深深地吸了两口气，才觉得舒畅多了。

接土并不比拉土轻松，芨芨筐装六十多斤黄土，就凭一双胳膊的力量提住，血管都有指头胖，奓起来，快爆炸了。血一下子就涌上脑顶，一阵眩晕。还要提到十几步以外，倒一个土圈。提一天的土筐，回到家胳膊上连往起拔鞋跟的劲儿都没了。

到了冬天，卧虎台的主要活计就是打窖、淘窖、起粪、送粪。每年生产队的窖总要坏掉几个，得打新窖补上，不然一年人畜吃水就是个大问题。一些没了水的窖要趁冬天淘。窖里收的是雨水，沙泥直接灌进窖里，一年淤泥几尺，不淘就挤占了装水的空间。相比起粪、送粪，打窖、淘窖苦大，就成了成分不好人的活计。打窖、淘窖都是四个人一组。窖底两个，窖沿两个。刘鸿儒和贺谷、姚庆丰、陈高山是一组，打窖。

窖是坛状，先挖仅容人举手缩肩下去的窖口，因为水是要上锁的；再按照一定的弧度往大里旋，到丈五左右深，取出一个五寸宽的沿子，称为缸口，此处直径最大，根据土质不同，直径大小不一。卧虎台的窖缸口一般在丈五至丈八。缸口上部为旱窖，不能装水，下部为水窖，有丈八至两丈深。水窖部分要用胶泥糊，胶泥不渗水露水。但胶泥与黄土不粘连，因此要掏一些五寸深的眼，称为麻眼。麻眼要向下斜着掏。麻眼掏好后将胶泥搓成泥橛，泥橛的后面带一个泥坨。泥橛塞进麻眼，通过捶打，泥坨互相粘连在一起，胶泥就连成了一片。经过木榔头反复捶打，然后用废的铁片、铁棍、铁钉隔三岔五地钉过，铁钉生锈后，胶泥便牢靠了，不会脱落。

“歇!”一个极沉闷的声音终于从窖底传上来，这是姚庆丰的声音。姚庆丰是窖把式，也是组长。姚庆丰虽是大地主，可喜欢打窖，家里原来有十八孔窖，全是他亲自当窖把式打的。别看窖就像个普通的坛子，但却有学问：一是要会看土质，确定窖的缸口打多大，缸口的大小决定窖的大小；二是缸口是水窖和旱窖的分界线，留得不合适，旱窖受了水，容易坍塌；三是麻眼要掏得适当，太密了麻眼会被拉豁，窖壁会整块塌落，太稀了胶泥粘连不牢，也会整片脱落。

从窖底拉上来的黄土堆成小山，刘鸿儒、老贺都长长舒了一口气，在土堆避风的一面坐下来，一阵极凶猛的风便刮过来，卷着枯枝败叶和黄土，旋得他们满身都是。

一身大汗未干，给这冷风溜透身凉，两人都禁不住连出几个极响亮的喷嚏来。刘鸿儒和老贺忙往紧里掩掩衣襟。刘鸿儒说：“太冷了，风跟锥子一样，这么蹲下要招祸呢?”

老贺闭着眼睛“嗯”了一声，他实在没有力气睁开眼睛多说一句话了。

刘鸿儒说：“咱们到窖里去，窖里暖和。”

老贺紧闭着眼睛，有气无力地说："没一点气力了，下去容易上来难，凑合着缓缓算尿了。"

刘鸿儒把皮绳扯过来扎在腰里，把另一头递给老贺说："扎上，顶一件衣裳哩。"

老贺用皮绳扎了腰，刘鸿儒装了一锅烟，点着咂了几口，递给老贺，老贺接过吃起来，一缕青烟就升腾起来。

爹匆忙走了，老贺把自己的棺材抬来让爹睡了，刘鸿儒是万分感激，虽然老贺的棺材他已经还上了，但这份恩情是要念一辈子的。

老贺说："姚老大也太逞能了，两丈的缸口（直径）这土能吃得住吗？"

刘鸿儒说："两丈二的缸口人家都打过呢。"

老贺说："土跟土不一样，这土是黄绵土，可不是胶土、白僵土。"

从窖底拉上来的土潮潮的，散发着诱人的腥味，他们的肚子空荡荡的，就像肠肚都不在腔子里了，只有空气在流通，发出咕儿咕儿的叫声。他们抓了把土搭到鼻子上闻闻，就共同想起了一个古老的传说，说是很久很久以前，这世界是米山面岭、油缸醋井，人们根本不用做活。后来，人们对粮食糟蹋得太厉害了，女人正做饭，娃拉下了，女人顺手撕一疙瘩面给娃擦屁股，扔在院里。被玉皇大帝看见，大为恼火，派了天兵神将把五谷全部收了回去，人吃饭就得靠自己耕耘劳作。

贺谷说：“你说这土咋就不能吃呢？”

刘鸿儒笑了，说：“土要是能吃，人啊会赖得锥子扎上都不动弹哩。”

两人都抬头看看太阳，太阳尚高。

“叽——叽——叽——”，远处有几只鸟，白顶、绿背、黑翼、黄肚，煞是好看，边在地上觅食边抬头快活地叫着，有两只追逐着、嬉戏着，那般的无忧无虑。鸟儿试探着向他们走过来，他们都屏气凝神希望这自由自在的小东西走到他们跟前来。不远了，它们停下来，偏着头打量着他们。猛然一阵风凶狠地卷将过来，卷过一个枯败的沙蓬，翻着跟头滚来，惊得小鸟“喳——喳！喳！”叫着飞走了。

老贺说：“驴日的风。”

刘鸿儒说：“鸟才快活哩。”

又说：“比人活得好啊！”

又装了锅子烟，吧嗒吧嗒吃着。

谷口传来锣鼓声和学生“欢迎欢迎，热烈欢迎”的口号声，他们抻抻脖子，谷口隐在峁后面，但他们都知道县上来的工作队进村了。

刘鸿儒说：“又来了工作队，以后会少不了。”

老贺说：“批斗会我不怕了，扎捆子、坐土飞机，我都受得了，就是怕站，会越开越长了，站不下来，吃不饱么，要吃饱还行……”

又说：“我就怕哪天晕倒就起不来了。”

老贺揪了一截芨芨秆喂进嘴里嚼，嚼得“咯吱咯吱”的：“你说个真心话，单干好还是大集体好？”

刘鸿儒看看老贺，没有说话，老贺说：“种庄稼掺不了假，一分力气一分收成，你看现在种庄稼，都躲奸溜滑的，要说这几年，不是丰收年，也不是歉收年，可年年分下的粮食不够半年吃，现在十亩地的庄稼收不上单干时五亩的庄稼。”

又说：“三个歉收年等于一个灾荒年啊。”

刘鸿儒说：“说这些有啥用呢？你敢提单干，就把你当反革命打倒。”

老贺忙说：“就咱两个说的话么。”

刘鸿儒说：“老话说，众人的老子没人哭么。”

老贺说：“不说了，不说了。”

一根芨芨秆嚼完，老贺又折了一根继续嚼，嚼了一截，说：“我给你说件事吧。”

刘鸿儒看了老贺一眼说：“啥事。”

老贺说：“这事你别怪我。”

刘鸿儒说："你看你这人怪不怪，我怪你做啥。"

老贺就说："我知道鸿书在哪里。"

刘鸿儒坐起来，绷大眼睛盯着老贺，说："你知道我妹在哪里？"

老贺说："你别急，听我慢慢给你说。民国十八年灾荒，我当过人贩子，鸿书落到了一个人贩子手里。那人贩子叫陈满堂，家在拐子镇，和咱们公社叫的一名儿。也和我一样没活路了走了这条路，我们关系走得近，合伙做生意。鸿书长得喜人，小嘴又会哄人。陈满堂买到手后舍不得转手，我说你没女儿，带回去养着多好，他就留下送回家去了。灾荒过了，人贩子就没市场了，我们就回家，陈满堂硬要我去认个门，我也想去看看鸿书是不是他养着，就拐了个弯，跟着去了拐子镇，去了一看，鸿书还在家里，我住了两天，看出来他们对鸿书挺好的。"

刘鸿儒哭了，双手攥着老贺的衣领说："为啥这时间才说，才说？"

老贺说："我三个儿都不见了，我都不知道他们死活，要活着他们过啥样的日子，你爹就卖了一个丫头还就能找到，那家人还对她那么好，事咋就这么不公平，心里不舒服么。"

又说："我迟早会告诉你们，但我不想这么快。"

又说："人啊就是这么自私么。"

刘鸿儒一翻身膝盖顶在老贺的肚子上，说：“你不知道我爹把一头头发都薅光了啊，你知道我娘眼睛都快哭瞎了啊……”

老贺打断刘鸿儒的话说：“我知道，我知道啊，我也是三个娃一个也没了啊，我婆娘眼睛早瞎了，不瞎也从崖上掉不下去。”

刘鸿儒又在老贺的肚子上顶了一下，说：“你三个儿不见了，可你知道我弟欢乐活活让踏死了，我的儿子活活让杏核子闹死了……”

老贺大口大口喘着气说：“本来我要给你爹说的，谁知他那么匆忙走了，给了我个措手不及，我肠子都悔青了，我就一直在想该不该给你说……我知道你会恨死我的。”

刘鸿儒又墩了老贺两膝盖，推开老贺“嗷嗷”大哭。

老贺爬起来，从怀里掏出一块板子，笑笑说：“你跟人打架爱拿膝盖顶人家的肚子，我怕受不住，早早准备了一块板子。”

又说：“这几天我感觉不好得很，怕哪天一口气上不来，事窝到心里到那世也化不了。”

又说：“土改头一年我还去了一趟拐子镇，见了鸿书，就嫁给陈满堂的儿子了，都有娃了，那家人对鸿书真是挺好的，让你找也找不到那么好的人家，鸿书的命好啊，人得信命。”

老贺连打了几个喷嚏，忙紧了紧腰里的绳子，说：“我给你说说双喜也就是袁解放吧。”

老贺说：“民国十八年，我带着娘和婆娘、三个娃出门逃荒，出了卧虎台我才发现这灾荒是铺天盖地的，是逃不过去的，就像马比风跑得快，可马在风中跑一样。乡下人逃荒那就是往城里逃，其实城里哪能让那么多的乡下人度过灾荒。我带领一家人一路逃荒到了兰州，我娘就死在逃荒的路上，连个卷身子的草席都没有，就刨了个沙坑那么埋了。整个兰州城挤满了逃荒的，兰州城所有的门都关闭了，开始还有放舍饭的，后来也没有了。只能卖儿卖女一条路了，卖了说不定还能活下去，不卖活不下去。我三个儿卖掉了一个，还是没办法，就又卖掉了一个，只留下了小儿子贺喜，我得把根留住。可是有一天，我儿子贺喜给人拐去了。我到处找儿子找不到，死的心都有了。还得活下去啊，我就边找儿子边做起了人贩子。后来我留了一个娃做儿子就回来了。这娃小名也叫双喜，也六岁，世上就有这么巧的缘分。官名我就叫了贺喜，就当我的贺喜又回来了。回到村上，我想没有人会胡乱猜忌，我离开卧虎台贺喜三岁，逃荒三年过去了，长相么娃娃一天三变，谁还能记得一个三岁娃娃的容貌。

“马无夜草不肥，人无横财不富。逃荒回来过了几年，我发了横财。贩人挣下点钱，我买下了一座庄院，想盖几间房子，窑洞住怕了。拾掇地方时挖出了一缸银圆，还有金条、首饰。地摇了后，咱海原人有说法：财宝在地下。不时有发了横财的传闻，没想到我也有这样的命。穷人发财如受罪，那些日子我受罪了。横财要打尖才能留得住，我起了五间瓦房，有钱么，盖着盖着标准就提高了，松梁松椽松檩条，一砖到顶，门窗都是讲究的，还置了地，开了油坊、杂货铺。那日子过得连我自己都觉得张狂。

“人没钱的时候和有钱的时候想的就不一样了。没钱的时候想这贺喜就是我儿贺喜，丢了一段时间又回来了；有了钱却想这贺喜不是我那贺喜。这事垫在我心里了，夜夜睡不着。多想有自己的一个亲生儿子。可逃荒饥一顿饱一顿，热一下冷一下，我身体掐了大亏，生不了娃了，把药当饭吃，把肉当药吃，没把身体补回来。婆娘说再纳一房，我说纳十房也没用，地再好，没有种子长不出庄稼。后来，我也想通了，就把贺喜当自己的贺喜养，不就是个传宗接代的事么。只要我们不说，谁能知道。这世上有多少事人是知道真正的原委呢？皇上还有不是亲儿子的呢，何况借种的事也不稀罕。可是啊，谁知这娃不懂事，一指头就把窗户纸捅破了。这娃到我手已经六岁，有了记性，和一起耍的娃娃说他姓袁，他家在陕西，他爹叫袁守德。这话就在村里疯传开了。我的心又乱了，这娃知道身世迟早会有二心，到时候老无所依不说，怕连传宗接代的事也误了。又想，我这么大的家业，咋能让一个外人得了？我又睡不着了。

“那年，婆娘去舅舅家浪，舅妈哆嗦着让婆娘帮忙，婆娘问舅妈帮啥忙，舅妈就详说了。小女儿腊月两个月没倒霉了，从吃喝上看是害口，怕是怀了娃。舅妈羞得不敢声张，又怕舅舅怪她连个丫头都没教好，揍她，思谋着要将腊月处理给过路人。婆娘听了心生主意，想把腊月给我娶回来，要生个儿子我们就有后了。婆娘怕我不同意，不敢贸然做主，回来跟我商量，我说有啥不同意的，这世上借种留后的人少了去，何况这没爹的野种。我让婆娘当下就去跟舅妈提亲。腊月能嫁到我这边来，舅舅舅妈当然高兴。婆娘就叮嘱舅妈腊月怀娃的事让烂在心里，亲娘老子跟前都不准提说，舅舅都不能让知晓，要是说出去就是难。舅妈说看你娃瓜不，我们扣的扣盖的盖，谁说出去谁不得好死。腊月嫁过来，她怀娃的事我们都是装作没看出来不知道。也该天不绝我呀，腊月养下一个儿子，婆娘就给人说早产，怀七个月就养的也多得是。

“这娃不是我的，但表面上我装作不知情，既然这个娃要为我贺家传宗接代，当然不能让人知道他是野种。我给娃取名贺明。可腊月是个半脑子，真以为我们不知道她生下的是野种，便摆出一副立了汗马功劳的架势，说话行事都占地方，婆娘是她表姐她都不让，婆娘是从苦日子过来的人，倒是能忍让。对贺喜腊月就更不好了。我看不惯，说几句，她是一句不让，我也不敢跟她顶得劲大，一是怕自己气头上憋不住话，把实情蹦出来，二是怕这婆娘太蠢，不计后果把实情撂出来，丢人不丢人的不说，会坏了贺家这纯正的血脉。这个蠢婆娘脑子不清亮么，你想十八九的人，让人家把肚子搞大了，要脑子清亮，咋会上这当？一个女娃以后咋活人？贺喜在家里受气，我只能忍让着，盼望着贺喜快点长大，我给成家立业另开单过，也就不受气了。可是，十三岁那年，贺喜忍受不了离家出走了。”

老贺烟锅装了烟，点着吃起来，吃了一锅子烟又说：“唉，贺喜这娃啊……就说腊月对他不好，不还有我么，你说他六岁跟着我，我一直是当自己的儿养的，而且我看他越长越像丢了的我儿，我对他能有多恶？何况家里光阴好着哩，又不是吃了上顿寻下顿哩。

“也不能全怨这娃。咱日子翻身了，又拿不住过得有些张狂，以前一起穷着的人眼红嫉妒，啥话都能说出口，说啥有了亲生的，买下的就猪狗都不是了，后娘后爹，蛇蝎心肠。这些挑拨的话都在娃跟前说，就是想看我的笑摊。众人口里有毒哩，那么大点娃哪里受得了。人这身上最坏的是啥？是嘴。这世上的事都坏在人嘴上，人要是不会说话，这世上的事就都简单了，也和睦了。

“我出去找过好几趟，我是真心找的，六岁跟了我，十三岁离开，七年时间，你说能没感情？说起来腊月养下的贺明不也是别人的娃？在我心里他们是平等的。可别人都说我是装样子，为免人的口舌。我能说啥，一张嘴能说过众人的嘴？再说我也不能说啥啊，腊月这个蠢婆娘吼着说有本事一辈子别回来。她不让我找，说你要找他回来，我们娘俩走。这是她的真心话，贺喜走了，就没人跟她儿分家产了，这一点她脑子清亮得很。我只能给她说不装样子找找，不惹人笑话？以后还在人前咋活人？我只能这样说，不能走了一个儿子，再把另一个儿子也弄丢了，可你要在这世上找个人，多难啊。”

刘鸿儒说：“贺喜离家后的事你知道不？”

老贺说：“一概不知。你看现在跟我仇大的，那话咋说的，对，不共戴天。我就担心他哪天斗我们父子俩斗烦了，去斗那蠢婆娘，那蠢婆娘挨不住把啥都抖搂出来啊……”

关于贺喜离家出走后的情况，刘鸿儒是后来从尚志那里知道的。离家出走后，贺喜茫然不知去往何处，后来遭遇了一股土匪，这些土匪进杨大庄没抢上东西，就一路拉了十几个年轻人上山当土匪，土匪队伍也需要壮大，贺喜就被拉去了。贺喜上了山，便把名字改为袁成。后来，国共两党争天下，都收编土匪，当时国民党势力比共产党势力强大，他们的老大便跟了国民党。打了几年，国民党渐渐败了，有一回战斗中他们给俘虏了，共产党的军官说想留下随我们解放全中国，欢迎，不想留的可以回家，还发给回家的盘缠。贺喜无家可归，想想就跟着解放军解放全中国去了，他又把名字改为袁解放。袁解放跟着部队一直打到解放，后来又跨过鸭绿江抗美援朝，转业回来在县委工作，后下派到拐子镇公社做了革委会主任。

袁解放到拐子镇公社上任后，下乡蹲点选在了卧虎台大队。袁解放踏进卧虎台，一副衣锦还乡的派头，见了人牛气冲天，没个好脸子，连话都不说，就像他没吃过卧虎台人家的饭。在卧虎台蹲点三个月，袁解放就住在大队部，一次家都没回过，而且每次开批斗会，对老贺是虎眉豹眼的。以前，卧虎台批斗大会是斗父不斗子，子可替父挨斗，可袁解放来后，一声令下，父和子同台接受批斗，这样贺明也给押上了批斗台。卧虎台大队的革命形势发生了重大变化。老瓜头说老袁："你这哪里养了个儿，你是养了一只虎呀！"

刘鸿儒不明白老贺为啥要给他说这些，这是一个人多么重要的隐私，打死都不会告诉别人的。

老贺说："本想以后我会亲自告诉他们的，活到现在算是把啥都看明白了，他们有良心了把我贺家这门人传下去，没良心就算了，我老贺这门人黑了也就黑了，人啊没有强求来的东西，一切都像流水，自然淌去。地摇了，绝了多少人的后？可最近这段时日我感觉不好得很，怕哪天一头栽倒就走了，人啊生有时间死没有时间，我死了你有机会就告诉他们吧。”

刘鸿儒就明白了，老贺这是给他托事哩，说来讲去还是怕他这门人黑了，想用自己的苦难打动两个不是儿子的儿子。

刘鸿儒说：“好好活着吧，日子不会总是这样，等他们上了年纪，都会有良心的。”

老贺说：“去拐子镇说起来不远，走起来不近，从固原坐去兰州的车，坐到一个叫三岔垴的地方下车，还有六十多里地，得翻一道大岭，难走啊，去兰州的车也不好坐，一天一趟，挤不上去就只能等第二天，一来回光路上你得按七八天准备。”

又说：“你娘知道了肯定立马要去，这消息揪心哩，挡不住的，你得准备点粮票，让她路上热汤热水地吃点，路途艰辛，上了年纪身体扛不住。”

忽然“嘭——”一声极沉闷地从地下传来，震得沟子下面的土动弹，刘鸿儒跳起来说：“地摇了。”

老贺也跳起来，站在那里感觉了半天，又四下看看，说：“不是地摇了。”

又“嘭——”一声，两人不约而同地喊出来：“窖塌了。”

两人不敢到窖口去，爬在土堆上脖子抻长喊：

“姚老大，老陈。”

“姚老大，老陈。”

没有回声，窖里一片土尘，啥都看不明白。

再喊，依然没有回声。

刘鸿儒说：“老贺，你去叫队长。”

社员就在不远的沟台子地里劳动，很快队长朱耀武就带人来了。

哭声大起……

朱耀武在窖场走了几圈，俯身下去听了听，说：“不塌了，得赶紧下去掏人。”

说着他目光扫了一圈，人们都往后退一下。这阵不塌了，那可说不上，黄土只要塌开茬，会一直塌透地皮。

“谁下！”朱耀武的眼睛在人群中像电影中的探照灯一样扫着，人们的脖子都缩进去一截。姚庆丰的儿子在农业学大寨工地。老陈女儿大，儿子还小，在公社上中学。

朱耀武点了根“羊群”牌纸烟，咂了两口说：“谁下去掏给谁记十个劳动日。”

人们沉默着。

“二十个劳动日。”

依然没有人应声。

朱耀武背着手在人面前走来走去，说：“五十个劳动日。”

还是没有人应声。

朱耀武的眼睛像篦子篦虱子一样在人群中篦着。在篦过老贺时，朱耀武的目光揪住了老贺：“老贺，你下去掏。”

老贺往后退了一步说：“大队长，咱这里的黄土只要塌开了，塌不到皮皮上不算完，这阵下去掏……”

朱耀武的脸皮抽搐了一下，沉默了一会儿，不看老贺，说：“下去掏人就算立功，能抹帽子，对后辈儿孙有多大好处把不来？”

又说：“我告诉你们，机会难得。”

老贺灰蒙蒙的脸上有了一丝亮光，说：“真能立功抹帽子？”

朱耀武说：“我啥时说过假话？有现成的例子哩，顾彦章帽子不抹了？”

这是事实。事情发生在去年。去年县上的工作组进驻卧虎台，组长是县革委会的副主任，年纪不大，激进得很，说一定要把卧虎台抓成全县的革命典型，要创新地开展革命斗争，掀起革命的新高潮，要在反革命家庭中树立几个革命典型，表明革命斗争进行得彻底。顾彦章告他爹偷掐生产队麦穗，又把他爹藏的一个金元宝交了出来，而且在大会上声明与爹决裂，分户独立。顾彦章被树立成了革命新典型，都上了日报。与爹分了家，自己的成分也改了。刘鸿儒却不这么看，明白是老顾和儿子演的一出好戏。老顾已经戴了一顶帽子，死驴不怕狼扯，再加上一顶帽子又能咋样？不像刚开始革命，成分太高了会被处决，现在不杀人了，就是个斗争，偷掐麦穗算个屁罪行，麦子熟了，谁不揪麦穗？一个金元宝能买个好成分把帽子抹了，多么划算。顾彦章的成分改过来了，儿子在学校立刻就成红小兵了。这样的事例还有柴火大队的王长胜，家里成分地主，就因为揭发二爹收听敌台，二爹给判刑十年，可王长胜的儿子当了兵，后来还在部队提干，转业到地方上当了县长，官一直坐到厅级。

老贺还在想，刘鸿儒正要说“大队长，我下”，朱厚生一步跨到大队长跟前说：“大队长，我下。”

朱耀武看看朱厚生，把锹塞到他手里，给他腰里扎上绳子，说：“要小心。”

老贺说：“我下，大队长我下。”

朱耀武说：“没机会了。”

老贺说：“厚生，你别跟我争，大队长开始叫的我。”

朱厚生说：“可你没应。”

说着，朱厚生已经下到窖里去了。

老贺急了说："朱厚生，你啥人么？"

朱厚生落在一土疙瘩上，没立住脚，跌倒了，他又站起来站稳，窖里一片混沌，眯着眼睛许久，才看清楚窖里的状况。窖已经快打成了，隐隐约约看到头顶的土块悬溜溜地吊着，随时都有塌下来的可能。朱厚生起了一身鸡皮疙瘩，打了个冷战，想喊"快把我吊上去"，可喊出口却是："姚老大、老陈。"

"姚老大、老陈。"

朱厚生拼命地掏着，嘴里在祷告，姚老大、老陈，我是下来救你们的，可别拉我去当垫背的。这么祷告着，心里却恍惚了。

"哗——"，土块就在前面塌落下来。幸亏是在前面，要是稍微往后一点，就把他砸进去了，那还能有命。

这么想着，"哗——"又一土块塌落下来，还在前面。

两次没有砸着，朱厚生反倒心里踏实多了，不再恍惚。埋头往下刨，感到锹给啥垫住了，插手进去一揣，是衣服。他怕伤了人，便撂了锹用手挖。终于刨着人了，觉得手上黏糊糊的，有一股咸腥味，知道是血。他用手拼命往出刨，摸到了头，手摸揣着搭到鼻孔上一试，没气了。看不清是谁，心里默念说："看在我刨了你一趟的分上，别拉我去垫背，我还指望立功改成分，别让儿子受二茬罪哩。”他解下腰里的绳索捆扎好，喊声“上”，人便给拉了上去。窖沿上一片哭声，唉，看来是没救了。他继续刨第二个。第二个比第一个容易，因为两个人挨着。第二个人扯上去，他松了口气，往出刨人时鼓着一口气，这口气一松，就觉得肚里火烧火燎，两眼直冒金星，浑身瘫软，一点劲儿都没有了。绳子又下来了，他抓住了绳子，想缩在自己腰里，可他连个绳结都打不了。他觉得一阵天旋地转，忙坐在土上，手却触到一个挎包，他提起来，手揣进包里，嘿，有一疙瘩馍，对，是馍，该是姚老大的。他捧在手里就吞吃起来，觉得像沙子一样碜牙，想是窖塌得太突然，没来得及把挎包口盖上，馍粘上了土。他早晨喝了碗菜糊汤到现在了。他顾不上多想，边吃边默默祷告：“下辈子还你吧，这辈子怕没事了。”

窖沿上在喊：“厚生，快上，快上啊。”

朱厚生嚼着，觉得这馍没有黏性，像土一样散、一样碜。他双手捧着，往嘴里填，心想不是麦面的，也不是米面、荞面、豆面的，该是麸子做的糠做的，有可能还掺了衣子，这时间谁家也没有细粮了。边吃他还边想，只要立功，成分低下来，好处是不用细说，最现实的是工分立马就上去了。给成分害得现在干的是最重的活，拿的却是女人的工分，每年粮比别人少分不说，还倒欠着生产队的。

他把最后的一点馍塞进嘴里，扯过绳子往腰里绾，刚绾上还没来得及喊声“上”，“哗——哗——”连续塌下来两块土，全砸在他身上。接着便是连续的坍塌。

窖一直塌透才不塌了，大地上出现了几人深的一个旋涡坑。已经没有再塌的可能了，人们开始挖朱厚生。朱厚生被掏出来，眼睛都出血了，嘴里满是土，都和成了泥团。人们都诧异，朱厚生怎么会塞了满满一嘴土，姚老大、老陈拉上来，嘴里是没有土的。人们就私下悄悄说是那两个死鬼用土填死了朱厚生拉了替死鬼。事实上朱厚生吃进嘴里的不是馍，而是土疙瘩，他只是闻到了馍香。姚老大的挎包里确实有一疙瘩馍，可他先摸到的是土疙瘩。

一日里失了三个人，整个卧虎台笼罩在悲怆寒凉的气氛中，可人们都没有精神号哭。

事情过去好久了，朱厚生家的成分没有改过来。刘鸿儒问朱耀武：“朱厚生的成分怎么还没改？”

朱耀武苦笑了，说：“你当改个成分容易呢，县上打回来了，还把支书训斥了一顿，人家都往出挖新的反革命分子，你们却给坏分子改成分抹帽子？革命觉悟在哪里？”

老贺说：“把他儿子的事情解决了也行吧，像顾彦章那样。”

朱耀武说：“全县有几个像顾彦章那样的运气，人家那是县革委会副主任树的典型，我一个小队长，顶个屌！”

刘鸿儒说：“那你就不该说抹帽子的话啊。”

“我不这么说谁愿意下去掏人？你愿意？”

朱耀武来气了，边走边说：“把两个人就那么埋了，死总得让人家见个尸吧。”

又说：“站着说话腰不疼。”

二十九

说不出的才是苦，挠不着的才是痒。爹娘对鸿书的思念，刘鸿儒是明白的。他们流了多少泪，多少个夜晚睡不着，坐在窗前披着月光流泪吃烟，鸿书就是他们心头的一个梦魇。他知道只要把妹妹的消息告诉娘，娘肯定立马要动身去看鸿书。这么冷的冬天，娘的身体又那么差，路途又遥远，娘过七十了，哪里受得了大冬天这长途的颠簸。因此，妹妹鸿书的消息他没敢立马告诉娘，一直压过了这个冬天，直到第二年五六月天气彻底暖和起来。他去大队开证明，这时间的大队长已经是万全财。万全财把脚搭在桌上，眼睛眯着，点了根“大前门”，说：“现在形势紧张，上面说了，要严格控制你们这些人外出……”

刘鸿儒掉头就走了。

刘鸿儒被押上了批斗台，万全财接替了大队长。第二年，万全财便与民兵营长何进元弟兄几个把章柳生捉到了玉芳的炕上。章柳生是大队支书，玉芳是地主女儿。那年卧虎台住着地区来的工作组。第二日便召开了社员揭批大会。工作组说这是阶级斗争新动向。刘鸿儒看得清楚这事背后的东西，把章柳生捉了奸，章柳生的支书就干不成了，万全财就有机会当支书。万全财就像个骚猪，看着哪个婆娘都想上，有一回让人家净身子捆了，在驴槽上拴了一个晚上，差点冻死，现在倒把章柳生捉了奸。他觉得可笑。

揭批大会开了一天，刘鸿儒没打算上台揭批，可工作组点名要反革命分子上台揭批，他的名人家点到了，他就不能不上台，上台就不能不说，不说就是对革命有抵触情绪。

刘鸿儒就说："章柳生没当支书前就和玉芳好了，又不是当了支书才和玉芳搞到一起的，这卧虎台人谁不知道，事有个先后，这不能和路线斗争黏到一起。"

台下就有声音附和说："这是实话，他们早就明铺暗盖着呢。"

刘鸿儒没想到这话工作组一些人听进去了，研究的时候工作组分成了两派，结果只是给了章柳生一个处分，没撤支书。万全财失了一着，便把仇记在了他的身上。可这章柳生是个没出息的货，没出那个春天，又跟一个女人睡到一起，这次让人家弟兄几个捉了奸，净身子押到了街上游行，那女的又被打得招架不住，反咬一口，章柳生咋也跑不脱了，啥都撤了，万全财是如愿以偿当了支书。刘鸿儒又气又恨，对章柳生说："羞你先人去，那东西能当饭吃。"

刘鸿儒从大队部出来，去公社找尚志。尚志也不得意，靠边站着，要不是战场上立过功，也给打倒了。尚志找了公社书记，把情况讲了，书记说现在一切权力都在革委会。刘鸿儒就去找袁解放。袁解放到卧虎台驻队前，他们没见过面。袁解放倒不像在卧虎台驻队那么牛逼烘烘，还很客气，扔了"大前门"给他吃。刘鸿儒把情况说了，袁解放皱着眉头想了半天，说我听说红军穿过婶儿的草鞋是不是？刘鸿儒忙说那是实的。袁解放说这就好办了，说着便写了个条儿。

刘鸿儒回来，把条儿拍到万全财的眼前，万全财笑着说："你这人啊，你来写证明请假，我没说不给你办么，你日急慌忙地只听了前半句就走了。"

请好了假，开好了证明，刘鸿儒才告诉娘鸿书的消息，娘"哇"的一声就哭晕过去。叫醒过来，当下就开始收拾。

看着娘驼了的背影和一双颤巍巍的小脚，刘鸿儒心疼娘，说："娘，我先去看一趟，把路摸熟了，先带鸿书回来一趟，再找个时机送你去浪去，我妹咋也该上娘的门。"

石榴眯着眼睛说："该娘先上鸿书的门，娘亏欠着她，啥也别说了，快收拾吧。"

刘鸿儒开了箱子，翻出一本毛泽东选集，翻着，粮票就从里面一张一张翻出来，这都是干部在家里吃饭时给的。他捏到一起数了一下，过了十斤，就想够了。一来回就按十天算，娘一天一斤，也够吃了。他么，林春花已经晒了干粮馍，煮了鸡蛋，还装了三碗炒面，到了固原城买点锅盔就行了。当他把粮票往口袋里装的时候，猛然想到这粮票全是宁夏粮票，到甘肃能用么。正好大队住着干部，他就去问干部，干部笑了，说如果宁夏粮票到了甘肃能吃，那还印全国通用粮票做啥？刘鸿儒就忙往公社去，找到尚志，尚志说正好，家里有甘肃粮票，去兰州参加学习班，我带的是通用粮票，可吃饭时他们没通用粮票找我，给我找的全是甘肃粮票，学习结束去换，没换上，就拿回来了，一直在抽屉搁着哩。翻出来都是几两几两的，一数竟有八斤。

晚上吃过饭，刘鸿儒说："娘，鸿书给卖了的时候有多大？"

石榴说："刚满四岁。"

刘鸿儒说："那她肯定不记得小时候的事了，人家怕也不会给说，万一不认咋办？就没留个啥值钱点的信物？"

石榴说："还值钱的信物，那时间有值钱的东西就换了吃的。"

又说："她身上哪搭有黡子、瘊子我记得清清的，鸿书有几个黡子、瘊子长得暗着哩。”

又说：“要说以前吧，是个丫头么，谁管过她，要卖鸿书的头天晚上，我把鸿书脱光仔细看了一遍，就想着哪天能把娃认回来。”

石榴说：“你去宰上两只鸡拿上吧。”

刘鸿儒说：“娘，路途远，这么热的天，宰了怕路上就臭了。”

石榴说：“那就活提上吧，再给娃没个啥拿的么。”

又说：“再捞一罐子腌的猪肉，用塑料纸封好口口。”

海原有几样好东西，小茴香、香水梨、红葱，刘鸿儒想想，香水梨才结上，有个杏核儿大，红葱呢带得少了有些皮薄，带多了路远不好拿，便只装了些小茴香。

真是远啊，路上光赶车坐车就三天，坐到三岔垴下车，在树下坐下，娘紧闭着眼睛。娘没坐过汽车，坐了汽车才知道还晕车，晕得脸色寡白寡白的。看着横在眼前起伏的山岭，山后还是山，只不过越远颜色越淡了，像画儿一样，但要走那可就是山了。刘鸿儒发愁了。六十多里路，要他一个人，揣个夜也能到，可带着娘，走上两天也不定能到。两只鸡已经奄奄一息，头耷拉在筐沿上，喉咙里发出咯儿咯儿的声音。

一同下车的还有三个人，一个老汉、两个婆婆。那两个婆婆该是姊妹，说说笑笑地往前走了。老汉在树上撒了泡尿，往前走了几步，又回头来说：“去啊搭？”

刘鸿儒说：“拐子镇。”

老汉说：“哎呀，远着哩，六七十里地哩，第一次去？”

刘鸿儒说：“第一次去。”

老汉说：“你娘那双羊蹄蹄小脚走起来费事。”

说着又往前走了。

刘鸿儒又摇摇芨芨筐，鸡发出咕咕的叫声，这时老汉又走回来了，说：“走吧，先到我屋里住一晚上，离拐子镇就近些，你们只能一步一步往拐子镇挪。”

刘鸿儒说：“谢谢叔。”

老汉提了芨芨筐，又接过猪肉罐子，对刘鸿儒说：“把你娘背上吧。”

老汉家有二十多里地，到了老汉家，一个丫头迎出来，接了筐子和包袱，老汉说：“孙女子，叫铃铛。”又说：“铃铛，把炕铺上，让奶奶睡下缓着。”铃铛铺好炕，刘鸿儒把娘扶上炕，娘就睡下了。刘鸿儒把两只鸡掏出来放在院子里，鸡都不会走了，趴在院子里头不抬眼不睁，身子一搐一搐的。刘鸿儒也迷迷瞪瞪的，老汉说：“你也睡睡吧，上长路的人最缺的是觉了。”

刘鸿儒真是困了，一上炕就呼呼睡去了。一觉醒来，天已经黑尽了。老汉见他醒了，就喊铃铛把饭端上来。一大盆炖鸡肉。老汉说：“我看你那两只鸡怕活不过今晚，宰掉了。”

刘鸿儒说：“都五天了，不吃不喝的，是人也受不了。”

晚上，刘鸿儒跟老汉吃着烟扯磨，刘鸿儒就将娘告诉他的民国十八年逃荒、卖了妹妹、多少年没音讯、去年才有了消息，一五一十讲了。老汉说：“没办法的事啊，不卖怕活不下来啊。”刘鸿儒问家里的情况，老汉说：“儿子改造着哩，成分不好，脾气又大，媳妇子跑了，孙子在县上念书哩，住校。”

第二日早上，石榴睡了一晚上，显得精神了些，催刘鸿儒上路。铃铛说：“我爷说先等等他。”

刘鸿儒问：“爷爷做啥去了？”

铃铛说：“给驴请假去了。”

话音刚落，老汉进来，说：“不急，我送你们去。”

从圈里拉出一头驴来，说：“现在这驴都是有身份的，要用还得给队长请假。”

刘鸿儒顾不上客气，说：“叔，给你添麻烦了。”

铃铛捉了两只鸡，用筐子装好，提了过来，老汉说：“没你的两只公鸡大。”

刘鸿儒忙说：“叔，鸡不提了……”

老汉说：“两只鸡么值个骡子钱马价？下回抱鸡娃多两个

蛋的事。”

路上老汉说：“我也卖了一儿一女，不过都在跟前，儿子给人家顶门，跟上人家姓了，女儿给人家当了童养媳。”

到了拐子镇已经是黄昏。找到鸿书家，鸿书对自己被卖的事一点都不知道，就僵住了。鸿书的公公只是吃烟不说话。

老汉说：“人家来认了，就给娃把实话说了，又不是来领人，就是来看看，你看你嘴肿得就像个棉袄腰。”

鸿书的公公这才说：“先住下，先住下细细说。”

吃过饭，石榴对鸿书说：“去你屋里我给你说个事。”进了鸿书的屋，石榴就把鸿书身上的黡子、瘊子细说了一遍，鸿书听得目瞪口呆，她没想到自己身上竟然有这么多黡子、瘊子，自己知道的还不到一半。脱光衣服，对着镜子，一一确认了，一头扎进石榴的怀里号啕大哭。

哭毕，鸿书又把公公叫到西屋里，说：“你咋从来没跟我提说过？”

公公说：“唉，想着等你爹娘找到了再给你说。”

鸿书说：“那是不是找不见你就不给我说了？”

又说：“这些年你找过么？”

鸿书家里有一辆飞鸽牌自行车，从这上刘鸿儒判断，鸿书家里的条件应该还算不错的。按那时幸福生活的标准，“自留地，一头羊，飞鸽车子娃他娘”。

第二日早晨，送刘鸿儒和娘过来的老汉要回去，留不住，鸿书给装了半口袋核桃。送走了老汉，鸿书就让公公去工地上叫男人回来。鸿书的男人叫陈国柱，在农业学大寨工地。

公公说：“假不好请，前两天才回来过一趟。”

鸿书说：“我娘我哥老远地来了，不见了？能成么？”

公公还想说啥，鸿书说：“让你叫就去叫，一辈子不见我娘家人了？躲得过去？”

鸿书有三个娃了，两个儿子一个丫头。刘鸿儒给了见面钱。

鸿书说：“叫舅舅。”

三个娃偏着脑袋看，鸿书笑了，说：“不叫把钱拿回来。”

三个娃把手背到后面去，怯怯地叫了声：“舅舅。”

一直到下午，陈国柱才回来，刘鸿儒就明白鸿书的公公为啥推辞不愿意叫儿子回来，原来这陈国柱是个豁豁（兔唇）。不过好一点的是说话还能听明白。刘鸿儒和陈国柱睡，两个人其实没睡着，说了一晚上的话，刘鸿儒听出来陈国柱脑子够用，是个有想法的人，自己是个豁豁却也不自卑。

另一间屋里，石榴只是哭，哽咽得气都上不来，鸿书抹着娘的眼泪说：“哭啥，你来两天眼泪不干，哭得人心上泼烦的。”

石榴说：“苦着你了娃。”

鸿书说：“你看这世上，谁不苦？人来到这世上就是受苦的。”

石榴说：“他们对你好么？”

鸿书说：“记事以前不晓得，记事后没有折磨过我，对我挺好的。我婆婆在的时候是我婆婆当家，现在我当家，我婆婆那人心善得很，连个蚂蚁虫虫都不踩的人。我公公这人黏糊，爱动脑子，啥都要比人多想几圈，没事的事都让他想得有事了。”

拐子镇靠着大山，山上绿蒙蒙的，别的不说，就那从门前哗哗啦啦流过的水就让人爱死了，至少一年不为水发愁，比卧虎台好啊。

几天很快就过去了，刘鸿儒说：“门认下了，以后随时就能走动，请的假快满了，该回去了。”

鸿书还没说话，公公却说：“她哥，你先回么，让你娘浪着，好好缓缓，路途远的，走一趟不容易。”

刘鸿儒想也是，来时娘差点把肠子都吐出来，怕还没缓过来。娘却扯扯他的衣襟。他看看娘，刚要说话，鸿书对陈国柱说：“你和爹去看看晒的山货干透了没，给哥装起来。”

公公出门的时候，对鸿书说：“让你娘多站些日子，好不容易来一趟……”

鸿书却绾着眉头说：“操好你自己的心，我回去认门不行？”

老汉叹口气出门去了。

老汉出门了，鸿书说：“娘、哥，我想回去看一趟。”

石榴说：“快收拾，这会儿就跟娘一起回去。”

刘鸿儒再没说话。

走的时候，鸿书的公公说：“把强蛋也带上，姑舅家门要认下，大了逢年过节都得上门。”

鸿书说：“山高路远的，那么大点，路上不受罪呀！”

鸿书的公公慢腾腾地说：“车拉着呢么，娃多喜欢坐车，咋能是受罪么。”

鸿书说：“这么大的娃，带上不掏车票？不费钱？”

公公说：“钱么挣下就是花的，花了再挣么。”

刘鸿儒也说：“把娃带上么，让认认路。”

鸿书说：“等长大点了再认门去。”

刘鸿儒说：“鸿书，听哥的话，把娃带上。”

鸿书咬咬嘴唇，领着儿子进去收拾了。

路上，鸿书说：“怕我不回去了，娃领上就是个尾巴。”

刘鸿儒说：“你、你和国柱……”

鸿书说：“好着呢，就是我公公老疑神疑鬼的，怕国柱是个豁豁，我看不上，以前没娘家的时候就疑神疑鬼，现在有了娘家，就更担心我跑了不回来了。”

刘鸿儒说：“那你就别让他提心吊胆么……”

鸿书在卧虎台住了一个月，母子俩临回去的时候，娘说：“鸿书，别怨娘。”

鸿书哭了，说：“刚知道的时候，我都恨死你们了，现在啥都想明白了，还怨啥？不卖了我怕这世上早没了我。”

三十

卧虎台人聚集在村巷的时候，主要玩的有这么几种：狼吃娃娃、下方、打扑克、砍牛腿、下象棋。最简单的是狼吃娃娃，最难的是下象棋。刘鸿儒的棋艺是卧虎台最高的。刘鸿儒学下棋是在固原宋家巷卖花馍的时候，每天收摊后，豁耳有一盘棋，摆在巷道里，一帮摆摊的聚在一起厮杀。都是些半吊子，棋艺不高。固原城有专门摆棋摊挣钱的，有专门摆残局赢钱的，那些残局看上去简单，但就是下不赢。有一回，六指逞能，去破一个残局，结果输了不少钱。刘鸿儒的棋艺提高是在1969年。那年，卧虎台来了一个改造的，罪名“反革命”，官名高佑左。开完批斗会，喊完口号，社员就一个个端详着高佑左，张耀李叹息说：“就那个单薄的身体，一个指头都能戳倒，一口气就能吹倒，还反革命哩。”紧挨着的老万说：“那可不一定，真正的坏人电影上你又不是没见过，越是这样尖嘴猴腮的人，越不地道，越爱要阴谋诡计。”常太也说：“人不可貌相，海水不可斗量，能反毛主席的人都不是平地里卧的兔。”刘高说：“他是反革命，没说反毛主席。”常太说：“反革命不是反毛主席，你这脑子真是有问题，难怪啥时候了你还娶了个地主的女儿。”老万撇着嘴说：“他想娶皇上的女儿哩，还得有那本事。”

高佑左确实太瘦了，就像根冰草一样。卧虎台的冬天，西北风主宰着一切，刮起来飞沙走石的，连老墙头上的土都吹得起来。高佑左走路只能随着风走，晃来晃去，好端端的路总给他走得弯弯扭扭。学生娃经常跟在他的屁股后面拐来弯去左西右东地学他走路，边学边喊右左左右，左右右左。可高佑左不恼，也不睬学生娃，就像没看见，没听见，从不像那些脾气大爱发火的人，会掉过头来追学生娃、骂学生娃、咒学生娃，拿石头土块扔学生娃。偶尔他会猛然回过头来，吓学生一大跳，学生娃跳至远处再看，才发现他在笑。学生娃会问：“你为啥要叫个高佑左，你到底是想左还是想右呢？”他不回答，又走自己的路了。遇到他在风中行路，娃娃会说再添口气，他就会倒了。一群娃娃就对着他吹气。虽然他是来改造的，但只要大人看见学生娃跟在他屁股后面排成串地学他，还是要吼骂学生娃一通的。他们说学结巴生哑巴，学跛子打拐子，现世现报哩。高佑左走路总是低着头，也不看路，老皱着眉头，像是心里装着很多事的人在思谋着什么。村里人说红皮萝卜紫皮蒜，抬头婆姨低头汉，这种人麻缠，一看就不是个走正道的人。在卧虎台人看来，他一定在想些黑暗而仇恨的事。

高佑左身体当然是干不了太重的活，但又不能不挣工分，可他分派到哪个组，人们都多嫌弃他，因为他借了他们的力气。队长也没办法，在派活的时候轮流分派，今天分在这个组，明天分在那个组，就像是驻队干部轮着吃饭一样。

那时候人们唯一的娱乐就是下象棋。冬天活计比夏秋要少，除了出粪、拉粪、打场、打窖、淘窖、糊窖这样的活计，剩余的就是开会了。开会除了学习最高指示，就是批斗教育那些反革命。其实每个人的罪名都不一样，但时间长了，阶级敌人便越来越大，现在只要押上批斗台的，卧虎台人统统都叫反革命。押到台上，喊过一通口号，批斗会就散了，就在队部围成一堆下棋。下棋输了的人要学驴叫、学猪叫、学狗叫，脸上还要用笔画道道。朱达旺口袋里别个钢笔，最大的用途就是用来在输了的人脸上画道道。下棋的人脸都被画成了唱大戏的脸，可高兴坏了娃娃们，他们就在大人堆里钻来钻去，趁机也在输了的人脸上加一道，逃之夭夭。

朱达旺爱下棋，迷得厉害，还爱悔棋，而且人不能赢他。要是赢他一两盘，他出气鼻孔就比老牛的鼻孔还粗了。要连着赢几盘，朱达旺就会掀棋盘，掀了谁的棋盘谁就会有麻烦。

朱达旺下不过刘鸿儒，刘鸿儒又不让，朱达旺就不跟刘鸿儒下。

刘鸿儒说：“你就是老跟下不过你的人下，才成了个臭棋篓子。”

朱达旺说：“我为啥要让你赢了快活呢。”

刘鸿儒说：“这话倒说得有水平。”

每逢下棋，高佑左总是抱着膀子站在一边观看，但他从不说话，不像其他人又喊又叫的，甚至拉拉扯扯。高佑左只是站在那里看，偶尔会撇一下嘴，再撇一下嘴，显得高深莫测。

一个人老是赢，大家就觉得没啥意思，因此，只要朱达旺坐在棋盘前，人们看上一两盘就早早散了。朱达旺也觉得不过瘾。有一天，朱达旺赢了几个人，赢得兴奋，却没人再支架子，人都陆续地散伙了。朱达旺就对一直看棋的高佑左说：“会下么？杀一盘。”高佑左摇摇头，又摇摇头，掉头要走。朱达旺用鼻子哼了一声，说：“看你也不是个对手。”就又拉住正要回家的顾拴牢。顾拴牢说：“回了，我都输了几盘了，明天还要打窖哩。”朱达旺说：“最后三盘，你要赢一盘，从明天起就不用下窖了。”顾拴牢坐下来，高佑左又回头来撇着嘴站在一边看。看着看着他一咬嘴唇，给顾拴牢指点了一步，结果朱达旺就把车丢了，又指点了一步，顾拴牢又吃了朱达旺的马。朱达旺很快就输了。朱达旺一把把棋盘掀了，棋子滚得满地都是。朱达旺指着高佑左的鼻子说："你狗日的日能，敢和我下么?"高佑左看都不看朱达旺说："我让你一个车吧。"

对于下棋的人来说，让你一子是看不起人，让你一个车就有些欺负人了。

朱达旺被他那种高傲的神态与气势激怒了，说："我看看你狗日的有多日能。"

结果没几步，朱达旺便输了。

高佑左坐在那里跷着腿，吃掉的棋子摞在手里一上一下地倒来换去，看都不看朱达旺一眼。那架势完全是个高手的架势。卧虎台人见过这架势，有一次县里来的工作队中，有一个干部一连下败了十几个人，就是这样玩棋子，就是这架势。那天高佑左似乎专门要杀杀朱达旺的威风，他脖子一偏说："还下不？我给你让半个军。"

朱达旺脸就黑成锅底了，恶恶地说："半个军是啥?"

高佑左不说话，刘鸿儒说："半个军就是一个车、一个马、一个炮。"

朱达旺觉得这是让人家小看到家了，就说："日他妈，你还不如说把老爷也让了呢。”

朱达旺就像干力气活一样，在掌心唾了两口唾沫继续下，结果很快又输了。

高佑左站起来，还是不看朱达旺，径直走了。

开完会，人们还会下棋。朱达旺依然赢着，但已没有往日那样兴奋了。有几个人总想和高佑左下上一场，可高佑左连看棋也不看了，批斗会开完就回去了。

二月二，龙抬头，家家户户炒豌豆，村村寨寨吆耕牛。春天到了，一件事也逼近了卧虎台。刘鸿儒当了大队长的第二年，带着社员开了董塬，种上了麦子。董塬一直荒着，倒没啥事，种上了事就跟着来了。到了收麦子的时候，小海子大队的人也来收，两个大队的人就打了起来。结果伤了几个人。第二年，小海子大队早早种上了麦子，卧虎台人又播了糜子，结果啥也没种成。一来二去，两个大队就结下了仇冤。每年春天，董塬就成了个麻烦，两个大队谁也不轻易认输，有没有收成是一回事，但种不种是另一回事，你要不种，人家种了那就意味着拱手把地让给人家了。这事的根子在刚刚解放划界。原本卧虎台和小海子是一个大队，中间只隔着一道山岭。划界的时候，偏偏就以那山岭为界。结果就出现了父子、弟兄分在了两个公社、两个大队的情况。当时人们也没看出啥事来，两边都是共产党的天下。董塬的事出了后，人们这才发现这是件很麻烦的事。解放前董塬属于老地主高年。高年有四个儿子，两个住在卧虎台，两个住在小海子。解放后，高年也一直随小儿子住在卧虎台。可小儿子拿不住女人，公公媳妇子间就多了摩擦，闹过几次事后，高年一气之下搬到了小海子的大儿子家去住了，不久又在那边找了个女人，户口也迁去了。谁也没想到老地主把地契没烧，一直藏在家里。小海子大队以此为依据，说这块塬是他们的。可卧虎台的人觉得他们是睁着眼睛说瞎话，却又拿不出依据，最后勉强找了个依据说高年家的祖坟在卧虎台，也不让步。因为两个大队不属于同一个公社，要县上出面才能协调，两个大队在县上又都有干部，都向着自己一面，协调起来很费劲，无果。自从开垦以来年年都种，可谁也没有收得一颗粮食，冲突却一年比一年厉害。两个大队的人又都沾亲带故，弄得亲戚也不好做。去年两个大队的民兵都在地畔上压好了阵势，摆了战场，民兵都有枪，还有手榴弹，真枪实弹的。

大队召开了社员大会，民兵全副武装，明日上董塬种地。这时候的大队支书是石万天。万全财当了几年支书，有一天骑自行车从断头沟跌下去，人摔了两截子。自行车的大梁都摔成了火镰，人还能全乎？万全财之死有几种传说：一种说是去开会，在公社喝了酒回家，没把住方向，跌下去的；一种说不是去公社开会，是去了相好的家里，正干那事，人家男人忽然回来了，再不好意思睡下去，骑了自行车出来，跌下去了；一种说从野鸡岭上下来，车闸断了，一头扎了下去；一种说车闸不是拉断的，是有人剪断的；一种说是踏了迷魂草，让鬼魂引下去做了替死鬼，断头沟那地方硬气，死了不是一两个人。传说都不相同，但时间是一致的，都是在夜里，一是万全财爱走夜路，二是第二天早晨放羊的老瓜头发现万全财时，两截子都凝结了一层银霜。万全财没了，朱达旺扑过支书的位子，公社来了两个干部待了两天，让石万天干了。石万天是个铁匠，在公社农具厂干过两年又回来的。

大队开了会，研究董塬种不种，几个老汉说不要种了吧，种了几年啥也没收上，仇恨倒越积越深，再种怕是会出人命的。石万天说："董塬一定要种，不种就是拱手让给了别人，这个塬要是在我手里没守住，我就成了罪人了，这是个原则问题。"第二天，全队的人准备上董塬的时候，小海子大队长过来谈判。小海子大队长拿出老地主的地契，石万天说："这是变天账，你狗日的想变天？"小海子大队长说："那你依靠祖坟，还不是想复辟？"两个人的名词都用得很准确。最后说来说去，小海子大队长说出个主意来：下棋，谁连赢五盘地就归谁。石万天回头看看朱达旺，朱达旺搓着手嘿嘿一笑说："你娃想明白了，不准反悔。"

小海子大队长说："儿子娃娃说话，谁反悔谁就是蹲下尿尿的。"

当下派人叫来李全写好协约，一式两份。

李全写协约的时间，石万天把朱达旺叫出去说："你有把握没把握。"

朱达旺说："有把握。"

石万天说："我可明着给你说，如果你下输了，这个大队长就不要干了，这不是脸上贴纸条哩，这是一千多亩地哩。"

朱达旺知道自己下不过小海子大队大队长，他们交手次数多了，输多赢少，口气就有些软了，说："能、能下个平手。"

石万天"呸"了朱达旺一脸说："你差点把老子日弄到沟里了，没有金刚钻，不揽瓷器活，没把握你逞能个啥，现在人家等着签协约哩。"

朱达旺说："大不了咱们不跟他们下不就完了？"

石万天说："放狗屁，老子当着那么多人的面说下的，现在反悔让老子精沟子推磨转着圈圈丢人？屙下的屎能坐回去？"

刘鸿儒说："让'反革命'下么。"

朱达旺说："对对对，那狗日的让半个军我都不是对手。"

石万天对朱达旺说：“你去让反革命不要干活了，休息休息，让他熟悉熟悉棋路子。”朱达旺说：“我不去，我见不得他，蔫头耷脑的。”

石万天说：“不去？大队长不要干了。”

朱达旺只好去了。

石万天又对刘鸿儒说：“晚上在你家给派个饭，让宰只鸡。”

李全写好协约，石万天让李全念，李全就念，念到“卧虎台和小海子大队为解决董塬土地的纷争，决定以两个大队长下棋的输赢解决纷争”时，石万天说：“这里不对，这是两个大队之间的事，咋能说两个大队长下棋的输赢解决纷争，应该说两个大队以下棋的胜负解决纷争，大队长是个人。”

小海子大队长想想说：“对着哩，是得这么改一下。”

协约审定，两个人各自取下挂在腰间的公章来哈了一阵气，“嗵”一声盖上，又各自叫来几个贫下中农代表压上了手印。

朱达旺没去找高佑左，而是派人把高佑左叫来。朱达旺把意思说了，高佑左却说：“不下。”

朱达旺说：“你狗日的敢不下？”

高佑左面无表情，说：“不下。”

朱达旺急了说：“这可不是赌气的事，一千多亩地哩，好爷爷哩，好好下噻，只要下赢以后就干最轻的活，老子把你当先人一样供上，还给你宰只大羯羊炖了给你补身子，你看你瘦得跟马猴一样了，不要死在我手上了噻。”

高佑左不再说话，往外就走，朱达旺追出来，拉住高佑左的胳膊。高佑左却甩开胳膊走了。

朱达旺说：“就算老子求你了。”

高佑左说：“求人有给人当老子的？”

朱达旺说：“好好好，你是我老子我是你孙子总行了吧。”

刘鸿儒来找高佑左的时候，高佑左正在看书，刘鸿儒说：“这棋你得下。”

高佑左说：“不下。”

刘鸿儒说：“你是跟朱达旺赌气，还是……”

高佑左撇嘴冷笑说：“跟他赌气？！”

刘鸿儒说：“那为啥？”

高佑左说：“你不觉得这像儿戏？”

刘鸿儒说：“这不是儿戏，真的。”

晚上刘鸿儒去叫高佑左到家里吃饭，高佑左却不去吃，刘鸿儒笑了说：“你知道你这人为啥到我们这里来改造么，就你这脾气哪有不吃亏的啊。”

又说：“跟饭有仇，炖的鸡。”

吃饭的时候，石万天也来了，说：“你只要下赢了，卧虎台人会记你一辈子，土地是啥？土地就是粮食。”

高佑左看看石万天说：“这么真就把事解决了。”

石万天说：“大队的章都在上面压着哩，还有这么多手印，不比地契管用？”

棋场就在大队院子里摆开了。院子里挤满了人，连山头上都坐满了人。

小海子大队长坐下了，朱达旺却说：“你那臭棋我没心思跟你下，我随便找个人下你都不是对手。”

小海子大队长想想同意了，因为他也是队上的常胜将军。

五盘棋没用上平时一盘棋的时间，小海子大队长全输了。

小海子大队长输了却赖着不签字，说：“这不能算数。”

朱达旺说：“你说话还算不算数，不算就把你那嘴借给女人养（生）娃去。”

小海子大队长说：“咱们可没说找人替下。”

刘鸿儒说：“也没说不能找人替下啊，协约上写得明白，卧虎台和小海子下棋决胜负，没想清楚就认输吧。”

小海子大队长说：“他也不是你卧虎台的人啊。”

石万天说：“咋不是卧虎台人，在我们这里劳动改造吃饭屙屎，不是我们的人？”

小海子大队长知道自己被套住了，挠了半天头说：“好，我也得找人替下。”

朱达旺说：“不行。”

小海子大队长说：“我让一步，你让一步，要不然这事……就算㞞了。”

朱达旺说：“你要耍赖？”

小海子大队长嘿嘿一笑说：“耍赖就耍赖，就当耍了一回，你还能把我咋？”

说着起身就要走，朱达旺看看石万天，石万天看看高佑左，高佑左面无表情，石万天咬咬牙说：“行，但是如果你们赢了，就都抹了重下，如果我们赢了，就签字压手印。”

小海子大队长说：“行，别以为你们有劳动改造的。”

中午，饭还派在刘鸿儒家吃。石万天说：“吃过饭抓紧时间好好练练棋路子。”

高佑左说：“不用练。”

石万天说：“你别大意，这可是大事哩，如果你输了，我们就把地丢了，而且你要明白等于这地又回到那老地主手里。”

高佑左说：“这我就不明白，难道小海子大队还是旧社会？”

石万天说：“当然不是，可是你知道他们凭的是老地主的地契，这说明啥？还是老地主的地契起了作用。这个老地主诡计多端，多少人害怕得把地契都烧了，他还保存着，就是想有一天变天哩。现在他把这地契冒着生命危险拿出来，不就是想证明他能变天么？如果地让他们弄了去，这不随了他的意，革命能随了他们的意啊？”

高佑左爹起大拇指说：“我没想到你会这么想，政治觉悟高。”

石万天看着高佑左，猛然拍了一下自己的脑袋说：“跟你说这些干啥，日他妈你也是反革命。”又长吁一口气出来说，“你还是好好琢磨琢磨吧。”

高佑左说：“冰冻三尺非一日之寒。”

石万天嘿嘿一笑，看看高佑左说：“这话说得多好，难怪能反革命。”

石万天叫来会计老四说：“去山野里找羊群，捉一只羯羊回来宰了炖上。”又对高佑左说：“只要用心下，下过下不过的都没关系，给你宰只羯羊补身体。”

小海子大队长果然带着一个反革命来了。比高佑左胖一些，年龄却比高佑左大，头发稀少。刘鸿儒悄声问高佑左：“你能下过他吗？”

高佑左说：“没下过咋知道下过下不过。”

刘鸿儒说：“他比你年龄大，经验怕多，头发又少，这种人怕不好对付。”

高佑左不说话。

一开始高佑左走得很小心，走了几步才发现这也是个半瓶醋，三下五除二地就赢了第一盘。小海子大队长耍赖，说：“这一盘不算，运动员上场不还要热身么。”

朱达旺急了说：“你咋比我还赖？你那嘴是顺着长的？”

高佑左竟然笑了。

小海子大队长一脸赖相，说：“这不是小事，赖就赖了，你想咋说就咋说，要么继续下，要么就算㞞了，咱们都把民兵带到董塬摆战场去。”

高佑左说：“就当热身，你说热几盘身都行。”

听得这话，石万天高喊一声：“老四，肉炖上了没？”

老四说：“炖上了。”

石万天说：“再宰三只羊，全大队人喝羊汤。”

石万天从口袋里捏了一撮糖撒到自己的茶杯，把茶杯递给高佑左说：“喝着下。”

下了七盘，小海子大队全输了。小海子大队长蔫了，签了字，和几个贫下中农代表压了手印，气冲冲地走了。跟他来下棋的反革命一路小跑跟着。高佑左望着一直到望不见，叹口气说：“我给他带来灾难了。”

石万天说：“没事，老子去给他说，那是个怕婆娘，他外父就是卧虎台的，在老子手里攥着哩。”

高佑左说：“你们说话咋总爱老子长老子短的。”

刘鸿儒说：“带个老子带劲么，你说着试试。”

高佑左想想说：“不要说是他一个，就是他十个也不是老子的对手。”

刘鸿儒说：“带劲不带劲？”

高佑左点点头又说：“不要说三五盘，就是三五百盘，他都不是老子的对手。”

又说：“带个老子是带劲啊。”

石万天捏住高佑左的手说：“你把功劳挣下了啊。”

高佑左嗷嗷大叫说：“轻点，我的骨头给你捏碎了。”

石万天说：“我是个铁匠，一出手就这劲儿。”

喝羊汤的时候，石万天站在高台子上说：“记住，这是沾了高佑左的光。”

这次他没把高佑左叫反革命。

晚上，大块羊肉，石万天又提了酒来，就在刘鸿儒家里喝上了，酒过三巡，石万天说：“你一开始就知道能下过他是吧，偏偏藏掖着不说，让老子提着心吊着胆。”

高佑左已不胜酒力，说：“老子十二岁就是冠军，市长亲自发奖。”

高佑左喝高了，唠唠叨叨地说：“市长把获奖证递到我的手上，还摸了摸我的头说我像你这么大时，也得过冠军，不过我一当就是十年，你能不能保持十年？我说你能我咋就不能，看把你日能的。结果你猜？老子把这个冠军保持了十二年。后来老子参加了工作，又拿了几次全市象棋比赛的冠军，在全国青年组我都拿过亚军的。你们两个大队才有多少人，你们一个公社才有多少人，就是你们一个省也没我们市的人多。”

石万天说：“说你胖你就喘，看来也是个喝了酒就拿不住的人。”

又说：“难怪这些人敢反革命，脑子好使么，下棋最能看出一个人脑子的瞎好来。”

第二天，卧虎台的人全部上了塬，敲锣打鼓，牲口笼头上都挂了红。学生也放了一天假，上塬参加劳动。董塬全种了麦子。人们都在地里干活，石万天点了支烟递给高佑左说：“你看这塬多宽展、多平坦，这可是天心地胆呀，是吃肚子的地呀！你狗日的以后再遇了难，还到这个队上来，就是我不当这个支书了，卧虎台人都会记着你哩。”

石万天对刘鸿儒说：“就让在你家吃吧，大队啥都给你补点。”

又说：“你看他都瘦成一条龙了。”

高佑左在卧虎台大队改造四年，董塬的麦子就成了三年。人都说这狗日的是个福人。

高佑左在刘鸿儒家吃了三年饭，吃成了个胖子。闲下来的时候，刘鸿儒要跟高佑左下棋，可高佑左不下，刘鸿儒不高兴了，说："怕我学了你的手艺？就是祖传手艺，也还偶尔给人家露一两手哩。"

高佑左说："卧虎台人下棋都输不起，为悔一步棋骂架打捶的，输不起你的棋艺永远都提不高。要想提高棋艺，一是必须输得起，二是和高手下，三不许悔棋。"

刘鸿儒笑了，说："你当我想当冠军啊，我也没你那个脑瓜子，我就想在卧虎台没人能下赢我就行，这样他们就知道脑子没我好使，在我身上动心思耍脑子，也会掂量掂量的。你别看他们平时个个老实，一旦闹起事来，个个都像英雄好汉哩。"

又说："棋高的人都是厉害人。来改造的人都会下棋，而且个个都比卧虎台人厉害，和你下棋赌地的东山那人，小海子大队长也是下不过的。只有厉害人才反革命哩，不厉害他反个屌。你说你脑子这么好使咋就会反革命？这么大的革命，你们反得了？"

又说："你参加了啥反革命组织？跟那组织断了吧，还是新中国好，毛主席好，虽然你反了革命，但至少还给你改正的机会，让你有碗饭吃哩，可你那组织呢？你现在落了难，他们在哪里?”

高佑左看看刘鸿儒说:“听你这话,我倒要问你又咋成了反革命?”

刘鸿儒说:“我这反革命跟你那反革命不一样。”

高佑左说:“你的反革命跟我的反革命不一样?哪里不一样?”

刘鸿儒说:“我没反革命,我是以前有些事给翻出来,没有合适的罪名,投到反革命上了。”

高佑左把桌子一拍说:“老子也没反革命!”

刘鸿儒说:“没反革命,你咋就给发配到卧虎台改造来了?还不认罪?难道改造还冤了你不成?”

高佑左依然拍着桌子说:“老子改造是因为下棋。”

刘鸿儒脸子吊下了,说:“下棋?难道新社会不准下棋?这些年来的工作组,百分之八十的干部都会下棋。你棋下得好,脑子好用,但你脑子再好用,可这事上你哄不了我,你们这些反革命都伪装得很好的。”

高佑左说:“你他妈的咋不相信人,老子反啥革命?我家又不是资本家,又不是国民党,更不是地主富农,就是个普通市民。”

“下棋就把你下成反革命了?也别太把我们这些人当瓜子。”刘鸿儒脸色就十分的黯淡了,他装了一锅子烟,吃了两口，说，“你想说就说，不想说就算了，你这一走，或许一辈子都不见了，再反了革命，别人怕不会像卧虎台人这么待你。”

一直到即将离开卧虎台的一天晚上，高佑左趴在炕上和刘鸿儒一起捉虱子，他才讲了被打成反革命的经过：

“荣誉最能培养人的执着，一个人对什么太执着就会出事。为了保住冠军头衔，我就不停地背棋谱、访高手，我参加工作后，拿到工资第一件事就是买了一副高级象棋，棋子是杠木的，结实得了得，对棋的着迷可想而知了。可常常要为棋盘发愁，我不知道自己下烂了多少棋盘，那时间啥都不宽裕啊，找做棋盘的东西太难了。有一次，一个外省高手慕名而来，因为近视，看不清那补了又补画了又画的棋盘。我翻箱倒柜实在找不到能做棋盘的东西，出门去寻棋盘纸，我惊奇地发现大街小巷的墙壁上到处都是镇压反革命的布告。布告用的纸做棋盘再好不过了，厚实耐磨。我为自己这一发现而高兴，运动多，布告就多，隔两三天就有新的，一层压着一层贴。我再不用为棋盘纸发愁了。革命形势一严峻，这事被一直不服我这个冠军的棋友抖了出来，我被打成了反革命，罪证就是撕镇压反革命布告，这是用心险恶的反革命行为。我在牢房关了两年才送来改造的。”

刘鸿儒就跳起来说：“几句话就说明白的事，让你说出来就那么难，你憋了这么长时间，亏你能憋得住。”

高佑左说：“我讲过多少遍，给公安讲，给法官讲，给工作组讲，在牢里讲，我写了多少材料，就是没人信，我发过誓，再一字不讲，也发过誓这辈子再不摸棋。”

刘鸿儒说：“这是下棋惹出来的事啊，这明明是撕布告撕出来的事，到现在还认不清事情的本质哩。”

又说：“也对着哩，人得有个记性，不能像猪一样记吃不记打。”

高佑左问刘鸿儒：“你呢？”

刘鸿儒就一五一十地说了，高佑左说：“你不恨么？”

刘鸿儒说：“恨有啥办法？这么大的革命，就像发洪水一样，卷进去就卷进去了。”

三十一

卧虎台人做过各种各样飞翔的梦，像老鹰一样，像鸽子一样，像麻雀一样，像虫虫一样，就是从没做过坐飞机的梦。卧虎台的天空过飞机，但在卧虎台人看来，飞机就像冲天而翔的老鹰，是高不可攀的，让你高高抬头看上一眼就是你的福气，你还奢侈得想坐，真正坐飞机的是那些有大本事的人。因此，卧虎台人笑话人时爱说“我看你就是个坐飞机的命”，这话是嘲笑那些不脚踏实地爱幻想的人的。二十几年后，后来随着出外揽活的人越来越多，人们见的世面越来越广，日子都有了些气象，飞机离人们近了些，卧虎台人也不免做过预测，如果卧虎台出个坐飞机的人，第一个坐飞机的该是谁呢？掰着指头数了又数，谁也没数到第一个坐飞机的是石榴婶。

1969年，大队来了八个下乡的知识青年，在柴老庄子大炼钢铁时收拾出来的两孔窑洞安顿了下来。这么多细皮嫩肉俏眉俏眼的城里娃，洋气、时髦、靓丽，知青们喜欢唱歌，一首一首地唱，卧虎台人觉得稀罕，一闲就去柴老庄子看那些城里娃。可一个多月后，他们开始学狐狸、黄鼠狼，偷鸡，偷羊羔，偷狗，连刚出月的小猪娃子都偷去烤着吃。关于知青的偷，卧虎台人能讲出许多细节真实的故事来。冬天的晚上，他们就像夜游神在村里晃悠，他们手里提着烧红的铁棍、铁铲，蹑手蹑脚地走向鸡窝。冬夜寒冷，等到了鸡窝跟前，这些铁器已经不再发烫，但依旧热乎乎的。他们把铁棍、铁铲往鸡窝里一伸，鸡就像上架一样站在铁棍、铁铲上，一声不叫就给他们从鸡窝里拉出来。捉小猪娃就更容易了，有酒精泡过的鸡蛋大的一块馍就能把猪娃抱回来了。他们偷狗，先会喂狗，等和狗混熟了，一根绳子往脖子里一套，到了崖边或塌窖前，一脚踢下去，狗一声都叫不出来，一时半会儿就蹬腿儿了。这让卧虎台人觉得更可恶，因为海原人是不吃狗的。偷羊羔就更容易了。人们都气愤地骂石万天："你领来的哪里是人，简直是些祸害！"更让人们不能容忍的是他们的傲慢无礼，拐弯抹角地要笑捉弄他们，没大没小的。

大队给知青开过几场会，可是知青哪里听得进去，都当了耳边风，照样偷。有一次，三个知青偷张二毛家的狗时，让张二毛抓住了。张二毛一只手握起两丈长的耧杆，三个知青也不是他的对手。三个知青给张二毛一起扭送到大队部。石万天一个一个看了一遍，这才恨恨地说：“毛主席让你们上山下乡就是来干这事的？”三个知青头颅高昂，眼里全是蔑视。石万天被激怒了，吼了一声说：“你个驴日下的看不起我们贫下中农，就是没改造好。”有一天，马山家的猪一条腿好生生的没了，血淋淋地在村巷里跑，真是惨不忍睹。石万天彻底恼了，说：“狗日的这么毒辣，难怪毛主席说让上山下乡，得好好改造狗日的。”于是，就将知青一个个分解到各生产队去，不准他们互相串联，如果发现串联就扣工分罚口粮。

往各生产队分人的时候，为挑年龄大的知青小队长争得面红耳赤，小知青没人要。因为他太小了，说是十六了，其实年龄才十四岁，下地干活指望不上，可吃喝不见得比别人省，俗语说半大小子，吃死老子，这么大正是能吃能喝的年龄。却说这小知青是因为在家里实在待腻烦了才报的名。在家里娘惯他，可爹却总是教训他。他不喜欢娘太惯他，也不喜欢爹爱训他。爹是个老革命，从革命到解放战争再到抗美援朝，一路打过来的。上面提倡知识青年到农村去的时候，学校开始报名小知青就报名了，把岁数报了十六岁。回来第一次得到了老革命的夸奖，娘哭哭泣泣地说你真心狠，他才十四岁。爹说老子参加革命还不到十二岁。

石万天说这是革命任务，你们还挑三拣四的。可是没人认这话。最后决定抓阄。结果卧虎台生产队长抓来了小知青，安排到谁家，最后还是抓阄。石榴婶说是人又不是别个啥，抓来抓去的，传出去不怕人说咱们失礼数。队长说那你家领去。刘鸿儒接话了，说我家领就我家领。

小知青在卧虎台生活了五年，石榴对小知青的好，那是人人看在眼里的。小知青嫌弃后圈（厕所）里臭，说拉不出来，想去外面拉，又怕庄子上的狗。石榴婶就给小知青准备了香，小知青上厕所就点着香捌着，拉屎就不臭了。天天晚上石榴给小知青捉虱子，边捉虱子边说你到我身上来咬噻，娃正长身体哩，血都不够自己用哩，你还要贪一口。还说你要咬也咬咱这里人，别咬人家北京娃噻，人家是客人么，不懂礼数。

村子上谁惹了孙子，石榴婶从不为娃娃找上门去生事，可谁要惹了小知青，那可要去门上讨公道。有一回长头弟兄几个打了小知青，石榴婶找到长头家门上，长头的爹说婶子，又不是你孙子，把你孙子惹了也没见你找上门来过。石榴婶说在我家长着哩，打我孙子我不说啥，可打他不行。给你娃安顿安顿，你看这娃这么点就离娘，可怜着哩。长头说婶子，你把心放到腔子里，再哪个敢惹小知青，我揳扁他狗日的。

石榴婶又抚摸着嗝气的小知青头说别人给你气受了，你就深深地吸气，把气吸得满满的，再把头高高扬起，对着天缓缓吐出去，就像闷在水底许久许久，探出头来换一口气。这么来几下你就舒坦了。小知青就深深吸一口气，把头高高扬起徐徐吐出来，再深吸一口气，把头高高扬起徐徐吐出来，说："奶奶，舒坦了。"

小知青离开卧虎台的时候，已经是虎背熊腰的壮小伙了，他说："奶奶，我一定报答您。"

石榴婶抹着小知青的头说："奶奶不图你啥，能给你这北京娃当回奶奶，就够了。"

80年代中期，小知青靠着爹的关系网发达了，坐几十万的小车来卧虎台，要接奶奶到北京浪去。石榴婶怕晕推辞不去。去鸿书家晕得她一死两活的。小知青给小米使眼色，小米就说奶奶，你坐的那是大班车，人家这车可是几十万哩，坐上肯定不晕。硬劝上车，依旧还没出庄子就晕得天旋地转，吐了个一塌糊涂。石榴婶捏着小知青的手说奶奶一辈子就是苦命，坐手扶晕手扶，坐三轮晕三轮，只是不晕驴车，可驴车到不了北京么，一辈子就是这么个命，吃顿肉都塞得牙疼，心意奶奶领了。后来，小知青又来了，说奶奶，这次咱们飞，像鸟儿一样飞，你不是想像鸟一样飞一回么？石榴婶说地上跑的都晕得五迷三倒的，天上飞的还不晕死在上面。小知青说飞机稳当，水杯里水都闪不出来。说着又给小米使眼色，小米说人家是个记恩的人，要报恩你还倒拿作起来，别给人家心里放事。又说你不是要见毛主席么，去了就能见上，毛主席就在北京城里睡着哩。石榴婶来兴趣了，说真的？小知青说当然真的，啥时想看就啥时看。石榴婶说那我去吧，那次定我的草鞋的就是毛主席的队伍，白使了人家两块大洋，咋也得去上炷香。小知青说那真是应该的。小知青让空姐准备了手提袋提在手里，可石榴婶争气啊，眼睛睁得明钻钻地看着窗外，一点儿都没晕。

小知青的公司几十层高的楼，公司楼道的墙上，隔几步就有一个相框子，里面竟然是卧虎台人常说的话：“鞭杆打倒睡着呢，舌头打倒跪着呢”“打人不打脸，骂人不揭短”“一天省一把，三年买匹马”“要知父母心，怀中抱儿孙”“家从细处有”“死水怕个勺勺舀”“借钱要忍呢，还账要狠呢”“饿了给一口，强如饱了给一斗”“良言一句三冬暖，恶语伤人六月寒”“交人要交心，浇树要浇根”“瓦罐不离井上破，只要来的回数多”……小米嘻嘻一笑说这么土的话你咋也写到墙上了？不怕丢了你这大老板的人。小知青说土？都是金玉良言，说得多实诚、多扎实啊，“人吃土地一辈子，土地只吃人一口”，说得多好、多么深刻，那六年牢就是这句话让我安安生生地坐下来的，现在遇到事我就想起这话来了，这一句话让我过了好多关，我把一切化解不了的东西全化解了。“见婚姻说合，见官司说散”，我这些年不跟人打官司，和解，和为贵么。“做贼三十年，拉住没利钱”，多好，从牢里出来，我不做投机钻营的事，更不做违法的事。“早缴银钱不怕官，孝顺父母不怕天”，多好，行孝之人就是替天行道，啥都不怕，而且好运连连。这是我的精神食粮。说着他又深深地吸气呼气，说：“那六年牢我就是这样一口气一口气坐下来的。”

看到了“麻雀也有瓜子大的脸”，小米咯咯一笑说，你把这话也写到墙上了。

小知青说：“多么精辟，麻雀也有瓜子大的脸，意思多么浅显，又多么深奥？麻雀都要脸，况人乎？”

每句话下面一个破折号后面都是“章石榴”。小米说：“章石榴是谁？”小知青说：“装糊涂？奶奶呀！”小米说：“奶奶的名儿我当然知道，我还当这个章石榴是你们北京城里的大人物哩。”小知青说：“奶奶不是个大人物？在我心目中奶奶是世界上最伟大的。”

大厅里有一张巨幅照片，石榴婶看了半天说：“这是你奶奶呀。”小知青说：“是我奶奶呀。”石榴婶说：“看上去有些面熟，和我年龄差不多吧。”小知青说：“和您同年同月同日同时生。”石榴婶说：“咋会这么巧？”小知青说：“可不这么巧。”小米说：“就是你，连自己都认不出来了。”石榴婶说：“胡说，把我挂到墙上，那不跟毛主席一样了。”小知青说：“你就跟毛主席一样伟大。”石榴婶说：“快扯下来，丑死人了。”小知青说：“奶奶，你现在是我公司的名人，形象大使，职员早晨都要向你鞠躬致敬哩。”参观毛主席纪念堂，出来，石榴婶叹口气悄声跟小知青说：“那时间全国人民都喊万岁哩，还没活过我。”又说，“这话可不敢乱说。”小知青说：“毛主席也是人！”

从北京回来的第二天，窑里就挤满了人，仿佛麻雀窝里戳了一扁担，叽叽喳喳的那才叫个吵。石榴婶红光满脸，显得特别精神，拿出小知青买的东西招待大家。

“比老鹰飞得还高？”

“在云上头飘着哩？”

“往下看人才有锤头大？”

“比小卧车跑得还快？”

“一次拉二百多人？”

“还有解手的地方么？”

“看得见天堂？见上玉皇大帝了吧。”

“王母娘娘上蟠桃招待了吧。”

后来有人问：“你坐啥晕啥，飞机晕没？”

石榴婶来了精神，说：“没晕，真的没晕！”

“晕这晕那的，偏偏就不晕飞机？”

卧虎台人感慨啊，“啧啧啧”，嘴唇咂得响成一片，“真是万般皆是命，半点儿不由人。啥人有啥福，啥人有啥命。你就是个坐飞机的命啊。”

老瓜头却不这么看，说：“福是一点点积攒下来的，心善的人都能积攒下福分哩。”

人说：“以后让干孙子领着多坐几回。”

石榴婶吐吐舌头说：“可不敢，这一趟把娃一万多花上了，加上买这买那的，怕两万都不止。”

大家咂得“啧啧啧”响成一片，说：“这么费钱啊。”

“睡的地方一晚上就上千哩，还看了毛主席哩。”

“连毛主席都见了，你这一辈子没白活，值哩。”

“毛主席好好的，就像睡着了一样。”

“他是神，就把肉体留下了，魂魂早都要上天了。”

“啥都好，就是一点不好，坐在搪瓷盆上拉啊尿啊的，难着哩。”

“拉啊尿啊的都是搪瓷盆呀，啧啧啧，北京人这么活哩。”

那时候卧虎台人根本就不敢想象坐在搪瓷盆上拉屎，搪瓷盆比瓦盆陶盆贵到哪里去了，即使到了现在，村子上也没有用上搪瓷做的大小便用具，厕所依旧是土厕所。

从北京回来不久，石榴走到了生命的尽头。她是在刘鸿儒和刘鸿书的怀里轮流躺着，度过了最后时光。因为长年坐着编织，她的脊椎严重弯曲，身子佝偻成了一个括弧，很早以前她就不能平躺，只能侧身而卧，即使买了一尺厚的海绵垫子，也平躺不了多久就得侧卧着，两侧的身子都压烂结痂了。躺在人的怀里，弓着的背就像一个锅正好安放在两腿之间，要舒服些。她的身子已经很轻了，就像抱个月娃子，轻轻一掬就掬起来了。她稀疏的头发归拢起来只有指头胖的一股儿，全白了，找不出一根黑的。眼睛、嘴巴、脸蛋、脖子，到处是核桃般的皱纹。那双手骨节粗大，鼓凸得像一个个木结，因老掐剥芨芨皮，指甲缝里老茧有一铜钱厚，手掌的老茧就像鱼鳞，粗粝而坚硬，像砂纸一样，抚过布料发出刺啦刺啦的响声。十根手指没一根能伸得直，酷似踏过霜雪的鸡爪，抽搐成了环状，肌肤一褶一褶。两只胳膊只有锹把一般粗细，仅剩下一层皮了，捏住轻轻一提能提一拃高。血管清晰地露出来，乌青乌青的。刘鸿儒泪眼蒙眬，逝去的时光就在泪光中浮现。在卧虎台住下来后，石榴终年坐在芨芨堆里，就像一只勤奋的蜘蛛，一圈一圈编着芨芨。天热了在地上编，天冷了在炕上编。夜里有月坐在月光下，没月点一盏清油灯。怕费油，灯捻就很细，细了灯光就很暗，只能照着她那一坨。半夜刘鸿儒被皎洁的月光晃醒或尿憋醒，看到娘还在编，月光铺在芨芨秆上一片雪白。有时会看到这样一幅画面：她两只手握在一起，指头屈屈伸伸变来幻去地耍手影儿，一会兔，一会鸡，一会马，一会牛，一会男人，一会女人，还给配音，耍上一会儿，她长叹一声，又开始编起来。一个又一个夜晚就这样从她手缝间流走了。

这日她显得精神了些，刘鸿儒抱着到院里晒太阳，他说："娘，把孙翔远的名字改为曹翔远吧。"

这话林春花腰干（绝经）了后他就跟娘说过。说这话之前他为难了好久，想要不要把二儿子孙翔远的名字改为曹翔远，他知道娘的心思，也感受到娘的苦痛，跟了爹生了两个儿子，却一个都没留住，爹没了，就愈发觉得娘可怜，这事在他这个后儿子跟前说，是难以张开口的。可是，想到要把二儿子孙翔远的名字改为曹翔远，刘鸿儒心里也十分难受，毕竟二爹孙清河是他们刘家的救命恩人，对于他来说这边要重得多。后来，看着两个比炕高出一头的儿子，他想通了，有这两个儿，到了孙子手里给二爹传宗接代也误不了。可去跟娘一说，娘说那咋行，以前啊年小，想事不周，经得岁月久了，倒把事想过来，人得讲理，规矩就是理么，我嫁到刘家，就是刘家的人了，咋说你二爹是刘家的救命恩人，再说这事有个先来后到，他们弟兄三个，曹家就是老三么，有翔志、翔远，急啥，日子长着哩。刘鸿儒心里立马轻松起来，这话解放了他。

娘摇摇头，再没说啥。娘给他留了一笔账，就是赵先生的三十七块银圆，说：“这些年填补日子，不要说带利息，连人家的本钱也花了个精光。有能力了兑换着给人家埋上，多给埋上几个，说好给人家利息的。”

又说：“也不急，别太逼着自己，反正人家的事已经耽误下了。”

十几年后刘鸿儒连本带利补上了赵先生的那坛银圆，这时候的银圆一块袁大头已经五六百了。埋了不久，那块地方给人占了，建了面粉厂，赵先生一家的尸骨都挖出来了，可是没听说挖出那罐银圆。刘鸿儒知道那罐银圆肯定是给挖走了，他想去问一问，但最后还是忍了。

因为小知青参加葬礼，县市上都想招商引资，来了好些领导，整个葬礼就很隆重。

三十二

人活一辈子，在心里总会跟一个人较上劲。随着刘翔志和孙翔远渐渐大了，刘鸿儒和姚方向较上了劲。以前他是看不上姚方向的，因为姚方向跟朱达旺黏得紧，见了朱达旺一副媚相。后来，姚方向的儿子姚顺当兵。他才觉得这人不可小视。按说姚方向成分是上中农，中农只是团结的对象，儿子当兵费事哩，但朱达旺利用这些年积攒下的人际关系跑前跑后硬给办成了。刘翔志十六岁他想让当兵，找到尚志那里去了，派出所的马永禄也帮忙，可是没有成，表格中成分这一栏就卡死了，一政审，就审了下来。姚顺转业回来到公社当了司机，姚方向一天一天就成了个人物，做了小队队长，进了大队班子，后来又做了副支书，人就开始有了架子，说话口气也不一样了。刘鸿儒看不到眼里，因此平时劳动歇缓，聚在村巷抬杠谝传，刘鸿儒跟姚方向抬杠，言语上就不留情面。

两个儿子读书刘鸿儒一直供着，也不是要捞取功名，也不是不想捞取功名，成分把一切都埋葬了。他记着师傅说过一句话，人不读书就像房间里没有窗户。这话他刻进了脑子里。1977年恢复了高考，刘翔志参加了高考，没有考上，复读了一年，1978年又没考上。他给儿子的只有一个字：念。这时候，除了师傅这句话的动力，他有了改换门庭的想法。1979年，刘鸿儒抓住了一个机遇。这一年二月，中国打了一仗，对越自卫反击战。卧虎台有了自己的烈士，对越自卫反击战中，李大卫壮烈牺牲在老山前线。领导一拨一拨地都来慰问、吊唁，卧虎台的男女老少都戴了白花，箍了黑袖箍。

尽管高考恢复了，可高考实在是太难了，报纸上说是千军万马过独木桥，一点不为过。因此，当兵依然被卧虎台村人看成是改变命运的一条重要途径。但是，成分虽然不重要了，批斗会呀运动也没了，可要当兵依然不是那么容易的事，名额太少，大队干部的七大姑八大姨都不够争。不过这年冬季的征兵，在卧虎台显得有些萧条，烈士的荣耀掩饰不了以付出生命为代价的战争的残酷。“学英雄，见行动”的标语在村巷的老墙上刷了一遍又一遍，却并没有在征兵中体现出来，战争笼罩在人们头上的阴影还未散去，队干们的子女没有一个报名的，这就让普通人家有了希望。

当不当兵，刘鸿儒一时间有些难以决断，吃过晚饭，刘鸿儒躺在炕上一锅子接一锅子抽烟，林春花说：“问问娃，把利害说明白了，他也十八九的人了。”

刘鸿儒看看林春花，这个女人上了年纪，倒越发的有脑子了。

第二日，刘翔志从学校回来，说：“我要当兵。”

刘鸿儒说：“你娃可想好。”

刘翔志说：“我想好了，今年报名的人少，成分也不管了，是个机会。”

刘鸿儒思谋了一会儿，说：“大卫那娃……”

刘翔志说：“打仗哪有不牺牲的。”

林春花说：“去吧。”

刘翔志跳了一个蹦子说：“那我明天就去报名了。”

刘翔志出去后，刘鸿儒长出了一口气，睡下后，林春花却呜呜咽咽的，刘鸿儒说：“你号啥，不是你答应的么。”

林春花哽咽着说：“看着人家你家有个工作的，他家里有个工作的，话把人压的。”

又说：“娃真去当兵，万一娃出去有个三长两短的，你说……”

刘鸿儒说：“就是牺牲了，也是光荣的，保家卫国的英雄。”

话虽这么说，队干们的儿子没一个报名的，老百姓的儿子却很踊跃。他心里就疙疙瘩瘩的。晚上两个人又在盘算，林春花说："得去给老姚说说。"

这时候，姚方向已经成了大队支书。这当然和姚顺有关系，虽然姚顺用刘鸿儒的话说就是个车户，可人家是给公社书记开车。刘鸿儒只能感慨地说车户也是人物啊。

刘鸿儒只是抽烟。

林春花说："不说不行，我看往他家跑的人多多儿的。"

刘鸿儒说："你去一趟吧。"

林春花说："我去说？我是寡妇？让我出头，你脸往哪里搁？"

几句话把刘鸿儒问得说不出话来。

第二日，刘鸿儒准备了礼物，正要去姚方向家，姚方向却来了。

姚方向说："让翔志当兵去吧，这个名额我给你了，谁也休想抢去。"

刘鸿儒却并不感激，反而觉得姚方向心怀叵测。

刘翔志被当兵的接走的时候，刘鸿儒说："一定要争取立功，只有立了功才能提干，才能转业，不然就会给复员回来，还是种地养猪。"

又深有感触地说："你看姚顺，在过去那就是一个车户，可回来也是踏得卧虎台动弹哩。”

刘翔志当兵走后，卧虎台村包产到户了。

刘鸿儒给儿子写信，告诫儿子一定要立功，争取转业，不能复员，哪怕是当个车户也行。

刘翔志到了部队也很想上前线，真枪实弹地打上一仗，杀几个侵略者。可刘翔志当的兵每天除了训练，主要是种地，在一望无垠的戈壁滩上垦荒，种地咋立功，要是种地能立功，国家得印多少个奖状。他和几名战士申请过上前线，可团长告诉他上前线不是申请的，而是要听上面调遣，打越南鬼子，用不着我们去，兄弟部队就把狗日的打回去了，何况战争早就结束了。

从报纸和广播上刘翔志听到了一些普通岗位上立功的事迹，而且听到有靠养猪立功的典型，刘翔志便报名去养猪了。养猪对于刘翔志来说，那是拿手的活计。贫不离猪，富不离书。小的时候，养猪是家里最主要的副业，家里母猪、肉猪各喂着几头，他们兄弟姐妹名下都有一头猪，谁的猪谁喂。母猪主要是下崽卖钱，肉猪宰了，腌一大缸，那是要解一年的馋的。可当他在部队开始喂猪的时候，才明白家里喂猪哪里叫喂猪，无非就是把草割回来往猪圈一撒，这叫吊壳郎，等壳郎吊起来，离年有两个月的时候，开始拿秕粮食、麸子、糠往起充，就像充气球一样，两个月猪就吃得滚瓜溜圆的。部队喂猪，除了饲料好，主要是喂法上有不同，啥时间喂，一天喂几次，饮几次水，这都是有科学依据的。一头猪喂半年甚至三四个月就能长家里喂的猪一年长的斤两。

在西北一个小山沟里，刘翔志当了三年兵，喂了两年猪，就这么复员回来了。

刘翔志没有转业，这让刘鸿儒动不动就长出一口气，刘翔志说："爹，你别老是长出气，其实三年兵我也学下不少东西。"

刘鸿儒又长出了一口气，刘翔志说："爹，我学会了开汽车，拿到了驾照。"

刘鸿儒说："学会了开汽车，有汽车开？你咋不学个坐汽车的？"

刘翔志说："爹，我学会了养猪，我半年能把猪喂一年那么大。"

刘鸿儒说："养猪还用到部队上去学？你就是一天把猪喂成牛，老子也不稀罕。"

刘鸿儒的横眉冷对和长出气让刘翔志承受不了，只能躲着走。可在一个家里如何躲？躲出去又躲向何处？他想到了在冈山煤矿开卡车拉煤的战友。战友给他说过，那煤矿是私人的，不像国家单位那么难进。他想去碰碰运气，就去了县上。到了县上，想到战友的娘年龄大了，便去百货商店买礼物，忽然，有人大喊一声："刘翔志。"他一抬头，面前站着的竟是一个女子，他有些惊讶，更惊讶的是她竟然叫出他的名字。不过他也很快知道了她的名字，因为一个人在叫"席梅玲"，眼前的这女子脆生生地答应了一声。这才避免了尴尬。

席梅玲说："不认得我了。"

刘翔志红着脸说："认得认得。"

其实，刘翔志并没有认得席梅玲。说过几句话，刘翔志才知道席梅玲和他是同学，而且同班。对席梅玲刘翔志确实没有印象，但这也不能怨他。一是他们是复读班的同学，那时刚刚恢复高考，千军万马过独木桥，复读的学生实在是太多了，学校一时人满为患，一个废旧仓库改成复读班的教室，装了一百四十多号学生，真要个个都记住确实不容易。二是刘翔志的眼里没有席梅玲。倒也不是刘翔志那时在男女方面不开窍，其实在同学中他懂得挺早的，耍房听床的经历也多了，况且同学中有几个都结婚了，晚上会说些男女方面的荤话，男女方面的事启蒙不算晚。只是那时候的刘翔志关注的女生里没有席梅玲。班里面让刘翔志浮想联翩情思恍惚的女生不少，他关注过郝清秀，那是班花；关注过刘晓霞，有两个酒窝，个头高挑；关注过爱穿裙子的白莲花，那裙子飘的；他还关注过一个姓席的，叫席梅花，但席梅玲他没有印象。

席梅玲咯咯咯一笑说：“还是那副德行。”

席梅玲能跟他打招呼，这让他恢复了外表上的自信，要知道这些城里娃可是不会轻易看起他们乡下人的，这是读了几年高中他最切身的感受。刘翔志对自己的帅很自信，他随爹，身材魁梧，容貌俊秀清爽。刘翔志整理了一下表情，不卑不亢地说：“哪副德行？”

席梅玲说：“看人目光轻飘飘的，走路散散漫漫的，一副大大咧咧的姿势。”

刘翔志说：“难道我要走得像被警察追小偷么？”

席梅玲请刘翔志吃饭，这让刘翔志感觉到春天般的温暖，对席梅玲真是好不感恩戴德。从家里出来到了县城，他觉得自己就像倒霉的孔老二，惶惶如丧家之犬。

吃饭时席梅玲边给他搛菜，边说起过去，嘴是一刻不停，刘翔志就想她那时候也是这么小嘴不停？他实在没有印象。一顿饭席梅玲没吃几嘴，全叽叽喳喳了。吃过饭，他们又去看电影。

第二天，席梅玲写了两个单位让刘翔志挑，一个是公安局，一个是粮食局。

刘翔志一笑说：“说得跟真的一样。”

席梅玲说：“你就挑吧，跟真的一样。”

刘翔志说："让我过瘾啊，这都是想都不敢想的单位，我想到水泥厂当个工人都没可能。"

还不等刘翔志挑，席梅玲说："去公安局，粮食局就是仓库呀麻包呀，跟总是丰收的老地主一样。"

刘翔志笑了，席梅玲说："你挑呀，就当个游戏耍耍。"

刘翔志也选了公安局。

谁知下午，席梅玲就拿了表来让刘翔志填，刘翔志惊得眼仁都从眼眶里蹦出来。接下来，刘翔志就明白了，席梅玲的爹在民政局，还是个副局长。刘翔志不能不感慨，在复员时，他想到过好多人，也大包小包提着跑过，最后都没靠住，他怎么也想不到为他解决这么大问题的竟是一个都忘记了姓名与容颜的同学，竟是一次在街上擦肩而过的邂逅相遇。

填表的时候，刘翔志脸上堆着笑说："我能不能回趟家回来再填表？"

席梅玲说："为啥？"

刘翔志说："我得跟我爹商量一下，这么大的事。"

席梅玲说："你还挺孝顺的，随你的便。"

要刘翔志自己做主，当然是选公安局了，可他性子绵软，这么大的事怎么敢擅自做主，回家去跟爹商量。刘鸿儒一拍桌子就决定了，说："这有啥商量的，粮食局么。粮食局是干啥的，管粮食的么，米山面岭的，这世上啥有粮食贵重?”

刘翔志还想表明一下自己的意思，刘鸿儒却不给说话的机会，说:“你还有啥说的。”

刘翔志只能遂了爹的意。

席梅玲说:“小农意识，你应该戴个瓜皮小帽，走站都提着秤和算盘。”

很自然地他们就谈上了恋爱。第一次去席梅玲家的路上，席梅玲告诉刘翔志，她娘是县秦腔剧团的名演员、副团长，以后看戏不用买票，还管电影院，以后看电影也不要票。到了席梅玲家，才知道席梅玲家人都知道他要去，做了一桌子菜。刘翔志很拘束，尤其是席梅玲的外奶奶直盯着他看，看得他有些害羞，还有些毛骨悚然。他断定这老奶奶也该是个唱戏的，从脸上的皮肤就能看出来，因为经常用油彩，皮肤给蚀得厉害，没有了光泽，青灰、松弛、抽搐、毛孔粗大，一双眼睛给一圈圈核桃纹包围着，使得那双眼睛深陷，让刘翔志想到探照灯。吃过饭，说话的时候，席梅玲的外奶奶还那样看着他。

告辞出来，刘翔志说:“你外奶奶咋老是盯着我看，看得我毛骨悚然。”

席梅玲咯咯咯地笑了，说:“她说你很像她老早以前认识的一个人，越看越像。”

刘翔志说：“这世上人像人的多了。”

又说：“我真怕她看我。”

席梅玲说：“我外奶奶很慈祥，好善良的。”

又说：“你要怕，以后咱们在她不在家里去我家。”

后来，席梅玲和刘翔志也说起过外奶奶，但也仅仅说到唱了一辈子戏，娘就是外奶奶培养出来的，就这么轻描淡写地滑过去了。

然而，仅仅两个月后，刘翔志便不用再怕了，因为席梅玲的外奶奶去世了。

刘翔志参加追悼会时，才知道席梅玲的外奶奶叫苏好，从挽联和介绍上得知以前是个唱戏的。

如果刘翔志不怕苏好那样看他，如果苏好能活到席梅玲和刘翔志结婚后，他们肯定会渐渐相亲相近，那样他们就会扯出一段往事。很有点可惜，世事就是这样。

苏好回家，村子上也地震了，也打死不少人，只不过不像干盐池那么厉害。苏好十岁上出门学戏，学到十八岁还没有红起来，不是她唱得不行，而是得有人捧，没人捧红起来很难。可人家捧你图的就是你的姿色，而且还不是一两个人能捧红你的，苏好觉得为了成为红角供奉几个男人太脏了，那样还不如去做妓，便想不红也能活下去。可家里不行，因为他的三个哥哥都等着娶媳妇，如果苏好不能挣回给哥哥们娶女人的钱，她就会被换亲。因此，她跟了赵大头，和赵大头私下说定，她在干盐池陪赵大头两年，赵大头掏钱给她两个哥哥娶媳妇，并给她家置十亩川道地，起一处宅院。可是，赵大头没在地震中活下来。地震让本来就苦寒的家雪上加霜，她只能给大哥换回了个媳妇。但是她爱唱戏，那是她的梦想。嫁过去男人却不让她唱戏，说唱戏的都是婊子，都是暗娼。苏好是个有脾气的女人，你犟我比你还犟，你不让唱，我偏要唱。便招致男人拳脚相加。她跟男人闹离婚，可离不了，离了婚家里大嫂就得离婚，这是换亲的法则，再说男人家在大队势力大，离婚介绍信也开不出来，日子只能熬下去，她就培养女儿唱戏，把自己的梦想寄托在了女儿身上。大队成立毛泽东思想文艺宣传队那年，苏好的女儿被选中。这一唱就唱红了，后来，被县剧团看上，进入县剧团。女儿支持娘离婚，通过县上的关系压公社，公社压大队，苏好才跟男人离了婚，这也成了他们大队第一桩离婚案。离了婚，苏好就跟女儿在县城里过，苏好再没嫁人，后来女儿唱红了，在宁夏、甘肃、陕西、青海，只要地方戏以秦腔为主的省区都大有名气。

刘翔志上班后的第一件事就是和老同学席梅玲结婚，这件事的速度极符合刘鸿儒的心思，得到了刘鸿儒的表扬。然而，两三年之内，刘翔志带给刘鸿儒的再没有惊喜，全是绝望、噩耗。

一是席梅玲头胎生了个丫头。这对刘鸿儒的打击是致命的。计划生育已经很强势了，结扎队直接开进村里了，抓住就结扎。刘鸿儒的应对策略是这样的，两个儿必须生够三个孙子。刘翔志生一个，孙翔远生两个。孙翔远生两个儿困难不大，农村户口两个娃的指标，生不够就超生，罚款就让罚。刘翔志只能生一胎，超生的结局即开除，谁也不能一胎就生个儿出来。这也难不住，怀上了就去照B超，B超照出来八九不离十，不是儿子就刮了重来，农村都这样做。这样既不会被开除，又后世有儿。没想到儿子这么愚蠢，怀上连个B超都不去照。更让刘鸿儒没想到的是席梅玲是个葡萄胎，只能生一胎，再生不要说孩子就是大人命也不保。席梅玲干脆在月子里就做了绝育手术，跟家里人商量都没商量一下。

二是没过几年，粮食局就不行了，刘翔志面临分流转岗，刘翔志又没跟他商量，竟然直接辞职。辞职你就辞职，这么大的中国，到别处谋生活也行，偏偏跑回家来了。这时候已经包产到户，刘翔志没分上地。更让刘鸿儒失望的是，刘翔志最后在家里承包的土地上建了大猪圈，养了三十头猪。在城里待不下去也没啥，你回来干个别的也行，偏偏养猪，这是村里女人的活计呀。

刘翔志回到卧虎台，姚方向不失时机地来了，掏出纸烟，递给刘鸿儒一根过滤嘴，说：“这娃命咋这不好呢？你说要是当兵回来给领导当个车户也不至于下岗呀？”

刘鸿儒笑话“姚顺不过是个车户”的话，姚方向又给刘鸿儒还了回来。

姚方向不是来同情他们的，是来看他们的笑摊的。

姚方向又说：“要下岗你早两年下岗，回到村上来，你说我还能让他在空里飘着？咋也得给他几亩地让落下来呀。这娃命咋这不好呢？”

口气是感叹的、同情的，用意是嘲弄的、恶劣的。

这时间的刘鸿儒顾不上脸面，懒得和姚方向在嘴上争高下，他倒从刘翔志下岗辞职上看到福祸相生的哲学来。辞职就是丢了吃皇粮的工作，但也意味着国家管不着了，那就成了自由人，完全可以像农民一样超生了。这样的话，席梅玲做了绝育手术，那就不能再要了，便谋划让刘翔志离婚。刘翔志性子绵软，他说话时并没有多少思考，直接把离婚的话就说出来了，因为在他想来这是十拿九稳的事。可谁知话才说出“离婚”两个字，刘翔志飞起一脚，将楔在墙上挂东西的胳膊粗的木桩踢成二截，翻了他一眼走了。那木桩可是青杠木的，他拿起一截折了的木桩看看，齐刷刷断为两截。他痴愣了许久，才明白这刘翔志已经不是以前的刘翔志了，心里说当几年兵就练下这么点功夫，还用到家里来了。

人有三年旺，神鬼都不当。刘翔志养猪的前三年，卧虎台雨水广，那雨下得哗啦啦的，多少年没浩荡的园河都有了大河的气势，浩浩荡荡了一场。粮食成了三年，喂猪的饲料就很便宜。三年下来，刘翔志成了县里的致富能手，披红挂花的。刘翔志买了一辆桑塔纳。那时候公社已经改为乡，书记乡长还坐的是搭着个帆布篷子的北京吉普。又过了两年，刘翔志把养猪场办到了固原城郊，因为县城回民多，宗教的禁忌是需要尊重的。刘翔志在固原城郊养猪一千多头，母猪二百多头。猪场光好地占了几十亩。可刘鸿儒总是觉得刘翔志就是个养猪的，更像个猪贩子，只不过是大一点的猪贩子。后来，一件事让刘鸿儒长出了一口气，姚方向的儿子姚顺退休了，给刘翔志做了办公室主任，这改变了刘鸿儒对刘翔志的看法，才觉得刘翔志是把事业给干大了。他去了趟儿子在县城的养猪场。走进养猪场的那一刻，刘鸿儒以为是走错了，这哪里是养猪场，比住人的地方还漂亮，连猪圈都是瓷砖砌的。走进刘翔志的办公室，姚顺给他又是点烟，又是沏茶，把他伺候得就像先人一样。

刘鸿儒的目光只能再回到小儿子孙翔远身上来。孙翔远复读了五年，头发一把一把掉，结果还是没有考上大学，最后认命了。孙翔远回来就和一个同学结了婚，头胎就生了个儿子，刘鸿儒开心了。第二胎生了个女儿，刘鸿儒生气了，现在计划生育这么紧，为啥不去照B超，照着B超生么。

这倒好，指标生完了，计划生育就盯上了，一来村上就督促做绝育手术。刘鸿儒很好地利用了弟弟孙鸿和当时躲避抓兵的“窨子”。

乡上的计划生育专干是尚志的儿子，来到家里给他做工作，说：“叔啊，你看我兄弟都有儿有女的，为啥还不计划，你就看在我爹的面子上，让我兄弟做了绝育手术吧，我也好完成个指标。”

刘鸿儒长叹一声说：“这面子我不能看你爹的。”

又说：“我还想让你看在你爹的面子上放我们一马呢。”

自计划生育开展以来，有许多笑话，刘鸿儒倒是记下了奥迪老太的故事。他之所以能记下这个故事，觉得这个故事有鼻有眼应该是真的。故事说老太十六岁嫁人，到三十岁男人亡故，生下了五儿四女。计划生育刚开始那会儿，三个儿子两个女儿都已经过了计划生育的年龄。四儿媳妇赶上了。四儿子已经有了儿子，但能不做绝育手术尽量不做，说这辈子做了绝育手术，下辈子转世为人也不生育了。计划生育队的说不结扎那就戴环吧，只要把环戴出去就行。老太太说我替媳妇子戴一个行不？计划生育队的说行，我们只要把环戴出去就行。就替四媳妇戴了个环。第二年，轮到了五媳妇，五媳妇还没生下带把儿的，再说给老四家的戴了，老五家的不戴咋行？落下话把，给自己下巴支砖？就又戴了一个。第三年，三女儿又被计划生育纠缠上了，老太太说给媳妇子都戴了，女儿是自己身上掉下来的肉，便又替三女儿戴了一个。第四年，四女儿又该计划生育了，老太太再次去了，大夫拉开一看，已经有三个环了，便说老人家，你再不能戴了，再戴就和省领导坐的车一样，成了奥迪了。

刘鸿儒找到马专干说："反正把环戴出去就行是不？"

这时间计划生育专干已换成了马专干。

马专干翻了刘鸿儒一眼说："老汉，你也给我讲故事。"

刘鸿儒说："不是，我觉得像真的。"

马专干撇撇嘴说："你觉得像真的？你咋把社会看成这个屄样子了？"

刘鸿儒就从自己的名字开始给马专干讲自己的故事，马专干听完，说："这能算啥理由，你们这一辈人谁没这样的经历？海原谁家没有几门亲戚绝户了？要你这么说，我奶奶娘家打完了，我娘娘家打完了，我都得给他们生儿子开门立户？"

刘鸿儒没想到自己没把马专干说住，倒让人家把自己说得无言以对，悻悻离开了，出门的时候，马专干又说："赶紧让你儿媳妇去做绝育手术，有儿子了还要啥，我到现在还没儿子哩，不比你更急。”

刘鸿儒说：“你这话也说得对，像我有了男孙子，还图个啥呢？”

表面上的话得这么说，背地里的事还得往下做，一家子人就和村乡干部捉起迷藏来了。你有你的千条计，我有我的老主意。也是还没有超生，倒也相安无事。第三个孩子出世，是个女娃，刘鸿儒瞀烦了，吼孙翔远：“让你们照B超，咋照的！”

孙翔远说：“照了么，照了说是儿子，谁知道养下咋就是个女的么。”

又说：“怕是机器出毛病了。”

刘鸿儒说：“村里几个照B超的都养了儿子，偏偏到你出了问题？”

又说：“你给大夫擩了么？”

孙翔远说：“擩了么，一个大红包，五百块哩。”

第二个孙女一出世，就给计划生育盯死了。给计划生育盯死了，那就是给鳖嘴咬住了，天不打雷，鳖不松口。从村上到乡上，三天两头围追堵截地让做绝育手术。

刘鸿儒常给人说的一句话是“猴子也有丢盹的时候”，意思是再精明的人也会疏忽。刘鸿儒做了精心的布置，但他丢盹了。那天，结扎队进村的时候，儿媳妇已经按照他的布置很安全地躲藏进了“窨子”。可是这结扎队却没有进村，而是赴韭菜沟去了。这些年的经验告诉刘鸿儒，一个礼拜之内结扎队不会到卧虎台村来，因为他们已经打草惊蛇了，这一惊吓，用他们的话说那些嫌疑犯早都四散奔逃了。

刘鸿儒就给了信号让儿子儿媳妇回家里来了。毕竟这正是盛夏，“窨子”里能把人闷死。然而，结扎队赴韭菜沟却是虚晃一枪，夜里悄无声息地杀入卧虎台，儿媳妇躲闪不及给捕个正着，当下就给押进依维柯手术车结扎了。

三十三

20世纪80年代末，刘鸿儒差点惹上了一场牢狱之灾。倘若不是碰到马永禄，事肯定就做下了。可以说他一只脚已经跨进了牢狱之门，让马永禄一把拽了出来。在卧虎台乃至拐子镇马永禄是个传奇人物。

马永禄转业到拐子公社派出所，从拐子公社的公安干成了拐子镇的警察，从警员干成所长，从普通警员干成远近闻名的神探。马永禄在拐子派出所一干就是三十多年，破过的大大小小案子自己都记不清楚了。但在他看来，有两件案子对他有至关重要的意义。一是卧虎台生产队丢牛案。案都报了五天了，一点线索都没有。一般像这样的情况，案子就是死案了，或许牛给卖到外县去了，或许牛给宰了，皮和骨头怕都卖到供销社了。半个月后的一天，他去卧虎台村，路上碰到一头牛。那头牛在前面走着，显得很疲惫。他快走几步，绕到牛前面去看牛，此牛脑顶有一坨白，就像个五角星。他叫了声“喜宝”，那牛“哞——”了一声，再叫一声“喜宝”，那牛又“哞——”了一声，还把头甩甩。他断定此牛正是卧虎台生产队让人偷了的那头牛。卧虎台饲养员李进忠报案时说过几点：一是牛脑顶上有一坨白就像个五角星；二是牛有名字叫喜宝，一叫会“哞——”一声，还甩甩头。这真是运气顺当，不怕睡到后晌。他是一个警察，丢了牛却自己回来了，还让他碰上了。这件案子让他声名大振。卧虎台的人说：“这世上有许多能人，还有日能人，小马是个日能人，丢了半月的牛，硬给找回来了。”那时候人们都还叫他小马。凡是人们口口相传的事总是越传越神乎，竟然无中生有地把他如何找牛演绎成了一个完整的故事，说得有鼻有眼的，曲折而传奇。

当然，马永禄不去纠正，他需要这样的传说。

第二桩案子就更有意思了。那天，马永禄下乡去张火大队。张火大队菊花嘴生产队丢了四十七只羊。这羊不是集体的，是每家每户的。那时间不准多养羊，养多了就给割了尾巴。每家每户也就没几只羊。羊集中起来，生产队派一个人集体放牧。羊圈在一个山湾子里，放羊的是一个老汉，让人家捆在羊圈的窑洞里，把羊赶走了。第二日早上，孙女给爷爷送饭，才发现爷爷给人捆了，羊不见了。一次丢四十多只羊，这是个大案子，所里一共八个人，所长、副所长要去开会，其余的就全派了出来，分析贼娃子偷了羊只能去集上处理，便把张火大队周边的几个集排排。那时间的集还是三天一集，相近的集市都以农历一、四、七,二、五、八,三、六、九为集日，这天是十八，就圈定了张火大队周边四个距离张火村四十里左右以二、五、八为集日的集市，派出去了四个人。之所以圈定四十里左右的集市，根据经验，赶着羊群走，一夜加上半天最多能走四十里。派出所留了一个人值班，马永禄就被派去张火村进一步了解情况。

马永禄分析了，去张火村没有作用，一是因为羊圈不在村子上，在村子里得到的线索就很有限，二是羊可不像别的东西，羊会乱跑乱叫，又都是各家各户的羊，箍不住羊会往家里跑，因此，贼娃子偷了羊就赶着往远里走。对于去集市上抓贼娃子，马永禄也分析了，觉得可能性也不大，一是贼娃子知道会报案，集市是唯一的出口，肯定会给盯住；二是四十多只羊一下赶到集市上去卖，太招摇，市场上有“红袖箍”，那盘问起来就跟审案子一样，贼娃子不敢去。马永禄分析贼娃子只能把羊赶在某个隐蔽的地方，等风头过了慢慢处理。那时间马永禄还是拐子镇派出所资历最浅的，人家可都是老前辈，没有他说话的地方。尽管去张火村马永禄不抱希望，可又不能不去，领导派了，你就得执行。马永禄把重点放在去张火村的路上，或许贼娃子就在这千山万壑之中的哪个沟壑里。

马永禄没想到从拐子镇出来，走到晌午吃饭时，加上家里吃的早饭，他吃了四顿饭。第一顿是在公社，一碗羊杂碎泡了两个大饼。平时不下乡，他就喝碗米汤泡一个大饼，可要下乡，爬沟上坡的，他要了一老碗羊杂碎，觉得一个大饼欠了些，又加了一个大饼。第二顿是张存家。虽然下乡的路就从张存家门上过，可马永禄在这片跑了这些年，还在张存家没吃过饭，因为张存家没坐落在马永禄下乡的饭口上。这天，正好赶上张存送女人浪娘家，路远，翻山越岭的，吃过晌午饭走要揣夜，便早上起来就做饭，吃过上路，赶黑能到。张存还是马永禄的联络员，张存多次留马永禄在家吃饭，都因不在饭口，便谢了人家好意走了，张存很有意见。今日赶上饭了，尽管马永禄才吃了不久，可不好再推辞便吃了，臊子面，猪肉臊子疙瘩有指头蛋子大，马永禄没把住口吃了两碗。吃过饭，张存拉了毛驴驮着媳妇上路了，马永禄也上路了。第二顿是李瞎狗家。离开张存家过一个村庄，就到了马莲沟。马莲沟的李瞎狗给生产队放羊。出山早了草上有露水，羊吃上会肚子发胀，极容易胀死。因此，李瞎狗家的饭总是在早上九十点钟，吃后露水落尽了上山，中午不回来歇晌。李瞎狗那年跟张王生家生了一场事，也是为了一个鸡蛋滚雪球般积攒起来的事，结果张王生打李瞎狗。李瞎狗软弱，婆娘护男人，张王生捅出去的拳打在李瞎狗婆娘的耳茬洼，李瞎狗婆娘倒地，虽没要命，却瘫了。李瞎狗叫嚷着要张王生坐牢。马永禄跟李瞎狗说："叫你个瞎狗，心也瞎了，真就看不出事来，张王生坐了牢你能得啥好处？"

又说："张王生是失手了，又不是故意的，要是故意的不用你叫嚷都会毙了狗日的。"

李瞎狗说："那就白打了？我婆娘白白地瘫了？"

马永禄说："咋能白打了？让他赔偿么。"

李瞎狗嘟着嘴说："我咽不下这口气。"

马永禄说："看看你这家，争一口气，还是争点钱回来？"

这边说通了，到了张王生那边一说，张王生说："我没钱，我坐牢，坐牢。"

马永禄说："坐牢，你当牢好坐？进去不扒你狗日的一层皮休想出来，你当你锤大胳膊硬，那里面全是亡命之徒，杀人都不眨眼。"

又说："你当坐牢是一年两年的事，人家瘫在炕上了，没有十年八年出不来，有坐牢的时间，挣钱赔偿人家有多难？算账的事么。"

张王生算明白了账，赔偿了李瞎狗。

一年后，李瞎狗女人死了，想着李瞎狗父子四条光棍，没个女人日子过得就不像个日子，下乡留心到一个寡妇，又去给李瞎狗做媒，李瞎狗凄然一笑说：“你看我这几个儿子枪杆一样起来，还有钱给自己娶女人？”

李瞎狗用张王生赔的钱给大儿娶了个媳妇。这个四条光棍的家，娶进了一个女人，氛围立刻就不一样了，之前李瞎狗一指派三个儿子干活，必然是互相咬，为啥指派我而不指派他，现在不一样了，这个女人就像一盏灯，照亮了其余两个儿子的前程，给了他们希望和理想，他们都有了娶女人的愿望。李瞎狗叫了瞎狗，只不过是眼睛不太好使，脑子却够用。他给两个儿子描述前程的同时，直接把权力交给了大儿媳妇，人家指派做啥，一个个跑得比狼撵着还快。

这件事上李瞎狗记了老马的情，因此，总想叫老马吃个饭。可和张存一样，李瞎狗住的地方太偏，无论是老马下乡还是下乡归来，都不在饭口上。今儿倒好，在张存家一吃饭，耽误了时间，就赶上李瞎狗家饭口。要说马永禄不经过李瞎狗家也能走过去，他想张火村丢的是羊，便想给李瞎狗安顿一下，让他留个意，便进了李瞎狗家。张存和李瞎狗都是老实人，你吃他们的饭，他们就觉得你跟他们亲近；不吃他们的饭，他们就觉得你跟他们远着。那样他就没有了群众基础，这对于与乡村打交道的公安来说，是大忌。虽在李瞎狗家只吃了一碗米饭，可那老碗太大，人家又特意炒了一盘腌肉。吃过饭，马永禄已经撑得不行了，想着晚饭都不用吃了。

到了柳台，就碰上了柳生忠。柳生忠拉他叫到家里去吃饭。柳台是马永禄下乡的饭口，马永禄经常在柳生忠家吃饭。

柳生忠拉马永禄，马永禄说："刚吃过。"

柳生忠却不信，说："这柳台我家的饭总是做得最早的，你在谁家吃了。"

这话倒也没错，因为柳生忠的婆娘已经双目失明，下不了地里干活，只能待在家里，但做饭却一点不受影响，而且菜饭手艺数一数二。因此，柳台的晌午饭柳生忠家总是做得最早的。要说柳生忠的婆娘年龄不大，不要说双目失明，鸡麻眼的年龄也不到。只是柳生忠的婆娘眼睛受过伤。大地震时，柳生忠的婆娘才两岁，给埋在了窑洞里，三天后掏出来，没有经验，没遮阳光直接抱了出来，眼睛给刺伤了，起初还能看见影儿，后来就不行了，早早就失明了。到了柳台，马永禄也想过去别人家吃饭，可是又想别的人家都刚刚从地里劳作回来，疲惫困乏，热剩饭也是一顿，滚水泡馍也是一顿，多数是煮米饭，铲一把子韭菜，或把剜回来的苦苦菜、掐回来的苜蓿苗儿，用滚水一焯，撒把盐，浇一点醋拌了，吃了就去歇晌了。倒也不是他嫌弃，在家里他也是这么吃的，只是他去了人家就不能这么凑合了，至少得炒一个菜，还要烧个汤，他不好意思给人家添麻烦。当然，不管在谁家吃饭，马永禄是付钱付粮票的。开始的时候柳生忠不要，马永禄说：“我是你家啥人，白吃你家的？”

又说：“你家倒是满缸满柜的殷实，也不说了。”

又说：“你要不收，我就去别家吃了。”

柳生忠这才收了。

马永禄拍着肚子说：“饱饱的，真的。”就把在公社、张存家、李瞎狗家吃饭的事一一说了，柳生忠说：“你好久没在我家吃过饭了。”

这话也没错，该有一个月了吧，一个公社，马永禄下乡有十几条路，这只是其中的一条。

柳生忠又说：“今儿有你好的那一口。”

马永禄说：“那也吃不进去了。”

柳生忠说：“你又不是白吃，趔个啥？”

平日里马永禄说吃过了，柳生忠也就不勉强了，可今日柳生忠却有些黏糊，马永禄就觉得有些奇怪，说：“你是不是有啥事？”

柳生忠咧了大嘴一笑说：“也没、没啥事。”

马永禄说：“有事你就说屎子，嘴咧得跟鞋口子一样。”

柳生忠说：“你、你今日吃饭不收你的钱，把粮票给了就行。”

马永禄听出这话的意思来了，说：“你是不是要用粮票。”

柳生忠说：“是么。”

马永禄说：“那你不明说，还兜这圈子？”

柳生忠说：“粮票这东西可不是钱，钱还有处借去，就想让你多吃上几顿饭，攒点粮票，那东西稀罕得只有你们吃皇粮的才有么。”

马永禄说：“你要粮票做啥？”

柳生忠说：“我娘是河南逃荒来的，年纪大了，想回趟老家，天天念叨，就像鸟儿在人头上叨，把人头都快叨破了，我想送去看一趟，没有粮票咋办？一来一去路上顺了都得十几天，八十的人了，路上不吃点喝点，光靠干粮、炒面不行么。”

马永禄说：“得多少粮票？”

柳生忠说：“你就给弄十斤吧。”

马永禄说：“两个人十斤？”

柳生忠说：“我不用，让婆娘晒些干粮，再背些炒面就行。”

马永禄说：“那咋行，我给你弄二十斤吧。”

柳生忠说：“十斤吧，多了我咋给你还上？”

马永禄说：“不用你还。”

柳生忠说："那咋行？除非你天天到我家来吃饭。"

马永禄笑了，说："我在公社上班，天天翻山越岭跑二十多里到你家来吃饭，我是工作组，驻你队上了。"

柳生忠说："那咋还你？"

挠挠头又说："对了，我拿面跟你换，粮票么就是吃饭用的么。"

马永禄掉头就走，说："明天你到公社找我拿粮票。"

柳生忠一把拽住，说："那进去吃饭。"

马永禄说："不吃了，几顿饭吃得现在还撑得慌。"

柳生忠嘿嘿一笑，说："你放心，今日不算账。"

马永禄说："不是算账不算账的事。"

柳生忠说："你不是爱吃黄鼠肉么，今儿你有口福，赶上了，黄鼠棺材刚上笼。"

马永禄一听有口水了，他隐约闻到香味了。

黄鼠棺材就是把黄鼠烫后拔毛，再开膛破肚，拾掇干净，抹了调料、葱花，用起好的面捏个四方四正的盒，黄鼠放进去，盖个面盖。蒸出来，油把面都渗透了。那真是世上最好的美味。

马永禄说："这阵实在是太饱了。"

柳生忠说："能有多饱？不吃饭了吃点肉，饭有饭肚子，肉有肉肚子。"

马永禄就跟了进去。黄鼠肉，马永禄好这一口，平时要吃上却难。因为黄鼠没有别的捕捉的方法，只能是追撵进洞后往出挖，那可是费力气的活，用一句丑话说就是下了牛折的力，吃了屎头大点肉。不得窍挖不出来，因为你在挖，黄鼠在打，只能把握好方向，到前面挖坑下去截。挖得不好，挖到了太岁头上，那就招来了灾祸。挖黄鼠死的事时有发生。倘若水近便，提水灌省力，可这里水缺如油，除非下了大过雨，山野聚了水坑。

没忍住，一口气吃了三个，一个黄鼠就按三两算，加上面超半斤。马永禄付了钱和粮票，离开柳生忠家，走了不远，就开始上吐下泻的。马永禄知道是吃多撑着了，心里说命里只八升，装不了一石。又自嘲说狗肚子盛不了酥油。

去往张火村的路上，马永禄是一路蹲坑。过窨子沟时，马永禄跳下沟坡又蹲下了。忽听得有说话的声音，马永禄够着看看，却看不到人。这阵人都在屋里歇晌，谁钻到沟里干什么？要说是放羊的，沟坡上该有羊，却一只看不见。马永禄掰了个土疙瘩擦了沟子，边系裤子边寻着声音走。声音是从窨子洞里传出来的。窨子沟的窨子洞一直通到山那边。刚解放剿匪有一股土匪就是在这窨子洞被歼灭的。到了窨子洞口，马永禄屏声静气听了一会儿，大为惊喜，是两个贼娃子分赃不均争吵了起来。两个贼娃子偷了四十七只羊，这么多羊不敢赶到集上去卖，两人打算分了，各卖各的，一次最多卖一两只。问题出在四十七只羊，两人平均分配后多一只，该归谁。一个贼娃子看上了另一个贼娃子身上的玉佩件，说你把那东西给我，这只羊就归你。另一个贼娃子却说那是他家的传家之宝，又说再说这个点是我踩下的，多的这只羊就该归我。另一个说别给我表功，点是你踩下的，可羊是我赶的，赶羊多危险，你只是把风瞭哨。一个说日他妈，这些㞞人，你说喂羊咋就不少喂一只。另一个说你啥脑子，咋不说多喂一只。

马永禄是大喜过望。马永禄分析，两个贼娃子只能等夜晚上路，大天白日的，两个人赶着一群羊，他们没那个胆量。马永禄离开了窨子洞，骑上自行车，直奔附近的串山沟大队，让大队长集合民兵去捉贼。几十个民兵包围了窨子洞，两个贼娃子在窨子洞就给捆了，押出来灰头土脸的像土行孙。羊群赶出来四十七只羊一只不少。

这件案子成了当年县上第一重大案件，得到了县上的表彰，县上表彰完地区又表彰，地区表彰完自治区又表彰。日报记者又采访了马永禄，在报纸上写了半个版。那时间没有电视，但报纸从大队到生产队都有，广播家家户户都通，每个队最高的梁峁上还架着高音喇叭。“智勇神探——马永禄巧破盗羊案”蜚声山野，家喻户晓。马永禄看完报道后偷偷笑了，本来采访时马永禄也说得有些夸张，没想到这记者比他还夸张，又把他神破盗牛案翻出来写了一大段，简直把他说成个神仙了。人们更能演绎，把一些生活中奇巧的故事往里套，马永禄破案的故事就不断被丰富了，细节丰富，故事曲折。马永禄是需要这名声的，他知道对一个公安，这名声的意义是重大的。

这两个案件，奠定马永禄的声望，在以后的岁月里，人都知道拐子公社有个神探，贼娃子也都不往这里来了。几十年间，从拐子公社到拐子乡再到拐子镇，发案率都是全县最低的，社会治安年年拿奖，有一回还拿了全国奖，记者又是一番集中报道，马永禄也成了先进。有时候马永禄也会想想这两个关键的案件，如果知道真相的人肯定会说靠运气。可真正要说全是靠运气，马永禄不认同，他觉得这也与自己的尽职尽责靠得上。如果他不那么下乡，这样的运气他也是碰不上的。后来，马永禄读到这样一句话：好运气眷顾那些有准备的人。他书写了压在桌子的玻璃板下面。后来，当了所长，他就把这句话写在了派出所的墙上。马永禄的字写得还是很有功夫的。

马永禄与刘鸿儒的关系可以追溯到马永禄上班不到一个月的时候。马永禄到拐子镇派出所上班后，第一次下乡去的是卧虎台，到卧虎台见到的第一人是刘鸿儒。那天，刘鸿儒领着个娃蹴在门口，门口就是大路。他要把这个娃捎到野菊坪去。昨天晚上，刘鸿儒给驴上夜草，听到草摞上窸窸窣窣，以为是老鼠，跺跺脚；给驴上了夜草，又听到窸窸窣窣，比老鼠弄出来的动静要大，刘鸿儒从口袋里掏出火柴划着一看，是一个娃娃。领到屋里，问啥啥不知道，看时这娃的眼皮都打架了，知道是累着了。林春花给打了荷包蛋，泡了馍，这娃吃过，倒头便呼睡过去。

第二天早晨，刘鸿儒出工时，这娃还睡着，散工回来，几个娃已经放学在家，和那娃一起耍着，听那娃的口音，觉得应该是野菊坪那一带的。吃过饭，刘鸿儒拉过那娃来，奓起一个指头说："这是几？"

那娃说："一。"

刘鸿儒奓起两个指头说："这是几？"

那娃说："呃。"

刘鸿儒指指头顶说："啥？"

那娃说："千。"

刘鸿儒拍拍屁股底下说："啥？"

那娃说："鸡。"

刘鸿儒拍一下那娃的头说："知道了，你狗日的是野菊坪的。"

吃过饭，刘鸿儒拉着娃出来，蹴在大门口，询问每个过路人是不是去野菊坪。这条路是大路，来往的人多，有去章湾的、黄蒿梁的、韭菜坪的、羊卵子山的，却就没有去野菊坪的。刘鸿儒就觉得今儿日怪，按说这条路上去野菊坪和过野菊坪的人是多的，可过了十几个人，不但没有野菊坪的人，而且去的地方都不过野菊坪。

马永禄骑个自行车过来，刘鸿儒问："你去野菊坪么?"

马永禄跳下车子来说："我不去野菊坪，你啥事?"

刘鸿儒说："这娃跑丢了，看有没有野菊坪人或者过野菊坪的人给捎回去，家里人不知急成啥了。"

又说："事遇上你了，就是你的事么。"

马永禄立了车子，拉过那娃问："你是野菊坪谁家的?"

那娃却不说话，马永禄问刘鸿儒说："你咋知道是野菊坪的?"

刘鸿儒说："是野菊坪的，只有野菊坪的人把'二'说成'呃'，把'天'说成'千'，把'地'说成'鸡'。野菊坪人说话大舌头哩。"

马永禄想想，点点头，因为他是野菊坪的外甥，就说："交给我吧。"

刘鸿儒说："你不是不去野菊坪么?"

马永禄说："我给送回去。"

刘鸿儒说："不用，这是条大路，去野菊坪过野菊坪的人多，肯定能捎回去。”

马永禄说：“不怕捎丢了？”

刘鸿儒笑了，说：“如今这社会太平的，都夜不闭户了，一个娃还能捎丢？”

马永禄说：“也是。”

又说：“我给送回去吧。”

又说：“这是我的工作。”

马永禄第二天又来到了卧虎台，对刘鸿儒说：“不是野菊坪的，是齿沟的。”

刘鸿儒说：“齿沟的不是这口音。”

马永禄说：“他舅是野菊坪的，又在野菊坪隔了一年的奶。”

后来，马永禄只要来卧虎台，必是要和刘鸿儒见见，吃根烟，谝一谝。刘鸿儒到了拐子镇也必是要和马永禄见见，吃根烟，谝一谝。卧虎台人都知道两个人要好，遭了官司，都找刘鸿儒去马永禄那里说说、通通。刘鸿儒也义不容辞。有一年，李光女人家里惹了官司。李光女人的弟弟家栽着一棵枣树，长得越来越大，树冠从墙头伸出去，一半到了邻居家院里，邻居家娃娃大人便揪着吃。就因为这棵枣树两家没少生事，终于有一天把事生大了，李光女人的弟弟提了尖镢把人刨了。虽然没有刨死，但刨了个睡在炕上一辈子起不来。李光女人就来找刘鸿儒，想让刘鸿儒通过马永禄打点打点上面，判轻点。判重了，兄弟媳妇就走了，兄弟就没家了。要是别人，刘鸿儒也就推了，这事公家自有公断，找人那就等于拿偏刃子斧头砍，人家人还睡在炕上哩。可这李光女人确实可怜，李光得了寒病死了，撂下五个娃，光儿就四个，女人想把自己嫁了，可这分明就是个火坑，谁愿意往里跳，女人嫁不出去，只能一个人扛着这个家。看着女人扶着炕头只是抹泪，连林春花都看不下去，插话说："他爹，你就给说说么。"刘鸿儒就找了马永禄，马永禄也倒是尽心尽力帮了忙，可那时候政策严，加上李光女人娘家成分也不好，最后也没帮上啥忙。女人的弟弟被判刑了，女人的弟媳就走了。马永禄只能叹息一声。寡妇也很理解说我知道你费心了，他就那么个命么，人拗不过命。这话让马永禄心里稀软。也就是从那时起，马永禄就与寡妇纠缠到一起。也是干柴遇了烈火。那时间马永禄女人正有病，两人一那啥女人就叫喊，不是受活得叫喊，而是肚子疼如刀绞，马永禄一要做那事，女人就发抖，像是他要拿刀子捅她。马永禄只能干挨着。刘鸿儒看出名堂来后，对马永禄说逢场作戏你还当真戏的唱？指头往磨眼里揣？马永禄笑笑。后来马永禄也想着断了，自己有家室，却还占着人家，也不道德，断了让人家也趁年轻寻个好点的人家，帮衬着过上几年好日子。马永禄知道村子上有个光棍垂涎女人，无儿无女的，也劝女人搭个伙，招赘进来日子也有个帮衬。寡妇说你要撤就撤吧，把他招惹进来还能有个好，他要是个好东西还能光棍一辈子？马永禄倒脸红了。从此，也就一门心思一手拖两家。

就在马永禄退休的前一年，张华子抱回个娃娃，还在月子里。张华子跟刘鸿儒的女儿小米家是隔壁。小米看过那娃，长得心疼得很，就回娘家来了。小米从小就跟奶奶睡，知道奶奶搁在心里的事。小米把事一说，刘鸿儒想了想说："儿子，谁家能把儿子丢了不要了，现在丢女子的多么。"

小米说："是大姑娘生的，现在城里风气瞎得很，大姑娘养（生）娃的多得很，叫私生子。"

又说："也不贵，男娃一个两万块能买上。"

又说："我们几个一人摊点，不是个啥事。"

刘鸿儒说："钱不用你们操心，只是这事犯法哩，我听广播上说国家不允许这么做，打击着哩。"

小米说："犯啥法，国家也是那么说一说。都明事暗干哩，买的多哩，也没见把谁咋了，再说咱买来是养，传宗接代哩，又不是取娃的器官。咱要不买，这些娃还不让人贩子买走了，现在掏肝剜肾哩，国家打击的是那些人贩子。"

又说："爹，这种娃没麻哒，都是大姑娘生下的，没爹有娘，娘还是个姑娘，这么丢人的事怕扣都扣不住，又不找后账，没人告，政府才不管哩。”

刘鸿儒说：“这话倒对，民不告，官不究么。”

刘鸿儒动心了，想想说：“娃得健康，我看广播上说城里人也有娃有病扔掉的。”

小米说：“这不是在大街上捡，是从医院往出买，刚生下就买出来。”

过了几日，小米又来了，说是娃娃已经定下了。刘鸿儒取了钱给了小米，叮嘱说：“事儿弄稳妥一些。”

把钱给了小米的第二天，他遇到了马永禄。两个人吃了根纸烟，说了些闲话，就走了。马永禄从寡妇家出来，他又遇上了，又吃了根纸烟，又散了。往回走，他的眼皮跳起来，双眼皮都跳，他掐了芨芨秆压在眼皮上，心里就有些乱。就靠着大树蹴着，马永禄又掉头回来了，他说：“咋又回来了？”

马永禄说：“来说话来了，把话却忘了说了。”

刘鸿儒笑了，说：“顾了下边的活，忘了上边的事么。”

又说：“几十年了还欠的。”

马永禄一抬指头，弹掉了刘鸿儒眼皮上压着的芨芨秆说：“你心里有事。”

刘鸿儒说：“能有啥事，没事。”

马永禄说：“你心里绝对有事。”

刘鸿儒心里鬼鬼的，一时半会儿遇了马永禄三次，这是不是兆头？

马永禄递根纸烟过来，说：“说说吧，圈要垫，事要散，我给你解解。”

刘鸿儒就压不住话了，把事三下五除二全说了。马永禄一把扯住他说：“走走，快撵你女儿去。”

两个骑着自行车到了小米家，还好，小米在家。小米本来今日要去县上送钱去，可昨日回娘家，娘给做了爱吃的荞面摊馍，炒了腌猪肉，回家的路上，迎了冷风，晚上跑了一夜肚，早晨到现在也没消停，便没进城送钱去。

回来路上，马永禄对刘鸿儒说：“老糊涂咧？你想想这事能做么？这是犯法的，要判刑罚款的，娃还要找着给人家送回去，人财两空！”

果不然过了半年，张华子抱的娃给公家抱了回去，人财两空，还罚款拘留的。

三十四

活过了九十，刘鸿儒有几个没想到。

第一个没想到的是自己能活这么长。村子里和他年纪相仿的都走光了，比他年龄小的也走了不少。他以为林春花走后，他也快了，结果一活又是十几年。一些人走了，自己还活着，他越活越恍惚了，就像冬日的阳光那样恍惚，就像夜里的灯光那样恍惚，就像地上的浮尘那样恍惚，就像一阵风一朵云那样恍惚，甚至像孙清河、曹喜贵这两个人是否来过这个世上都恍惚了，他们就像梦中人，只是给他托了一个梦，就像一阵风一朵云飘走了。

第二个没想到的是卧虎台按行政村说已经有五千多人，按自然村说也有八百多人，能与他扯心磨的竟然是一个老了后才住到卧虎台来的人。他懒于说话以后，想到了宋家巷扯心磨的“丰泰粮行”和“恒盛号”的掌柜文远和周泰。他曾经思谋过，将来能和他扯心磨的有一个人，那就是贺谷。贺谷说话常常是说着说着忽然说“不说了，啥也不说了”，果然就戛然而止，再不说了。有些人说话也常常说着说着忽然说“不说了，啥也不说了”，可一棒子烟没吃完又说开了。刘鸿儒知道贺谷不是不说了，而是在心里说去了，他只是语言上懒了。后来贺谷的话明显少了，更多的时候一句话也不说。他也就不说话了。他们蹴在墙根，互相吃着烟，但他们都在心里说，偶尔相看一眼，就知道心里在说着什么。他们已经进入扯心磨的境界了。可是，“文化大革命”结束后，袁解放在清算中被定性为“三种人”。在“揭、批、查”运动中，有一次袁解放辩解，袁解放口才好，一般几个人说不过，有人就说“打这狗日的”。结果被一群人围攻，被打倒在地。这次打倒不是理论上的打倒，而是真正给打倒在地，还踏了成百上千只脚，一只眼珠子都给人跺了出来踩了泡儿。救活过来，袁解放瘫了、傻了。贺谷去看袁解放，袁解放的婆娘哭哭泣泣，抡盘子摔碗，贺谷就把袁解放拉了回来。贺谷话又多了起来，他整日对着袁解放说话，就像跟一个娃娃说话，哄一个娃娃开心。袁解放虽然把贺明押上了批斗台，却没有为难两个母亲，贺谷的小老婆也就是腊月没有给押上批斗台，因此，贺明的身世没有外露。贺谷的大老婆因为流泪太多，从崖上掉下去离世了。腊月也过了五十，经的事多了，脑子也不再简单了，做事稳重了，伺候袁解放无怨无悔的。就是贺明有些想不通，贺谷一句话就拿了：“你才过了几个闰腊八?!”后来袁解放走了，不久贺谷也走了。

贺谷走的时候，卧虎台已经变化很大了。村巷本就是一条大路，用柏油铺了，不再尘飞土扬。靠街道两边住的，院墙也统一砖砌，前墙都盖了门面房，贴了瓷砖，村巷就变成了商业街，开馆子的、理发的、小卖部、收特产的、修摩托车的、补胎充气的、卖麻辣烫的，商铺栉比鳞次，百货琳琅满目。刘鸿儒家也临街，却没有建门面房。家里没人了，二儿孙翔远去刘翔志的公司干了，孙子刘鹏程去银川发展。只有儿媳妇在，不是他这个老不死的，儿媳妇也进城挣钱去了。刘翔志接他到固原去住，地方倒宽展，可住不惯，楼房里头上像扣着锅，嗡嗡嗡的，连个好风都吹不上，整日不清爽，脑仁子疼。出门就是人，却又不认识。住了一个月就回来了。

大门口有一棵榆树，他摆个棋摊，来人了杀两盘，不来人了，就研究残局。中国象棋残局的书他几乎全有，都是高佑左给他带来或者送来的。高佑左在卧虎台改造三年多，回原单位后没工作一年，又被单位派回了宁夏银川，因为“三线建设”中宁夏属于“大三线”，高佑左所在的厂在宁夏建了厂。高佑左虽然是改造回归人员，但在单位他依然是问题人员。当时去“三线”的人分两种，一种是有理想有抱负的热血青年，一种是单位受排挤有问题的人员。领导也不征求高佑左的意见，直接发给他一张表，这张表一填，高佑左又到了宁夏，在贺兰山下落了脚。高佑左会在节假日来卧虎台。每次来，都会说：“我又来了。”刘鸿儒说：“你就当亲戚走么。”他们一起下棋，刘鸿儒从没下过高佑左，刘鸿儒不服气，高佑左说我眼看都务劳了一辈子，你才务劳了几年，要是你下过我了，我这辈子就活得屎都不是了。虽然高佑左在卧虎台只待了三年多，可海原话说得还是有几分地道。刘鸿儒点点头，高佑左又说最日能的人是一辈子只干一件事。刘鸿儒又点点头。有一回，刘鸿儒在广播上听到了高佑左的名字，是什么象棋比赛，这老家伙又拿了冠军。

后来，刘鸿儒把棋盘搬进了院里，因为再摆下去搅打人家的生意。老贺的几间房退给老贺家后，已经破破烂烂的，到了老贺的孙子手里，重新翻盖了，开了小卖部，兼收小杂粮。门前也摆了个棋摊，下一盘棋收五毛，后来涨到一块。下棋的人会下一些赌注，一包烟、一瓶水、五块钱、十块钱的。因为收钱，虽然一块钱已经不是啥了，可人心气不顺，来刘鸿儒这里下棋的人多，那边冷落了。老贺的孙子来找过刘鸿儒，一是让他摆棋摊也收钱，二是让他到他门上去摆残局，说：“你摆残局，我给咱们当托儿，合起来挣的好钱。”

刘鸿儒笑了。

刘鸿儒把棋盘搬进了院里，就没人来下棋了。后来，马永禄住到卧虎台来了。马永禄退休后没在拐子公社现在叫拐子镇街上住，住到卧虎台来，也不是说他有多么深的乡土情结，虽说警察干了一辈子，但却一直没有脱离农村，春种夏耘秋收冬藏，每个环节他都没少劳作过，也等于是给土地了一辈子。马永禄住到卧虎台来是良心坏不下去。临近退休，老婆去世，提亲的踏断门槛。马永禄是以副处级退休的，工资养活得住一个家，又积攒了那么些人脉，上下通着哩，办个啥事关系就是钱，这些条件都是好条件。介绍的对象中还有二十几、三十岁出头的黄花闺女。可马永禄一一谢绝了，年轻的好是好，可良心坏不下去。跟别人说的时候，马永禄就说："老年不娶少年妻，娶下终究是旁人的。"

又说："冲条件来的，不是冲人来的。"

马永禄把镇上的房子留给了儿子，背了铺盖卷到了卧虎台，成了卧虎台人。马永禄住到卧虎台后，他们两个也下棋。但马永禄的棋比朱达旺的还臭，哪里是他的对手。太悬殊了就没意思，下上几盘就不下了，就那么蹴着吃烟。几十年的关系了，所有的事都已经说得起老茧子，两个一天说不了几句话，有时候一天说不了一句话。但他们心里在说，都知道这一天对方说了些啥。

第三个没想到的是有一天他会不说话。在宋家巷的时候，老顾说过一句话："话怕说够，事怕人凑。"不能不感慨这话的厉害。从啥时候开始不说话他记不起来了，但有三次拒绝说话他记得很清楚。两次是发生了汶川大地震后。2008年汶川大地震，海原震感强烈。他正坐在家里看电视，忽然，头顶拴在灯绳上的木棍剧烈晃动，窗框抖得哗啦啦，他提了门背后立着的锹连喊带叫往外跑，跑到院里拍拍脑袋，才想起家里就剩下他一个人，孙翔远媳妇虽在，这会还在地里壅红葱。他出了大门，看看街巷里，不是老㞞，就是碎㞞了，全是些老人娃娃，也没多少人了，年富力强的都进城务"铁杆庄稼"去了，有的都携家带口地去了，村子里的人越来越少。

汶川大地震后，他就守在电视前，地震的惨烈勾起他记忆中的梦魇，电视上抗震救灾的场面让他感动啊，他是悲泪长流。十四万余名解放军、武警、消防、公安干警和民兵预备役部队人员，四万八千多医疗急救人员在灾区救援，总理去了，总书记去了，头头脑脑都去了，大机械，那阵势，全国人民都在救援，真是"一方有难，八方支援"啊，地还在摇着呢，全国各地的志愿者却往那里赶，人人都在捐款……

他搭蹦蹦车去了趟海原县城，蹦蹦车一路上又收了几个人，都是些老汉，都是去民政局捐款的，一路上都在说汶川大地震。到了民政局，捐款的人可是真多啊，排着那么长的队。他也排着队。他给儿子和孙子一个一个打电话，问捐款了么？回答都说捐了。他特意给刘翔志打电话，刘翔志捐的数目他不知道该满意还是不该满意，但听说报纸上还登了他们捐款的事，心里就满意了。捐款时，人家问他是哪个单位的，他摇摇头说没有单位，人家就把他领到另一个桌前。除了儿子孙子给的，政府给他每月还发高龄基本生活津贴。孙子在银川按揭了一套房，他把攒下的四万元给了孙子。这才一年，他又攒下了一千多，全捐了。有记者要采访，刘鸿儒倒不怯采访，这几年海原大地震被人们关注了，他一年总要接受几拨人的采访，可今儿他不想说话了。可干部不让他走，要他配合他们的工作，还说是尚部长的意思。这尚部长正是尚志的孙子，是宣传部长，不止一次陪人来采访他关于那次地震的事。但他还是掉头走了。这是他第一次拒绝说话。

第二次拒绝说话是几个月后。汶川大地震以来，他就不挪窝坐在电视前面，除了尿尿解手，一刻不离电视。看到电视报道说23日下午4点左右，上海赴川救援特警在绵竹市广济镇较为偏僻的中心村，发现了一名老人被压在倒塌的房屋废墟里。队员们迅速组织附近三十名警力共同展开施救，冒着危险徒手搬去沉重的横梁、瓦砾，终于成功解救了老人，这距离地震发生已经将近266个小时，刘鸿儒失声痛哭。十一天了，还救出了活着的人。海原大地震要有这样的救援，死去的一大半人会活下来，他的爷爷奶奶娘和两个弟弟都该能活下来。汶川地震区全是石头山，房子建在山中，人在石头缝里生活，地摇后，人会给石头、木梁砸死；海原是黄土山，海原人多数住的是崖窑，地摇了，崖面子塌下来，把门壅了，人给捂在窑里。许多人不是给打死的，而是给捂死的、饿死的。1970年，卧虎台在黄蒿湾搞农田基本建设大会战，挖出过地震时倒塌的窑洞，窑洞的墙壁上，能见到一处一处深深的抠抓的痕迹，斑斑血迹印出一个个血手印。血手印的下方是一堆一堆白骨，那该是一户不小的人家的残骸。刘鸿儒不敢往深里想啊，地摇了，他们给捂在窑里，挖不开出路，痛苦地挣扎呼喊，可没人来救，硬硬给捂死在里面了。

老高的儿媳妇是靖远县的，1958年平田整地，在山坡上挖出了一孔窑洞，没有完全塌实，有两口缸没有碎裂，还囫囵着，积着些尘土。窑洞内有一个套窑。那时间人为了躲藏土匪、抓兵，都会在大窑内挖一两孔小窑，称为套窑。套窑里面有两具尸骨，已经只剩下骨架了。这两个人无疑是地震时的遇难者，几口空缸一口缸边上还沾着一些菜渣子，嗅嗅缸还有咸菜的味道。这应该就是一口菜缸，每年每户人家冬天至少要腌一至两缸的菜，那就是过冬的菜了。另一口缸里虽然落满了土，但土里还有些许米粒。那么这该是一口米缸了。海原这一带的人盛米多用缸，盛面多用柜子，有词语“米缸面柜”。菜缸旁边就是米缸。地震时他们被关捂在窑里，可被埋得太深了，他们寻找不到出口，靠着吃腌菜和生米等着被救，至少他们在套窑里活了有一个月，然而，没有得救，吃光了米和腌菜也没被救，被活活困死了。

那天，他正看汶川大地震抢险救灾通报，正做着记录：截至2008年9月25日2时，汶川大地震抢险救灾人员共从废墟中救出83988人，累计解救和转移148.6407万人；各级政府共投入抗震救灾资金809.36亿元，中央财政投入734.57亿元，共接受国内外社会各界捐赠款物总计594.68亿元；因地震受伤住院治疗累计96544人（不包括灾区病员人数）；向灾区调运的救灾帐篷共计157.97万顶、被子486.69万床、衣物1410.13万件、燃油414.6万吨、煤炭885.8万吨……国务院决定，2008年5月19日至21日为全国哀悼日……又来了一拨人要采访他，大车小辆的。记者在村支书的带领下，闯进门来。这次陪记者来采访的不是尚志的孙子，而是一位副部长。他们还给他带了烟酒糖茶，他们问了他许多话，他拒绝说话，一句话没说。这时间的村长是朱厚生的孙子。朱厚生的孙子解释说：“九十多的人了，几年前就不说话了。”

可他们摄了他，照了他，还照了他的笔记本。后来，朱厚生的孙子给他送来报纸，上面有他的照片、笔记本，标题叫“无言”，还说晚上记着看电视。他看了电视，标题也是“无言”。

第三次拒绝说话是2010年，海原大地震博物馆建成，开馆的时候他被请了去。被请去的还有几个和他年龄一般大小的兄弟一样的老人，他们被称为“幸存者”，也被称为“地震老人”。记者又要采访，他指指几个兄弟一样的老人，自己掉头走了。他漫无目的地走在海原城的大街上，人可是真多啊，想及他第一次走近海原城的荒凉疮痍，简直是恍如隔世。前面攒着一堆人，就像蚂蚁群遇到了一个肉骨头。人还在往跟前聚。刘鸿儒也撵了过去。可人围得里三层外三层的，啥都看不到。不时有人从里面挤出来，摇头叹息而去。人堆堆越聚越大，把街道都占了，警察就来了，说：“散了散了，散了散了。”人群这才散开了。待人散尽，刘鸿儒看到一个人蹲在那里，那人看了他几眼，说：“我没事。”又看了他几眼说：“我真没事，我蹴在这搭吃烟，忽然有些伤心，眼泪就流哈（下）来了，他们就都围上来了。”又说：“这些㞞人，是非得很！”说完掉头走了。刘鸿儒老汉笑了。这是他最后一次去海原城。

刘鸿儒彻底不说话当然跟孙子刘鹏程有关。刘鹏程高中毕业就去了北京。他去北京是找小知青的。“长大了去北京找叔。”小知青每次到家里来都会说这话，刘鹏程记得清楚。“你可不敢这样许愿，那他就不好好念书了。”这是爷爷刘鸿儒对小知青说的，小知青就又加了一句：“一定要读到大学毕业，到时候叔让你开公司当老总。”这话他也记得清楚。可是他高中毕业没考上大学，又复读三年，还是没考上，实在受不了复读的苦，而小知青也几年没跟他联系。到了北京刘鹏程才知道小知青创建的东晨集团因为资金链断裂非法集资，被捕入狱。刘鹏程在北京打了一年工，回到银川，找到长空。长空说：“你大爹公司不是发展得挺好的么，去他那里好好干。”刘鹏程嘴一撇，说：“别提他，他就是给我座金山我也不去，吃他一根烟都在眼里看着。”长空说：“那是为你好……”刘鹏程说：“得了吧，总不能当着我同学朋友的面让我下不了台，打人不打脸，骂人不揭短，这理他不懂？专门往人打脸揭短的！”长空说：“咱们海原人传下来的就是枕前教妻、人前教子，我训我儿子也是当着同学的面，而且连同学一起训。”刘鹏程咬咬嘴唇说：“你猜我去了他会让我干啥？”长空说：“养猪。”刘鹏程看看长空说：“我去北京前先去的我大爹那里，我想自己人也有能耐呢么，何必老给别人添麻烦，可我一去，他就叫我养猪，像个工人一样从养猪干起，你说我……不说了，我不靠他。养猪，我不会自己养？”

又说，“再说固原我也不想待，土不拉叽的。”

长空让刘鹏程考了驾照，开了几年出租车，介绍给一个老板开车。刘鹏程给老板开了几年车，做了集团办公室主任。家里凑够首付，给刘鹏程买了一套住房，然后一家人就像魔怔了似的疯狂地给他找对象了。让刘鹏程觉得可笑的是，村子及周边生育了双胞胎的人家跑遍了。有一个生三胞胎的，正好有个妹妹，年纪也适合，只是人家女孩正读大四，先后请了三个媒人，人家都回绝了，说正准备考研究生，几年内不考虑婚姻问题。爷爷一急说鹏程现在有房有车，大小也是个办公室主任，不是配不上她，一定是话没说透。爷爷竟然直接上门去说媒了，准备了几百元的厚礼。人家的话说得很扎实，就是要找，也要找个门当户对的。爷爷说咋不是门当户对？看你家这情况跟我家情况也差不多，我孙子在城里有房有车有工作，给老总做办公室主任，你女儿还没工作哩。人家彻底封口不愿意再说了，爷爷竟然说彩礼你想要多少就要多少，我们不会讨价还价。结果让人家连几百元的礼行一起推出门来，爷爷还不死心，说彩礼我出比你们这方圆最高的多两万。人家连他站都不让多站一阵，就把他推走了。爷爷竟然去找马镇长（马永禄的儿子）做媒人，结果马镇长回绝了，马镇长说叔，您跟我爹的关系钢刀割不断，再啥事我都应承你，只是这事不行，婚姻大事得由他们自己做主。爷爷、父亲在老家的做派传进刘鹏程耳朵，刘鹏程听得都脸红，打电话把父亲和爷爷一人狠狠地说了一顿，然后就公开了跟冯志英的爱情。冯志英是地道的城市户，爷爷、父亲坚决不同意，逼鹏程断了，并以筹集雄厚的经济（主要是彩礼）支持让他找个农村媳妇。当然娶个农村媳妇就可多生一个孩子，再超生一个，就可以生三个，运势好，生三个男孩，那可就是世上最十全十美的事。刘鹏程快刀斩乱麻，几个月间便拥着冯志英入了洞房。爷爷、父亲只能妥协，回头讨好刘鹏程冯志英，给他们讲家庭历史，生三个男娃那就是修上天堂的路。冯志英不好说什么，刘鹏程说："养三个儿，我还有出头之日没？你们知道城里养一娃得多少钱，娶媳妇、置房子、上高价学，在城里一个儿就是上百万的账债。"孙翔远说："你只管生，花销有我，不让你多掏一分钱。"刘鹏程说："你有吗？你们加起来活了一百多年了，挣了多少钱，给我买房交了十几万的首付就把家都刮了。"又说，"人家城里人不比我们会想，人家住公家的房子，上公办的学校，有固定工作，都只生一个，有的一个都不生，当官的没儿子的多得是，人家不想上天堂……"孙翔远拍着炕沿打断说："你一个打工的，一口一个城里人，一口一个城里人，你跟人家城里比个屌，跟人家当官的比个屌。"刘鹏程说："我为啥不能比？"孙翔远说："复读了几年都考不上个大学，还跟人家比这比那，羞先人当喝凉水。”刘鹏程说：“我为啥考不上？人家上的啥学？全是重点中学！我们上的啥学……”孙翔远扳下鞋底拍着炕头说：“驴乏了怨纣棍，鞋大了怨后跟，跟你一起的同学考走了多少？有脸提这些事？”刘鹏程说：“跟我抬杠是不？那你当年复读了多少年，咋也没考上？”

十个月后，冯志英生了个女孩，爷爷、父亲只能强颜欢笑，献媚讨好，希望抓紧生第二胎。冯志英是城市户，刘鹏程却是农村户，按计划生育政策可生二胎，可刘鹏程不想生，背着几十万贷款不说，城里抓养一个孩子实在是开销大，又纠缠人，他知道这些话说给爷爷和父亲等于白费口舌，就说：“超生在城里是找不上工作的，就是有工作，也会被开除的。”父亲吼着说：“狗日的，当我们是瓜子，城里人只能生一胎，咱们农村户能生二胎。”刘鹏程说：“我现在就是城里人呀。”父亲说：“你哄不了老子，你媳妇是城市户，可你是农村户，两口子有一个是农村户，就算是农村户，你们能生两个。”刘鹏程苦笑着说：“这方面你们倒搞得清楚。”

刘鹏程打定主意不生。刘鹏程复读过四年，虽然没考上大学，按他的说法，那就等于是大学毕业，大学不就是换个好点的地方读书么。刘鹏程喜欢上了读书，不大的住房还专门给自己设计了一间书房。他已经不是以前的农民那种意识了。

刘鹏程没想到的是冯志英却想生二胎。冯志英说："爷爷那么大年龄，那眼神我受不了，可我躲都躲不开，他一句话不说就用目光笼罩着你。"冯志英能有生二胎的想法不易，城里人都生一个，有的丁克，一个都不生，刘鹏程心里有些感动，而冯志英说的那种被目光笼罩的他已经有好几年了。冯志英又说："我就是独生，孤单，受个气都没人帮你出，心里委屈都没人说，你看现在校园同学欺负同学的校园暴力多严重，生两个互相帮衬，对孩子成长好处多多。"

然而，第二胎却又生了个女孩。为了逃避来自父亲和爷爷的压力，刘鹏程两口子逢年过节都以公司加班为由躲避回家。孙翔远往回叫也叫不回去。孙翔远撵到城里，父子俩交锋几次，无果，孙翔远便去找长空，说："你去给那狗日的说，现在我不提一门开三姓的事，他不生个儿，我都绝户了。"刘鹏程说："就是我给你生个儿子，我的儿子就能再生个儿子？我不会再生了，我也能理解我爷我爹，可这是大趋势，你说我们活的个啥人？越生越贫穷，越活越可怜。你看看人都变了，以前人们是想方设法偷着生，出来打工见了世面，许多人没生下儿子的现在你放开让生都不生了。"孙翔远说："你书念到狗肚子里去了，咱们家跟别人家的情况不一样啊。"刘鹏程说："有啥不一样的，我家难道是帝王将相家？"

不久，孙翔远以有病的借口骗回了刘鹏程，指出两条路让他选，要么再生一胎，无论男女，保证再不找麻烦，要么就把名字改成刘孙曹。刘鹏程选择了后者，孙翔远要儿子做保证，刘鹏程说：“你说让我拿啥做保证？把头割下来押在你这儿行不？”孙翔远半天想不出来，最后说：“写保证书。”刘鹏程笑了，趴下就写，孙翔远说：“你娃别笑，写保证书就跟赌咒一样。”刘鹏程说：“‘文革’习惯。”又说，“有爹逼儿子赌咒的？”

回到城里刘鹏程笑着跟长空说：“瓜不瓜，保证书对我来说，就是废纸一张，他要多少我给他写多少张。”

又说：“你说就是我改成刘孙曹，还不是也没儿子，这么做有意义么？”

长空说：“有意义。”

刘鹏程说：“有啥意义？”

长空说：“至少种子还在，记忆还在。”

刘鹏程就去改名，手续太麻烦，就不打算改了。长空说我做记者曾跑过公检法司口，有许多熟人，改起来也不太麻烦。可正式办理时，以前一切以自己现名办理的都得改过来，刘鹏程嫌太麻烦就没改，对长空说。

从那后，爷爷就再不说话了。

三十五

长空接到孙翔远打来电话的时候，正坐在文化街八里香牛肉拉面馆吃拉面，还要了二两牛肉，这是他的习惯。孙翔远说：“你给鹏程单位说一声，鹏程家里有事了，暂时不能去上班。”长空说：“家里啥事？”孙翔远说：“你、你就说有事就行了。”挂了电话，长空给刘鹏程打，电话通着，却没人接。又给冯志英打，也是通着，没人接。长空觉得有些奇怪，便给两个人的公司打了电话，然后去单位打了一头，就开上北京吉普往海原而来。

孙翔远家现在发生的事，长空基本上能猜个八九不离十，该是他的第一部小说一直恭候着的结局。写了二三十年小说，他的第一部小说终于可以脱稿了。说写了二三十年小说却又说是第一篇小说可以结稿，这不是故弄玄虚地绕圈子，而是因为长空写的这部小说是以海原大地震为故事背景、以刘鹏程一家的故事为原型的，作为他构思的第一部小说，已经过去了二三十年，他积累了丰富的故事和鲜活人物，他已经把他们的故事写了出来，只是刘鹏程一家的故事还在海原大地震的阴影中朝着一个目标进行着，结局还未出现。长空曾经也想过虚构一个结局，但最终还是放弃了，因为虚构的远不及生活本身发生的精彩。

长空就是高佑左的儿子，是个记者，也是个作家，长空是他的笔名。1980年长空高中毕业，参加高考，没有考上。高佑左将长空从老家带到了宁夏，复读一年，1981年在宁夏参加高考，长空考上了固原师专。开学报到时，老高送长空去学校，长空说不用，我找得见，从银川到固原班车坐到黑城下车，连车都不用换。当时的固原师专还在黑城镇，离固原城有几十公里。高佑左说我送你到学校，再带你去看看你刘叔。关于刘鸿儒一家，老高给儿子讲过，他对长空说过一句话:“有一个馍一定要分给他们半个。”

在走向黑城的时候，长空想象黑城应该是一座大城市，至少要比县城大，楼房林立，有宽阔的柏油马路，有饭店、电影院，有穿裙子的女孩，大街上车水马龙。固原师专应该校园幽雅漂亮，青青草地，富于艺术造型的楼房，藏书万卷的图书馆，光影斑驳的林荫小道，盎然绽放的花朵，诗意地栖居着。然而，到了黑城长空笑了。黑城仅仅是个人民公社，最气派的建筑就是几间房一字排开、门窗用一尺左右宽的木板栅起来的供销社，马路是一条石子路。固原师专校园就像个农家小院，分为两个部分，由一条窄窄的黄土小径连缀起来，屋舍全是20世纪50年代建造的“人”字形平房，砖瓦蒙着一层古旧沧桑的气息，而与师专为邻的是黑城监狱。长空想不通大学为何就建在这样的一个地方。要说黑城也不是名镇要邑，历史也不悠久，民国二十九年（1940年）始设黑城镇。后来，长空才明白，固原师专是粉碎“四人帮”集团之后，为了解决西海固地区师资紧缺而匆忙成立的一所师范专科学校，其前身是“文革”时期固原地区六盘山干校，一度改为六盘山大学。因固原师专校址在黑城，因此在民间被称之为“黑大”。

唯一让长空感到欣喜的是有三条河——清水河、中河、笕麻河，自东、南、西三面流过，虽然河水不大，但也能用得上诗经里的句子：河水清且涟漪。北边有一座山，名为凤凰山，一个很诗意的名字。远看，真像一只展翅飞翔的凤凰，只是由于植被稀薄，这只凤凰就像涅中的凤凰，被烈焰烧尽了羽毛，就有些抽象了。不过，黑城虽然名不见经传，但却是丝绸之路上一个重要歇脚的地方。从西域经河西走廊，入凉州（今甘肃武威）、景泰，之后过黄河到靖远，越干盐池、西安州到海原县城，穿笕麻河到黑城、三营至固原城，而后过开城、瓦亭、三关口……固原师专的老师并不弱，都是“文革”期间被流放到西海固各县接受贫下中农再教育的，不管在各个学术领域都有着一定影响的学者、教授和北大、清华的高才生。固原师专成立后他们从下放的各县被抽调上来。

为了培养极需要的教育人才，固原师专的前三届学生学制只有两年。长空是第三届学生。虽然在固原师专只读了两年书，但长空听到了许多关于海原大地震的故事，很是震撼。学生住的高低床，长空的上床是老贾，是海原人。老贾给长空讲了很多关于宝藏的事情，包括大地震时一条几链子骆驼的大驼队被震开的大地吞没、地震摇出一座古城等，来海原寻宝的人很多，虽然没有挖出驼队，但也没有白辛苦，挖到了东西。老贾说：“海原地下有货哩，历史上海原可是个大地方。”老贾许多关于宝藏的故事让长空也很痴迷。让长空没想到的是，老贾毕业教了几年书后，踏上了寻宝之路。起初他利用假期寻宝，后来干脆辞了工作专门寻宝。然而，他没有阿里巴巴那么幸运，凭着一句芝麻开花就打开了宝藏的大门，寻宝无果，他竟就变成了盗墓者。西海固的历史可以追溯至春秋时期，古墓甚多，春秋、战国、秦、汉、隋、唐、宋、元、明、清到民国，历朝历代的王公大臣之墓极多。老贾盗墓的足迹遍及西海固。老话说瓦罐不离井口破，只要你来得回数多。老贾因为盗墓被捕，判刑五年。劳改出来后又重操盗墓旧业，多少人劝不下，家里人觉得是挖人家祖坟遭报应中邪了，请阴阳“安顿”了几次，然而不久老贾再次被捕，“二进宫”判刑就重了，十年。长空去劳改队看他，说：“咋这么不长记性，属猪的，记吃不记打。”老贾挠着脑袋瓜子说：“没办法，入魔了，现在一看到土包就觉得是墓疙瘩，我就想挖几锹。”

上固原师专的第一学年放暑假，长空去海原，父亲让他把一本棋谱送给刘鸿儒。黑城镇距离固原有四十多公里，距离海原县有六十公里。虽然有班车，但因为家庭贫困，海原、固原的同学回家步行的多。去海原的路上，他们遭遇到了一场过雨。海原人把雨分为两种：一种是普雨，就是“润物细无声”的那种；一种雨叫过雨，就是暴雨，长则十几二十分钟，短则几分钟，倾盆瓢泼，沟壑山谷间大洪水咆哮，崖壁轰然塌落。这场暴雨持续近半小时，雨过天晴，一条沟往长扯了有几公里，长空看到塌落出来的新崖壁上，白骨森森。他以为是龙骨，这一带地下埋藏着大量龙骨，挖龙骨是海原人的一项重要副业。与长空同行的同学马强说那不是龙骨，是大地震打死的人，这里曾经该是一个村庄。马强三十多岁了，他已结婚，所以同学都叫老马。那时候同学的岁数差极大，班里最大的比最小的大过十六岁。因为有许多是恢复高考就参加高考，复读好几年才考上的很多，其中有不少是知青。

这场暴雨对长空的触动很大，他有了写海原大地震的冲动。最初长空是想写篇大散文，于是，他开始关注与海原大地震相关的蛛丝马迹。他遍走海原大地震的遗迹：干盐池唐家坡田埂错动、干盐池解家庄地震地表破裂带遗迹、干盐池城垣遗址、干盐池乡石卡沟地震最大水平位移遗迹、哨马营震柳、西安乡袁家窝民房遗址、城关乡小山地震地表遗迹、李俊乡联合村海子遗迹、高台乡刺儿沟探槽剖面，还有西吉县蒙宣乡党家岔堰塞湖遗迹、固原县彭堡乡石碑塬塌山遗迹……扭曲、错位、崩塌、撕裂、挤压……大地震形成的西吉震湖，是世界第二大地震湖，水面南北长三千多米，东西平均宽六百多米。湖内生长着鲢、鲤、草鱼等十余种鱼类。尤其值得称奇的是一种彩色鲫鱼，离开震湖色彩尽失。2000年，震湖出现了水怪，一时间传得神乎其神，甚嚣尘上。西吉县苏堡乡党家岔村村民有十几人不同时间目睹了水怪，水怪巨大、黑色、敏捷，“露出水面的脊背就像翻扣着的一条船一样”。这时间的长空作为资深记者，两次赶赴震湖，蹲守长达半月，却什么也没见到。但他听到了更多的传说，更多的人认为是埋入湖底的冤魂凝聚而成，湖四周的居民焚香烧纸祭拜者很多。震湖就像是上帝的一滴眼泪，在水资源十分缺乏的西吉县，让党家岔成为一个著名的风景区。

随着对海原大地震的感受越来越沉痛，长空觉得散文无法承受这么大的灾难，他动了写小说的念头。小说需要故事，老马说海原地震的故事家家都有，随便走进一家，都可以写一本书，你那刘叔家，就是个好故事。长空拍拍脑袋瓜子，是啊，刘叔一家的故事爹给他讲过许多次，那真像小说一样沉厚深长。长空开始深入刘鸿儒一家的生活，当他深入进去，他震撼了。

银川去海原有275公里。从银川绕城高速出城上京藏高速，去往固原方向，至桃山口再走福银高速至固原城转盘，上202省道前往海原。

到了以后，长空才明白刘鹏程有什么“事”了。刘鹏程和媳妇冯志英是给锁在一间房子里，窗户上了防盗栏，门外一把大拇指粗的链锁。长空趴在窗口和刘鹏程吃了两根烟，对孙翔远说：“叔，把人先放出来。”孙翔远说：“不能放，放出来这狗日的就再不闪面了。”长空说：“那到底是为啥？”孙翔远长吁一口气说：“还能为啥，个狗日的不孝啊，大逆不道啊，你给说说，好好说说。”刘鹏程趴在窗口喊：“你把我圈了我就给你生啊，做梦去吧。”孙翔远说：“你让老子断后，老子就圈你一辈子。”又说，“老子给你接屎倒尿，送饭倒茶。”

刘鸿儒百岁大寿，刘鹏程两口子回来给爷爷操办，然后就带着爷爷去海南旅游了一趟。回到家，孙翔远跟刘鹏程严正交涉，给儿子顶得胃疼，也懒得说了，吼道："再生一胎，不答应生就不要回银川，你让老子断后，老子就圈你狗日的一辈子。"说完转身出门就把门从外锁上了。刘鹏程急了，可门从外面锁了，要出去就没可能，因为窗户全装了防盗栏。刘鹏程说："我就是答应再生一胎，就能保证是儿子？"孙翔远想起爹当年给他说的话，就说："怀上了就照B超，是儿子，留，是女子，刮。"刘鹏程说："那是违法的，让公家知道了会判刑的。"孙翔远说："公家不会知道的，你朱姑奶奶的孙女在医院照B超，都给说好的事。"刘鹏程说："你们想得挺周到的。"孙翔远说："养儿得济哩，那得积修个好儿子，没积修来好儿子，自己不去想谁想呢？"

孙翔远靠墙根蹴着，长空趴在窗台上往里看看，冯志英睡着了，还打着小呼，刘鹏程叼着一根烟在地上转圈。长空噗地笑出声来说："这哪里是关起来，分明是让你们入洞房哩。"他扔给刘鹏程一包烟说，"你也够实诚的，一骗就上当。"刘鹏程说："老奸巨猾么，说宅基地、土地确权，他们都老了，没几天活头了，让我回来看着签字，我能不回来，现在农村户可是值钱哩，谁知道他们给我来这一计，一回来把我们哄进这间屋子，就把门给锁上了。"长空笑笑说："你看啥都给你弄得好好，这是优待你们哩。”刘鹏程说：“他们应该给我们灌辣椒水、坐老虎凳、穿竹签。哎呀，圈我们能圈得住么，你说在当今社会简直就是笑话么？这么想让我们生育，可笑至极！真是一对老糊涂蛋。”长空笑笑说：“可别说糊涂，政策把握得清着哩，你看这国家才全面放开二胎，他们不就抓住了政策？”

刘鹏程又续了一根烟说：“叔，你带钱没。”长空说：“没带现金，带着卡，卡里有个十万，你要用我给你取去。”刘鹏程说：“不是我用，是人家要肉钱哩，说十月房钱可不要，七斤肉钱不能少。”长空笑着说：“算清了么？”刘鹏程说：“爹，你给个数。”孙翔远说：“别叫我爹，我没你这号儿子。”刘鹏程说：“对了，难怪你要我偿还，这是要断绝父子关系么。”又说：“估计你也没算出来，十万够么，不够了我再给你打个二十万的欠条。”孙翔远“霍”地站起来，扒下鞋就砸了过去，又被防盗窗弹了回来。

冯志英坐起来，要长空的手机打电话，长空问：“你的手机呢？”冯志英说：“我们的手机都给没收了。”孙翔远说：“不能给她手机。”冯志英说：“爹，我总得把工作上的事给人家说一声。”孙翔远说：“以后别把我叫爹。”长空把手机给了冯志英，冯志英打了电话，又把手机给了刘鹏程，刘鹏程也打了个电话。

长空给孙翔远点了根烟说:“你也太可笑了，把他们竟然圈起来。”孙翔远说:“实在没办法了呀，全国都放开二胎了，跟他们一说就跟你顶嘴，顶得人气都喘不上来。”长空说:“放开二胎对哩，可鹏程他们已经生过二胎了。”孙翔远说:“这我知道，可是现在不像那几年那么严了，计划生育队多少年没进过村了，这放开政策就是个信号，你生么，就是罚款，我们担着哩。”长空说:“那你们把他们圈起来，他们就给你生了，生娃是一天两天的事？你能圈多长时间，圈得他们生下？”孙翔远说:“我能有啥办法，总得整出点响动来，看能不能把他爷激得说话，几年了，一句话不说，我着急，我难受啊，你知道我多想我们抱个炉子捣着罐罐茶，说说话。”又说:“咱海原如果一个人对你说我跟你没话说，那就把你这个人否定了，你说我爹都不跟我们说话，只能说明他对我们失望极了。”长空说:“你想多了。对了，半天咋没见叔呢？”孙翔远往果园指指，长空进了果园，看到老汉蹴在一棵李子树下。

长空走过去一看，老汉正在逗一只屎爬牛（屎壳郎）。一只屎爬牛呆头呆脑地过来，老汉一根指头就把屎爬牛拨得仰躺而睡。他蹴在那里眯着眼睛看着。屎爬牛像锯齿一样的爪子朝天蹬着，转着磨磨，许久翻不过身来，后来，屎爬牛借助一股小风和自己薄薄的羽翼翻过身来。他又将屎爬牛弄得仰躺下，屎爬牛又开始翻身……

长空记忆中，第一次见面老汉就是这样蹴着。正是秋老虎肆虐的季节，老汉就蹴在向阳的墙根，他说："叔，这么晒，你咋不蹴在阴凉处。"老汉说："这日头好的，人老了骨头就寒了，这日头能把骨头里的寒气逼出来。"老汉紧攥着拳头，沙土就从指缝间往下流淌，水一样。沙子流淌完了，老汉搌开手说："你看，这世上万物人是最灵的，可人连一粒沙子都攥不住。"其后，他见了老汉许多次，老汉就这么抓沙子，看沙子从指缝间流淌。长空很想跟刘鸿儒老汉说点啥，可是老汉不说话几年了，说是得了痴呆症吧，拉医院去检查不去，把大夫拉来让给检查，说不是痴呆症，可就是不说话。他点了根烟递给老汉，老汉接过吃着，继续逗屎爬牛……

警车"呜儿呜儿"地开进了院子，一个警察走过来趴在窗子上看看，"嘿嘿嘿"地笑了半天说："你个瞎㞞，该找个驴圈圈了，还圈在这么好的地方。"刘鹏程说："你㞞话多得很，快把我放出去。"又对长空说："我同学，镇派出所的。"

刘鹏程的同学去找孙翔远要钥匙，孙翔远不给，刘鹏程的同学说："叔，鹏程报案了，我们不能不管，你这是限制人身自由，别为难我。再说了生娃哪有圈住让生的。"孙翔远说："我没钥匙。"刘鹏程的同学说："叔，那我们只能撬了，门撬坏了你还得修。”

刘鹏程和冯志英被放出来后，两人进了屋背自己的包，孙翔远说：“你个驴日的，你人还是老子造的呢，整个人也给老子留哈（下）。”刘鹏程说：“那你来把命要了，来呀。”孙翔远抓起靠墙立着的一根棍子，刘鹏程把头往前一伸，说：“来来来。”又对长空说：“叔，你把卡给我。”长空掏出卡，刘鹏程接过去拍到窗台上：“十万给你，我回去再给你寻十万来。”又说：“叔，你把密码说给他。”说完两个往大门外走，孙翔远手握一根长棍横在大门口，刘鹏程的同学说：“叔，你别整犯法的事噻。”孙翔远只是把着大门不说话，刘鹏程的同学抱住孙翔远，刘鹏程和冯志英扬长而去。孙翔远跺脚大吼：“你个驴日下的，现在广播上、电视上、报纸上天天都讲担当，你咋就不担当啊，一家人都指望着你活着哩。”

刘鹏程的母亲抹着眼泪追到大门外说：“小米、荞面不拿了？”刘鹏程说：“不拿了。”刘鹏程的娘说：“你们老板不是糖尿病么，你每次回来都拿，这回不拿回去咋说，让人家咋想。”刘鹏程说：“太贵啊，拿不起了。”刘鹏程的娘说：“你这娃，你跟你爹赌气，别给自己惹麻烦噻。”刘鹏程说：“老板要问我就说我在海原没家了。娘，你放心，我去县城买，海原再啥没有，粗粮满大街都是，以后家里就是给我准备金山银山，我都不会回来了，以后就是出了啥事，也别给我打电话，打电话我也不会回来，我堂堂男子汉，说到做到！”又对母亲说：“娘，你放心，我会看望你，但不是回来看望你，而是把你接到城里好好看望你。”

孙翔远“呜呼”一声，跌倒在地。长空忙过去叫了两声，孙翔远不应，长空将手搭在鼻孔一试，没了气息。长空扶孙翔远坐起来，刘鹏程的娘过来靠住，长空忙给刘鹏程打电话，刘鹏程已经坐着同学的警车走出一箭之遥，他“嘿嘿”一笑说：“娃娃拿哭吓人哩，老汉拿死吓人哩。你别管，他老整那一套，总像那喊狼来了的放羊娃。”又说：“他能憋气，他有痒痒肉，你挠他胳肢窝，一挠就活过来了。”

知父莫若子，长空手往孙翔远胳肢窝一抻，孙翔远就笑着活过来了，说：“个驴日下的，都是惯坏了，我们弟兄两个就生了这么一个现世宝，从小一家人当宝贝的惯，顶到头上害怕吓了，含在嘴里害怕化了，从小要脚不敢给手的，大了你看一点办法都没有啊，长空兄弟啊，你回到银川好好给说说噻，做人得有个担当呀。”

三十六

刘鹏程说过再不会回来的话，可西海固有句老话：不走的路走三遍。三年后，刘鹏程常住在了家里。这得从一封信说起。

那天早晨，刘鹏程接到了一封信，从信封就能看出不是普通信，因为信封十六开大，硬挺挺的。不过他知道这封信是谁来的，打开一看，果不其然，是裤头来的信。准确点说也不是裤头的信，而是村上的信，也不是信，是邀请函。村上要召开精英人士返乡座谈会。裤头当然是绰号，本名董胜。念书的时候咋就叫了个裤头，已经没有影响了。刘鹏程想想，就给裤头打电话，嘿嘿，真是心有灵犀，裤头的电话打进来了。

接通后他说：“咋了，穿得没裤头咧？”

裤头说：“就是么。”

两人开了一阵玩笑，裤头说：“你一定要回来参加。”

刘鹏程说：“你这是精英人士，精英人士那就是老板老总，我这是给人打工的……”

董胜说：“夹住你喔东西，虚头巴脑的，给你说也是为你铺路哩，你们公司不就是依托农业么，你们这些年在川区水浇地发展，这两年咱们这里可是发展得好得很，农业上优惠政策多，回报绝对比你们在川区水浇地里高，你深受老总信任，你金口玉言给老总建议把公司带过来……”

刘鹏程说：“得得得，金口玉言，啧啧啧，咋没发现你现在说话有利尿作用，说得人直想尿尿……”

挂了电话，刘鹏程便整理了一下文件夹，想想把邀请函也夹进文件夹，去了老总办公室。

老总是1958年宁夏成立自治区时来自浙江的支宁青年，一直在物资局工作。鼓励下海时下了海，办起了公司。老总来自江南乡村，对水田特别熟悉，因此这些年公司主要把摊子铺设的宁夏平原上。前几年，浙江老家出台优惠政策，邀请能人回报桑梓，老总回老家投资发展，这几年一直在老家发展。

老总正在看报，抬起头看看他说：“正看你老家新闻哩。”

刘鹏程笑笑，老总说：“海原县种藜麦？”

“藜麦？海原种小麦、荞麦、莜麦，藜麦是第一次听说。”刘鹏程一拍脑袋说，“就是李总你吃的那种藜麦？海原也能种了？”

藜麦刘鹏程熟悉，藜麦别称是南美藜、印第安麦。原产于南美洲安第斯山区，是印加土著居民的主要食物，据说有5000年至7000年的种植历史，印加人称之为“粮食之母”，具有均衡补充营养、增强机体功能、修复体质、调节免疫和内分泌、提高机体应激能力、预防疾病、抗癌、减肥、辅助治疗等功效，尤其适用于高血糖、高血压、高血脂、心脏病等慢性疾病……适用于所有的群体食用，如今成为炙手可热的养生保健食物。老总患有“三高”，主食主要是产于南美洲安第斯山区的藜麦。

老总把报纸递给他，他看到老总在日报一篇新闻上画了红线：“海原县建设海城武塬旱作节水、产业带小杂粮、马铃薯新品种示范推广等示范基地21个，结合自治区‘东西部合作项目’，建设小杂粮科技示范园区6个，引进小杂粮、马铃薯、藜麦等新品种80余个……”

时报上老总画的新闻是：“西海固降水量创历史新高，据气象专家介绍，按照地理学划分，年降雨量400毫米至800毫米为半湿润区，年降雨量800毫米以上为湿润地区。西海固降雨量均达600毫米以上，已是半湿润地区了，而泾源县直接跃升到了湿润地区……”

刘鹏程说："李总……"

老总摆摆手，就翻起文件夹，边翻边说："西海固要和全国同步进入小康社会，这几年扶贫力度大，优惠政策多，这两年成了投资热土，而且这些年的生态建设，由干旱地区改变为半湿润地区，可是你们每年提交的项目建议书，没有一个提到西海固的，为什么？"

刘鹏程脸红了，说："是、是……"

刘鹏程深知老总问这话，说明已经思考过了，是不要他回答，或者说不听他回答的，因此他故意结巴，是等老总说话。

老总说："我虽然老家浙江，可我们企业是宁夏企业，我们无动于衷觉得好意思吗？企业做得有意思吗？以后有个活动，还请不请领导官员？能请得动？"

刘鹏程知道老总这话还是不用回答的，但你得有反应，就说："是的，不好意思……"

"刘总……"老总已经看到邀请函了。

刘鹏程忙说："李总……"

老总摆摆手说："你回去参加吧，就以公司副总名义。"

刘鹏程说："村支书是老同学，口无遮拦胡说八道……"

"你不要老是准备着解释，我说过企业最不需要的是解释！"老总说，"出个文件，任命你为公司副总，代表公司去参加你们村上的精英人士大会，好好考察一下，最好能带着好项目回来，公司大会上要是研究通过了项目，你就是总经理。”

刘鹏程拟好文件，拿去给老总看了，老总签了字。从老总办公室出来，他就收拾准备回老家。他打电话问长空去不去。长空正着手写一本西夏之书，往西海固跑得勤。长空说去。

刘鹏程以公司副总经理的派头回到了海原。在海原投资什么？刘鹏程心里早有想法，那就是流转土地，上规模经营。这些年他回家，也看到了农村的出路在于土地。精英人士会开得隆重，可是和董胜谈到流转土地，他提出了两千亩，董胜说哪有那么多土地。他说那投资什么？董胜说养殖业，建养殖合作社。刘鹏程说我公司的目标还是土地，再说就是发展养殖业，还得土地支撑。董胜想想说周台土地流转出去的少，还有空间，老郑希望大户流转。

对于周台，刘鹏程心里有个隔阂。高中一起复读的朱刚强开三轮车拉人赶集、进山，出了车祸，一死多伤，赔了个一塌糊涂。不久家里又遭横祸，老婆得了病，拉到医院立马要做手术，否则性命不保。朱刚强就找到他。他也刚买了房子不久，而且背着几十万的贷款，完全可以以此为借口推托，他知道朱刚强能还这两万猴年马月的事，可他还是问公司借了两万，能有啥办法呢？他们可是在一个炕上滚了几年。朱刚强老婆出院后，就再跟他没联系过。他知道这人跟名字一样，性格里要强。他听人说一直在煤矿上下井挖煤，老婆虽然把命救下了，却成了个半残人，药罐子。他从内心已经把两万元舍去了。

这如果去周台流转土地，那势必就会跟朱刚强见面，会让朱刚强十分为难的。不过，他还是去了。一入村口，就看到了朱刚强。显然他是专门在那里迎候他。朱刚强手里提着一个帆布包，握手毕，就把包递给他。他问什么，朱刚强说："你的东西。"他一看，百元大钞，五沓子。他说："你、你抢银行了。"朱刚强笑笑说："你放心，这钱来路正当。"

老郑介绍说华润集团扶贫咱们海原县，在曹洼乡流转土地，建立草畜一体化养殖基地，购进西门塔尔基础母牛，办了"基础母牛银行"，三户联保，每头牛由企业提供3年期无息借款6000元，政府补贴2000元，剩余部分约2000元农户自筹，每户贫困户可赊3头至5头牛。基础母牛产犊，母牛犊农户自繁自育，公牛犊喂养体重达到300公斤左右，企业按1公斤28元的保底价回购顶抵贷款，每头基础母牛年均收益5500元。

朱刚强一笑说："我现在有十头牛，哎呀，政策想得周到得很，不想得周到，我们这些人就会拖奔小康的后腿，咋与全国同步奔小康呢。”

刘鹏程说：“五万？我可都收了。”

朱刚强说：“应该收，两万本钱，十来年了，三万利息，没多给。”

刘鹏程把帆布包递给朱刚强说：“你先用着。”

朱刚强说：“能转腾开。”

刘鹏程说：“先扩大养殖，我们公司要来投资，以后还要用你，还想着从你这里分红哩。”

看到去脱烈的路牌，长空要去脱烈古城堡看看。

脱烈城堡建在山坡上，城墙坍塌得只剩下土岭，面积150亩左右。长空奔波着拍了好多相片，看着刘鹏程和老郑说：“脱烈这个地名是如何来的？”

老郑说：“这你考不住我们，脱烈就是拖雷，叫了多少年了，叫串音了，咱们海原城元朝时就叫‘海喇都’，说是历史书上叫过‘哈老徒’‘哈剌图’啥的，都是把音叫串了。拖雷就是成吉思汗的四儿子，他有三个哥哥，分别是术赤、察合台、窝阔台，他军事能力是他们弟兄中最强的。窝阔台即位后，赐了拖雷一碗水给毒死了。这村子上人都知道。成吉思汗攻打西夏时，拖雷一直在他的身边。甚至还在烈村村南、南华山的东麓修建在了一座军事堡垒，人们把它叫脱烈堡。”

老郑指着旁边一个台子说:“骆驼台，那是当年拖雷养骆驼的场地。也有人猜想是成吉思汗的坟地，你看西边靠山，东面为泉水沟壑，南北长500米，东西宽给200米。蒙古贵族去世埋葬后，赶羊马牲口踏平，不留坟堆，用不了多久，草木茂盛生长起来掩盖了坟地，人们就分不清坟地在哪里了。那么祭祀如何找到坟地呢？埋葬人时会在坟地上面当着母骆驼的面杀死子骆驼，让它的血淋洒坟地。祭祀时，便拉着那只失子的母骆驼引路，母骆驼长声悲鸣之处，就算是坟地了。用于祭祀的母驼老到快要死了，就选另一头母驼和子驼来替换，如此往复始相传延续。进军西夏的拖雷在这儿养骆驼干什么？按当地人的说法，他是为了让骆驼记住父亲的坟地……”

长空冲老郑竖起大拇指头，老郑嘿嘿一笑说:“那些年来了个改造的，他是研究的专家，很有名气的，是他讲的。还有一个叫乱堆子的村子，有很多像坟堆的土疙瘩，据老人讲那些坟堆一样的土疙瘩被涂抹成白色的圆包，人们叫‘蒙古鞑子墓’，都猜想说这里埋葬着一位很有身份的人物，有人说就是成吉思汗。因为乱堆子村附近还有八间白屋，说是供养庇护这坟疙瘩的，在村西边靠近南华山坡上还有一个月亮形的遗址。不远处的还有一座蒙古堡遗址，依附山势由低至高成三层阶梯，占了一个山头，早年间那里屋脊兽、琉璃瓦当、条石青砖、柱顶石、破碎的石碑、碑座等随处可见到哩，雕刻得美得很，那专家到处跟人说要保护起来，可那时候都破四旧哩谁保护……”

“这与《蒙古源流》记载的历史很相似。”长空说，“不过，脱烈这个名字我有别的看法，脱烈在元朝是实实在在有过的。”

老郑指着村牌说：“就这两个字？”

长空说：“就这两个字。”

老郑说：“那讲讲，讲讲。”

长空说：“元朝有个脱烈哥那，是元朝的武则天，是窝阔台汗的第六个老婆，史称乃马真皇后，曾执政五年。在窝阔台汗的后宫里，脱烈哥那地位不高，她虽然身为皇后，可按蒙古族规矩可以并立许多皇后，加上她是其他部落首领的妻子，部落战败后俘虏来的，因为天生丽质，才被窝阔台汗收入后宫，因此她在后宫里日子并不好过。可她特别能生，一连为窝阔台汗生下五个儿子，其他几位皇后却一个也没生下，因此母凭子贵。在窝阔台汗因酗酒身亡后，大权独揽，开始了为期五年的摄政统治，就连当时的群臣也对她束手无策，史称‘乃马真摄政’。后来被自己的亲儿子推翻下台。”

老郑说：“你这写出来没？给我留一份？”

刘鹏程说：“你要这做啥？”

老郑说："发展旅游呀，来了专家，对咱们这里的蒙元文化遗址非常感兴趣的，周台方圆几十公里，城堡遗址密集得很，建议咱们发展旅游业，我们的思路是特色种植，乡村旅游。"

长空说："这是好建议，我回去把我写的相关东西整理一下，给你。"

老郑说："那谢谢谢谢。"

老郑大包大揽三千亩流转土地，不过提出要求，刘鹏程说："还要要求，别提太苛刻的要求。"

老郑笑了说："我们的土地不是流转不出去，而是我们有规划，土地你要按照我们的规划来种，保证能挣钱。"

老郑指着一道山岭说："你们看南山，风景美不美？万寿菊、牡丹、芍药、藜麦、黄花、油菜花……红、黄、紫、白、绿、橙……啥色没有，花开最全的五六月，美得很。还有各种药材，比种精神产出强几十倍，又是种风景，张川、马头坡都走这条路，五一小长假，来游玩赏花的车辆都堵塞，连停车都没处停……"

老郑漫起花儿来：

双双对对的牡丹花，层层摞摞的菊花；
亲亲热热说下的话，实实落落地记下。

油菜花开下了一片啦，芍药花开成个碗大；

尕妹阿哥啦中缘法，家穷者没有个办法。

刘鹏程与长空用了几天时间看了十几个特色种植村，真如文章里所说，五彩缤纷，风景如画，藜麦竟然有七种色彩。在了解了油牡丹、藜麦、芍药、万寿菊的种植技术与收益情况之后，刘鹏程心里有了谱，交通村村通柏油路，这解决了大问题，道路通，百业兴，他的思路渐渐清晰，吸收了长空提出的“非典型旅游”建议，特色种植，做乡村旅游，形成了投资项目书。李总看后，到西海固考察一周，回去就拍板了，土地变股权、农民当股东，三千亩土地流转按部就班展开……

三十七

在周台建起的办公楼和农家乐场馆突出家的温馨，刘鹏程的办公室就是跟家一样置办的，不过刘鹏程天天晚上是回家住的。刘鹏程已经四十了，四十古人称不惑之年，刘鹏程觉得真还是有不惑之意，一是他所思所想不再像以前那样激进了，对人生的意义有了一个较全面的客观认识。朱熹将“四十而不惑”注解为“于事物之所当然皆无所疑，则知之明而无所事守矣”，而所谓“事物之所当然”是指万事万物都有一定的道理，这一点他深为认同。一是回到了这片从小生活的土地上，一朵花、一株草、一座山头、一片云、一种味道、一声呼唤都会把你带回过去的生活，尤其是爷爷从记忆深处鲜活地走来，将他带回往昔的岁月，他已很久很久未与爷爷如此亲近过了。在老家这片苦瘠甲天下的土地，活过百岁的人不多，而一个人活过百岁，有多么的不易，经历了太多的苦难，尝尽了人生艰辛。他希望陪爷爷走完最后这截路。三是父亲一句话像利刃从他心上划过，你爷已是一个喷嚏都有可能归天的年纪了。

爷爷依然不说话，刘鹏程已经习惯了。不过，他还是希望爷爷能开口。他试探过几次对话，爷爷只是盯着他看看，吃自己的烟，听他说话。更多的时候爷爷是一个人下棋，他脑子里装着太多的残局。

九月九，重阳节，造下老房子的人会打扫老房子。老房子就是棺材，西海固人不叫棺材，做棺材不说做，说造。刘鸿儒的老房子是七十大寿那年造下的。人活七十古来稀，现在的人活过七十也不是啥稀罕，所以不像从前过了七十寿，就会赶着造老房子，何况棺材铺小镇上就有。当然，过了七十大寿谁的老房子造下了，谁脸上就光彩了，每年都会选个日子上香升表，清扫一回老房子，用清漆刷一遍，就像是收拾一间屋子，光阴好点儿隔三五年还会摆桌酒席，请亲朋好友吃喝一番。俗话说儿子欠老子一副棺材，老子欠儿子一个媳妇。造老房子是儿孙们的事。说透了老房子是儿女们的一面镜子，照出的是儿女们的为人处世，彰显的是一门人的家风传承。

何况是刘鸿儒的七十大寿特别——遇上了闰年闰月，这就大不一样了。闰年闰月几年一轮回，七十寿遇闰年闰月，可不是谁想碰就能碰上的，这是生在贵人的点儿上了。这就不能不想这事儿。何况闰年闰月一百岁，造老房子是要添寿的，阴阳说得有理有据的，尽管私下里都说谁知道呢，活人免得死人意，谁知道亡魂在哪里，都是老辈子传下来的神神乎乎的事儿。可是这世间许多事都是这么传下来的，传下来就成了讲究，成了规矩，就得守着捧着。对于儿女来说，闰年、闰月、七十寿，造老房子也就不单单是添寿的事儿，是为儿子扬名立万的事。

因此给爹造老房子时孙翔远是把心思用上了。老房子一般都是“荒二五”的，最好的是“四五六”，那只有有身份地位的人才能享受上。“荒二五”“四五六”都是指板子薄厚说的。天、帮各按二寸五、二寸下锯破板，荒板推净不足二寸五或二寸的，就叫“荒二五”。“四五六”是天六寸、帮五寸、底四寸。孙翔远是按“四五六”的高标准给老爹造的老房子，当然也是选最好的木材——秦岭上的柏木。因此，这老房子三十多年过去了，没有裂缝，每年刘鸿儒如同例行公事，都要把老房子抬出来晒晒太阳，打扫灰尘，刷一遍清漆。漆明板光，明镜一样能照出人影。

刘鹏程为爷爷摆了三桌，把村子上六十岁以上的老人都请了来，中华烟、茅台酒，老人们都很尽兴。有些人没抽过这烟，也没喝过这酒，评价说这烟呛人，酒倒不上头。刘鸿儒很希望爷爷能说话，可是爷爷依旧不说话。不过，看得出爷爷心情不错。宴席散了，刘鹏程把老人们都送了回去。

正生的爷爷害病了，刘鸿儒要去看望。西海固有讲究，人老了魂伏就低了，一般过了七八十的人，除非至亲，都不看望病人，说是有的日子是替亡日子，弄不好就替亡了，也不参加葬礼，怕沾染了不吉利，减了寿命。可是刘鸿儒从不忌讳这些，这些年周围老人得病、有人去世，他都要去看去送的。正生家在鹞子湾，刘鹏程买好的礼物，拉着爷爷看望了正生的爷爷。没几天，正生的爷爷就没了（去世），刘鹏程又拉着爷爷去送葬。下午回来，陪着爷爷捣罐罐茶。捣了一阵罐罐茶，爷爷忽然说话了："你明儿忙不忙？"

刘鹏程说："不忙，公司有人管事哩。"

"你明儿陪我去看望几个人。"

"好的。"

爷爷又不说话了，刘鹏程试探着说："爷，几个啥人，我给准备礼行。"

爷爷抬头看看他，抹了一下他的头说："死人。"

晚上睡觉前，刘鹏程和父亲说起爷爷说话的事，父亲长吁一口气说："你爷怕是要拾脚印了。"

刘鹏程说："拾脚印？"

父亲说："就是人到了觉得自己快要离开人世了，得把这一辈子走过的路走一遍，见见这世上的人。”

刘鹏程说：“我爷说要见的是死人。”

“可不是死人，比他年纪小十几二十岁的都死得差不多了，就是去上上坟。”父亲说，“这段时间我起夜，去你爷屋里看，不见你爷，找出去看到你爷在村子里游晃，怕是没多少时日了。”

刘鹏程说：“我爷身体好得很着哩，平时又没啥病疾，现在吃饭比我都能吃。”

父亲说：“年纪到限了，一百零六岁了，咱们这方圆还没人活过这么长的，我曾经都觉得活不过你爷哩。”

第二日刘鹏程早早起来，便抱了柴火枝子进来为爷爷捣罐罐茶。他为爷爷买了电炉子、烤箱，爷爷不用，就要用煽火的柴火枝子。因为爷爷捣罐罐茶，吃烤馍。其实这就是西海固男人的早饭了。烤箱烤馍，没有烟熏火燎的味道。这就是为什么现在城里柴火鸡、木柴炖肉吃香。

刘鹏程从小就为爷爷捣罐罐茶，当然不是勤快，而是为了吃那几个烤枣。烤了的枣儿更香，那味儿贯穿了刘鹏程的整个童年，即使现在他几十岁了，依然贪吃烤枣。父亲当然也是以罐罐茶烤馍为早饭的，不过他会喝一瓶牛奶，爷爷从不喝牛奶的。

罐罐茶确实有提神作用，疲惫了捣上几罐罐立马就恢复精神了。

刘鹏程开出车来，爷爷说：“叫你爹一起走。”

刘鹏程就进屋去叫了父亲。父亲说我去干啥，但还是紧跟着出来了。

脱烈、车湾、鸠子滩、马湾、白吉、天都山、西安州、西华山、干盐池、石卡关沟、屈吴山，南华山、灵光寺、元昊行宫、黄湾、震柳、月亮山、万人坟、大沟门、哨马营、金牛寺、龙王池、长虫沟……三天的时间刘鹏程带着爷爷和父亲把整个海原等于旅游了一遍，线路是爷爷指挥的，想到哪儿走到哪儿，路不免重复。这一路上了好几十座坟，半车烧纸烧光了。

最后一座坟是赵前程的。

上完坟后，爷爷掏出一个巴掌大小的包裹，一层一层剥开几层塑料纸，里面包着一张纸和一个存折。那张纸上面用毛笔写道：

吾，趙前程也。民國玖年，冬月初七晚至戌時，忽地大動，天崩地翻，崖倒窑塌，吾一家一十六口，罹天災而覆黃壤，同歸一塚，亦算造化。泣血求之，得此罐銀元者，即為我轉贈繼承者。吾唯一願相托，望得此罐銀元者，幫我趙門續傳香火，吾趙家列祖列宗於九泉之下，叩謝大恩。否則視為侵佔偷盜，天地不容。另：恩公續留之後人望取名趙諸文。

存折存了六万元。

父亲说："不知道现在双龙响圆（银圆）一个多少钱了，这是按几年前的价钱存的。"

回到家，又上了刘、孙、曹三姓的坟。爷孙三人在五更岭上一直坐到了天色将晚。

坟地四周是洋芋地。正是九、十月，洋芋该收获了。爷爷选了一处塄坎，用手掏窑。刘鹏程知道爷爷是要窑烧洋芋。人对食物的记忆是最持久牢靠的，刘鹏程已经感受到了土烧洋芋那特殊的香味。

刘鹏程从车上拿下一把小锹，爷爷笑着接过，几下就挖了一个小窑，刘鹏程和父亲拾了一堆拳头大小的土块垒起了一座"塔"。又去沟壕里拾了些风掠到沟里柴蒿，塞进窑里点着，垒起"塔"的土块缝隙扯出了火苗，整座"塔"烧了个通透。烧过几抱子柴蒿，拳头大的土块全烧得黑红，将挖出来的洋芋丢进窑中，用锹将"塔"拍塌，将土块拍碎，埋了洋芋。

爷爷背着手走进洋芋地深处了。刘鹏程给父亲点了根烟，父亲咂了一口烟深深咽进肚里，徐徐喷出来说："等会你爷回来，你给爷说你把名字改成刘孙曹。”

刘鹏程说：“还指望着……”

孙翔远吼一声说：“听着，你爷不说话前说的最后一句话就是把你的名字改成刘孙曹，那时候他对你狗日的就失望了。”

刘鹏程说：“我肯定改，只是改了有意义么？这事没有出路。”

父亲说：“有没有出路不说，你改了名字就让人有个指望，人一辈子就活得个指望，你不能让人连个指望都没有，有个指望你爷走得就能安心点吧。”

又说：“再说有没有出路也说不上哩，时世变化谁也看不透，你看以前计划生育抓得多紧，城里人超生一个就开除了，农村超生拉牛赶羊的，把人堵到路上按住就结扎了，现在不是把二胎又放开了，人都说过几年三胎都放开哩，以前那些结扎了的都后悔得。”

洋芋熟了，味儿出来了，爷爷回来，烧了十三个牛蹄子大洋芋，爷孙三人竟然都吃了，爷爷吃四个。刘鹏程劝爷爷少吃两个，可爷爷吃得贪，看着都香。

刘鹏程给爷爷点根烟说：“我把名字改成刘孙曹了。”

爷爷看他一眼，没有说话，径直上了车。

次日一早，刘鹏程去周台。项目不错，借助他们这些年总公司构筑起的销售渠道，销售很畅，几年间利润分红很不错。刘鹏程安排抓紧兑付股金分红，在新年前发放完毕，然后就驱车回银川。路上他打电话约了长空和几个公安上的朋友吃便饭，咨询如何在最短时间将名字改过来。他决定改名刘孙曹。他担心正如爹说的爷爷这是拾脚印，要真是这样，爷爷在人世的时间不久了。他希望在爷爷离世前做完这件事。

到银川一坐到桌子上，刘鹏程就迫不及待地说出改名的事，鲍局问他为啥改名，他把自己家的故事讲了，感慨地说："以前吧觉得爷爷包括父亲的执着有些傻，赶不上时代的步伐，可是现在觉得不是他们傻，而是自己出了问题。"

鲍局说："应该改啊，早都该改了。"

刘鹏程说："诸位，再想想，有没有更好的办法，我再生怕没可能，也未必就能生个儿子，改了也仅仅是一种姿态，并不能解决根本问题。"

鲍局说："你不俩千金，每人到时候可生育二胎，还是有希望完成这一使命的。"

刘鹏程说："也仅仅是有希望啊，在中国传统下这一希望变成现实很渺茫。"

鲍局说："有一办法可解决。"

大家说："快讲，别卖关子了，又不是破案。"

鲍局说：“领养孤儿。”

刘鹏程翻翻眼睛，一拍脑袋说：“好主意，咋就没开这窍，这客请得迟了。我喝三杯，先干为敬，你们都自觉点。”他连饮三杯酒说：“只是至少得领养两个，一个刘孙曹，一个赵诸文，我现在的条件姑且不说，没有人抚育，雇保姆开销就有些大了。”

警察小许说：“刘总你有两个女儿，只能允许你收养一名。”

小朱说：“不是这回事，我给你介绍法律法规，收养孤儿、残疾儿童或者社会福利机构抚养的查找不到生父母的弃婴和儿童，可以不受收养人无子女和收养一名的限制。”

长空说：“收养又不是生育，迟了生育不了。先收养一个，等这几个长大离了手脚，你轻松了，再收养一个不迟。”

鲍局说：“对对对，万事开头难，迈出第一步，第二步简单。”

刘鹏程拱着双手说：“拜托各位，这件事越快越好，我爷已经一百零五六岁了。”

分手的时候，长空对刘鹏程说：“几乎所有媒体都想采访老爷子，明年不是海原大地震一百周年……”

刘鹏程说：“明年才一百周年，现在采访？”

长空说：“媒体一年的重大素材都是提前策划的，早早就着手了，其实也没几天了，写出来就百年了，再说老爷子年纪这么大，谁都怕……”

刘鹏程说：“算了吧，几次采访都拒绝了，来了拒绝了就不好了。”

长空说：“我想也是。”

刘鹏程说：“不是有你么，授权你独家采访。”

长空一笑说：“我不用采访。”

又说：“海原大地震百周年肯定会搞大祭典，老爷子肯定能活过那个时候，到时候主席台上一定有老爷子一个重要位置。”

回到家刘鹏程跟冯志英商量领养的事，冯志英说：“这还有啥商量的，就是我想阻挡能阻挡得住？我两个女儿需要一个男子汉护佑哩。”

到民政局收养登记处提出申请，填写《收养登记申请书》，提交相关的证明材料，审查、询问、调查，还制作询问笔录和调查记录。经审查，刘鹏程符合收养法律规定，拿到了《收养登记证》。当他从孤儿院领出两岁半的刘孙曹时，已经是一个月零三天。刘鹏程觉得手续办得实在漫长，这期间他回去了两趟看望爷爷。爷爷没有什么不正常，饭量没减，罐罐茶喝得更勤了，走路看上去似乎比以前更刚强了。

刘鹏程和冯志英从孤儿院领出两岁半的刘孙曹，就直接回了海原。长空也一同去。

一回到家，爷爷见到刘孙曹后。刘鹏程没想到爷爷一口咬破中指，在孩子的眉心点了个红痣。刘鹏程就明白了，孩子抱出家门走路，都要在孩子的眉心点个红痣，这样辟邪。他拍拍自己的头，自己在城里生活得久了，这些普遍的习俗都忘记了。爷爷抱着刘孙曹还是不说话，但激动是看得出的。

爷爷就像是知道自己要去了，让刘鹏程把要见的人一一叫回来，说他要走了。

刘鹏程疑乎，可还是照做了。三天后天下起小雪，上午十点，爷爷自己穿上老衣，正襟危坐在炕上，接受了大家一一的叩拜。等大家叩拜完，才发现爷爷坐着咽了气，就像圆寂了一样。

图书在版编目(CIP)数据

海原书 / 季栋梁著. -- 北京 : 北京十月文艺出版社，2021.1
ISBN 978-7-5302-2079-5

Ⅰ. ①海… Ⅱ. ①季… Ⅲ. ①长篇小说—中国—当代 Ⅳ. ①I247.5

中国版本图书馆CIP数据核字(2020)第186607号

海原书
HAIYUAN SHU
季栋梁 著

出　版　北 京 出 版 集 团
　　　　北京十月文艺出版社
地　址　北京北三环中路6号
邮　编　100120
网　址　www.bph.com.cn
发　行　新经典发行有限公司
　　　　电话（010）68423599
经　销　新华书店
印　刷　北京盛通印刷股份有限公司
版　次　2021年1月第1版
　　　　2021年1月第1次印刷
开　本　850毫米×1168毫米 1/32
印　张　19.25
字　数　320千字
书　号　ISBN 978-7-5302-2079-5
定　价　68.00元
质量监督电话　010-58572393
如有印装质量问题，由本社负责调换。